詩經詮釋

屈萬里 著

上海辭書出版社

圖書在版編目(CIP)數據

詩經詮釋 / 屈萬里著. —上海：上海辭書出版社，2023

ISBN 978-7-5326-6081-0

Ⅰ.①詩… Ⅱ.①屈… Ⅲ.①《詩經》-注釋 Ⅳ.①I222.2

中國國家版本館 CIP 數據核字(2023)第 117531 號

詩經詮釋

屈萬里 著

責任編輯 王 瑩
裝幀設計 楊鍾瑋
責任印製 曹洪玲

出版發行 上海世紀出版集團
上海辭書出版社®(www. cishu. com. cn)
地 址 上海市閔行區號景路 159 弄 B 座(郵政編碼：201101)
印 刷 蘇州市越洋印刷有限公司
開 本 890 毫米×1240 毫米 1/32
印 張 16
字 數 400 000
版 次 2023 年 7 月第 1 版 2023 年 7 月第 1 次印刷
書 號 ISBN 978-7-5326-6081-0/I・550
定 價 65.00 元

鄭　序

《詩經詮釋》者，屈翼鵬先生遺著《詩經釋義》之增訂本也。《釋義》一書，辨名物，明訓詁，酌古準今，折中漢宋，探二《雅》三《頌》之史源，闡風人比興之微旨，既可供初學之誦習，又足備專家之參考。各大學講授葩經者，固多採用爲課本；自修之士，亦皆人手一編，奉爲圭臬。風行學府，久歷歲年。翼鵬壯歲窮經，白頭不輟，於其舊作，不自以爲滿足。講學治事之餘，仍復旁蒐廣涉，博覽覃思。每有新獲，輒據以修訂原書。或融貫衆説，或發抒己見，闕者補之，未安者正之，有疑者稽索而論述之。册尾簡端，朱藍殆徧。而三適異邦，兼綜庶政，禮堂寫定，未竟全功。既逝之二年，夫人海瑾女士整理遺編，覩此書之批注，細字密行，旁午紛錯。深懼時日久淹，難於尋繹，苦心精詣，將遂湮没而不彰。乃窮數月之力，排比之，編次之，親手謄鈔，鉅細靡遺，增添更易者凡六百四十餘條。於是綱領枝節，備臻完美，豈惟著稱於一時，且當揚芬於後世。夫人整理既竣，易書名曰《詮釋》，以別於舊，持稿示予，諄囑爲之序。凡才淺學，經苑未窺，焉足以序翼鵬之書。惟念臺員共事，垂三十年，翼鵬治羣經小學，予則從事於詞章，旁及諸史。所學雖殊科，而好古不薄今，求新非立異，勉隨時彦，仰繼前修，操持趨向，大致相同，年齒亦相伯仲。契合若此，似未可竟無一言；爰綴短章，略陳始末，以諗世之讀此書者。

讀者更須知，此雖偉構，實僅翼鵬著述之一端，全集方在纂輯，刊成問世，計日可待也。回憶三十年來，文酒追陪，屢同談噱，“今日視此雖近，邈若山河”，臨潁歔欷，蓋不勝黄壚感舊之思矣。

一九八一年盛夏，鄭騫謹序於臺北寓廬之永嘉室。

目　録

小　　雅

大　雅

周　頌

魯　頌

商　頌

附　圖

例　　言

一、本書爲集解性質，既不專主一家，亦無今古文或漢宋等門户之見；要以就三百篇本文以求探得其本義爲旨歸。於訓詁方面，採於漢人、清人及近人者爲多；於篇旨方面，採於朱傳者爲多。其有感於舊説之未安者，則以鄙説入之。

二、本書注釋，以簡明爲主。凡採用舊説之屬於通訓性質者，一概不著出處；其屬於創見性質者，則但著結論，非遇不得已時，不著其繁徵博引之語；除此則皆著明出處。讀者欲知其詳，自可檢閲原書。

三、著明出處時，或但著人名，或但著書名，或併著人名及書名（或論文題目），惟視行文之便。其但著人名者，要皆其人傳世著作之關涉《詩經》者，僅有一種；或雖非一種，而僅有一種爲世人所習知者也。凡遇鄙説，則加“按”字以别之。

四、古韵之學，歷清至今，已甚昌明。然亦僅能知其字所隸之韵部，而不能確讀其本音者仍多。古韵既爲專門之學，本書則爲初學而設，故於此概未述及。讀者欲深究古音，自須讀顧、江以下諸書；如欲略知所謂“叶韵”者，則有朱子之《詩集傳》在。

五、本書附有古器物、星象等圖，以助了解。至於鳥獸草木蟲魚之類，其習見者，則無庸附圖；其罕見者，則又異説紛紜。餘如衣裳宫室等制度，舊説亦不盡可從。如是之類，雖有舊傳之圖，此亦不取。惟古代山川城邑，今雖未能一一考證確實，然有一簡圖，究可略知其方位，故附《詩地理圖》。

六、鄙人學殖譾陋，本書復出於急就，紕繆知所不免。如承大雅匡其不逮，則片言之錫，皆吾師也。

瑾注：書中凡有方括號——【　】者均爲翼鵬逐年親筆添注之意見或注釋。詳情請閱書後跋文。

敍　論

一　引言

《詩經》是我國最早的一部詩歌總集，也是我國純文學的鼻祖。它包含着民國紀元前兩千五百年左右到三千年左右那四五百年間的民間歌謠、士大夫作品，以及祭神的頌辭；它藴藏着豐富的語言學和社會史的資料。

二　《詩經》名稱

"詩經"這個名詞不甚古。古時只把它叫做"詩"，或者"詩三百"；和《易》《書》《禮》《春秋》一樣，都没有"經"的尊號。

"經"這個名詞，是起於戰國晚年。《禮記》有《經解》一篇，所稱述的是《詩》《書》《樂》《易》《禮》《春秋》六種，《莊子・天運篇》也把這六種叫做"六經"，而《莊子・天道篇》又有"十二經"的話語。《禮記・經解篇》和《莊子・天運》《天道》兩篇，不知究竟作成在什麼時候，大約《天運》《天道》兩篇，最早也不會超過戰國晚年；而《經解》一篇，則十之八九是西漢初年的作品。《孟子外書》有《説孝經》篇，蔡邕《明堂論》曾經引述魏文侯的《孝經傳》，然而這都不足以證明戰國中葉以前，已經有了"經"這個名詞。因爲《孟子外書》"其義不能宏深"，漢人趙岐已經認爲它不足信（今傳本《孟子外書》，乃明人姚士粦所作，更屬僞中之僞）。

魏文侯的《孝經傳》,恐怕也是贋鼎,所以也不能用來作爲決定性的證據。

可是《莊子·天下篇》説别墨:“俱誦《墨經》,而倍譎不同。”《吕氏春秋·察微篇》説:“《孝經》曰:‘高而不危,所以長守貴也;滿而不溢,所以長守富也。’”此數語見今本《孝經·諸侯章》。就《天下篇》敘述各學派還没有秦漢間的色彩來看,可以證知彼篇之著成,當在戰國晚年;而《吕氏春秋》,則作成於秦八年。根據這兩段記載,可知子家之書如《墨子》,傳記之書如《孝經》(《漢書·藝文志》列《孝經》於《論語》之後,小學之前,並不視之爲經)在戰國晚年或秦初年,都已有了“經”的尊號(《墨經》之名,當是墨學之徒所稱,非墨翟自定)。那麽,像高文典册的《詩》《書》等,它們之被稱作“經”,按理不應該在《墨經》和《孝經》之後。如此説來,《禮記·經解》和《莊子·天運》《天道》兩篇之著成,即使在秦皇之後,而《詩》《書》等之被稱作經,當也不會更後於戰國晚年。果然,《荀子·勸學篇》裏,就有“學惡乎始,惡乎終?……始乎誦經,終乎讀禮”的話。從它的下文看來,它所謂經,乃是指《詩》《書》《禮》《樂》《春秋》。而《荀子》這部書,又很少有後人羼入的材料。可見當荀子的時代(戰國晚年),已經把《詩》《書》等書稱作經了。(《管子·戒篇》有“澤其四經”一語。但“四經”究竟是什麽,還難斷定;而且《管子》之成書,大約也不會早到戰國中葉。)

《詩》《書》……雖然自戰國晚年,已經被視爲經,但就後世所謂十三經來説,除了《孝經》之外,其初都没有把“經”字加在書名之下而稱之爲“易經”“詩經”……的。《漢書·藝文志》有“《詩》,經二十八卷,魯齊韓三家”等類的話,但那經字,應該連着下文讀,不應該接連着上文的書名。《晉書·束皙傳》記汲郡發冢的事，有“《易經》二篇”“《卦下易經》一篇”等語，但那決不是竹書上原題的名字，而是後人給他的稱呼。杜預作《左傳集解後序》，説到這件事時，也只説“周易”，並沒用“易經”這個名詞。那麽，“易經”“卦下易經”的名字，可能是唐人修《晉書》時所用的稱謂；即使這稱謂係根據舊的史料，也可知把“經”字連在書名之下的事實，不會早到西晉以前。【漢石經已有“易經”字樣。】

不過，這種情形，起初也只是見於文辭的敍述裏，卻並沒有把“經”字連在書名之下而作爲書的籤題。用作書的籤題，以我所知，似乎以宋人廖剛的《詩經講義》爲最早，他這部書，約成於南宋初年。到了元代，這種風氣漸盛；明代以後，“詩經”“書經”“易經”等，幾乎成了定名了。

所以，如果我們用原始的名字，應該把《詩經》叫做“詩”或“詩三百”；但“詩經”這個名字，既已沿用了幾百年，倘若忽然改變了，未免驚世駭俗。因此，本書仍舊以“詩經”爲名。

三　《詩經》内容

《詩經》分爲《國風》《小雅》《大雅》《頌》四部分：共三百零五篇。以外還有《南陔》《白華》《華黍》《由庚》《崇丘》《由儀》六篇，在《毛詩》裏還存着它們的篇名，但只是“有其義”而“亡其辭”。假使連這“亡其辭”的六篇計算，總計是三百十一篇。

《國風》分十五國——周南、召南、邶、鄘、衛、王、鄭、齊、魏、唐、秦、陳、檜、曹、豳，所收的詩，多半是經過潤色之後的民間歌謡。

《大雅・崧高篇》説：“吉甫作誦，其詩孔碩；其風肆好，以贈申伯。”從這幾句看來，在那時，似乎是風就是詩。《詩序》解釋國風説：“風，風也，教也。風以動之，教以化之。”又説：“上以風化下,下以風刺上,主文而譎諫,言之者無罪,聞之者足以戒,故曰風。"這是把風解作諷,恐怕不是國風之風的本義。我以爲國風之風,應該解作風土之風:因爲從這些歌謠裏,可以看到各地的風土人情;現在常用的風謡兩字,卻和國風之風的本義,恰恰符合。【《孝經》:"移風易俗,莫善於樂。"】

國風這個名詞,不如雅頌來得古老。隱公三年《左傳》説:"《風》有《采蘩》《采蘋》。"雖然已經用到風字(《荀子·儒效篇》也把國風稱作風),但還没把國風兩字連用。而且《左傳》這句話的上文,有"君子曰"的字樣,因此,這話究竟是《左傳》原來就有,抑是漢人所竄入,還不能絶對肯定。《禮記·表記篇》説:"《國風》曰:'我今不閱,皇恤我後!'"又説:"《國風》曰:'心之憂矣,於我歸説。'"上兩句出於《邶風》的《谷風》,下兩句出於《曹風》的《蜉蝣》。《荀子·大略篇》也有"《國風》之好色也"的話。《表記》的著成時代,不會早過《荀子》。如此説來,國風這個名詞,大概是起源於戰國晚年。

至於《國風》的次第,今傳《毛詩》本和三家《詩》雖没聽説有什麽不同,但和季札觀樂時所見的次第及鄭康成《詩譜》所列的次第,卻互相歧異。鄭氏《詩譜》的次第,是康成個人的意見;而且孔穎達所見的《詩譜》,和歐陽修所見的《詩譜》,其《國風》次第,又復不同:這裏不必談它。茲將《毛詩·國風》次第和季札所見的《國風》次第,列表如下:

《毛詩·國風》次第	周南	召南	邶	鄘	衛	王	鄭	齊	魏	唐	秦	陳	檜	曹	豳
季札所見《國風》次第	周南	召南	邶	鄘	衛	王	鄭	齊	豳	秦	魏	唐	陳	鄶	(曹)

季札觀樂事,在魯襄公二十九年,那時孔子剛剛八歲;我們

可以説那是孔子以前魯國所流傳的《國風》次第。至於《毛詩》——即今傳本——《國風》的次第,我以爲可能是孔子所定。關於這點,下文還要談到它。

從宋以來,頗有人認爲《周南》《召南》另是一事,不應列在《國風》之内。這個説法,我不能贊同,將俟下面談到"四始"時再討論它。

雅和夏古音相近,往往通用。《荀子·榮辱篇》:"越人安越,楚人安楚,君子安雅。"又《儒效篇》:"居楚而楚,居越而越,居夏而夏。"把這兩段話對照來看,可知雅就是夏。【繆鉞有《周代之雅言》一文,以爲雅言即當時之標準語,猶今日所謂"官話"也(見《浙江大學文學院集刊》第一集)。】《墨子·天志下》引《大雅·皇矣篇》"帝謂文王"六句,謂之"大夏",更是顯明的證據。夏,是文化較高的黄河流域一帶之地。【吴汝綸《尚書故》釋《立政》"乃伻我有夏"云:"有夏,謂周也。岐周在西,《左傳》陳公子少西,字夏;鄭公孫夏,字子西。是古以西土爲夏矣。《康誥》'肇造我區夏',《左傳》以爲造周。"】各國的國風,既然是各國流行的土樂樂調,準照此義來説,雅,應該是流行中原一帶而爲王朝所崇尚的正聲。如果拿現在的戲劇來比,正如蹦蹦戲、河南墜子、山東大鼓等之與平劇一樣。

至於《小雅》《大雅》之分,我以爲朱子的話説得很透徹。他的《詩集傳》説:

> 以今考之:正《小雅》,宴饗之樂也;正《大雅》,會朝之樂,受釐陳戒之辭也。……詞氣不同,音節亦異。

這些話,雖然有的無法絶對證明,但按理來説,是可信的。大小《雅》裏,固然多半是士大夫的作品,但《小雅》中也不少類似風謡的勞人思婦之辭——如《黄鳥》《我行其野》《谷風》《何草不黄》等是。但因爲樂調不同,所以被列在《雅》;又因爲其用不同,音節亦異,於是又有《小雅》《大雅》之分。

阮元有《釋頌》一文(見《揅經室一集》),以爲頌就是容,是歌而兼舞之義,這説法是可信的。《頌》,包括着《周頌》《魯頌》《商頌》三部分,它們本是祭祀時頌神或頌祖先的樂歌,但《魯頌》四篇,全是頌美活着的魯僖公,《商頌》中也有阿諛時君的詩。這些詩被列在《頌》裏,必定有特殊的原因,此點,下文也將述及。

三百篇的時代,就文辭上看,以《周頌》爲最早,大致都是西周初年的作品;《大雅》裏也有幾篇像是西周初年的作品,而大部分是西周中葉以後的産物。《小雅》多半是西周中葉以後的詩,有少數顯然地是作於東周初年。《國風》中早的約作於西周晚年,晚的已到了春秋中葉以後——如《陳風·株林》及《曹風·下泉》等。《魯頌》四篇,全部作於魯僖公的時候;《商頌》最晚的也作於此時。總之,這三百零五篇詩,最早的約作於民國紀元前三千年左右,最晚的也在兩千五百年左右。

至於各首詩的作者,有幾篇是詩本文裏自己説明的,如:

《小雅·節南山》:"家父作誦,以究王訩。"

同上《巷伯》:"寺人孟子,作爲此詩。"

《大雅·崧高》:"吉甫作誦,其詩孔碩。"

同上《烝民》:"吉甫作誦,穆如清風。"

此外如《詩序》中所説的某某之作,或絶對不可信,或在疑似之間;可以確然斷定作者的,那就寥如晨星了。

四　《詩經》之編集

《漢書·藝文志》説:"古有采詩之官,王者所以觀風俗,知得失,自考正也。”從這段話裏,可以知道各國的詩歌之所以能集攏在一起,是由於采詩之官的采集而來。

據傳説,古代所采集的詩歌共有三千多篇,到了孔子,給它删掉了十分之九,只剩了三百多篇。這個傳説,始見於《史記》的《孔子世家》:

> 古者,《詩》三千餘篇;及至孔子,去其重,取可施於禮義……,三百五篇,孔子皆弦歌之,以求合《韶》《武》《雅》《頌》之音。

這是孔子删《詩》之説之始。此説歷來雖也有不少人懷疑它,但信以爲真的人,卻佔絶大多數。我們如果以客觀的眼光來看,覺着有好幾點理由,可以推翻這個説法。

第一,鄭氏《詩譜序》孔穎達疏云:“案《書傳》所引之詩,見在者多,亡逸者少,則孔子所録,不容十分去九;馬遷言古詩三千餘篇,未可信也。”【《陔餘叢考》卷二謂《國語》引詩卅一條,佚詩僅二條(若《河水》如杜注之説爲《沔水》,則佚詩僅一條),《左傳》引詩共二百十七條,佚詩共十三條。】我們且就《左傳》《國語》及《禮記》三部書中引《詩》的情形,列表如下:

	《左傳》所引者	《國語》所引者	《禮記》所引者
今存之詩	一五六	二二	一〇〇
佚詩	一〇	一	三

由此表看來,三書中所引之詩,今存的總計爲二百七十八,已佚的爲十四。佚詩的數量,約佔存詩的二十分之一。即此可見孔穎達之説,實不爲無見。此其一。

第二，魯襄公二十九年《左傳》，記季札在魯觀樂，所見的《詩》，已和今本略同；所不同處，只是《國風》的次第（見前），以及對於《頌》没説到周、魯、商之分。那時孔子才八歲，自然不會有删《詩》之事；可見删《詩》之説，不足憑信。此其二。

復次，《論語·爲政篇》："子曰：'《詩》三百，一言以蔽之，曰：思無邪。'"又《子路篇》："子曰：'誦《詩》三百，授之以政，不達；使於四方，不能專對：雖多，亦奚以爲！'"孔子既屢次説"詩三百"，可見三百篇必是當時魯國通行的本子。因爲信而好古，而又慨歎着文獻不足的孔子，既不會把這些可貴的文獻十分去九，也不會把自己删定的本子，"詩三百""詩三百"地説得那麽自然。删《詩》之説之不可信。【《墨子·公孟篇》："誦《詩》三百，弦《詩》三百，歌《詩》三百，舞《詩》三百。"可見墨家所傳之《詩》亦僅三百篇。】此其三。

有以上三證，可以證明孔子斷無删《詩》之事。

不過，孔子雖未曾删《詩》，但對於它確曾用過一番重編或整理的工夫。《論語·子罕篇》："子曰：'吾自衛返魯，然後樂正，《雅》《頌》各得其所。'"孔子自己既然這樣説，這是最可信的史料。或者以爲這是説"正樂"，而不是"正詩"。但，既説"《雅》《頌》各得其所"，則《雅》和《頌》的篇第，必經孔子整理過，是絶無可疑的。

季札觀樂，没説到《頌》有周、魯、商之分。可能在那時候《魯頌》和《商頌》，還没有編進《詩》裏，或者雖已入《詩》，而不在《頌》裏。鄭康成以爲《魯》《商》兩頌，是孔子編入《詩經》的（説見《詩譜·魯譜》及《商譜》），這話雖不能絶對證實，但或係孔子新編入《詩》，或係孔子由别處抽出，改編在《頌》裏，二者必居其一。因爲魯是侯國，宋是亡國之餘，它們的詩既不應該和王朝的頌一視同仁的平列。而且如《魯頌》的《駉》和《有駜》，絶不像《頌》而像《國風》；《魯頌》的《泮水》《閟宫》，《商頌》的《殷武》，這些阿諛時君之詩，論其體裁，也類《雅》而不類《頌》（《商頌》他篇，體亦近於《雅》）。而這些詩竟都被編在《頌》裏，實在不能不使人感覺着奇怪。按：《春秋》於魯僖公三十一年，開始書"卜郊"，這説明了好大喜功的魯僖公，可能有稱王的意願；《孟子》引孔子的話，説："知我者，其惟《春秋》乎！罪我者，其惟《春秋》乎！"話説得那麽嚴重，推其原因，似乎不單是爲了庶人不應該操褒貶之權，而必有更重要的意義。恐怕公羊家"新周、故宋、王魯"之説，恰恰搔著了癢處。如此説來，孔子把《魯詩》編入《頌》而和《周頌》等量齊觀，正合《春秋》的意旨。【"新周"云云，見《公羊疏》引何休《文謚例》所論三科九旨，王魯作"以春秋當新王"。】《商頌》作於正考父（孔子七世祖）的説法雖不足信，但它們是宋人的作品，則絶無可疑。然而，"丘也殷人也"（孔子語，見《禮記・檀弓》）；那麽，把這"亡國之餘"的詩歌，高擡到和王朝之頌平列，在孔子做起來，也是人情之常。如此説來，所謂"《雅》《頌》各得其所"者，恐怕就是這個道理了。

《毛詩・國風》的次第，和季札所見的固然不同，但和今文家的本子，則没有什麽歧異。我疑心《毛詩・國風》的次第，也出於孔子所定。總之，孔子删《詩》之説雖然不足信，而《詩經》孔子曾經整理過，是没有什麽疑問的。

西周亡於犬戎之亂，平王倉皇東遷，以那時的交通工具而言，没有餘力來搬運許多笨重的簡書，是可以斷言的。所以，東周時王朝所存的文物，照理説不會太豐富。那時，文物豐富的所在，在南方則有南國，在北方則有晉國，在東方則有魯國；而魯國的文物，更比他國豐富。晉國韓宣子到魯國去，看到《易象》和

《魯春秋》,曾經歎息着説:"周禮盡在魯矣!"就足以證明這一點。這三百篇詩,在孔子以前,是魯國的傳本;經過孔子整理以後,便成了儒家的定本。但,他國的傳本,和魯國傳本,未必全同。而且歌謡是隨時隨地都會産生的民間文學,未必完全采入王朝;即使采入王朝,也未必完全傳佈到各國。因此,三百篇之外,自然還有許多流傳的詩歌。明白了這個道理,就可以知道爲什麽古書裏引了許多逸《詩》。而且,就是孔子所定儒家所傳的定本,因爲它的傳佈,多半憑藉着口授,又經過秦始皇的火燒,篇章字句,也難免有許多散失。《南陔》等六篇不必説了,即如孔子所引的"唐棣之華,偏其反而,豈不爾思? 室是遠而"四句,不見於今本的《詩經》;子夏引《詩》"巧笑倩兮,美目盼兮"之下,還有"素以爲絢兮"一句;《雨無正》篇,《韓詩》開首有"雨無其極,傷我稼穡"兩句。這都是孔子以後又有缺失的最顯著的例子。

五　六義、四始、正變之説

《周禮・春官・太師》説:"教六詩: 曰風,曰賦,曰比,曰興,曰雅,曰頌。"《詩序》便把它們叫做六義。這六件事物,應該分作兩組,即: 風、雅、頌是指詩的性質説,而興、賦、比則是指詩的體裁説。

風、雅、頌的分别,前面已經説過,這裏不必再説。賦,是鋪陳直敍,比,是假桑喻槐,這都是人所易曉的。而問題最麻煩關係又最大的,就是興體。

毛傳於賦、比兩體都不注明,而獨標興體。但是,毛傳、鄭箋,實際上都把興體講成了比體。那就是興體詩開頭的一二句,多半和詩人要詠的本事無關,而毛傳、鄭箋,卻一定要把這開頭的話和本事拉上關係,於是穿鑿附會,不一而足。鄭樵《六經奥論》説:“凡興者,所見在此,所得在彼,不可以事類推,不可以理義求也。”朱子《詩集傳》也説:“興者,先言他物,以引起所詠之詞也。”【《論語·子罕篇》引逸《詩》“唐棣之華”四句,朱子集注云:“此逸《詩》也,於六義屬興。上兩句無意義,但以起下兩句之辭耳。”】這都是明達之論。可是朱子《詩集傳》遇到興體詩時,也仍然“以事類推,以理義求”,講來講去,和比體簡直没什麽分别。

我們再鄭重地把朱子和鄭樵的話重述一遍,那就是“興者,先言他物,以引起所詠之詞”和“不可以事類推,不可以理義求也”。試把現在流行的歌謡作例,就容易明白了這個道理。魯西有歌謡云:

擀麵杖,兩頭尖。
俺娘送俺泰安山。
泰安山上鶯哥叫,
俺想娘,誰知道?
説着説着哥來叫。
問爹好,問娘安;
問問小侄歡不歡?

又一首云:

小草帽,戴紅纓。
娘説話,不中聽;
媳婦説話笑盈盈。
娘病了,要吃梨;
又没有街道又没有集,

又没有閒錢買東西。

媳婦病了要吃梨，
又有街道又有集，
又有閒錢買東西。
打着傘，踏着泥，
買來了燒餅買來了梨；
打掉根蒂去了皮，
偷偷地放在媳婦手心裏。
“别叫老娘看見了，
老娘看見不歡喜；
别叫老天看見了，
老天看見打雷劈。”

第一首是一個出嫁的女子思念母家之作，第二首是諷刺不孝之子之作。而“擀麵杖”與“小草帽”和歌謡的本意都毫無關係，只是“先言他物，以引起所詠之詞”。現在流傳的此類歌謡，固然比比皆是；而《詩經》一百六十篇《國風》之中，也大部分是類此的詩。明乎此，則知“關關雎鳩，在河之洲”，本來與“窈窕淑女，君子好逑”無關；説《詩》的人，一定要説雎鳩“鷙而有别”“生有定偶”，用來比附君子淑女，既非事實，也不合詩人的本意。而許多活生生的詩歌，卻被這些郢書燕説弄得奄奄待斃，真是可惜。

《史記·孔子世家》説：

古者，《詩》三千餘篇，及至孔子，去其重，取可施於禮義，上采契、后稷，中述殷、周之盛，至幽、厲之缺。始於衽席，故曰“《關雎》之亂”，以爲《風》始。《鹿鳴》爲《小雅》始，《文王》爲《大雅》始，《清廟》爲《頌》始。

【《史記·十二諸侯年表》：“周道缺，詩人本之衽席，《關雎》作。”《周禮·天官·玉府》：“掌王之燕衣服，衽席牀笫，凡褻器。”賈疏：“衽席者，燕寢中卧席。古人燕褻之地，或言衽席，或言牀笫，其義一也。”《魯詩》謂康王之后晏起，大臣刺之，而作《關雎》。《齊詩》謂畢公刺康王。】

這段話裏，記敍《國風》《小雅》《大雅》《頌》四部分開頭第一篇的篇名，雖然説到了四個“始”，但並没用“四始”這個名詞。“四始”之名，始見於《毛詩》的《詩序》。《詩序》於解説風、雅、頌之後，便説：“是謂四始，詩之至也。”假若没有《史記·孔子世家》那段話相互參證，則《詩序》的話，幾乎使人莫名其妙。《詩序》是不是衛宏所作，現在還不能絶對説定；因而其説是否襲自《魯詩》，也不能斷言（《史記》當本《魯詩》説）。此外，《齊詩》也有“四始”之説，據翼奉、郎顗所述，知道《齊詩》以《大明》在亥爲水始，《四牡》在寅爲木始，《嘉魚》在巳爲火始，《鴻雁》在申爲金始。《魯詩》及《毛詩》之説，對於《詩》雖然無關宏旨，但還不至貽誤後人；而《齊詩》則本乎五行爲説，支離怪誕，就絶不是《詩經》應有之義了。

梁啓超把《詩經》分爲《南》《風》《雅》《頌》四類，叫做四詩。他認爲“南”是一種合唱的音樂，於樂終時歌之，當在《風》《雅》《頌》之外，另爲一體（其説當本於宋人程大昌）。【《日知録》卷三則謂《南》《豳》《雅》《頌》爲四詩。】按：“南”，固然是一種樂名，但也是方域之名。二《南》之詩，采於周南、召南之地，其聲則爲南調；這和《鄭詩》采自鄭國，而其樂調則爲鄭聲一樣。所以，二

《南》仍當列在《國風》,不應另立門户。隱公三年《左傳》説:"《風》有《采蘩》《采蘋》。"這是古代把《召南》列在《國風》之證;《召南》既在《國風》,《周南》也不應該獨異。假若説《左傳》此語,在"君子曰"之下,有劉歆竄入之嫌,而《韓詩外傳》卷五有云:"子夏問曰:'《關雎》何以爲《國風》始也?'"《史記·孔子世家》也説:"《關雎》之亂,以爲《風》始。"可見西漢初年人,也都以二《南》爲《國風》。梁啓超的説法,是不可信從的。

此外,《國風》和大小《雅》,又都有正變之説。《毛詩序》説:"至於王道衰,禮義廢,政教失,國異政,家殊俗,而變風、變雅作矣。"鄭氏《詩譜序》更詳細地説:

> 文武之德,光熙前緒,以集大命於厥身,遂爲天下父母,使民有政有居。其時《詩》:《風》有《周南》《召南》,《雅》有《鹿鳴》《文王》之屬。及成王、周公致太平,制禮作樂,而有《頌》聲興焉,盛之至也。本之由此《風》《雅》而來,故皆録之,謂之《詩》之正經。後王稍更陵遲,懿王始受譖亨齊哀公【紀侯譖之】,夷身失禮之後,邶不尊賢。自是而下,厲也、幽也,政教尤衰。……故孔子録懿王、夷王時詩,訖於陳靈公淫亂之事,謂之變風、變雅。【衛頃侯(貞伯子厚)賂周夷王,夷王命爲衛侯。身,親身也。】

照鄭康成的説法,凡文、武、成王時詩,皆謂之正詩;懿王以後的詩(鄭氏《詩譜》所列,無康、昭、穆、共諸王時詩),皆謂之變詩。兹依鄭氏之説,列表如下:

	正	變
《國風》	《周南》《召南》	《邶》至《豳》
《小雅》	《鹿鳴》至《菁菁者莪》	《六月》至《何草不黄》
《大雅》	《文王》至《卷阿》	《民勞》至《召旻》

盛世之詩叫做正,衰世之詩叫做變,這種見解是否合理,我們姑且不論。即使承認毛、鄭之説爲合理,而他們所定的《詩》的時代,已多半靠不住——如《周南》《召南》,顯然有東周時詩,他們都認爲是周初的作品;何況毛、鄭認爲《豳風》諸詩,皆作於成王之世,而鄭氏卻把它列入變風,這豈非自相矛盾嗎?

總之,正變之説,本來没有什麽道理,只是《詩》學史上的陳迹而已。

六　三家《詩》

經學史上有所謂今古文之説。今文諸經,是用隸書寫的(隸書是漢代通行的文字),古文是用秦以前所流行的"古文"寫的。今文經多半由於口授,到漢初才著於竹帛的;古文乃是孔子壁中發現的先秦簡書和侯國及民間流傳的古本。今文經在文帝【前179—前157】時已立了博士(申公、韓嬰爲詩博士),到武帝【前140—前87】時已有五經博士;古文經則到平帝【1—5】時始立了《左氏春秋》《毛詩》《逸禮》《古文尚書》四種經的博士。今古文的經文,既有些殊異,它們解説經義(尤其是關於禮制的),更多不同。在西漢末年,劉歆想立古文博士的時候,今文博士羣起反對,在經學史上,曾掀起了軒然大波。他們所争的,一方面固然是爲了經義,但另一面,卻也是爲了這博士的職業。

漢初説《詩》的,有申培公、轅固生和韓嬰,後世把他們的

《詩》説叫做三家《詩》,他們都是今文家。

申培公是魯人。當漢高祖經過魯國的時候,他曾經跟隨着老師謁見過高祖。後來到長安遊學,又曾經和楚元王【名交,高祖弟】及元王的兒子劉郢,一同作過浮丘伯的學生。而浮丘伯乃是荀卿的弟子(見《鹽鐵論》。“浮丘伯”作“苞丘子”),可見申公之學,是傳自先秦的。漢文帝時,他和韓嬰,都以治《詩》爲博士(説詳《困學紀聞》卷八),在漢代的經學博士中,算是最早的了。轅固生是齊人,景帝時以治《詩》爲博士。韓嬰是燕人,漢文帝時做過博士,景帝時作過常山王【名舜,景帝子】的太傅。

《漢書·藝文志》著録了《魯故》二十五卷,《説》【弟子所傳】二十八卷。又著録《齊后氏故》二十卷【故——通古今之異言】,《傳》【弟子受其學而爲之傳】三十九卷(應劭云:后蒼作《齊詩》),《孫氏故》二十七卷,《傳》二十八卷,《雜記》【采雜説】十八卷。《韓詩》,《漢書·藝文志》著録《韓故》三十六卷,《内傳》四卷,《外傳》六卷,《説》四十一卷。

《齊詩》亡於魏代【《齊詩》亡於魏,見《隋志》】,《魯詩》亡於西晉(現在所傳的《申培詩説》,是明人豐坊僞作的),現在關於這兩家的詩説,已無法詳細知道。後人雖然從别的書裏,零星地輯出了一些“遺説”(清人陳喬樅輯的《三家詩遺説考》最完備),但究竟是一鱗半爪,我們僅能藉以知道它們的大概罷了。《韓詩》【《隋志》有《韓詩》二十二卷,薛氏章句。薛氏,名漢,後漢時人。《新唐志》有《韓詩》卜商序、韓嬰注廿二卷,又《外傳》十卷】,到唐時還存在着(這是根據王應麟《詩考》所述《崇文總目》的説法。有人説:《韓詩》在北宋時還存在着),現在只剩了《外傳》十卷(《唐書·藝文志》所著録的卷數已是這樣,和《漢志》不同),但比起魯、齊兩家來,總算是幸運多了。

《漢書・藝文志》説《魯詩》"最爲近之",可見《魯詩》比較平實,没有什麽非常異義可怪之論。《齊詩》羼雜了陰陽五行之説,不免離奇怪誕;它亡得最早,這大概是主要原因。《韓詩》和兩家雖然不同,但和《魯詩》比較接近。只是西漢的博士們,好假借經書,來發揮他們的政治哲理(本傳孟真先生説);因爲要把經學配合政治,就不得不利用經文替自己作注脚,於是"郢書燕説"就疊見層出了。

七　毛詩

三家《詩》既然都早已亡佚,從宋以後,只有《毛詩》單獨地流傳着。《毛詩》,就是我們現在所讀的本子。

《漢書・藝文志》,在敍述三家《詩》之後,【三家《詩》皆二十八卷(《國風》十三,《小雅》七,《大雅》三,《周頌》三,魯、商《頌》各一)】接着説:"又有毛公之學,自謂子夏所傳,而河間獻王好之,未得立。"《志》裏著録了《毛詩》二十九卷【合序一卷言之】,《毛詩故訓傳》三十卷【《邶》《鄘》《衛》分著】,説是"毛公所傳"。【《觀堂别集》卷一《書〈毛詩故訓傳〉後》以爲:"故訓者,大毛公所作;而傳則小毛公所增益也",文中列舉《毛詩》用《周禮》之文者二十七條(其中數條出《考工記》)。以爲小毛公爲河間獻王博士,得見《周禮》故也。】這《故訓傳》【《詩》正義:"傳者,傳通其義也。"又云:"詁者,古也。古今異言,通之使人知也。訓者,道也。道物之貌,以告人也。"】,也就是我們今天所見之本。

《漢書・儒林傳》説:

> 毛公,趙人也。治《詩》,爲河間獻王博士,授同國貫長卿,長卿授解延年,延年爲阿武令,授徐敖,敖授九江陳俠,

爲王莽講學大夫，由是言《毛詩》者本之徐敖。

《關雎》正義引鄭氏《詩譜》說：

魯人大毛公爲《詁訓傳》於其家，河間獻王得而獻之，以小毛公爲博士。

陸璣《毛詩草木鳥獸蟲魚疏》說：

毛亨作《詁訓傳》，以授趙國毛萇。時人謂亨爲大毛公，萇爲小毛公。

根據上列的史料，知道作《詁訓傳》的，是魯國的毛亨，而不是趙國的毛萇。但《後漢書・儒林傳》卻說："趙人毛萇傳《詩》，是爲《毛詩》。"因而也有人據此以爲《詁訓傳》乃毛萇所作。不過，如果把"傳詩"解作傳布毛亨之《詩》，則此語和陸璣的話，並不相悖。只是，當班固作《漢書》時，僅知道有一個毛公；到鄭康成時，雖已知道有兩個毛公，但並沒舉出名字；而到了陸璣，便知道了大毛公名亨，小毛公名萇。時代愈後，知道的古事愈詳，這點，不能使人無疑。所以，作《詁訓傳》的究竟是不是毛亨，還有討論的餘地。

《毛詩序》的作者，更是一個聚訟不決的問題。鄭氏《詩譜序》(《經典釋文》引)說：

《大序》是子夏作，《小序》是子夏、毛公合作。卜商意有未盡，毛公更足成之。

這是説《詩序》乃子夏和毛公合作。陸璣《草木鳥獸蟲魚疏》説：

> 孔子删《詩》授卜商，商爲之序。……九江謝曼卿，亦善《毛詩》，乃爲其訓。東海衛宏，從曼卿受學，因作《毛詩序》，得《風》《雅》之旨。

這是説子夏序次《詩》三百篇，而衛宏作《毛詩序》。《後漢書・儒林傳》也説衛宏作《毛詩序》，"善得《風》《雅》之旨，於今傳於世"。此外有説《詩序》是詩人自己作的（王安石説），有説《大序》作於孔子，《小序》作於國史的（程頤説），有説《詩序》是劉歆和衛宏合作的（康有爲説）。總之，《詩序》究竟是什麽人作的，到現在還没有定論。

至於《毛詩序》所説各首詩的大義，可信的很少。所以從歐陽修以後的學者，常常有人批評它的錯誤。鄭樵的《詩辨妄》，朱子的《詩序辨説》，把《詩序》攻擊得幾乎體無完膚。從此以後，除了少數固守家法的人之外，已很少人再全部信從《詩序》了。

八　歷代《詩》學的演變

《論語・陽貨篇》説：

> 《詩》，可以興，可以觀，可以羣，可以怨。邇之事父，遠之事君。多識於鳥獸草木之名。

又《季氏篇》説：

> 不學《詩》，無以言。

又《子路篇》説：

> 誦《詩》三百，授之以政，不達；使於四方，不能專對。雖多，亦奚以爲！

總括這些話語，共有三個要點：一、用《詩》涵養性情，以爲修身之用；二、藉《詩》通達世務，以爲從政之用；三、用《詩》練習辭令，以爲應對之用。至於多識鳥獸草木之名，那可以説是其餘事了。從孔子以後，到秦始皇以前，談《詩》的人，大致都不超出這個範圍。【孔子以隱喻或引伸義説《詩》，往往斷章取義，春秋戰國以來説《詩》者多如此。漢以後遂有"詩教"之説，附會詩文，以合"教"義，二千年來，受其影響至大。】那時，似乎没有專門研究《詩經》的人(《毛詩》傳授源流，屬於先秦部分的，皆不可信)，也没聽説有注解《詩經》的專書。

以研究《詩經》爲專業的，是從西漢開始。三家之學，多是憑藉着《詩經》來發揮他們的政論，穿鑿附會，不一而足。《毛詩》雖然也很多"美""刺"等説，有諷政的意味，但它主要的是解釋《詩》的本文，很少空論。比起三家來，究竟平實得多。鄭康成起初習《韓詩》，後來改習《毛詩》，大約就是爲了這個緣故。康成集今古文學之大成，是漢末經學界的權威，所以鄭箋行世以後，三家都漸漸衰微。魏王肅作《詩解》，蜀李譔作《毛詩傳》(兩書現在均已不傳)，雖然攻擊鄭箋，但皆尊崇毛傳。以後直到隋唐，雖然反對鄭氏和王氏的人都有，可是尊毛崇鄭的人，究竟佔大多數。孔穎達等的正義行世之後，而毛傳、鄭箋，更是定於一尊。只有成伯璵(唐人)的《毛詩指説》，常常用自己的意見説經，而不專門依傍毛、鄭，實是宋人説《詩》一派的開路先鋒，可惜當時的人没有重視他。

宋人勇於疑古,在《詩經》方面,糾正了許多以往的謬見。歐陽修的《詩本義》,蘇轍的《詩集傳》,都能獨抒己見,而不迷信舊説。接着有王質(《詩總聞》)、鄭樵(《詩辨妄》)和朱子(《詩序辨説》)等的攻擊《詩序》,於是毛、鄭原有的勢力,幾乎完全崩潰。朱子殁後,他所著的《詩集傳》大行,經過元明兩朝,没有人能和他抗衡。清代,朱傳的勢力雖然稍衰,可是政府仍舊把它當作"國定教本"。魏晉以後的毛傳、鄭箋,南宋以後的朱子《詩集傳》,論它們在學術界上的勢力,可以説是旗鼓相當。

南宋時遵信毛傳而比較重要的著作,則有吕祖謙的《吕氏家塾讀詩記》。以《讀詩記》爲主,而雜采衆説,又時出己意的,則有嚴粲的《詩緝》。這兩部書,都是研究《詩》學的人所重視的著作。此外,有王柏的《詩疑》,不獨攻擊毛、鄭,並且删削經文,這是疑古一派的過火之作。而王應麟的《詩考》,采集三家《詩》的遺説,彙成一編,存古學而並不專佞其説,要算是一部傑出的書。而且,在"輯佚書"方面,它又是開山之作,因此,就更值得人重視了。

元明兩代關於《詩經》的著作,大部分都是朱子一流。至於攻擊朱子的書,則有郝敬的《毛詩原解》;以《小序》的首句爲主,而參用舊説的,則有朱謀瑋的《詩故》;分《詩》篇的時次,而用史實來證詩的,則有何楷的《詩經世本古義》。這是朱派以外比較著名的書。

清初研究《詩經》的人,多不專主一家。康熙以後,漢學漸漸復興。其後尊漢學,攻宋學,成了一般的風氣,直到清代末年都没有變。雖然朝廷的功令,崇尚朱傳,但總不能够壓倒那時代的洪流。清代關於《詩經》的著作很多,卓然可取的也很不少。其專主毛傳而功力最深的，有胡承珙的《毛詩後箋》和陳奐的《詩毛氏傳疏》。兼申毛、鄭，而又不拘守門户之見的，則有馬瑞辰的《毛詩傳箋通釋》。在清代説《詩》的專書裏，我認爲馬氏此書，是一部最好的著作。至於研究三家《詩》的，則有魏源的《詩古微》、陳喬樅的《三家詩遺説考》《齊詩翼氏學疏證》及王先謙的《詩三家義集疏》；而陳氏的書，更屬後來居上。此外，非説《詩》專書而涉及《詩經》的，像顧炎武的《日知録》、惠棟的《九經古義》、王念孫父子的《經義述聞》也都有很多精闢的見解。

總之，精於訓詁，明於古誼，是漢學派之所長；而墨守家法，不知變通，是其所短。不受古代經師的拘束，專就《詩》本文以求詩義，是宋學派之所長；而疏於訓詁，鑿空立説，是其所短。《詩經》是如此，其他各經，也是如此。

九　我們怎樣研究《詩經》

傅孟真先生，在他的《詩經講義稿》裏，有這樣一段話：

> 我們去研究《詩經》，應當有三個態度：一、欣賞它的文辭；二、拿它當一堆極有價值的歷史材料去整理；三、拿它當一部極有價值的古代言語學材料書。但欣賞文辭之先，總要先去搜尋它究竟是怎樣一部書，所以言語學、考證學的工夫乃是基本工夫。我們承受近代大師給我們訓詁學上的解決，充分的用朱文公等就本文以求本義之態度，於《毛序》、毛傳、鄭箋中尋求今本《詩經》之原始，於三家《詩》之遺説遺文中得知早年詩經學之面目，探出些有價值的傳説來，而一切以本文爲斷。只拿它當做古代留遺的文詞，既不涉倫理，也不談政治，這樣似乎才可以濟事。

這不啻是我們研究《詩經》的一條大路。我們生當金文、甲骨文大量出土的今天，在字形、字義和語法構造方面，有豐富的材料，可資比較；在音韵方面，現在審音的方法，既超過了前人，又有全世界的語言學材料，可供參考；在史料方面，我們又具有了前人所没有的社會史和文化人類學等知識。我們既已洗净了冬烘的頭腦，又有了這些憑藉，再加上前人研究的成果；那麽，廓清了以往的雲霧，而探尋三百篇的本來面目，應該是不難的。“譬如積薪，後來居上”，深盼當世的學人和今後的學人，共同努力。

以上所説，是對於有志精研《詩經》者的一個期望。至於一般的人，則爲了常識起見，既不能不略微知道這一個寶貴的先民文化遺産；爲了欣賞文藝起見，更不能不讀這一部中國純文學的開山之作。那只要略知大意，也就足以歡欣鼓舞，而發思古之幽情；對於本國文化的愛慕之情，也就自然地更濃厚了。

國　風

自《周南》以下至《豳》，凡十五國之詩，相傳謂之《國風》；因其詩多爲諸國之歌謡也。以諸國之詩爲《風》，其説雖早；而“國風”之名，則始見於戰國晚年（説詳《敍論》）；雖非甚古，然既已沿用二千餘年，故仍存之。惟今本十五國次第，既與《左傳》所記季札觀樂時所見者不同，與鄭氏《詩譜》亦異（並詳《敍論》）；然自《左傳》以後，迄乎鄭康成以前，則未聞異説。《詩譜》出於康成臆定，則今本諸國之先後，蓋秦漢以來相傳之舊第也。至《周南》《召南》，近人或以爲不應在《國風》之列。然隱公三年《左傳》，有“《風》有《采蘩》《采蘋》”之語；《采蘩》《采蘋》，皆在《召南》，可知二《南》之詩，古固以爲《風》也。故本書於《國風》篇第，悉仍舊貫。

周　南

南，南方之國；【《大雅·常武》："惠此南國。"《大雅·崧高》："于邑于謝，南國是式。"又《韓奕》云："奄受北國。"】周南，王朝所直轄南方之國也（本傳孟真先生説，見所著《周頌説》）。舊謂：周爲岐周故地，自文王徙都於豐，乃以其地爲周公旦、召公奭之采邑；南，言周召之化，行於南國。因謂：《周南》《召南》，皆殷末周初時詩。今按：《周南·汝墳》云"王室如燬"，蓋指西周末年之喪亂而言；《召南·何彼襛矣》云"平王之孫"，明爲東周之詩。以此證之，舊説非也。《史記》稱太史公滯留周南，摯虞謂即洛陽；而《周南》之詩，有《漢廣》《汝墳》兩篇，《關雎》復有"在河（黄河）之洲"之語，證知周南方域，約北抵黄河，南及汝漢（即今河南省黄河以南偏西之地也）。又南方之樂，亦謂之南。《周南》詩十一篇，皆採自周南之地；其聲，則南國之樂調也。

關　雎①

關關②雎鳩③，在河④之洲⑤。窈窕⑥淑⑦女，君子⑧好逑⑨。

參差⑩荇菜⑪，左右流⑫之。窈窕淑女，寤寐⑬求之。求之不得，寤寐思服⑭。悠哉悠哉⑮！輾轉反側⑯。

參差荇菜，左右采⑰之。窈窕淑女，琴瑟友⑱之。參差荇菜，左右芼⑲之。窈窕淑女，鐘鼓樂之。

【注釋】

① 此祝賀新婚之詩。按：王國維《釋樂次》謂：金奏之樂，天子、諸侯用鐘鼓，大夫、士鼓而已。此詩有"鐘鼓樂之"之語(附鐘圖，見附圖一)，蓋賀南國諸侯或其子之婚也。一章泛言淑女爲君子之好逑，二章言思淑女之切，三章言得淑女之樂，旨義甚明。

② 關關，相和聲，與喈喈同義。

③ 雎，音沮。雎鳩，魚鷹也。邵晉涵《爾雅正義》説。

④ 河，黄河也。《詩經》中凡言河者，皆謂黄河。

⑤ 洲，水中可居之地也。

⑥ 窈窕，音杳挑，容貌美好也。【義見《廣雅》及《方言》。窈窕，毛傳解作幽閒，朱傳從之。】

⑦ 淑，善也，此指品德言。

⑧ 君子，《詩經》中之君子，多指有官爵者言(婦人稱其夫亦用之)，與後世專指品德高尚之人言者，異。

⑨ 逑，音求，匹偶也；好逑，猶言嘉偶。

⑩ 參差，長短不齊貌。

⑪ 荇，音杏，水生植物，似蓴，可食，故曰菜。

⑫ 流，求也。【流作流動解亦通。】

⑬ 寤寐，猶夢寐也。馬瑞辰説。

⑭《經傳釋詞》云："思，句中語助也。"服，思念也。

⑮ 悠哉悠哉，形容思念之深長。

⑯ 輾,轉之半。反側,猶反覆也。

⑰ 采,即採字。

⑱ 友,親也。義見《廣雅》。

⑲ 芼,音冒,擇也。

葛　覃①

葛②之覃③兮,施④于中谷⑤,維葉萋萋⑥。黄鳥⑦于飛⑧,集于灌木⑨,其鳴喈喈⑩。

葛之覃兮,施于中谷,維葉莫莫⑪。是刈⑫是濩⑬,爲絺爲綌⑭,服之無斁⑮。

言⑯告師氏⑰,言告言歸⑱。薄⑲汙⑳我私㉑,薄澣㉒我衣㉓。害㉔澣害否?歸寧父母㉕。

【注釋】

① 此婦人自詠歸寧之詩。由"言告師氏"之語證之,此婦似非平民。

② 葛,草名,蔓生,莖細長,莖之纖維,可織葛布。

③ 覃,延長也。

④ 施,古讀當與拖字同,拖蔓也。今北方俗語,謂之拖秧。

⑤ 中谷,谷中也。

⑥ 萋萋,茂盛貌。

⑦ 黄鳥,黄雀也。

⑧ 于飛,猶言在飛。

⑨ 灌木,叢木也。

⑩ 喈，音皆。喈喈，鳥鳴聲。

⑪ 莫莫，茂也。

⑫《經傳釋詞》云：“是，猶於是也。”刈，割也。

⑬ 濩，音穫，煮也。

⑭ 葛布之細者曰絺，粗者曰綌。

⑮ 斁，音亦，厭也。

⑯ 言，語助詞。下同。【本朱傳】

⑰ 師，女師也。古有教女之師，猶後世之保姆。【陳氏《詩毛氏傳疏》云：“女師與傅姆異。女師者，教女之師。在公宫宗室，不隨行。傅姆則隨女同行。”】

⑱ 歸，歸寧也。

⑲ 薄，語助詞。下同。

⑳ 汙，洗衣而揉搓之也。

㉑ 私，平時所著之衣。

㉒ 澣，洗濯也。

㉓ 衣，禮服也。

㉔ 害，何也。

㉕【歸寧，《公羊》莊廿七年傳何休解詁云：“諸侯夫人尊重，既嫁，非有大故不得反，惟自大夫妻，雖無事，歲一歸寧。”《穀梁》以夫人既嫁踰竟爲非禮(傳凡八見)。】

卷　耳①

采采② 卷耳③，不盈頃筐④。嗟我懷⑤ 人，寘⑥ 彼周行⑦。

陟[8]彼崔嵬[9]，我馬虺隤[10]。我姑酌彼金罍[11]，維以不永懷。

陟彼高岡，我馬玄黄[12]。我姑酌彼兕觥[13]，維以不永傷[14]。

陟彼砠[15]矣，我馬瘏[16]矣，我僕痡[17]矣，云何吁矣[18]！

【注釋】

① 此當是行役者思家之詩。首章述家人思己之苦，二、三、四章，則行役者自述思家之情也。觀其有僕有馬，似亦非平民或兵卒。

② 采采，採而又採也。

③ 卷耳【即蒼耳】，一年生草，莖葉皆有微毛，葉作長卵形，對生無柄，嫩葉可食。

④ 頃筐，籍箕之屬。後高前低，故曰頃筐。

⑤ 懷，念也。

⑥ 寘，同置。

⑦ 周行，蓋周之國道；引申其義，猶言大道也。【朱子謂周行爲大道。】余别有説詳之。

⑧ 陟，登也。

⑨ 嵬，音巍。崔嵬，山巔也。義見《小雅·谷風》毛傳。【《谷風》之“崔嵬”，應爲高貌。】

⑩ 虺隤，音灰頹，疲病也。

⑪ 罍，酒器。金罍，金屬之罍（古罍除陶製者外，皆以銅爲之，見附圖二）也。

⑫ 玄黄，病貌。《經義述聞》説。

⑬ 兕觥,匜類之稍小而深者,或有足,或無足,而皆有蓋,蓋皆作牛首形(見附圖三)。王國維説,見所著《説觥》。

⑭ 傷,憂思也。

⑮ 砠,音阻,石山之戴土者。

⑯ 瘏,音塗,病也。

⑰ 痡,音敷,亦病也。

⑱ 云何,猶言如何。吁,盱之假借(《小雅・都人士》作"云何盱矣"),病也。【吁作吁嗟解亦通。《爾雅・釋詁》:"盱,憂也。"郭注引《詩》作"云何盱矣",王先謙謂郭注所引者爲《魯詩》。】

樛　木①

南有樛木②,葛藟③纍④之。樂只⑤君子,福履⑥綏⑦之。

南有樛木,葛藟荒⑧之。樂只君子,福履將⑨之。

南有樛木,葛藟縈⑩之。樂只君子,福履成⑪之。

【注釋】

① 此祝福之詩。所祝之君子,蓋亦有官爵者。

② 南,猶今言南邊、南面。樹木下曲曰樛,音糾。

③ 藟,音壘,葛屬。

④ 纍,纏繞也。

⑤ 只,語助詞。樂只,猶言樂哉。嚴粲説。

⑥ 履,禄也。

⑦ 綏,安也。

⑧ 荒,掩蓋也。

⑨ 將,助也。【鄭箋:將,扶助。】

⑩ 縈,繞也。

⑪ 成,就也。

螽　　斯①

螽斯②羽,詵詵③兮。宜爾子孫振振④兮。

螽斯羽,薨薨兮。宜爾子孫繩繩⑤兮。

螽斯羽,揖揖兮。宜爾子孫蟄蟄⑥兮。

【注釋】

① 此祝子孫盛多之詩。

② 螽,音終。螽斯,蝗屬,能以股擦翅作聲。【姚際恒《詩經通論》云:"螽斯之斯,語辭,猶鹿斯、鷽斯也,《豳風》'斯螽動股',則又以斯居上,猶斯干、斯稗也。"】

③ 詵,音莘。馬瑞辰云:"詵詵、薨薨、揖揖,皆形容羽聲之衆多耳。"

④ 振振,衆盛貌。馬瑞辰説。【朱傳已有此説】

⑤ 繩繩,連續不絶貌。【本朱傳】

⑥ 蟄蟄,和集貌。

桃　　夭①

桃之夭夭②,灼灼③其華④。之子⑤于歸⑥,宜其室家。

桃之夭夭，有蕡[7]其實。之子于歸，宜其家室。

桃之夭夭，其葉蓁蓁[8]。之子于歸，宜其家人。

【注釋】

① 此賀嫁女之詩。

② 夭夭，《説文》引作枖枖，云："木少盛貌。"

③ 灼，音酌。灼灼，鮮明貌。嚴粲説。

④ 華，古花字。

⑤ 之子，是子也。

⑥ 于歸，猶言在嫁。歸人謂嫁曰歸。

⑦ 蕡，音墳，大也。馬瑞辰説。按：《詩》中凡以有字冠於形容詞或副詞之上者，等於加然字於形容詞或副詞之下；故有蕡猶蕡然也。

⑧ 蓁，音臻。蓁蓁，茂盛貌。

兔　罝[1]

肅肅[2]兔罝[3]，椓[4]之丁丁[5]。赳赳[6]武夫，公侯干城[7]。

肅肅兔罝，施[8]于中逵[9]。赳赳武夫，公侯好仇[10]。

肅肅兔罝，施于中林[11]。赳赳武夫，公侯腹心。

【注釋】

① 此頌武人之詩。

② 馬瑞辰云："肅肅，蓋縮縮之假借。"近人某氏云："縮，數

也,即密也。”

③ 兔罝,兔網也。罝,音苴。

④ 椓,音琢,擊也。

⑤ 丁,音争。丁丁,擊杙(橛子)聲。

⑥ 赳,音糾。赳赳,勇武貌。

⑦ 干,盾也。盾以護身,城以阻敵。干城,猶言護衛也。

⑧ 施,置也,布也。

⑨ 舊説:“逵,九達之道也。”按:九達之道,非施兔罝之所。疑逵爲高處。中逵,逵中也。

⑩ 仇,同逑,匹也。此好仇猶言良伴。

⑪ 中林,林中也。

芣　苢[①]

采采芣苢[②],薄言[③]采之;采采芣苢,薄言有[④]之。

采采芣苢,薄言掇[⑤]之;采采芣苢,薄言捋[⑥]之。

采采芣苢,薄言袺[⑦]之;采采芣苢,薄言襭[⑧]之。

【注釋】

① 此詠婦人採芣苢之詩。

② 芣苢,通作芣苡,音浮以,植物名,即車前子。

③ 薄言,皆語詞。【《後漢書·李固傳》:“薄言振之。”李注引《韓詩薛君傳》曰:“薄,辭也。”】

④《廣雅》:“有,取也。”

⑤ 掇,音輟,拾也。

⑥ 捋,盧活切,以指歷取之也。《詩經補注》云:“捋,一手持其穗,一手捋取之。”

⑦ 袺,音結,以衣貯物而執其襟也。

⑧ 襭,音絜,以衣貯物而扱(改斂)其襟於腰帶間也。

漢　廣[①]

南有喬木[②],不可休息[③]。漢有游女[④],不可求思。漢之廣矣,不可泳思;江之永[⑤]矣,不可方[⑥]思。

翹翹[⑦]錯[⑧]薪,言刈其楚[⑨]。之子于歸,言秣[⑩]其馬。漢之廣矣,不可泳思;江之永矣,不可方思。

翹翹錯薪,言刈其蔞[⑪]。之子于歸,言秣其駒。漢之廣矣,不可泳思;江之永矣,不可方思。

【注釋】

① 此詩當是愛慕游女而不能得者所作。

② 小枝上繚之樹木曰喬木。

③ 喬木不能蔭下,故不可休息。又:息字或作思,則爲語詞。

④ 游女,出遊之女。朱傳:“江漢之俗,其女好遊,漢魏以後猶然。如大隄之曲可見也。”

⑤ 永,長也。《韓詩》作漾,義同。

⑥ 方,筏也。編木以渡水者。

⑦ 翹翹,衆也。義見《廣雅》。

⑧ 错,雜也。

⑨ 楚,木名,荆屬。

⑩ 秣，音末，飽也。言秣其馬，爲希冀之辭，即"雖爲之執鞭亦欣慕焉"之意。

⑪ 蔞，音屢，馬瑞辰云："當蘆字之假借。"

汝　墳[①]

遵[②]彼汝墳[③]，伐其條枚[④]。未見君子[⑤]，惄[⑥]如調[⑦]飢。

遵彼汝墳，伐其條肄[⑧]。既見君子，不我遐棄[⑨]。

魴魚[⑩]赬[⑪]尾，王室[⑫]如燬[⑬]。雖則如燬，父母孔邇[⑭]。

【注釋】

① 此蓋婦人喜其夫于役歸來之作。

② 遵，循也。

③ 汝，水名，源出今河南嵩縣之老君山，東流至潢川縣入淮。墳，讀如《大雅·常武》"鋪敦淮濆"之濆，水涯也。

④ 《説文》："條，小枝也。"《廣雅》："枚，條也。"

⑤ 此君子，謂丈夫也。

⑥ 惄，音溺，飢貌。

⑦ 調，音周，朝也。

⑧ 枝幹之斬而復生者曰肄。

⑨ 舊謂："遐，遠也。"按：《詩》中凡"不遐"（遐或作瑕）兩字冠於句首，或云"不……遐……"者，遐字皆語詞無義。不我遐棄，即不我棄也。

⑩ 魴，音房。《説文》："魴，赤尾魚也。"馬瑞辰謂即鯿魚。

⑪ 赬,音稱,赤也。

⑫ 王室,謂周朝也。舊謂爲殷王室,非是。【崔述《讀風偶識》:“竊意此乃東遷後詩,王室如燬,即指驪山亂亡之事。”】

⑬ 燬,焚也。

⑭ 孔,甚。邇,近也。言王室雖如燬(意謂固應出而爲國服役),但父母甚近,應留戀也。【按:邇,親近也,猶遠謂疏也。昭三十年《左傳》:“使其邇臣從之”,杜注:“邇,近也。”按:邇臣,親近之臣也。】

麟　之　趾①

麟之趾②,振振③公子。于④嗟麟兮!
麟之定⑤,振振公姓⑥。于嗟麟兮!
麟之角,振振公族⑦。于嗟麟兮!

【注釋】

① 此頌美公侯子孫盛多之詩。

② 趾,足也。

③ 振振,與《螽斯》之“振振”同義,盛多貌。

④ 于,同吁。

⑤ 定,額也。

⑥⑦《經義述聞》云:“公姓、公族,皆謂子孫也。”

召　南

召南，召穆公虎所統轄之南國也（本傳孟真先生說，見所著《周頌說》）。召虎闢江漢之域，《大雅·江漢》之篇，具詠其事，時在宣王之世。《召南》之詩十四篇，言地望者，則有《江有汜》，復證以《江漢》之詩，知其地南至長江，乃周南以南至於長江之地域也。《甘棠》之詩言召伯，知其爲召虎而非召公奭（說詳彼篇），《何彼襛矣》言"平王之孫"，以此證之，《召南》之詩，早者不逾宣王之世，遲者已至東周初葉。舊以爲皆周初之詩，非也。

鵲　巢①

維②鵲有巢，維鳩③居之。之子于歸，百兩④御⑤之。

維鵲有巢，維鳩方⑥之。之子于歸，百兩將⑦之。

維鵲有巢，維鳩盈之。之子于歸，百兩成⑧之。

【注釋】

① 此祝嫁女之詩。百兩之語，固不免浮誇，然可證知其非平民。

② 維，發語詞，猶今語之"啊"。胡適說，見所著《談談詩經》。

③ 鳩，鴝鵒（即八哥）也。鵲每歲十月後遷巢，其空巢則鴝

鳲居之。嚴粲、毛奇齡、焦循、馬瑞辰等皆有此説。

④ 兩,即輛。

⑤ 御,迎也。

⑥ 方,當讀爲放,依也。《經義述聞》説。

⑦ 將,送也。

⑧ 成,成其禮也。

采　　蘩①

于以②采蘩③,于沼④于沚⑤。于以用之,公侯之事⑥。

于以采蘩,于澗之中。于以用之,公侯之宫⑦。

被⑧之僮僮⑨,夙夜在公⑩;被之祁祁,薄言還歸。

【注釋】

① 此詠諸侯夫人祭祀之詩。

② 于以,與《陳風・東門之枌》之"越以"同,語詞也。胡承珙説。

③ 蘩,音煩,白蒿也。

④ 沼,池也。

⑤ 沚,渚也。

⑥ 事,祭祀之事也。古謂祭祀之事曰"有事",甲骨文、周易爻辭,皆常用此語。

⑦ 宫,廟也。

⑧ 被,首飾也。

⑨ 僮僮、祁祁,皆形容首飾之盛。《經義述聞》説。

⑩ 朱傳:“公,公所也。”此謂宗廟也。

草　蟲[①]

喓喓[②]草蟲[③],趯趯[④]阜螽[⑤]。未見君子,憂心忡忡[⑥];亦[⑦]既見止[⑧],亦既覯[⑨]止,我心則降[⑩]。

陟彼南山,言采其蕨[⑪]。未見君子,憂心惙惙[⑫];亦既見止,亦既覯止,我心則説[⑬]。

陟彼南山,言采其薇[⑭]。未見君子,我心傷悲;亦既見止,亦既覯止,我心則夷[⑮]。

【注釋】

① 此婦人懷念征夫之詩。
② 喓,音腰。喓喓,蟲鳴聲。
③ 草蟲,即草螽,蝗屬,俗名織布娘。
④ 趯,音惕。趯趯,躍也。
⑤ 阜螽,幼蝗尚未生翅者。
⑥ 忡,音沖。忡忡,猶沖沖也。
⑦ 亦,有“若”義。《經詞衍釋》有説。
⑧ 止,語助詞。
⑨ 覯,讀爲遘,遇也。
⑩ 降,下也。我心則降,猶今言我則放下心也。
⑪ 蕨,羊齒類植物,嫩葉可食。
⑫ 惙,音輟,一音綴。惙惙,憂結貌。
⑬ 説,音悦。

⑭ 薇,項安世曰:"今之野豌豆苗也。"

⑮ 夷,悦也。義見《鄭風·風雨》毛傳。

采　　蘋①

于以采蘋②,南澗之濱;于以采藻③,于彼行潦④。

于以盛⑤之,維筐及筥⑥;于以湘⑦之,維錡⑧及釜。

于以奠⑨之,宗室牖下⑩。誰其尸⑪之?有齊季女⑫。

【注釋】

① 此詠祭祀之詩。

② 蘋,音頻。《本草》謂水萍有三種,大者曰蘋,中者曰荇菜,小者曰浮萍。

③ 藻,聚藻也。陸璣云:"藻,水草也。有二種……其一種,莖大如釵股,葉如蓬蒿,好聚生,謂之聚藻。"

④ 行潦,正義云:"行者,道也。《説文》云:'潦,雨水也。'然則行潦,道路上流行之水。"馬瑞辰云:"行者,洐字之省借。……溝水之流曰洐,雨水之大曰潦。行與潦爲二。"兩説均可通。

⑤ 盛,音成,以器受物也。

⑥ 筥,音莒。竹器,方者曰筐,圓者曰筥。

⑦ 湘,烹也。《韓詩》作鬺,義同。見《漢書》顔師古注。

⑧ 錡,音倚,一音技,三足釜也。

⑨ 奠,置也。指蘋藻之羹言。

⑩ 宗室,大宗之廟也。大夫士祭於宗廟,奠於牖下。牖下,

户牖間之前也。

⑪ 尸,主也。

⑫ 舊説:齊,讀爲齋,敬也。季女,少女也。謂主持設羹者,乃齋然莊敬之少女也。按:《儀禮·少牢饋食禮》,薦韭菹醓醢者爲主婦,而非少女。此齊字疑乃齊國之齊。蓋齊國之季女,嫁爲南國某大夫之主婦也。【齊,《韓》作𪗋(見《玉篇》。王謂當本《韓詩》)。《廣雅·釋詁》:"𪗋,好也。"】

甘　棠①

蔽芾②甘棠③,勿翦勿伐④,召伯⑤所茇⑥。

蔽芾甘棠,勿翦勿敗⑦,召伯所憩⑧。

蔽芾甘棠,勿翦勿拜⑨,召伯所説⑩。

【注釋】

① 南國之人,愛召穆公虎而及其所曾憩息之樹,因作是詩。

② 芾,音沸。《説文》:"芾,草木盛芾芾然。"蔽芾,樹木茂盛掩覆之貌。

③ 甘棠,棠梨也。

④ 翦,謂翦其枝葉;伐,謂伐其條榦。

⑤ 召伯,召穆公虎也。早期經籍,於召伯虎或稱公,而絶無稱召公奭爲伯者。召伯之稱,又見於《小雅·黍苗》及《大雅·崧高》,皆謂召虎。而《大雅·江漢》之篇,於虎則曰召虎,於奭則曰召公,區别甚明。舊以此詩爲美召公奭者,非是。【《古書真僞及

其年代》謂召伯非召公,見九十八頁。陸侃如《詩史》亦謂：此召伯非召公奭,列舉《小雅·黍苗》,《大雅·崧高》《江漢》《召旻》等詩爲證。】

⑥ 茇,音跋,草中止息也。止息樹下,猶止息草中,故曰茇。

⑦ 敗,《説文》:“毀也。”

⑧ 憩,息也。

⑨ 拜,拔也。【依鄭箋】

⑩ 説,舍息也。

行　　露①

厭浥②行③露。豈不夙夜,謂行多露④?

誰謂雀無角⑤?何以穿我屋?誰謂女無家⑥?何以速⑦我獄⑧?雖速我獄,室家不足⑨。

誰謂鼠無牙?何以穿我墉⑩?誰謂女無家?何以速我訟?雖速我訟,亦不女從。

【注釋】

① 此女子拒婚之詩。

② 厭浥,濕貌。

③ 行,道也。

④ 夜間迄凌晨時始有露。“豈不夙夜,謂行多露”者,謂豈有並不早夜,而尚謂道路之多露乎。

⑤ 角,喙也。《羣經平議》説。【《詩經稗疏》已以角爲咮。】

⑥ 家,謂以媒聘求爲室家之禮也。

⑦ 速,猶促使也。

⑧ 獄,訟也。

⑨ 謂求爲室家之禮不備。

⑩ 墉,牆也。

羔　羊①

羔②羊之皮,素絲③五紽④。退食自公⑤,委蛇⑥委蛇。

羔羊之革⑦,素絲五緎⑧。委蛇委蛇,自公退食。

羔羊之縫⑨,素絲五總。委蛇委蛇,退食自公。

【注釋】

① 此美官吏安適之詩。

② 羔,小羊也。舊説:大夫羔裘。【姚氏《詩經通論》卷二:"毛傳云:'大夫羔裘以居',此説本無據。"】

③ 素,白色也。兩皮之縫不易合,故織白絲爲紃(xún),施之縫中,連屬兩皮,因以爲飾。

④ 紽,音駝。《經義述聞》云:"紽、緎、總,皆數也。五絲爲紽,四紽爲緎,四緎爲總。"

⑤ 公,猶今言公署。退食,謂自公署退歸而進食,猶今言下班也。

⑥ 委蛇,《韓詩》作逶迤,行路紆曲之貌,狀其行之緩而從容也。馬瑞辰説。

⑦ 革,猶皮也。

⑧ 緎,音域,義詳④。

⑨ 縫,謂兩皮相接處。

殷其靁[1]

殷[2]其靁[3],在南山之陽[4]。何斯違斯[5],莫敢或遑[6]!振振[7]君子,歸哉、歸哉!

殷其靁,在南山之側。何斯違斯,莫敢遑息!振振君子,歸哉、歸哉!

殷其靁,在南山之下。何斯違斯,莫或遑處!振振君子,歸哉、歸哉!

【注釋】

① 此婦人懷念征夫之詩。

② 殷,雷聲。

③ 靁,即雷字。

④ 山南曰陽。

⑤ 違,去也。上斯字,謂此人;下斯字,謂此地。

⑥ 遑,暇也。

⑦ 振振,信厚貌。【毛訓振振爲信厚,無據,當爲威武貌。】

摽有梅[1]

摽[2]有梅[3],其實七兮。求我庶士[4],迨[5]其吉兮。

摽有梅,其實三兮。求我庶士,迨其今兮。

摽有梅,頃筐塈[6]之。求我庶士,迨其謂[7]之。

【注釋】

① 此詩疑諷女子之遲婚者。

② 摽,音漂,上聲,擊也。

③ 有,于也。《經詞衍釋》有説。梅,謂梅樹,正字應作“某”,參看《秦風·終南》。

④ 庶,衆也。求我庶士,謂來求我之衆士。

⑤ 迨,及也。

⑥ 塈,音欷,又音既,取也。

⑦ 謂,猶告也,義見《小雅·隰桑》鄭箋。

小　星①

嘒②彼小星,三五在東。肅肅③宵征④,夙夜在公⑤:寔⑥命不同!

嘒彼小星,維參與昴⑦。肅肅宵征,抱衾與裯⑧:寔命不猶⑨。

【注釋】

①《韓詩外傳》卷一引此詩,以爲勞於仕宦者之作,近是。

② 嘒,音彗,與《大雅·雲漢》“有嘒其星”之嘒同義,明貌。馬瑞辰説。

③ 肅肅,疾貌。

④ 征,行也。

⑤ 公,公署也。

⑥ 寔,《韓詩》作實。

⑦ 參,師音切,參宿也,二十八宿之一。昴,音卯,昴宿也,

亦二十八宿之一。

⑧ 衾,被也。裯,音儔,單被也。

⑨ 猶,若也。

江　有　汜[①]

江有汜[②]。之子歸,不我以[③];不我以,其後也悔。
江有渚[④]。之子歸,不我與[⑤];不我與,其後也處[⑥]。
江有沱[⑦]。之子歸,不我過[⑧];不我過,其嘯[⑨]也歌。

【注釋】

① 此蓋男子傷其所愛者捨己而嫁人之詩。

② 汜,音祀,水決復入也。

③ 以,猶與也,共也。

④ 渚,水中小洲也。

⑤ 與,偕也,共也。

⑥ 處,謂共處也。【處,毛傳訓止。】

⑦ 沱,音駝,江水之別出者。又:今蜀人謂江灣水滙處曰沱。

⑧ 過,猶訪也。

⑨ 嘯,蹙口作聲也。凡言"其……"者,皆將然之辭:首章"其後也悔",猶言"後來總會後悔的";次章"其後也處",語氣類此;三章"其嘯也歌",則謂"惟有嘯而且歌",蓋狂歌當哭之意。

野　有　死　麕[①]

野有死麕[②],白茅[③]包之。有女懷春[④],吉士[⑤]誘之。

林有樸樕[⑥]，野有死鹿。白茅純束[⑦]，有女如玉。

舒[⑧]而脱脱[⑨]兮，無感[⑩]我帨[⑪]兮，無使尨[⑫]也吠。

【注釋】

① 此男女相悦之詩。

② 麕，音菌，平聲，獐也。

③ 白茅，多年生草，高一二尺，葉細長而尖，春時先葉開花，簇生莖頂，有白毛密生，長二寸許。

④ 懷，思也。懷春，謂當春而有所懷思也。

⑤ 吉士，猶言美士也。

⑥ 樕，音速。樸樕，小木也。

⑦ 純，讀如屯，純束二字同義。馬瑞辰説。

⑧ 舒，徐緩也。

⑨ 脱脱，遲緩貌。【毛傳："脱，舒遲也。"】

⑩ 感，動也。

⑪ 帨，音税，帨巾也。一曰縭，一曰褘，一曰蔽膝；又曰市曰韍曰韠。繫巾於腰，下垂逾膝，所以蔽前者也。近人某氏説。

⑫ 尨，模龐切，犬也。

何彼襛矣[①]

何彼襛[②]矣？唐棣[③]之華。曷不肅雝[④]！王姬[⑤]之車。

何彼襛矣？華如桃李。平王[⑥]之孫[⑦]，齊侯[⑧]之子。

其釣維何？維絲伊緡[⑨]。齊侯之子，平王之孫。

【注釋】

①《詩序》:"《何彼襛矣》,美王姬也。"【《古書真僞及其年代》謂此詩作於周桓王時,見九十八頁。】

② 襛,一作穠,盛也。或云:豔也。

③ 唐棣,薁李也。

④ 肅,敬也。雝,與雍同,和也。

⑤ 周,姬姓,故周之女曰王姬。

⑥ 平王,即周平王。舊釋平爲正,非是。

⑦ 孫,女孫也。

⑧ 齊侯,齊君也。《春秋》書王姬歸于齊者二:一在魯莊公元年,即齊襄公五年;一在魯莊公十一年,即齊桓公三年。二者未詳孰是。或别有其事,而《春秋》未書。

⑨ 伊,維也。緡,音民,絲繩也。

騶　虞①

彼茁②者葭③,壹發④五豝⑤。于⑥嗟乎騶虞⑦!

彼茁者蓬⑧,壹發五豵⑨。于嗟乎騶虞!

【注釋】

① 此美田獵之詩。【《周禮》賈疏引《韓詩》,以騶虞爲天子掌鳥獸之官。】

② 茁,音抓,草初生貌。

③ 葭,音加,蘆也。

④ 壹發,一射也。

⑤ 豝，音巴，牝豕也。君射獵時，由虞人驅五豕，以待君之射，故曰壹發五豝。

⑥ 于，同吁。

⑦ 騶虞，掌鳥獸之官也。【《韓詩外傳》卷二"顏無父之御"節，以御馬者爲騶。騶，御者。虞，虞人。】齊、魯、韓三家説。此蓋贊歎其能驅豕以供君之射。

⑧ 蓬，草名，葉似柳，有鋸齒。

⑨ 豵，音蹤，豕生一歲曰豵。

邶

《逸周書·作雒篇》云:"武王克殷,乃立王子禄父,俾守商祀。建管叔於東,建蔡叔、霍叔於殷,俾監殷臣。"《漢書·地理志》云:"河内本殷之舊都,周既滅殷,分其畿内爲三國,《詩·風》邶、庸、衛國是也。邶,以封紂子武庚;庸,管叔尹之;衛,蔡叔尹之:以監殷民,謂之三監。"鄭氏《詩譜》云:"武王伐紂,以其京師封紂子武庚爲殷後,乃三分其地,置三監,使管叔、蔡叔、霍叔尹而教之。自紂城而北謂之邶,南謂之鄘,東謂之衛。"皇甫謐《帝王世紀》(《史記》正義引)又謂:"自殷都以東爲衛,管叔監之;殷都以西爲鄘,蔡叔監之;殷都以北爲邶,霍叔監之:是謂三監。"諸説紛紜,莫衷一是。武庚及管蔡之亂既平,乃以衛封康叔,而兼領邶、鄘之地(朱傳云:"邶、鄘不詳其始封,衛則武王弟康叔之國。……其後不知何時,並得邶、鄘之地。"其説與舊説異),都於朝歌(今河南淇縣)。至懿公爲狄所滅,戴公東徙渡河,處於漕邑(今河北滑縣),文公又徙居楚丘(今山東城武縣):其地皆在衛之本土。王國維以爲邶爲後之燕地,鄘疆及於魯境,其説蓋可信也。

《漢書·地理志》云:"邶、鄘、衛三國之詩相與同風。邶詩曰:'在浚之下',《庸》曰:'在浚之郊',《邶》又曰:'亦流于淇''河水洋洋',《庸》曰:'送我淇上''在彼中河',《衛》曰'瞻彼淇奥''河水洋洋'。"【按:《邶風》無"河水洋洋"之語,王念孫引盧文弨説，謂洋洋當作泮泮，以爲即《新臺》之“河水瀰瀰”(《集韵》：瀰或作泮)是也】三國之詩，言城邑及河流，所同既如此，而其詩所詠者，又皆衛事。且《左傳》衛北宫文子引邶詩“威儀棣棣”二句，而稱爲“衛詩”；吴季札觀樂，工爲之歌《邶》《鄘》《衛》，季札謂爲《衛風》。故馬瑞辰、朱右曾諸家，皆以爲古邶鄘衛乃一篇【《日知録》已有邶庸衛爲一之説】，後人分而爲三。其説殆是。蓋衛地既括邶、鄘，則衛之詩亦即邶鄘衛之詩。編詩者欲存邶、鄘舊名(如唐、魏等)，而其詩又不易分，故統名之曰“邶鄘衛”云耳。後世析而三之，一若邶詩即採自邶、鄘詩採自鄘、衛詩採自衛者，實不然也。【朱子曰：“詩，古之樂也，亦猶今之歌曲，音各不同。衛有衛音，鄘有鄘音，邶有邶音。故詩有鄘音者，係之鄘；有邶音者，係之邶。”(録自《詩經傳説彙纂》)】

柏　舟[1]

汎[2]彼柏舟[3]，亦汎其流[4]。耿耿[5]不寐，如有隱[6]憂。微[7]我無酒，以敖[8]以遊。

我心匪鑒[9]，不可以茹[10]。亦有兄弟，不可以據[11]。薄言往愬[12]，逢彼之怒。

我心匪石，不可轉也[13]；我心匪席，不可卷[14]也。威儀[15]棣棣[16]，不可選[17]也。

憂心悄悄[18]，愠于羣小[19]；覯閔[20]既多，受侮不少。靜言[21]思之，寤[22]辟[23]有摽[24]。

日居月諸[25]，胡[26]迭[27]而微[28]？心之憂矣，如匪澣衣[29]。靜言思之，不能奮飛[30]。

【注釋】

①《詩序》:“《柏舟》,言仁而不遇也。”朱傳:“婦人不得於其夫,故以柏舟自比。”以詩義衡之,似以序説爲長。

② 汎,音泛,漂浮貌。

③ 柏舟,柏木所造之舟也。

④ 馬瑞辰云:“《詩》中亦字,有上無所承只作語詞者,如此詩‘亦汎其流’,及《有客》詩‘亦白其馬’之類皆是。”流,順流而下也。亦汎其流,謂汎汎然順流而下。

⑤ 耿耿,警警不安貌。

⑥《經義述聞》云:“如,讀爲而。”隱,痛也。【《吕覽・貴生篇》高注:“隱,幽也。《詩》曰:如有隱憂。”】

⑦ 微,猶非也。

⑧ 敖,出遊也。【有樂意】

⑨ 鑒,鏡也。

⑩ 茹,度也。二句言己心不爲人所知,非如鏡之照物可以畢現也。

⑪ 據,依也。

⑫ 愬,義同訴,告也。

⑬ 二句謂己心非石,石可轉動而心則不可轉動。

⑭ 卷,即捲。

⑮ 威儀,容止也。

⑯ 棣棣,富盛而嫻習貌。【本毛傳】

⑰ 選,《後漢書・朱穆傳》注載《絶交論》引《詩》作“不可算也”。選乃算之假借。算,數也。【毛傳説選字云:“不可數也。”是亦讀選爲算。】

⑱ 悄悄,憂貌。

⑲ 愠，怒也。愠于羣小，言爲衆小人所恨怒。

⑳ 覯，遭逢也。閔，病也。

㉑ 静言，猶言静而。

㉒ 寤，舊解爲覺醒之覺。今按：或當讀爲吾，當是語助詞。【《小雅·大東》："契契寤歎。"寤，亦似語詞。】【按：寤，本字當作寣。《説文》："寣，卧驚也。"《新序·雜事一》："靈公蹴然易容，寤然失位。"寤字與寤辟之寤同義，亦當作寣。】

㉓ 辟，拍心也。

㉔ 摽，讀爲嘌。有嘌，猶嘌嘌(當云：猶嘌然)，象擊聲。近人某氏説。

㉕ 居、諸，皆語詞。

㉖ 胡，何也。

㉗ 迭，更迭也。

㉘ 微，虧傷也(本毛傳)，指日蝕、月蝕言。

㉙ 匪澣衣，謂垢汙不濯之衣。

㉚ 奮飛，振奮羽翼飛去也。

緑　　衣①

緑兮衣兮②，緑衣黄裏③。心之憂矣，曷④維其已⑤？
緑兮衣兮，緑衣黄裳⑥。心之憂矣，曷維其亡⑦？
緑兮絲兮，女所治兮⑧。我思古人，俾無訧⑨兮。
絺兮綌兮，淒其⑩以風。我思古人，實獲我心⑪。

【注釋】

① 《詩序》:"《緑衣》,衛莊姜(衛莊公夫人,齊女)傷己也。妾(莊公嬖妾,即州吁之母)上僭,夫人失位,而作是詩也。"此説是否,未能遽定。

② 緑,閒色,賤,而以爲衣。

③ 黄,正色,貴,而以爲裏。兩句意謂表裏失當。

④ 《詩經》中曷字,皆形容時間(僅三數例外)。此處曷字,猶言何時也。今人丁聲樹説,見所著《論〈詩經〉中的"何""曷""胡"》。

⑤ 已,止也。

⑥ 上曰衣,下曰裳。此言上下失序。

⑦ 亡,猶已也。《經義述聞》説。

⑧ 女,同汝。嚴粲云:"言此閒色之緑也,本是絲也,乃女染治以爲緑也。女既染此絲以爲緑,豈可復以爲衣,而加諸黄色之上乎?"

⑨ 訧,音尤,過也。

⑩ 淒,寒風貌。淒其,猶淒然也。朱傳:"絺綌而遇寒風,猶己之過時而見棄也。"

⑪ 朱傳:"故思古人之善處此者,真能先得我心之所求也。"

燕　燕①

燕燕于飛,差池② 其羽。之子于歸③,遠送于野。瞻望弗及,泣涕如雨。

燕燕于飛,頡之頏之④。之子于歸,遠于將⑤之。瞻望弗及,佇[6]立以泣。

燕燕于飛,下上其音。之子于歸,遠送于南。瞻望弗及,實勞我心。

仲氏任只[7],其心塞淵[8];終温且惠[9],淑[10]慎其身。先君之[11]思,以勖[12]寡人。

【注釋】

① 王質以爲當是國君送女弟適他國之詩,其説近是。惟所謂國君,當是衛君也。

② 差池,猶參差,不齊也。

③ 歸,嫁也。

④ 頡頏,音絜杭,鳥飛而上曰頡,飛而下曰頏。

⑤ 將,送也。

⑥ 佇,音宁,久立也。

⑦ 仲氏,衛君稱其妹之辭。任,誠篤也。只,語詞。

⑧ 塞,實也。淵,深也。正義云:“其心誠實而深遠也。”

⑨《詩》凡言“終……且……”者,皆謂“既……且……”也。《經義述聞》説。温,和也。惠,順也。

⑩ 淑,善也。

⑪ 之,是也。

⑫ 勖,勉也。

日 月[1]

日居月諸,照臨下土[2]。乃如之人[3]兮,逝[4]不古處[5]。胡能有定[6]？寧[7]不我顧！

日居月諸，下土是冒[8]。乃如之人兮，逝不相好。胡能有定？寧不我報！

日居月諸，出自東方。乃如之人兮，德音[9]無良。胡能有定？俾也可忘[10]。

日居月諸，東方自出。父兮母兮[11]！畜[12]我不卒[13]。胡能有定？報我不述[14]。

【注釋】

① 此詩當是婦人不得於其夫者所作。

② 下土，即下地。東周初葉以前載籍，率稱地曰土。

③ 乃如，轉語詞。之人，是人也。

④ 逝，發語詞。

⑤ 古，故也。故處，謂以故舊相處。

⑥ 言其心志不定也。

⑦ 寧，猶乃也。馬瑞辰説。

⑧ 冒，覆蓋也。

⑨ 德音，語言也。凡稱他人之語言，謂之德音，非真有德之音也。

⑩ 按：忘，讀爲亡，失也，指德音無良言。

⑪ 父兮母兮，即父啊，母啊。乃呼天呼父母之意，非謂父母畜我不卒也。

⑫ 畜，喜好也。馬瑞辰説。

⑬ 卒，終也。

⑭ 述，讀爲術，道也。不述，即不道也。【《釋文》："述，本亦

作術。”】

終　　風①

終②風且暴。顧我則笑。謔浪笑敖③，中心是悼④。
終風且霾⑤。惠然肯來⑥？莫往莫來⑦，悠悠我思。
終風且曀⑧，不日有⑨曀。寤言⑩不寐，願⑪言則嚏⑫。
曀曀其陰，虺虺⑬其靁。寤言不寐，願言則懷⑭。

【注釋】

① 此亦婦人不得於其夫之詩。

② 終，既也。説詳《燕燕》。

③ 謔，許約切。《爾雅》：“謔浪笑敖，戲謔也。”

④ 悼，痛傷也。

⑤ 霾，音埋，雨土也(風揚土落如雨)。

⑥ 惠然，和順貌。此希冀之辭，謂“其將惠然而肯來乎？”

⑦ 莫，不也。謂其終不往來也。

⑧ 曀，音翳，陰而風也。

⑨ 有，又也。

⑩ 寤，覺也。寤言，猶言覺而。

⑪ 願，思也。

⑫ 嚏，音帝，噴嚏也。今人謂他人念己，己則噴嚏，與古俗略似。

⑬ 虺，音灰。虺虺，雷聲。

⑭ 懷，憂傷也。

擊　鼓①

擊鼓其鏜②，踊躍③用兵④。土國⑤城漕⑥，我獨南行。
從孫子仲⑦，平陳與宋⑧。不我以⑨歸，憂心有忡⑩。
爰居爰處⑪，爰喪⑫其馬。于以求之，于林之下。
死生契闊⑬，與子成説⑭；執子之手，與子偕老⑮。
于嗟闊兮！不我活⑯兮！于嗟洵⑰兮！不我信⑱兮！

【注釋】

①《詩序》："《擊鼓》，怨州吁也。衛州吁用兵暴亂，使公孫文仲將，而平陳與宋。國人怨其勇而無禮也。"按：州吁以諸侯之兵伐鄭事，見魯隱公四年《左傳》。【姚際恒《詩經通論》謂州吁時尚未城漕，與詩中城漕之説不合，因謂此乃衛穆公背清丘之盟，救陳（陳爲宋所伐），平陳宋之難，數興軍旅，其下怨之而作此詩也（事在魯宣公十二年）。是。】

② 鏜，音湯，擊鼓聲。

③ 踊，音勇。踊躍，猶跳躍也。

④ 兵，兵器也。

⑤ 土國，役土功於國也。古謂都城曰國，土國與城漕當係一事。

⑥ 漕，衛邑，在今河南滑縣。城漕，修治漕城也。

⑦ 孫子仲，公孫文仲也。【姚氏謂穆公時有孫桓子良夫，及其子文子林父，未知父子二人，孰爲孫子仲。】

⑧《左傳》記州吁以諸侯之兵伐鄭，以告於宋；無"平陳與宋"之事。胡承珙引姜炳璋説云："州吁連陳伐鄭，推宋爲主。

‘平陳與宋’者,連合陳宋之謂。”朱傳:“平,和也;合二國之好也。”【姚際恒云:“平者,因其亂而平之,即伐也。”】

⑨ 以,猶與也。【以,使也。】

⑩ 有忡,忡然也。

⑪ 爰,於也。朱傳:“於是居,於是處。”

⑫ 喪,失也。

⑬ 孫奕《示兒編》云:“契,合也;闊,離也。謂死生離合。”【朱傳:“契闊,隔遠之意。”《釋文》引《韓詩》云:“約束也。”】

⑭ 成説,與《離騷》之“成言”同意,猶今語云有言在先,謂約誓也。【本朱傳】

⑮ 偕,俱也。偕老,相伴到老也。此即約誓之辭。

⑯ 謂不與我共生活也。

⑰ 洵,遠也。《韓詩》作夐。

⑱ 不我信,言不能實踐舊約也。

凱　風①

凱風②自南,吹彼棘心③。棘心夭夭④,母氏劬勞⑤。
凱風自南,吹彼棘薪⑥。母氏聖⑦善。我無令⑧人。
爰有寒泉⑨,在浚⑩之下。有子七人,母氏勞苦。
睍睆⑪黄鳥,載⑫好其音。有子七人,莫慰母心。

【注釋】

① 《詩序》:“《凱風》,美孝子也。”

② 南風謂之凱風。

③《説文》:“棘,小棗叢生者。”心,纖小也,指棗棘之尖刺言。馬瑞辰説。【心,蓋謂嫩葉之始生者,如蓮心之比。】【《戰國策・秦三・范雎説秦王章》:“詩曰:木實繁者披其枝,披其枝者傷其心。”】

④ 夭夭,木少盛貌。

⑤ 劬,音瞿。劬勞,勞苦也。

⑥ 棘薪,謂棘已長大可爲薪者。

⑦ 聖,叡智也。

⑧ 令,善也。

⑨ 泉水清冷,故曰寒泉。《方輿紀要》謂濮陽城東有浚城,又有寒泉。以寒泉爲泉名,蓋後人附會爲之。

⑩ 浚,衛邑,在今山東濮縣境。

⑪ 睍睆,音峴莞,美好貌。

⑫ 載,猶則也。

雄　雉①

雄雉于飛,泄泄②其羽。我之懷③矣,自詒④伊阻⑤。

雄雉于飛,下上其音。展⑥矣君子,實勞我心。

瞻彼日月,悠悠我思。道之云⑦遠,曷⑧云能來?

百爾⑨君子⑩,不知德行⑪。不忮不求⑫,何用不臧⑬。

【注釋】

① 此疑官吏被放逐,其妻念之,而作是詩。

② 泄,音曳。泄泄,鼓翼貌。【朱傳:“泄泄,飛之緩也。”參

《魏・十畝之間》及《大雅・板》。】

③ 懷,思念也。

④ 詒,遺也。

⑤ 伊,猶其也。阻,宣公二年《左傳》引作慼(《小雅・小明》作戚)。馬瑞辰以爲阻、慼音近,作慼爲是。慼,憂也。【毛傳:"阻,難也。"《玉篇・阜部》引《韓詩》云:"阻,憂也。"】

⑥ 展,誠也。兩句意謂勞我心者實君子也。

⑦ 云,句中語助詞,下同。

⑧ 曷,何時也。

⑨ 百爾,猶凡爾也。

⑩ 此君子,指在官者。

⑪【不知德行,作反問語解,意更深刻。】

⑫ 忮,嫉害也;求,貪求也。

⑬ 臧,善也。

匏有苦葉①

匏②有苦葉③,濟④有深涉⑤。深則厲⑥,淺則揭⑦。

有瀰⑧濟盈⑨,有鷕⑩雉鳴;濟盈不濡軌⑪,雉鳴求其牡⑫。

雝雝鳴鴈⑬,旭日始旦⑭。士如歸⑮妻,迨冰未泮⑯。

招招⑰舟子,人涉卬⑱否。人涉卬否,卬須⑲我友。

【注釋】

① 此詠婚嫁者之詩。【此當是泲濱即景之作。】

② 匏,瓠也。

③ 苦,讀爲枯。王先謙説(據《易林》)。

④ 濟,即《泉水篇》“出宿于泲”之泲,水名也。張文虎説。

⑤ 涉,名詞,謂水中可濟涉之處,猶津也。近人某氏説。

⑥ 厲,以衣(不脱衣)涉水也。

⑦ 揭,音憩,攝衣涉水也。

⑧ 瀰,音米,水滿貌。有瀰,猶云瀰然。

⑨ 濟盈,泲水盈滿也。

⑩ 鷕,以擾切,雉鳴聲。有鷕,鷕然也。

⑪ 軌,車軸頭也。義見《釋文》。

⑫ 舊謂飛者曰雌雄,走者曰牝牡,因謂“雉鳴求其牡”爲求非其類。按:《尚書·牧誓》言“牝雞無晨”,牝可謂禽,則牡亦可謂禽。舊説非也。

⑬ 雝雝,聲之和也。【俞樾《詩名物證古》云:“按:《説文·隹部》:‘雁,鳥也。’此鴻雁之雁也。《鳥部》:‘鴈,鵝也。’此即今之鵝也。”】

⑭【朱傳:“親迎以昏,而納采請期以旦。”】

⑮ 歸,猶娶也。鄭箋以歸妻爲請期,非是。

⑯ 泮,音畔,消散也。【六禮:納采、問名、納吉、納徵、請期、親迎。按:本章上兩句謂請期,下兩句則謂結婚也。由“匏有苦葉”及“濟盈”之語觀之,此當是夏秋之交之時。此時請期,故云將於冰未泮時結婚也,正義云:“六禮唯納徵用幣,餘皆用鴈。”此請期,故用鴈也。古以二月爲昏期,時冰尚未泮。】

⑰ 招招,招手貌。【《釋文》引王逸説云:“以手曰招,以言曰召。”】

⑱ 卬,音昂,我也。

⑲ 須,待也。

谷 風[1]

習習[2]谷風[3],以陰以雨[4]。黽勉[5]同心,不宜有怒。采葑采菲[6],無以下體[7]?德音[8]莫違,及爾同死[9]。

行道遲遲[10],中心有違[11]。不遠伊[12]邇,薄送我畿[13]。誰謂荼[14]苦?其甘如薺[15]。宴[16]爾新昏[17],如兄如弟。

涇以渭濁[18],湜湜[19]其沚[20]。宴爾新昏,不我屑以[21]。毋逝[22]我梁[23],毋發[24]我笱[25];我躬不閱[26],遑恤[27]我後!

就其深矣,方[28]之舟之;就其淺矣,泳之游之[29]。何有何亡[30]?黽勉求之。凡民有喪,匍匐[31]救之。

不我能慉[32],反以我爲讎。既阻我德[33],賈用不售[34]。昔育[35]恐育[36]鞫[37],及爾顛覆[38]。既生既育[39],比予于毒。

我有旨蓄[40],亦以御冬[41]。宴爾新昏,以我御窮[42]。有洸有潰[43],既詒我肄[44]。不念昔者,伊余來塈[45]。

【注釋】

① 朱傳:"婦人爲夫所棄,故作是詩。"

② 習習,和舒貌。

③ 嚴粲引錢氏説曰:"谷風,谷中之風也。"

④ 以,與乃義同。《經詞衍釋》有説。

⑤ 黽勉,勉力也。

⑥ 葑,音封,蕪菁也,根可食。菲,蘿蔔也。馬瑞辰説。

⑦ 下體,根也。以,猶及也。按:此當是反問語氣。言采

葑采菲，能不及其根乎。以喻夫婦當有始有終，不當愛華年而棄衰老也。

⑧ 德音，語言也。説詳《日月篇》。

⑨ 言與爾同生共死也。

⑩ 遲遲，緩行貌。

⑪ 違，猶怨恨也。馬瑞辰説。

⑫ 伊，猶維也。

⑬ 畿，音祈，門内也。

⑭ 荼，苦菜也。

⑮ 言荼本苦菜，而己則以爲甘美如薺菜，以喻己心之更苦也。

⑯ 宴，樂也。

⑰ 昏，同婚。

⑱ 涇、渭，二水名，在今陝西省。涇濁渭清。以，猶使也。涇流入渭，故言涇使渭濁。

⑲ 湜，音殖。湜湜，水清貌。

⑳ 沚，《説文》引作止。馬瑞辰以爲水止則清。以上二語，喻其夫之理智，爲新婚所惑而不悟，不如涇使渭濁之後，尚有澄清時也。

㉑ 以，猶與也，共也。

㉒ 逝，往也。

㉓ 梁，魚梁，堰石障水而空其中，以通魚之往來者也。

㉔ 發，舉也。

㉕ 笱，音苟，以竹爲器而承梁之空，以取魚者也。

㉖ 閲，容也。

㉗ 恤，憂也。二語意謂：我身已不見容，何暇憂慮我去後之家事乎？

㉘ 方,筏也。

㉙ 以上四語,言勤於家事不避險難。

㉚ 有,謂富有;亡,同無,謂貧也。

㉛ 匍匐,音蒲服,手足並行也,極言盡力之意。

㉜ 慉,音畜,養也。【按:慉,應解作喜好之好,與下讎字對文。】

㉝ 阻,卻也。德,猶今語云好處。

㉞ 賈,音古,賣物也。本句意謂如賣物而不得售也。

㉟ 育,幼也。

㊱ 育,長也。【按:甲骨文毓(育)后(後)二字同作毓,此育字當讀爲後,謂後來也。】

㊲ 鞫,窮也。

㊳ 顛覆,傾跌也。

㊴ 生,謂財業;育,謂長老。

㊵ 旨,甘美也。蓄,即蓄菜,乾菜也。義見《吕氏春秋·仲秋紀》高誘注。

㊶ 御,禦也。冬月罕鮮菜,故以乾菜禦之。

㊷ 御窮,擋禦貧窮也。

㊸ 洸,音光,武貌。潰,怒貌。有洸有潰,即洸然潰然。

㊹ 詒,遺也。肄,勞也。

㊺ 伊,維也。來,猶是也。塈,讀爲愾,怒也。言維余是怒也。《經義述聞》説。

式微①

式微②,式微!胡不歸?微③君之故,胡爲乎中露④!

式微，式微！胡不歸？微君之躬，胡爲乎泥中[5]！

【注釋】

①《詩序》："《式微》，黎侯寓于衛，其臣勸以歸也。"鄭箋云："黎侯爲狄人所逐，棄其國而寄于衛。"按：黎，侯國，故地約當今山西長治縣西。黎侯寓衛處，在今河南濬縣，當衛之東境。

② 式，發語詞。微，猶衰也。

③ 微，非也。

④ 朱傳："中露，露中也。"毛傳以爲衛邑名。

⑤ 泥中，泥塗之中也。毛傳亦以爲衛邑名。

旄　　丘[1]

旄丘[2]之葛兮，何誕[3]之[4]節兮！叔兮伯兮[5]，何多日也！

何其處也？必有與[6]也。何其久也？必有以也。

狐裘蒙戎[7]，匪車不東[8]。叔兮伯兮，靡所與同[9]。

瑣兮尾兮[10]。流離[11]之子。叔兮伯兮，褎如[12]充耳[13]。

【注釋】

①《詩序》："《旄丘》，責衛伯也。狄人迫逐黎侯，黎侯寓于衛；衛不能修方伯連率之職，黎之臣子以責于衛也。"

② 前高後下之丘曰旄丘。

③ 誕，延之假借，長也。馬瑞辰説。

④ 之，猶其也。義見《吕氏春秋·音初篇》注。

⑤ 叔、伯，呼衛之諸臣也。

⑥ 與,和好也。

⑦ 蒙戎,散亂貌。

⑧ 匪,彼也。義見《廣雅》。【黎在衛西】,言衛不以車東來迎黎之君臣也。【按:匪,仍應以本義解,言黎人之車無不東來也。】

⑨ 同,同力也。【毛傳:"無救患恤同也。"陳氏《詩毛氏傳疏》云:"靡同,讀如同盟之同。"按:恤同,猶言同情也。】

⑩ 朱傳:"瑣,細;尾,末也。"

⑪ 朱傳:"流離,漂散也。"

⑫ 褎,音佑。馬瑞辰據戚學標《漢學諧聲》説,以爲褎當作"從衣、采聲",采即孚也,孚、抱一字。今按:【《釋文》:褎,亦作裒。】據此,褎當讀爲裒,聚也,有充滿義。如,猶然也(《經傳釋詞》説)。褎如,形容充耳。

⑬ 充耳,塞耳也。意謂衛人塞耳不聞黎侯君臣之流離困苦。

簡　兮①

簡兮②簡兮,方將萬舞③。日之方中,在前上處④。

碩⑤人俣俣⑥,公庭⑦萬舞。有力如虎,執轡⑧如組⑨。

左手執籥⑩,右手秉翟⑪。赫⑫如渥赭⑬,公⑭言:"錫爵。"⑮

山有榛⑯,隰⑰有苓⑱。云⑲誰之⑳思?西方美人㉑。彼美人兮,西方之人兮!

【注釋】

① 此美某善舞者之詩。

② 簡,習也。義見《國語·吴語》注。

③ 方將,且將也。萬舞,舞之總名。

④ 在前上處,在前列上頭也。

⑤ 碩,大也。

⑥ 俣,疑矩反。俣俣,大貌。

⑦ 公庭,廟庭也。

⑧ 轡,韁也。

⑨ 組,織絲爲之,言其柔也。以上二語,謂武舞。

⑩ 籥,音樂,樂器,以竹爲之,似笛,六孔。或云籥有二種:一爲吹籥,三孔。一爲舞籥,六孔。

⑪ 翟,音狄,山雉也。此謂雉羽。以上二語謂文舞。

⑫ 赫,赤貌。

⑬ 渥,浸染也。赭,音者,赤色也。此言其面色之紅潤。

⑭ 公,衛君也。

⑮ 錫,賜也。爵,酒器(見附圖四)。此謂賜之以酒。

⑯ 榛,音臻,樹名,其實似栗而小。

⑰ 隰,音習,下濕處也。

⑱ 苓,音零,即今之甘草。

⑲ 云,發語詞。

⑳ 之,猶是也。

㉑ 朱傳:"西方美人,託言以指西周之盛王。"

泉　水①

毖②彼泉水,亦流于淇③。有懷④于衛,靡⑤日不思。

孌⑥彼諸姬⑦，聊與之謀。

出宿于泲⑧，飲餞⑨于禰⑩。女子有行⑪，遠父母兄弟。問我諸姑，遂及伯姊。

出宿于干⑫，飲餞于言⑬。載脂⑭載舝⑮，還車⑯言邁⑰。遄臻⑱于衛，不瑕⑲有害。

我思肥泉⑳，兹之永歎㉑。思須與漕㉒，我心悠悠㉓。駕言㉔出遊，以寫㉕我憂。

【注釋】

① 此當是衛女嫁於他國，而送其娣姪歸省於衛之詩。【此蓋衛女嫁於邢國某大夫(邢，姬姓，故知非嫁於邢之公子)爲妻也。此或是衛女嫁於曹國大夫者所作之詩。】

② 毖，音秘，《説文》引作泌，云"俠流也"，俠流即疾流。

③ 淇，水名，流經今河南湯陰、淇縣等地。

④ 懷，念也。

⑤ 靡，無也。

⑥ 孌，吕轉切，美好貌。

⑦ 衛與周同姓。諸姬，指娣姪言。

⑧ 泲，音濟，水名。《水經注》曰：泲水自滎陽卷縣以東，分爲二水，其支流曰北泲，經陽武、封邱、泲陽、冤朐、定陶之北，而合南泲；南泲經陽武、封邱、泲陽、冤朐、定陶之南，又東過乘氏縣而入鉅野澤。朱右曾疑本經之泲爲北泲。

⑨ 餞，音賤，設宴送行也。

⑩ 禰，泥里切，水名，即大禰溝，一名冤水，在今山東菏澤縣西南。朱右曾説。【禰地，朱説疑非是。俟考。】

⑪ 行,嫁也。近人某氏説。

⑫ 干,地名,在今河北清豐縣西南。朱右曾説。

⑬ 言,疑即《方輿紀要》之聶城,在清豐縣北。朱右曾説。【干、言兩地亦待重考。】

⑭ 載,猶則也。脂,以脂油塗車軸也。

⑮ 舝,同轄,車軸頭鍵,所以制轂使不脱。此處作動詞用。

⑯ 還,返也。因返歸於衛,故言還車。

⑰ 言,猶以也。邁,行也。

⑱ 遄,殊員切,速也。臻,至也。

⑲ 凡不瑕(瑕或作遐)二字用於句首者,瑕字皆語助詞,猶今語之"啊"。參看《周南·汝墳》。

⑳ 朝歌附近有肥泉,見《水經注》。

㉑ 永歎,長歎也。

㉒ 須、漕,衛二邑名。須,在今河南滑縣東南;漕,亦作曹,即白馬縣,在滑縣東。胡承珙説。【須、漕,皆楚丘附近之邑。以此言之,此詩蓋作于衛都楚丘之時也。】

㉓ 悠悠,言思之長也。

㉔ 駕,駕車也。言,猶以也。【注⑰㉔兩言字均應作而解】

㉕ 寫,除也。

北　門①

出自北門,憂心殷殷②。終窶且貧③,莫知我艱。已焉哉!天實爲之,謂④之何哉!

王事⑤適⑥我,政事一埤⑦益我。我入自外,室人⑧

交[9]徧讁[10]我。已焉哉！天實爲之，謂之何哉！

王事敦[11]我，政事一埤遺我。我入自外，室人交徧摧[12]我。已焉哉！天實爲之，謂之何哉！

【注釋】

① 《詩序》："《北門》，刺仕不得志也。"

② 殷殷，憂貌。

③ 窶，局羽切。《説文》："窶，無禮居也。"謂居處狹陋。終，猶既也。

④ 謂，猶奈也。義見《國策》高注。【《戰國策·齊一》："吾獨謂先王何乎？"高注："謂，猶奈何也。"】

⑤ 王事，猶今言公事。

⑥ 適，當讀爲擿，投擲也。馬瑞辰説。

⑦ 一，猶今言一古腦兒，一切也。埤，音皮，增也。

⑧ 室人，家人也。

⑨ 交，交互也。

⑩ 讁，音摘，責也。

⑪ 《釋文》引《韓詩》："敦，迫也。"

⑫ 摧，阻也。鄭箋謂刺譏之言，亦通。【姚際恒《詩經通論》："摧，《説文》：'擠也'，猶云排擠。"】

北　風[1]

北風其涼，雨雪其雱[2]。惠[3]而好我，攜手同行。其虚其邪[4]！既亟[5]只且[6]。

北風其喈[7],雨雪其霏[8]。惠而好我,攜手同歸。其虛其邪!既亟只且。

莫赤匪狐[9],莫黑匪烏。惠而好我,攜手同車。其虛其邪[10]!既亟只[11]且。

【注釋】

① 此蓋詩人傷國政不綱,而偕其友好避亂之作。

② 雨,作動詞解。雱,音滂,雨雪盛貌。

③ 惠,愛也。

④ 虛,舒之同音假借;邪,徐之同音假借。馬瑞辰説。其虛其邪,猶言慢了吧、慢了吧。欲速之辭也。

⑤ 亟,急也。

⑥ 只且,語詞,猶“耳矣”也。胡承珙説。此言已經够急的了。

⑦ 喈,湝之假借,水寒也。馬瑞辰説。

⑧ 霏,雨雪盛貌。

⑨ 狐色黄赤。没有赤者不是狐,没有黑者不是烏,蓋即天下老鴉一般黑之意,所以諷執政之人也。

⑩【邪,漢石經作耶。】

⑪【只,漢石經作旨。】

静　女[1]

静女其姝[2],俟我于城隅[3]。愛而不見,搔首踟蹰[4]。
静女其孌,貽我彤管[5]:彤管有煒[6],説懌[7]女美。
自牧[8]歸荑[9],洵[10]美且異[11]。匪女之爲美[12],美人之貽[13]。

【注釋】

① 此男女相悦之詩。【古静、嘉義通。】

② 姝，音樞，美色也。

③ 城隅，城角也。此言相期俟於城角。

④ 踟，音馳；躕，音厨。踟躕，猶徘徊也。

⑤ 彤，赤漆也。彤管，漆爲赤色之管。管以盛鍼綫等細物。舊以爲赤管之筆，恐非是。【《内則》："右佩箴管。"】

⑥ 煒，音偉，赤貌。有煒，猶煒然也。

⑦ 説，同悦。懌，音亦，悦也。

⑧ 牧，牧所也。

⑨ 歸，饋贈也。荑，音啼，茅芽也，柔美可食。

⑩ 洵，信也，猶言實在。

⑪ 異，不平凡也。以上二語，言男以荑報女。

⑫ 匪，彼也。之，是也。此言彼女是爲美麗者。

⑬ 之，是也。以上四語，朱傳以爲女復贈男以荑，男因言："非此荑（女讀爲汝，指荑言）之爲美，特以美人之所贈，故其物亦美耳。"亦通。

新　臺[1]

新臺有泚[2]，河水瀰瀰[3]。燕婉[4]之[5]求，籧篨[6]不鮮[7]。

新臺有洒[8]，河水浼浼[9]。燕婉之求，籧篨不殄[10]。

魚網之設，鴻則離[11]之。燕婉之求，得此戚施[12]。

【注釋】

①《詩序》:"《新臺》,刺衛宣公也。納伋之妻,作新臺于河上而要之。國人惡之,而作是詩也。"按:宣公名晉,桓公弟。【弟,閩、監、毛本正義(《邶風譜》)作子,誤。】伋,宣公子。所納伋之妻,即宣姜也。【《水經·河水注》卷五:"(鄄城)北岸有新臺鴻基,層高數丈,衛宣公所築新臺矣。"《寰宇記》:"新臺,在濮州鄄城縣北十七里。"】

② 泚,鮮明貌。《説文》引作玼。

③ 瀰瀰,水滿貌。

④ 燕婉,《文選·西京賦》李善注引《韓詩》作嬿婉,美色也。

⑤ 之,猶是也。

⑥ 籧,音渠。篨,音儲。籧篨,不能俯者,疾之醜者也。【義見《國語》。】

⑦ 不以壽終曰鮮,説詳《毛詩後箋》。此二句意謂:本求美貌之夫,乃逢此醜而不早死之人也。【鄭箋:"鮮,善也。"】

⑧ 洒,音璀,高峻貌。

⑨ 浼,音免。浼浼,《釋文》引《韓詩》作浘浘,云:"盛貌。"

⑩ 殄,絶也,滅也。不殄,猶言不死也。

⑪ 離,猶罹也。

⑫ 戚施,不能仰者,亦醜疾也。【義見《國語》。】

二子乘舟①

二子②乘舟,汎汎③其景④。願⑤言思子,中心養養⑥。

二子乘舟,汎汎其逝⑦。願言思子,不瑕⑧有害。

【注釋】

①《詩序》:“《二子乘舟》,思伋、壽也。衛宣公之二子争相爲死。國人傷而思之,作是詩也。”【姚際恒不信《詩序》説。】鄭箋:“宣公爲伋取於齊女而美,公奪之,生壽及朔。朔與其母愬伋於公。公令伋之齊,使賊先待於隘而殺之。壽知之,以告伋,使去之。伋曰:‘君命也,不可以逃。’壽竊其節而先往,賊殺之。伋至,曰:‘君命殺我,壽有何罪?’賊又殺之。”【朔,即惠公。】

② 二子,伋與壽也。【伋,《左傳》作急子。】

③ 汎,與泛通;汎汎,漂浮貌。

④ 景,讀如《魯頌·泮水》“憬彼淮夷”之憬,遠行貌。《經義述聞》説。

⑤ 願,念也。

⑥ 養養,憂不知所定之貌。

⑦ 逝,往也。

⑧ 不瑕,義詳《泉水》。

鄘

說詳《邶》。

柏　　舟①

汎②彼柏舟，在彼中河③。髧④彼兩髦⑤，實維我儀⑥。之⑦死矢⑧靡它⑨。母也天只⑩！不諒⑪人只！

汎彼柏舟，在彼河側。髧彼兩髦，實爲我特⑫。之死矢靡慝⑬。母也天只！不諒人只！

【注釋】

①《詩序》："《柏舟》，共姜自誓也。衛世子共伯蚤死，其妻守義。父母欲奪而嫁之，誓而弗許，故作是詩以絶之。"【姚際恒《詩經通論》卷四謂：《詩序》之説不足信。當是貞婦有夫蚤死，其母欲嫁之，而誓死不願之作也。】按：《史記·衛世家》稱：衛釐侯卒，太子共伯餘立。共伯弟和（即衛武公）襲攻共伯於墓上，殺共伯自立云云。其説與《詩序》異。蓋序稱世子，證知共伯未及繼位爲君前已死。且共伯長於武公，若依《史記》説，則共伯被殺時，年壽當近五十，共姜之年亦必相若；如是，則共伯既不得謂之早死，共姜之父母亦無迫共姜再

嫁之理也。故諸家多疑《史記》之説不可信。詳見《毛詩後箋》。

② 汎,浮也。

③ 中河,河中也。河,黄河也。

④ 髧,音坦,髮垂貌。

⑤ 髦,音毛,髮垂至眉也。兩髦夾囟,本幼小之飾。若父母在,則雖長不去;親没,然後去也。此指共伯言。

⑥ 儀,匹配也。

⑦ 之,至也。

⑧ 矢,誓也。

⑨ 靡它,無他心意也。

⑩ 猶言母啊、天啊,所謂呼天呼父母也。

⑪ 諒,猶今言諒解。

⑫ 畜之牡者曰特。胡承珙説。【毛傳:"特,匹也。"】

⑬ 慝,音忒,邪也。

牆有茨①

牆有茨②,不可埽也。中冓③之言,不可道也。所可道也,言之醜也。

牆有茨,不可襄④也。中冓之言,不可詳也。所可詳也,言之長也。

牆有茨,不可束也。中冓之言,不可讀⑤也。所可讀也,言之辱也。

【注釋】

①《詩序》:"《牆有茨》,衛人刺其上也。公子頑通乎君母,國人疾之,而不可道也。"箋云:"宣公卒,惠公幼,其庶兄頑烝於惠公之母,生子五人:齊子、戴公、文公、宋桓夫人、許穆夫人。"【頑,《左傳》作昭伯(見閔二年)。】

② 茨,音慈,蒺藜也。【姚際恒云:"茨,即《書·梓材》'既勤垣墉,其塗塈茨'之茨,所以覆牆也。"】

③ 冓、構,義略同,構謂蓋屋。中冓,謂室中也。胡承珙説。

④ 襄,除也。

⑤《廣雅》:"讀,説也。"

君子偕老[①]

君子偕老[②],副笄[③]六珈[④]。委委佗佗[⑤],如山如河[⑥]。象服[⑦]是宜。子之不淑[⑧],云如之何!

玼兮[⑨]玼兮,其之翟[⑩]也。鬒髮[⑪]如雲,不屑髢[⑫]也。玉之瑱[⑬]也,象[⑭]之揥[⑮]也,揚且[⑯]之皙[⑰]也。胡然而[⑱]天也?胡然而帝也[⑲]?

瑳[⑳]兮瑳兮,其之展[㉑]也。蒙[㉒]彼縐絺[㉓],是紲袢[㉔]也。子之清揚[㉕],揚且之顔也。展[㉖]如之人兮,邦之媛[㉗]也。

【注釋】

①《詩序》謂此爲刺宣姜之詩。

② 偕,俱也。君子偕老,言與夫同生共死也。

③ 副,后夫人之首飾,編髮爲之,以覆首也。笄,簪也(見附

圖五)。

④ 珈,音加,以玉加於笄而爲飾也。飾有六,故言六珈,其詳未聞。

⑤ 古疊字往往不重書,但於首字下記以略小之“二”字。委委佗佗,古蓋寫作委佗,當讀作委佗委佗,與《召南·羔羊》之“委蛇委蛇”同。亦即逶迤,爲行路紆曲之狀,言其緩而從容也。【《衆經音義》卅九引《韓詩》云:“逶佗,德之美貌也。”】

⑥ 如山如河,狀其氣象之安重弘廣(《詩》《書》《易》稱河道之通名,則曰川、曰水。惟於黄河稱河。此處河字,雖有通名之嫌,然當亦謂黄河也)。

⑦ 象服,蓋褘衣也,王后及諸侯夫人之服。褘衣,畫衣也,畫文彩於其上,故曰象服。

⑧ 不淑,猶不幸也。王國維説。此句意謂宣姜早寡。

⑨ 玼,音此,鮮盛貌。【參《新臺》“有泚”之泚。】

⑩ 翟,即闕狄,王后六服之一,畫羽爲飾之衣也。馬瑞辰説。

⑪ 鬒,音軫,髮稠也。義見《説文》。【《説文》作㐱。】

⑫ 髢,音替,假髮也(取他人之髮加於已髮)。

⑬ 瑱,替宴切,塞耳玉也。

⑭ 象,謂象骨也。

⑮ 揥,音替,搔頭之簪也。

⑯ 揚,眉上廣也。且(jū),語助詞。

⑰ 皙,音錫,膚色白也。

⑱ 胡然,猶云何以見得。而,猶“如”也。《經傳釋詞》説。

⑲ 瑱、天音近,揥、帝音近。古人往往借音爲義,意謂宣姜有瑱揥之佩,人應尊之如天如帝;然而其德不稱,安見其如天如帝也。

⑳ 瑳,鮮白貌。

㉑ 展,亦王后六服之一,色白。馬瑞辰説。

㉒ 蒙,覆也。

㉓ 縐絺,絺之蹙蹙者。【見鄭箋。】

㉔ 紲,音泄,《説文》引作褻。袢,音煩。紲袢,近身衣也。馬瑞辰説。

㉕ 清揚,目清明也。胡承珙説。

㉖ 展,誠也。

㉗ 媛,音院,美女也。

桑　　中①

爰采唐②矣,沬③之鄉矣。云誰之④思?美孟姜⑤矣。期我乎桑中,要⑥我乎上宫⑦,送我乎淇之上矣。

爰采麥矣,沬之北矣。云誰之思?美孟弋⑧矣。期我乎桑中,要我乎上宫,送我乎淇之上矣。

爰采葑矣,沬之東矣。云誰之思,美孟庸⑨矣。期我乎桑中,要我乎上宫,送我乎淇之上矣。

【注釋】

① 此男女相悦之詩。

② 唐,蒙菜也,即女蘿。

③ 沬,音妹,衛邑名,即妹邦,在河南淇縣境。

④ 之,是也。

⑤ 孟姜,姜姓之長女,此託言也。

⑥ 要,約也。

⑦ 上宫,樓也。見《孟子》趙注。

⑧《春秋》"定姒",《公》《穀》作定弋,是弋即姒。杞,姒姓,夏后氏之後也。朱熹説。

⑨ 庸,亦姓也。或云:"鄘本庸姓之國,漢有庸光及膠東庸生,是其後也。"然古無以姓名其國者,庸或閻之假借,閻本衛地,古人每因地得姓也。胡承珙、馬瑞辰並有説。

鶉之奔奔①

鶉之奔奔②,鵲之彊彊③。人之無良,我以爲兄④。

鵲之彊彊,鶉之奔奔,人之無良,我以爲君⑤。

【注釋】

①《詩序》:"《鶉之奔奔》,刺衛宣姜也。"鄭箋:"刺宣姜者,刺其與公子頑爲淫亂。"【姚際恒云:"大抵'人'即一人,'我'皆自我,而'爲兄''爲君'乃國君之弟所言耳,蓋刺宣公也。"】

② 奔奔,《左傳》《禮記》《吕氏春秋》引《詩》俱作賁賁。【桂氏《札樸》卷一:"《禮·表記》引《詩》作賁賁……《吕氏春秋》引《詩》亦作賁賁。高注:賁賁爲其色不純,馥謂高義爲長。"】

③ 彊,音姜,《禮記》引《詩》作姜姜。奔奔、彊彊,相匹偶之貌。【《禮記·表記》引此二語,鄭注云:"争鬬惡貌。"與箋詩所云"乘匹之貌"(用《韓詩》義)不同。】

④ 我,指君(惠公)言;公子頑,惠公兄也。

⑤ 君,小君也,謂宣姜。

定之方中[1]

定[2]之方中[3],作于[4]楚宫[5]。揆[6]之以日[7],作于楚室。樹[8]之榛栗。椅桐梓漆,爰伐琴瑟[9]。

升彼虚[10]矣,以望楚[11]矣。望楚與堂[12],景山[13]與京[14]。降觀于桑[15]。卜云其吉,終然[16]允臧[17]。

靈[18]雨既零[19],命彼倌人[20]。星[21]言夙駕[22],説[23]于桑田。匪直[24]也人,秉心塞淵[25],騋牝[26]三千。

【注釋】

①《詩序》:"《定之方中》,美衛文公也。衛爲狄所滅,東徙渡河,野處漕邑。齊桓公攘夷狄而封之。文公徙居楚丘,始建城市而營宫室,得其時制,百姓説之。國家殷富焉。"鄭箋:"《春秋》閔公二年,冬,狄人入衛,衛懿公及狄人戰于熒澤而敗,宋桓公迎衛之遺民渡河,立戴公以廬於漕。戴公立一年而卒。魯僖公二年,齊桓公城楚丘而封衛,於是文公立而建國焉。"

② 定,星名,營室也。

③ 中,謂初昏時其星適在天中也。定星於夏曆十月望至十一月初昏而中。《春秋》僖公二年正月城楚丘。周正月,夏十一月也。

④ 于,當讀曰爲,下于字同。謂作爲此宫室也。《經義述聞》説。

⑤ 楚宫,楚丘之宫。宫,謂宗廟也。

⑥ 揆,度也。

⑦ 立臬而度日出入及日中之影,以定東西南北也。

⑧ 樹,種也。

⑨ 椅、桐、梓、漆四木,皆可作琴瑟。伐,斬伐也。言宫中樹此六木,其四可伐作琴瑟,非並榛栗言之也。

⑩ 虚,大丘也。或云:同墟,故城廢墟也,指漕墟言。

⑪ 楚,楚丘也。

⑫ 堂,楚丘之旁邑。或云:即今山東堂邑,地遠疑非是。

⑬ 景山,大山也。

⑭ 京,高丘也。

⑮ 桑,當謂桑林,下文有桑田,可證。

⑯ 然,或作焉。【《釋詞》:"然,猶而也。"又自注云:"終,猶既也。"】

⑰ 允,信也。臧,善也。

⑱ 靈,善也。

⑲ 零,落也。

⑳ 倌,音官。《説文》:"倌人,小臣也。"

㉑ 星,正字應作姓,古晴字。馬瑞辰説。《説文》:"姓,雨而夜除星見也。"

㉒ 夙,晨早。駕,駕車也。

㉓ 説,音稅,舍息也。

㉔ 匪,彼也。直,正直也。

㉕ 秉,持也。塞淵,義見《邶風·燕燕》。

㉖ 馬七尺以上曰騋,音來。馬瑞辰云:"言牝以該牡,故傳言'騋馬與牝馬'也;非謂騋牝即專指騋馬之牝者。"

蝃　蝀①

蝃蝀②在東，莫之敢指③。女子有行④，遠父母兄弟。

朝隮⑤于西，崇⑥朝其雨⑦。女子有行，遠兄弟父母。

乃如⑧之⑨人也，懷昏姻也。大⑩無信也，不知命⑪也。

【注釋】

① 此蓋既嫁之女而拒其他求婚者之詩。

② 蝃蝀，音帝東，虹也。

③ 今北俗戒小兒指虹，云：指虹則爛手指；或云：指虹令人手歪。古俗蓋亦類此，不必牽附淫奔之義也。

④ 有行，謂出嫁。義已見《邶風・泉水》。

⑤ 隮，音躋，虹也。見《周禮・眂祲》鄭注。【朱子引此説，然謂不終朝而雨止，非也，《日知録》已言其説非是。《日知録》卷三："諺曰：東虹晴，西虹雨。"自注云："其雨者，雨也。"】

⑥ 崇，終也。

⑦ 諺云："東虹（俗讀如絳音，下同）唿嚕西虹雨"，正可爲此二語作注脚。

⑧ 乃如，轉語詞，已見《邶風・日月》。

⑨ 之，是也。

⑩ 大，讀爲太。由此語證之，似此人昔曾約婚而未實踐其言者。

⑪ 命，命運也。

相　　鼠[1]

相[2]鼠有皮，人而無儀[3]。人而無儀，不死何爲！
相鼠有齒，人而無止[4]。人而無止，不死何俟！
相鼠有體，人而無禮。人而無禮，胡不遄[5]死！

【注釋】

① 《詩序》:“《相鼠》，刺無禮也。”

② 相，視也。

③ 儀，威儀也。

④ 止，容止也。(鄭箋:“止，容止。”)【《大雅·蕩》:“既愆爾止”，《抑》:“淑慎爾止”，皆容止義。】

⑤ 遄，速也。

干　　旄[1]

子子[2]干旄[3]，在浚[4]之郊。素[5]絲紕[6]之，良馬四之。彼姝[7]者子，何以畀[8]之？

子子干旟[9]，在浚之都[10]。素絲組[11]之，良馬五[12]之。彼姝者子，何以予之？

子子干旌[13]，在浚之城。素絲祝[14]之，良馬六之。彼姝者子，何以告之？

【注釋】

① 此蓋美貴婦人之詩。

② 孑孑,特出之貌。義見朱傳。

③ 干,旗杆;旄,旄牛尾也。古以旄牛尾注於旗干之首。

④ 浚,衛邑名,説詳《邶風·凱風》。

⑤ 素,白色也。

⑥ 紕,音皮,或讀去聲,聯屬之義,即縫也。鄭箋云:“素絲者以爲縷,以縫紕旌旗之旒縿。”

⑦ 姝,美色也,已見《邶風·静女》。

⑧ 畀,予也。此言愛而欲有以贈之也。

⑨ 旟,音餘,九旗之一,畫鳥隼爲飾者也。

⑩ 都、居音近,古每連言(《穆天子傳》及《管子·水地篇》皆有“都居”之語),都猶居也,謂民所聚之處也。

⑪ 組,聯合之謂,實亦縫也。

⑫ 古者一車率爲四馬,此言五及下章言六,蓋皆爲趁韵之故。

⑬ 旌,《説文》:“析羽注旄首也。”九旗皆有旄有羽,干旄言其旄,干旌言其羽,而其旗則旟也。胡承珙有説。

⑭ 鄭箋云:“祝,當作屬。”按:當釋作聯屬之義,亦謂縫也。

載　馳[①]

載馳載驅[②],歸唁[③]衛侯[④]。驅馬悠悠[⑤],言至于漕。大夫跋涉[⑥],我心則憂。

既不我嘉[⑦],不能旋反。視爾不臧,我思不遠[⑧]。既不我嘉,不能旋濟[⑨]。視爾不臧,我思不閟[⑩]。

陟彼阿丘[11]，言采其蝱[12]。女子善懷[13]，亦各有行[14]。許[15]人尤[16]之，衆[17]稺[18]且狂。

我行其野，芃芃[19]其麥。控[20]于大邦，誰因[21]誰極[22]？大夫君子，無我有尤。百爾[23]所思，不如我所之[24]。

【注釋】

① 《詩序》:“《載馳》，許穆夫人作也。閔其宗國顛覆，自傷不能救也。”按：序説本閔公二年《左傳》。“宗國顛覆”，謂狄人侵衛事也。説詳《定之方中》。

② 載猶則也。此句指下文“大夫跋涉”之大夫言。

③ 唁，弔問也。

④ 舊謂衛侯指戴公而言。按：狄入衛，在魯閔公二年。是年冬十二月，宋桓公立戴公以廬於漕。戴公旋卒。詩言“芃芃其麥”，知非此時。至魯僖公二年正月乃城楚丘，而詩言“言至于漕”，知此詩之作，當在城楚丘之前。然則，其時當在魯僖公元年春間，乃唁文公，非戴公也。胡承珙説。

⑤ 悠悠，遠貌。

⑥ 按：大夫，當是許大夫，許穆夫人使其唁衛者。舊謂爲來告難之衛大夫，由上文證之，恐非是。草行曰跋，水行曰涉，言行路艱難也。

⑦ 嘉，善也。許穆夫人，欲親唁衛侯，而許人不之善也，故言不能旋反。

⑧ 遠，猶去也；不去，猶不止也（言思衛不止）。馬瑞辰説。

⑨ 濟，渡水也。

⑩ 閟，音秘，閉也；閉，猶止也。

⑪ 阿丘，偏高之丘也。

⑫ 蝱,音盲,藥草名,貝母也,可療心氣鬱結之疾。
⑬ 懷,思也。善,猶多也。
⑭ 行,道也。
⑮ 許,故地在今河南許昌。
⑯ 尤,過也,不以爲是也。
⑰ 衆,當讀爲終,既也。《經義述聞》説。
⑱ 穉,驕也。《經義述聞》説。
⑲ 芃,音蓬,盛長貌。
⑳《一切經音義》引《韓詩》曰:"控,赴也。"赴,走告也。
㉑ 因,猶親也。朱彬説。
㉒ 極,正也。
㉓ 百爾,凡爾也。已見《邶風·雄雉》。
㉔ 言不如我之所思也。

衛

説詳《邶》。

【衛世系——莊公——桓公（完、入春狄）——州吁（桓弟）——宣公（晉、桓弟）——惠公（朔、宣子）——黔牟（宣子）——惠公——懿公（惠子）——戴公（宣子）——文公（宣子）——成公（文子）……】

淇奥[1]

瞻彼淇奥[2]，緑竹[3]猗猗[4]。有匪[5]君子，如切如瑳[6]，如琢如磨[7]。瑟兮僩兮[8]，赫兮咺兮[9]。有匪君子，終不可諼[10]兮。

瞻彼淇奥，緑竹青青[11]。有匪君子，充耳[12]琇瑩[13]。會弁[14]如星。瑟兮僩兮，赫兮咺兮。有匪君子，終不可諼兮。

瞻彼淇奥，緑竹如簀[15]。有匪君子，如金如錫[16]，如圭如璧[17]。寬兮綽兮[18]，猗重較[19]兮。善戲謔[20]兮，不爲虐[21]兮。

【注釋】

①《詩序》："《淇奥》，美武公之德也。"徐幹《中論》云："昔衛

武公年過九十,猶夙夜不怠,思聞訓道。……衛人誦其德,爲賦《淇奥》。"

② 奥,厓岸内側也。

③ 朱傳:"緑,色也。"毛傳:"緑,王芻。竹,萹竹也。"胡承珙以爲:王芻,水草,可食;萹竹,即萹蓄,亦可食之菜。毛、朱兩説,未詳孰是。【《小雅·采緑》:"終朝采緑。"證知毛傳爲長。參《水經·淇水注》。】

④ 猗猗,美盛貌。

⑤ 匪,斐之假借【《大學》引作斐,《列女傳》卷八亦引作斐】,文章貌。有匪,斐然也。

⑥ 瑳,一作磋。朱傳:"治骨角者,既切以刀斧,而復磋以鑢鐋。"鑢鐋,錯刀也。【毛傳:"治骨曰切,象曰磋,玉曰琢,石曰磨。"】

⑦ 朱傳:"治玉石者,既琢以槌鑿,而復磨以沙石。"以上兩句,言精益求精,以喻進德之不已也。

⑧ 瑟,矜莊貌。僩,音限,朱傳云:"威嚴貌。"(義本《大學》)

⑨ 赫,咺,皆昭顯之義,謂威儀容止也。咺,許遠切。【《大學》引作喧。】

⑩ 終,永也。諼,音宣,忘也。

⑪ 青,音菁。青青,茂盛貌。

⑫ 充耳,謂瑱也。

⑬ 琇瑩,美石也。

⑭ 會,音如會計之會,縫(名詞)也。弁,音下,冠之屬。會弁,弁縫也。弁縫飾以玉,故言如星。【《周禮·夏官·弁師》:"王之皮弁,會五采玉璂。"鄭注:"會,縫中也。璂,讀如薄借綦之綦,綦,結也。皮弁之縫中,每貫結五采玉十二以爲飾,謂之綦。

《詩》云'會弁如星',又曰'其弁伊綦',是也。"】

⑮ 簀,音責,席也。

⑯ 朱傳:"金、錫,言其鍛鍊之精純。"

⑰ 圭、璧(見附圖六),皆玉器之高貴者。

⑱ 寬、綽義近,恢弘寬大貌,此指性情言。

⑲ 猗,讀爲倚,憑也。較,車兩輢(車箱兩旁立板)旁立木也。以其高出式上,故曰重較。阮元《考工記車制圖解》説(見附圖七)。

⑳ 戲謔,猶今語所謂開玩笑也。

㉑ 馬瑞辰云:"虐之言劇,謂甚也。"

考　　槃①

考槃②在澗③,碩人之寬④。獨寐寤言⑤,永矢⑥弗諼。
考槃在阿⑦,碩人之薖⑧。獨寐寤歌,永矢弗過⑨。
考槃在陸⑩,碩人之軸⑪。獨寐寤宿,永矢弗告⑫。

【注釋】

① 此美賢者窮處而能安其樂之詩。

② 朱傳引陳傅良云:"考,扣也。槃,器名,扣之以節歌。"

③ 山夾水曰澗。

④ 碩,大也。寬,胸懷寬廣也。

⑤ 謂獨寐、獨寤(醒)、獨言也。

⑥ 矢,誓也。

⑦ 阿,陵曲也。

⑧ 薖,音科,毛傳:"寬大。"

⑨ 過,去也。弗過,猶弗忘也。馬瑞辰説。

⑩ 高平之地曰陸。

⑪ 按: 軸,當讀爲廸。僞《大禹謨》僞孔傳云:"廸,道也。"【《説文》:"軸,持輪也。从車,由聲。"《管子・小問篇》:"由由乎兹免,何其君子也。"尹知章注:"由由,悦也。"】

⑫ 朱傳:"不以此樂告人也。"

碩　人①

碩人其頎②,衣錦褧衣③。齊侯④之子,衛侯⑤之妻,東宫⑥之妹,邢侯⑦之姨⑧,譚公⑨維私⑩。

手如柔荑⑪,膚如凝脂⑫,領⑬如蝤蠐⑭,齒如瓠犀⑮,螓首⑯蛾眉⑰。巧笑倩⑱兮,美目盼⑲兮。

碩人敖敖⑳。説㉑于農郊。四牡有驕㉒,朱幩㉓鑣鑣㉔,翟茀㉕以朝。大夫夙退㉖,無使君勞。

河水洋洋㉗,北流活活㉘。施罛㉙濊濊㉚,鱣㉛鮪㉜發發㉝,葭菼㉞揭揭㉟。庶姜㊱孽孽㊲,庶士㊳有朅㊴。

【注釋】

① 隱公三年《左傳》:"衛莊公娶于齊東宫得臣之妹曰莊姜,美而無子,衛人所爲賦《碩人》也。"按: 此當是莊姜嫁時,衛人美之之詩。

② 頎,音祈,長貌。

③ 褧,音扃,今所謂罩袍也。

④ 齊侯,齊莊公也。莊姜,莊公之女。

⑤ 衛侯,衛莊公也。

⑥ 東宫,太子所居之宫也,此指齊莊公太子得臣言。

⑦ 邢國故地,在今河北邢臺縣。邢侯,未詳何人。

⑧ 妻之姊妹曰姨。

⑨ 譚國故地,在今山東濟南東。譚公,亦不詳何人。

⑩ 姊妹之夫曰私。

⑪ 荑,茅芽也。已見《邶風·静女》。

⑫ 凝脂,凝結之脂也。

⑬ 領,頸也。

⑭ 蝤,音遒。蠐,音齊。蝤蠐,木蟲之白而長者。

⑮ 瓠犀,瓠中之種子也。

⑯ 螓,音秦,如蟬,其額廣闊。

⑰ 蛾眉,蛾之觸鬚也,細長而曲。

⑱ 倩,音欠,頰美貌。

⑲ 盼,目黑白分明也。

⑳ 敖敖,長貌。

㉑ 説,音税,舍息也。此謂莊姜自齊至於衛都之郊,尚未入城。

㉒ 驕,壯貌;有驕,驕然也。

㉓ 幩,音墳,鑣飾也。(《釋文》:"鑣,馬銜外鐵也。")朱,謂以朱纏之。

㉔ 鑣,音標。鑣鑣,盛貌。

㉕ 翟,翟車也。夫人以翟(山雉)羽飾車。茀,音弗,蔽也。婦人之車,前後設蔽。

㉖ 夙,早也。此謂莊姜初至。大夫之朝者,宜早退也。

㉗ 洋洋,盛大貌。

㉘ 活,音括。《説文》:“活,流聲也。”

㉙ 罛,音孤,魚罟也。

㉚ 濊,音豁,礙流也。義見《説文》。【参《小雅·庭燎》:“鸞聲噦噦。”又《魯頌·泮水》句同。】

㉛ 鱣,音邅,毛傳:“鯉也。”或云:即鱘鰉,所謂黄魚也。

㉜ 鮪,音洧,似鱣而小。

㉝ 發,音潑。《釋文》引馬融云:“魚著網,尾發發然。”

㉞ 葭,音嘉,蘆也。菼,音毯,荻也。

㉟ 揭揭,長貌。

㊱ 庶,衆也。庶姜,謂莊姜之姪娣也。

㊲ 孽孽,盛飾貌。

㊳ 庶士,謂齊之送女者。

㊴ 朅,音揭,武壯貌。有朅,朅然也。

氓①

氓②之蚩蚩③,抱布貿絲④。匪來貿絲,來即⑤我謀⑥。送子涉淇,至于頓丘⑦。匪我愆期⑧,子無良媒。將⑨子無怒,秋以爲期。

乘⑩彼垝垣⑪,以望復關⑫。不見復關,泣涕漣漣⑬,既見復關,載⑭笑載言。爾卜爾筮⑮,體⑯無咎言⑰。以爾車來,以我賄遷⑱。

桑之未落,其葉沃若⑲。于⑳嗟鳩兮,無食桑葚㉑。于嗟女兮,無與士耽㉒。士之耽兮,猶可説也;女之耽兮,不可説也。

桑之落矣，其黄而隕㉓。自我徂㉔爾，三歲食貧㉕。淇水湯湯㉖，漸㉗車帷裳㉘。女也不爽㉙，士貳其行㉚。士也罔極㉛，二三其德㉜。

三歲爲婦，靡室勞矣㉝。夙興夜寐㉞，靡有朝矣㉟。言既遂㊱矣，至于暴矣。兄弟不知，咥㊲其笑矣。静言思之，躬㊳自悼㊴矣。

及爾偕老，老使我怨㊵。淇則有岸，隰則有泮㊶。總角㊷之宴㊸，言笑晏晏㊹，信誓旦旦㊺。不思其反㊻。反是不思㊼，亦已焉哉㊽！

【注釋】

① 此棄婦自傷之詩。

② 氓，音盲，野民也。

③ 蚩，音鴟。蚩蚩，敦厚貌。

④ 布，即布帛之布。貿，買也。此謂以布易絲也。【毛傳："布，幣也。"《詩經稗疏》以爲錢幣之屬。】

⑤ 即，就也。

⑥ 謀，即今語之商量，謂商量婚事也。

⑦ 頓丘，地名，在今河北清豐縣西南二十五里。【《詩經稗疏》卷一："淇水……自淇縣以下，不復名爲淇水，北過内黄，又合洹水，以流於濮。頓丘去淇百里而遥，涉淇而至於清豐之頓丘，亦太遠矣。"王氏從毛傳説，謂頓丘爲"一成之丘"。】

⑧ 愆，過也。愆期，誤期也。

⑨ 將，讀如羌，發語詞。

⑩ 乘，登也。

⑪ 垝,音詭,毁也。垣,牆也。于省吾云:“垝、危,古通。危,高也。”似較舊義爲勝。

⑫ 復關,氓所居之處也。此則指氓言。《寰宇記》有復關城,云在澶州(今河北清豐縣)臨河縣。

⑬ 漣,音連。漣漣,淚下流貌。

⑭ 載,則也。

⑮ 卜用龜,筮用蓍。古者遇重要事必卜筮以決可否。

⑯ 體,龜卜之兆也,此兼卦體(筮)言。

⑰ 咎,音臼,凶也,過也。咎言,即不吉之言。體無咎言,謂卜筮皆吉也。

⑱ 賄,財也。以其財物遷於夫家也。此言既嫁。

⑲ 沃,柔也。義見《小雅・隰桑》毛傳。此謂柔嫩。若,猶然也。《經傳釋詞》説。朱傳:“沃若,潤澤貌。”亦通。

⑳ 于,讀爲吁。

㉑ 葚,音甚,桑實也。

㉒ 耽,多安切,樂也。

㉓ 隕,落也。

㉔ 徂,往也。徂爾,謂來嫁也。

㉕ 食貧,猶今語過窮日子。

㉖ 湯,音傷。湯湯,毛傳:“水盛貌。”按:當是水流聲。

㉗ 漸,漬濕也。

㉘ 帷裳,車衣也,婦人之車有之。以上二語,追思來嫁時之情景。或云:此述被棄而去時之情景,亦通。

㉙ 爽,差錯也。

㉚ 貳,猶言兩樣。貳其行,謂其行爲改變不同於初時也。

㉛ 罔極,猶言無良,《詩》中凡言罔極者皆此義,余别有文

説之。

㉜ 二三其德，猶今言三心二意也。

㉝ 靡室，意謂無入室休息之時，極言其勞也。

㉞ 謂侵晨而起，深夜始眠。

㉟ 靡有朝，猶今言没早晨没晚上，極言其事忙也。

㊱ 遂，成也。《離騷》有"成言"語，亦即《邶風·擊鼓》之"成説"，猶今語説妥，謂商談已定也。

㊲ 咥，音熙，笑貌。

㊳ 躬，自身也。

㊴ 悼，悲傷也。

㊵ 老使我怨，言説到"偕老"，則使我怨恨也。舊謂此婦以年老而被棄，非是。因詩中既言三歲食貧，又言三歲爲婦，知其僅結婚三年即被棄也。

㊶ 隰，低窪之處。泮，讀爲畔，涯也。淇有岸，隰有泮，以反喻人心之無極也。

㊷ 總角，即結髮，謂直結其髮聚之以爲兩角（兩個辮子）也。男未冠女未笄時，其髮如此。

㊸ 宴，樂也。

㊹ 晏晏，和柔貌。

㊺ 誓所以昭其信，故曰信誓。旦旦，誠懇貌，馬瑞辰有説。朱傳："旦旦，明也。"亦通。

㊻ 不思其反，猶今言不回頭想一想。

㊼ 反是不思，意謂回頭想一想都不肯。

㊽ 已，止也，完了也。本句義謂"也只好算了吧！"

竹竿[①]

籊籊[②]竹竿,以釣于淇。豈不爾思?遠莫致[③]之。

泉源在左,淇水在右。女子有行[④],遠兄弟父母。

淇水在右,泉源在左。巧笑之瑳[⑤],佩玉之儺[⑥]。

淇水滺滺[⑦],檜楫[⑧]松舟,駕言出遊,以寫我憂。

【注釋】

① 此蓋男子懷念舊好(女子)之詩。首章言觸景思人,次章言其人已嫁,三章念其容止,末章則以寫憂作結。舊謂衛女思歸之詩,恐非是。

② 籊,音狄。籊籊,長而鋭也。

③ 致,招致(使來)之也。

④ 有行,嫁也,説見前。

⑤ 馬瑞辰云:"瑳與此雙聲,瑳當爲齜之假借。《説文》齜字注:'一曰:開口見齒之貌,讀若柴。'笑而見齒,故以齜狀之。"

⑥ 儺,諾我切,行有節度也。

⑦ 滺,音攸。滺滺,水流貌。

⑧ 檜,木名。楫,音接,划舟之槳也。

芄蘭[①]

芄蘭[②]之支[③],童子佩觿[④]。雖則佩觿,能[⑤]不我知。容[⑥]兮遂[⑦]兮,垂帶悸[⑧]兮。

芄蘭之葉，童子佩韘[9]。雖則佩韘，能不我甲[10]。容兮遂兮，垂帶悸兮。

【注釋】

① 《詩序》：“《芄蘭》，刺惠公也。驕而無禮，大夫刺之。”此說未詳是否。

② 芄，音丸。芄蘭，草名，一名蘿摩，葉似女青。

③ 支，枝也。

④ 觿，音攜，錐也，以象骨爲之，用以解結，成人之佩也。

⑤ 能，猶而也。《經義述聞》說。

⑥ 按：容，謂容容，猶摇摇也。義見《史記·淮陰侯列傳》。

⑦ 按：遂，與墜通，此狀下垂之貌。容兮遂兮，形容帶之下垂。

⑧ 悸，動也。俞樾說。

⑨ 韘，音攝，玦也，以象骨爲之，著大拇指(猶今之搬指)，射時用以鉤弦，使指不痛。

⑩ 甲，狎也。

河　　廣[1]

誰謂河廣？一葦[2]杭[3]之。誰謂宋遠？跂[4]予望之。

誰謂河廣？曾不容刀[5]。誰謂宋遠？曾不崇朝[6]。

【注釋】

① 《詩序》：“宋襄公母歸於衛，思而不止，故作是詩也。”鄭箋云：“宋桓公夫人，衛文公之妹，生襄公而出。襄公即位，夫人

思宋,義不可往,故作是詩以自止。"按:宋襄公之世,衛已徙都黄河之南,適宋不待杭渡,故舊説非是。王質《詩總聞》以爲宋人僑居於衛地者所作,近是。

② 一葦,以一葦作舟,極言易渡也。孔氏正義必謂一束之葦,説亦稍迂。

③ 杭,義同航,渡也。

④ 跂,同企,舉踵也。

⑤ 刀至薄,不容刀,極言河窄易渡也。舊以刀爲小船,未免太泥。

⑥ 崇,終也。曾不崇朝,謂不待終朝即可到達也。

伯　兮[①]

伯[②]兮朅[③]兮,邦之桀[④]兮。伯也執殳[⑤],爲王前驅[⑥]。
自伯之東,首如飛蓬[⑦]。豈無膏沐[⑧]? 誰適[⑨]爲容!
其雨其雨[⑩]? 杲杲[⑪]出日。願言思伯[⑫],甘心首疾[⑬]。
焉得諼草[⑭]? 言樹之背[⑮]。願言思伯,使我心痗[⑯]。

【注釋】

① 鄭箋云:"衛宣公之時,蔡人、衛人、陳人,從王伐鄭伯也。爲王前驅久,故家人思之。"【《春秋》桓公五年經:"秋,蔡人、衛人、陳人,從王伐鄭。"(桓王十三年,前 707 年)】

② 伯,猶今言老大,此則婦人謂其夫也。

③ 朅,音揭,武壯貌。

④ 桀,義同傑,英傑也。

⑤ 殳,音殊,兵器,長一丈二尺而無刃。

⑥ 前驅,驅馬在前,猶言先鋒也。

⑦ 蓬,草名,實有茸毛,如絮(參看《召南·騶虞》)。首如飛蓬,言髮之亂也。

⑧ 膏,所以澤髮。沐,即《左傳》之"潘沐",米汁也,可以沐髮。【杜注:"潘,米汁,可以沐頭。"哀公十四年《左傳》:"使疾而遺之潘沐。"《禮·玉藻》"沐稷"疏:"沐,沐髮也。……取稷之潘汁,用將洗面沐髮,並須滑故也。"按:膏沐作"潤澤之沐稷"解,或"豈無膏油以沐之"皆通。但以膏油沐髮,未聞此制。】

⑨ 適,音嫡,專意從事於一事也。

⑩ 猶今言"要落雨吧? 要落雨吧?"甲骨文中,此類句法習見。

⑪ 杲,音縞。杲杲,明貌。

⑫ 願,念也。願言思伯,即念而思伯。或云:願,甘願也。亦通。

⑬ 首疾,頭痛也。

⑭ 諼草,即萱草。舊謂萱草可使人忘憂。

⑮ 古背、北同字。言樹之背,謂種萱草於房北(即後)也。俞樾說。

⑯ 痗,音每,病也。

有 狐①

有狐綏綏②,在彼淇梁③。心之憂矣,之子④無裳。

有狐綏綏,在彼淇厲⑤。心之憂矣,之子無帶。

有狐綏綏，在彼淇側。心之憂矣，之子無服。

【注釋】

① 此丈夫行役，婦人憂念之之詩。崔述説。

② 綏綏，行緩貌。馬瑞辰説。

③ 以石絶水曰梁，今所謂攔河壩是也。二句言淇水已淺而狐覓食，以明時序已寒也。

④ 之子，謂征夫也。

⑤ 厲、賴，古同音。厲爲瀨之假借字，水淺之處也。胡承珙、俞樾並有説。

木　瓜①

投我以木瓜②，報之以瓊琚③。匪報也，永以爲好也。

投我以木桃④，報之以瓊瑶⑤。匪報也，永以爲好也。

投我以木李，報之以瓊玖⑥。匪報也，永以爲好也。

【注釋】

① 崔述謂此尋常贈答之詩。

② 木瓜，楙木之實也，狀如瓜，可食。

③ 凡言玉色之美曰瓊。説見戴震《毛鄭詩考正》。琚，佩玉之一種。

④ 吕氏《詩紀》引徐氏曰:"瓜有瓜瓞，桃有羊桃，李有雀李，此皆枝蔓也，故言木瓜、木桃、木李以别之。"

⑤ 瑶，美玉也。

⑥ 玖,音久。《説文》:“玖,石之次玉黑色者。”

〔附説〕《孔叢子·記義篇》云:“於木瓜,見包且(同苴)之禮行也。”彼蓋讀報爲包(甲骨文報乙、報丙、報丁,作匚、匚、匚,意謂以匚包之也,可證報、包古通),謂木瓜、木桃、木李之中,包藏以瓊琚、瓊瑶、瓊玖也。此亦可備一説。

王

《王風》,乃周平王東遷之後,王城畿内之民間詩歌也。王城,在故洛邑之西,平王徙都於此。

黍　　離①

彼黍離離②,彼稷之苗。行邁③靡靡④,中心摇摇。知我者,謂我心憂;不知我者,謂我何求。悠悠⑤蒼天,此何人哉⑥!

彼黍離離,彼稷之穗。行邁靡靡,中心如醉。知我者,謂我心憂;不知我者,謂我何求。悠悠蒼天,此何人哉!

彼黍離離,彼稷之實。行邁靡靡,中心如噎⑦。知我者,謂我心憂;不知我者,謂我何求。悠悠蒼天,此何人哉!

【注釋】

① 此行役者傷時之詩。

② 離離,垂貌。或云:分披茂盛之貌。【《小雅·湛露》:"其實離離。"毛傳:"離,垂也。"】

③ 邁,行也。行邁,猶言行路。

④ 靡靡,猶遲遲也。

⑤ 悠悠,遠貌。

⑥ 此何人哉,當是斥“不知我者”。

⑦ 噎,一結切,食塞咽喉也。

君子于役①

君子于役,不知其期;曷②至哉!雞棲于塒③;日之夕矣,羊牛下來④。君子于役,如之何勿思!

君子于役,不日不月;曷其有佸⑤?雞棲于桀⑥;日之夕矣,羊牛下括⑦。君子于役,苟⑧無飢渴?

【注釋】

① 朱子《詩序辨説》,以此爲國人行役而室家念之之詩。

② 曷,何時也。説見《邶風·雄雉》。

③ 塒,音時,雞棲之所,鑿牆爲之者也。

④ 牧牛羊多在山陵等高處,故謂返歸曰下來。

⑤ 佸,音括。毛傳:“會也。”

⑥ 桀,杙也,今語謂之橛子。

⑦ 毛傳:“括,至也。”【《小雅·車舝》:“德音來括。”毛傳:“括,會也。”】

⑧《經傳釋詞》云:“苟猶尚也。”按:猶云庶幾也。

君子陽陽①

君子陽陽②,左執簧③,右招我由④房。其樂只且。

君子陶陶[5],左執翿[6],右招我由敖[7]。其樂只且。

【注釋】

① 此蓋夫婦和樂之詩。

② 陽陽,通作揚揚,得意之貌,亦即快樂之狀也。馬瑞辰説。

③ 左,左手也。簧,笙也。

④ 由,從也。

⑤ 陶陶,和樂貌。

⑥ 翿,音濤,舞者所持之羽也。

⑦ 敖,舞位也。【按:由,用也,以也。《釋文》云:敖,游也。謂游樂也。言招我以游樂也。】

揚之水[1]

揚[2]之水,不流束薪。彼其[3]之子[4],不與我戍申[5]。懷[6]哉懷哉!曷月予還歸哉!

揚之水,不流束楚[7]。彼其之子,不與我戍甫[8]。懷哉懷哉!曷月予還歸哉!

揚之水,不流束蒲。彼其之子,不與我戍許[9]。懷哉懷哉!曷月予還歸哉!

【注釋】

① 此戍於南國之人,思念家室之詩。傅孟真先生云:"此桓、莊時詩。桓、莊以前,申、甫未被迫;桓、莊以後,申、甫已滅於楚。"【按:魯隱公十一年(周桓王八年),鄭與魯、齊共伐許,許莊

公奔衛。此時王朝並未派兵援許。斯時鄭莊公且有“王室而既卑矣”之言(見隱十一年《左傳》)。可見王朝已無力控制諸侯。此詩言王師戍許,知當在桓王八年之前,平王東遷之後。】

② 揚,激揚也,蓋飛濺之貌。

③ 其,音記,語助詞。

④ 之子,戍人謂其妻也。

⑤ 戍,以兵守邊疆也。申,姜姓之國,平王之母家也。在今河南信陽境。【楚文王伐申,見莊公六年《左傳》(莊王九年)。】

⑥ 懷,念也。

⑦ 楚,木名,亦草名。

⑧ 甫,亦姜姓之國,即吕也。《唐世系表》云:“宣王世改吕爲甫。”故地在今河南南陽境。【陳奂疏:“成七年《左傳》: 楚圍宋之役,子重清取申、吕以爲賞田。蓋吕亦楚所滅。”按: 楚圍宋在魯宣公十四年。】

⑨ 許,亦姜姓之國,在今河南許昌境。

中谷有蓷①

中谷②有蓷③,暵④其乾矣。有女仳離⑤,嘅⑥其嘆矣。嘅其嘆矣,遇人之艱難矣⑦。

中谷有蓷,暵其脩⑧矣。有女仳離,條⑨其歗⑩矣。條其歗矣,遇人之不淑⑪矣。

中谷有蓷,暵其濕⑫矣。有女仳離,啜⑬其泣矣。啜其泣矣,何嗟及矣⑭!

【注釋】

① 此詠婦人被夫遺棄之詩。

② 中谷,谷中也。

③ 蓷,音推,益母草也。

④ 暵,音漢,乾燥貌。

⑤ 仳,品鄙切,别也。

⑥ 嘅,歎聲。

⑦ 艱難,窮厄也。

⑧ 脩,將乾也。

⑨ 條,長貌。

⑩ 歗,同嘯。

⑪ 淑,善也。按:故書中"不淑""不弔",往往通義。不弔,猶不幸也(王國維説)。此不淑作不弔解,亦通。

⑫ 濕,當讀爲㬤,欲乾也。《經義述聞》説。

⑬ 啜,音輟,泣貌。

⑭ 何嗟及矣,猶云嗟何及矣。

兔　爰[1]

有兔爰爰[2],雉離[3]于羅[4]。我生之初,尚無爲[5];我生之後,逢此百罹[6]。尚[7]寐無吪[8]!

有兔爰爰,雉離于罦[9]。我生之初,尚無造[10];我生之後,逢此百憂。尚寐無覺!

有兔爰爰,雉離于罿[11]。我生之初,尚無庸[12];我生之後,逢此百凶。尚寐無聰[13]!

【注釋】

① 此傷時之詩。

② 爰爰,緩行貌。

③ 離,義同罹,遭逢也。

④ 羅,網也。

⑤ 爲,作爲,指軍役之事言。

⑥ 罹,音離,憂也。

⑦ 尚,疑詞,猶云“還可……”。

⑧ 吪,音訛,動也。蓋驚動之意。【《小雅·無羊》:“或寢或訛。”毛傳:“訛,動也。”】

⑨ 罦,音孚,覆車爲網也。

⑩ 造,作爲也。

⑪ 罿,音童,又音衝,罦也。

⑫ 庸,事也。

⑬ 聰,聞也。

葛　藟①

緜緜②葛藟,在河之滸③。終④遠兄弟,謂⑤他人父。謂他人父,亦莫我顧。

緜緜葛藟,在河之涘⑥。終遠兄弟,謂他人母。謂他人母,亦莫我有⑦。

緜緜葛藟,在河之漘⑧。終遠兄弟,謂他人昆⑨。謂他人昆,亦莫我聞⑩。

【注釋】

① 此流落異鄉者感傷之詩。

② 緜緜,長而不絶之貌。

③ 滸 ,水涯也。

④ 古永、終字每連用,終猶永也。

⑤ 謂,稱謂也。

⑥ 涘,音俟,水涯也。

⑦ 有,與友義近,親愛之也。義見昭公二十五年《左傳》杜注。

⑧ 漘,音唇,岸也。

⑨ 昆,兄也。

⑩ 聞,猶問也,謂相恤問也。《經義述聞》説。

采 葛[1]

彼采葛兮。一日不見,如三月兮。
彼采蕭[2]兮。一日不見,如三秋兮。
彼采艾[3]兮。一日不見,如三歲兮。

【注釋】

① 此男女相思之詩。

② 蕭,蒿也。

③ 艾,蒿屬,乾之可以灸疾。

大 車[1]

大車檻檻[2],毳衣[3]如菼[4]。豈不爾思?畏子不敢[5]。

大車啍啍[6]，毳衣如璊[7]。豈不爾思？畏子不奔[8]。
穀[9]則異室，死則同穴[10]。謂予不信，有如皦[11]日。

【注釋】

① 此蓋女子有所愛慕而不得遂其志之詩。

② 檻檻，車行聲。

③ 毳，音脆。《説文》："毳，獸細毛也。"毳衣，績毛爲衣，取其可以禦雨，大夫巡行邦國之服也。馬瑞辰説。

④ 菼，荻也。如菼，言其色青。

⑤ 豈不爾思之爾，謂所思之人；畏子不敢之子，謂大夫也。

⑥ 啍，音吞。啍啍，亦車行聲也。馬瑞辰説。

⑦ 璊，音門，赤色玉也。

⑧ 奔，私奔也。

⑨ 穀，生也。

⑩ 穴，墓穴也。此句乃願望之辭。

⑪ 皦，音皎，白也，明也。

丘中有麻[1]

丘中有麻，彼留子嗟[2]。彼留子嗟，將[3]其來施施[4]。
丘中有麥，彼留子國[5]。彼留子國，將其來食。
丘中有李，彼留之子[6]。彼留之子，貽我佩玖[7]。

【注釋】

① 此男女相悦之詩。

② 留,氏也,即後之劉氏。子嗟,字也。

③ 將,爲語詞。

④ 施施,徐行貌。或單作施。

⑤ 子國,亦字也。

⑥ 猶言彼姓留之人也。

⑦ 玖,石之次玉黑色者。已見《衛風·木瓜》。

鄭

鄭氏《詩譜》云:"初,宣王封母弟友於宗周畿内咸林之地,是爲鄭桓公,今京兆鄭縣(今陝西華縣境)是其都也。爲幽王大司徒,……幽王爲犬戎所殺,桓公死之。其子武公,與晉文侯定平王於東都王城,……取(虢,鄶等)十邑之地。右洛左濟,前華後河,食溱洧焉。今河南新鄭(本檜地。今仍名新鄭)是也。"《鄭風》凡二十一篇,皆東周時詩。

緇　衣①

緇衣②之宜兮,敝③、予又改爲兮。適子之館④兮,還⑤、予授子之粲⑥兮。

緇衣之好兮,敝、予又改造⑦兮。適子之館兮,還、予授子之粲兮。

緇衣之蓆⑧兮,敝、予又改作兮。適子之館兮,還、予授子之粲兮。

【注釋】

①《詩序》:"《緇衣》,美武公也。父子並爲周司徒,善於其職,國人宜之,故美其德。"【隱三年《左傳》:"鄭武公、莊公,爲平

王卿士。"】

② 緇,黑色。緇衣,卿士居私朝之服也。

③ 敝,舊也。

④ 館,謂九卿治事之公朝,在天子之宫。馬瑞辰説。

⑤ 還,還私朝也。馬瑞辰説。

⑥ 粲,餐也。言及其還時,又賜之以食也。以上諸語,皆假天子之言,以明武公之被寵信。

⑦ 造,作也。

⑧ 蓆,大也。

將仲子[①]

將[②]仲子[③]兮,無踰[④]我里[⑤],無折我樹杞[⑥]。豈敢愛之?畏我父母。仲可懷[⑦]也,父母之言,亦可畏也。

將仲子兮,無踰我牆,無折我樹桑。豈敢愛之?畏我諸兄。仲可懷也,諸兄之言,亦可畏也。

將仲子兮,無踰我園,無折我樹檀。豈敢愛之?畏人之多言。仲可懷也,人之多言,亦可畏也。

【注釋】

① 此女子拒人求愛之詩。

② 將,音鏘,發語詞。

③ 仲子,猶今言老二也。

④ 踰,越也。

⑤ 里,居處也。《周禮》以二十五家爲里。

⑥ 杞,音起,木名。

⑦ 懷,思也。

叔于田[①]

叔于田[②],巷無居人。豈無居人?不如叔也:洵[③]美且仁。

叔于狩[④],巷無飲酒。豈無飲酒?不如叔也:洵美且好。

叔適野,巷無服馬[⑤]。豈無服馬?不如叔也:洵美且武。

【注釋】

① 舊謂共叔段不義而得衆,國人愛之,而作是詩。

② 田,獵也。于田,猶言在獵。

③ 洵,信也,猶言誠然也。

④ 狩,亦獵也。

⑤ 服馬,乘馬也。

大叔于田[①]

大叔于田[②],乘乘[③]馬。執轡如組[④],兩驂[⑤]如舞[⑥]。叔在藪[⑦],火烈[⑧]具舉[⑨]。襢裼[⑩]暴虎[⑪],獻于公所[⑫]。將叔無狃[⑬],戒[⑭]其傷女。

叔于田,乘乘黄[⑮]。兩服[⑯]上襄[⑰],兩驂鴈行[⑱]。叔在藪，火烈具揚[19]。叔善射忌[20]，又良御忌。抑[21]磬控[22]忌，抑縱送[23]忌。

叔于田，乘乘鴇[24]。兩服齊首[25]，兩驂如手[26]。叔在藪，火烈具阜[27]。叔馬慢忌，叔發罕忌[28]。抑釋掤[29]忌，抑鬯[30]弓忌。

【注釋】

① 此亦美共叔段之詩。

②《釋文》云："《叔于田》，本或作《大叔于田》者，誤。"按：兩《叔于田》相次，篇名無別，不便稱説。嚴粲以爲長篇者加"大"字以别之，其説是也。

③ 下乘字音剩，四馬也。

④ 見《邶風·簡兮》。

⑤ 古者一車四馬，中間夾轅之兩馬，謂之兩服；兩服外之兩馬，謂之兩驂。

⑥ 如舞，言行列整齊。

⑦ 藪，澤也，草叢生處。

⑧ 烈，猛火也。

⑨ 具，俱也。舉，起也。

⑩ 襢，音但。裼，音錫。襢裼，裸露上身也。

⑪ 暴虎，徒手搏虎也。

⑫ 公所，鄭莊公之所。

⑬ 狃，音扭，習慣也，謂屢爲之也。

⑭ 戒，防備也。

⑮ 乘黄，四馬皆黄色也。

⑯ 兩服，見注⑤。

⑰ 上，前也；襄，駕也。上襄，猶言前駕。謂服馬較驂馬稍前也。《經義述聞》説。

⑱ 鴈行，謂兩驂在旁而稍後，如鴈之行列也。

⑲ 揚，舉也。

⑳ 忌，語助詞。

㉑ 抑、噫古通，歎詞也。下同。

㉒ 磬控，雙聲聯緜字，磬即控，言止馬也。

㉓ 縱送，疊韵聯緜字，送即縱，言騁馬也。以上兩義，馬瑞辰、俞樾並有説。

㉔ 鴇，音保，驪白雜毛之馬也。本字應作駂。

㉕ 齊首，馬首齊也。

㉖ 兩驂夾兩服，如兩手之夾身也。

㉗ 阜，盛也。

㉘ 馬慢，射稀，言田獵將畢也。發，射也。

㉙ 掤，音冰，箭筩之蓋。釋，解也。射者腰佩箭筩，射畢則解之。

㉚ 鬯，音暢，韔之假借字，弓囊也。此作動詞用，謂盛弓於韔也。

清　　人①

清人②在彭③，駟介④旁旁⑤。二矛重英⑥，河上乎翱翔⑦。

清人在消⑧，駟介麃麃⑨。二矛重喬⑩，河上乎逍遥[11]。

清人在軸[12]，駟介陶陶[13]。左旋右抽[14]，中軍[15]作好[16]。

【注釋】

① 《春秋·閔公二年》："冬，十有二月，狄入衛，鄭棄其師。"《左傳》："鄭人惡高克，使帥師次於河上(以禦狄也)，久而不召，師潰而歸。高克奔陳。鄭人爲之賦《清人》。"

② 清，鄭邑名，在今河南中牟縣西。清人，清邑之人，高克所帥者也。

③ 彭，亦鄭邑名，後入衛爲彌子瑕之采邑。其地約當延津、滑二縣境，臨黄河。朱右曾説。

④ 駟，四馬；介，甲也。駟介，四馬皆被甲也。

⑤ 旁旁，即《小雅·北山》及《大雅·烝民》《韓奕》二篇之"彭彭"，盛貌。馬瑞辰説。

⑥ 二矛，酋矛有二也。舊謂酋矛及夷矛，非是。英，畫飾也。蓋刻矛柄而以朱畫之也。重英，謂一矛重飾；二矛重英，謂兩矛皆重其英飾也。或謂二矛長短不同，故其飾重累。非是。馬瑞辰有説。【酋矛長二丈，夷矛長三尋。】

⑦ 翱翔，猶遨遊也。

⑧ 消，亦河上地名。

⑨ 麃麃，武貌。

⑩ 喬，鷮之省(《韓詩》作鷮)，雉之一種。矛柄近上及矛頭受刃處，皆懸毛羽，即以鷮羽爲之。上下重飾，故曰重喬。馬瑞辰説。

⑪ 逍遥，優遊也。

⑫ 軸，亦河上地名。

⑬ 陶陶，和樂貌。義見《王風·君子陽陽》毛傳。

⑭ 馬瑞辰云："《説文》：'旋，周旋，旌旗之指麾也。'古者將執旗鼓。……左旋者，謂將左手執旗指麾以相周旋，教其坐作進退之節。……非謂御者旋車也。抽，通作搯。《説文》：'搯者，拔兵刃以習擊刺也。'引《詩》'左旋右搯'。蓋本三家《詩》。言'拔兵刃'，則所該者廣，不得如傳云'抽矢'已也。左旋、右抽，皆即將在軍中作容好之事耳。"

⑮ 中軍，軍中也。馬瑞辰説。

⑯ 好，讀去聲，義猶樂也。

羔　裘[①]

羔裘[②]如濡[③]，洵直且侯[④]。彼其[⑤]之子，舍命[⑥]不渝[⑦]。

羔裘豹飾[⑧]，孔[⑨]武有力。彼其之子，邦之司直[⑩]。

羔裘晏[⑪]兮，三英[⑫]粲[⑬]兮。彼其之子，邦之彦[⑭]兮。

【注釋】

① 朱傳以爲美其大夫之詩，其説可從。

② 羔裘，朱子以爲大夫之服，蓋本《召南·羔羊》爲説。

③ 如濡，言潤澤也。

④ 洵，信也。直，正直也。《釋文》引《韓詩》云："侯，美也。"

⑤ 其，音記，語助詞。

⑥ "舍命"語金文中常見（命或作令，古通用），與敷命、布命

同義,傳達命令也。王國維有説(見《與友人論詩書中成語書》)。

⑦ 渝,變也。

⑧ 豹飾,以豹皮緣袖也。

⑨ 孔,甚也。

⑩ 司,主也,管也。《經義述聞》云:"直,謂正人之過。"

⑪ 晏,鮮盛貌。

⑫ 英,以素絲英飾裘也。三英,或云即《羔羊》之"五紽""五緎""五總"。馬瑞辰有説。

⑬ 粲,鮮明貌。義見《小雅・伐木》毛傳。

⑭ 彦,士之美稱。

遵　大　路①

遵②大路兮,摻③執子之袪④兮。無我惡兮,不寁⑤故⑥也。

遵大路⑦兮,摻執子之手兮。無我魗⑧兮,不寁好⑨也。

【注釋】

① 此男女相愛者,其一因失和而去,其一悔而留之之詩。

② 遵,循也。

③ 摻,音閃,執也。

④ 袪,音去,或讀平聲,袖也。【袪,袖口也。袪與袂有别,《詩經稗疏》卷一有説。】

⑤ 寁,音斬,又音接,接續也。俞樾説。

⑥ 故,謂故舊之情也。

⑦ 路字當作道,與魗好爲韵。《經義述聞》説。

⑧ 魗,音醜,惡也。

⑨ 好,歡好也。

女曰雞鳴[①]

女曰:"雞鳴。"士[②]曰:"昧旦。"[③]"子興視夜[④],明星有爛。"[⑤]"將翺將翔,弋[⑥]鳧與鴈。"

"弋言加[⑦]之,與子宜[⑧]之。宜[⑨]言飲酒,與子偕老。琴瑟在御[⑩],莫不静好[⑪]。"

"知子之來之[⑫],雜佩[⑬]以贈[⑭]之。知子之順之[⑮],雜佩以問[⑯]之。知子之好之[⑰],雜佩以報之。"

【注釋】

① 此男女相悦之詩。

② 未婚夫謂之士,義見《荀子》。此士字,蓋猶今言情人也。

③ 昧旦,猶昧爽,天未大明也。

④ 興,起也。視夜,謂視夜之早晚也。此女子之言。

⑤ 明星,啓明也。爛,明也;有爛,爛然也。天將曉時,衆小星皆不見,惟啓明獨爛然於東方。

⑥ 弋,繳射也(以繩繫矢而射)。

⑦ 加,猶著也,中也。朱傳及馬瑞辰並有説。此章皆男子之語。

⑧ 宜,肴也。此作動詞用,謂作肴也。

⑨ 宜,義同上。宜言飲酒,謂治肴而飲酒也。

⑩ 御,用也。《禮記・曲禮》云:"士無故不徹琴瑟。"鄭注云:"故,謂災患喪病。"此言琴瑟在御,亦以見其無故也。

⑪ 静好,猶嘉好也。馬瑞辰説。

⑫ 來之,謂來此也。以下女子之言。

⑬ 雜佩,毛傳:"珩、璜、琚、瑀、衝牙之類。"陳奂曾據《大戴禮》及《三禮舊圖》繪爲玉佩圖,附於《詩毛氏傳疏》之後,兹影傳之,以備參考(見附圖八)。

⑭ 戴震《毛鄭詩考正》云:"以韵讀之,贈當作貽。"

⑮ 順之,謂與己和順也。

⑯ 問,贈也。

⑰ 好之,謂愛好己也。

有女同車①

有女同車②,顔如舜華③。將翺將翔,佩玉瓊琚④。彼美孟姜⑤,洵美且都⑥。

有女同行,顔如舜英⑦。將翺將翔,佩玉將將⑧。彼美孟姜,德音不忘⑨。

【注釋】

① 此蓋婚者美其新婦之詩。

② 由此語證之,知當爲夫婦而非淫奔者,蓋淫奔之男女,不得公然同車也。

③ 舜,木槿也。華,同花。

④ 見《衛風・木瓜》。

⑤ 孟姜,姜姓之長女也。已見《鄘風·桑中》。

⑥ 都,美也。《國策》:"妻子衣服麗都。"

⑦ 英,花也。

⑧ 將將,與鏘鏘同義,聲也。

⑨ 按:《詩》中德音之語屢見,歸納之可得二義:一謂他人之言語,一謂聲譽。此德音當指聲譽言。不忘,猶不已也。余别有文説之。

山有扶蘇①

山有扶蘇②,隰有荷華。不見子都③,乃見狂且④!

山有橋⑤松,隰有游龍⑥,不見子充⑦,乃見狡童⑧!

【注釋】

① 此蓋女子悔婚之詩。或女子期其所愛者不至,而轉遇所惡之人,因作此詩。

② 扶蘇,木名,即枎木也。胡承珙説。

③ 子都,美男子之稱。

④ 馬瑞辰云:"且,當爲伹之省借。《説文》:'伹,拙也。'"狂且,狂而且拙之人也。

⑤ 橋,一作喬,高也。

⑥ 龍,即今之水葒。朱傳:"游,枝葉放縱也。"

⑦《廣韻》:"充,美也。"子充,猶子都也。

⑧ 狡童,狡獪之童也。古者詈人率用豎子之語。豎子,猶童也。今駡人往往曰小子,猶有古意。

蘀　兮[1]

蘀[2]兮蘀兮，風其吹女。叔兮伯兮[3]，倡[4]予和女。

蘀兮蘀兮，風其漂[5]女。叔兮伯兮，倡予要[6]女。

【注釋】

① 此蓋述親故和樂之詩。

② 蘀，音託，草木皮葉落地爲蘀。【《詩經稗疏》卷一云："按《山海經》曰：'甘棗之山，共水出焉，而西流注於河。其下有草，葵本而杏葉，黄花而夾實，其名曰蘀，可以已瞢。'共水在鄭、衛之間，其地爲蘀草所産，故詩因見以起興。"】

③ 朱傳："叔伯，男子之字也。"猶今言老大、老三。

④ 倡，始唱也。

⑤ 漂，同飄。

⑥ 要，成也。曲一終爲一成。

狡　童[1]

彼狡童兮，不與我言兮。維子之故，使我不能餐兮。

彼狡童兮，不與我食[2]兮。維子之故，使我不能息[3]兮。

【注釋】

① 此女子斥男子相愛不終之詩。

② 不與我食,不與我共食也。上文不與我言,亦謂不共我言。

③《說文》:"息,喘也。""使我喘不出氣來",蓋極言鬱怒之意。

褰　裳[①]

子惠[②]思我,褰裳[③]涉溱[④]。子不我思,豈無他人?狂童之狂也且[⑤]!

子惠思我,褰裳涉洧[⑥]。子不我思,豈無他士[⑦]?狂童之狂也且!

【注釋】

① 此女子斥男子情好漸疏之詩。

② 惠,愛也。

③ 褰,音愆。褰裳,攝提其裳也。

④ 溱,音臻,鄭國水名。

⑤ 且,語助詞。

⑥ 洧,于軌切,鄭國水名。

⑦ 見《女曰雞鳴》。

丰[①]

子之丰[②]兮,俟我乎巷兮;悔予不送兮。

子之昌[③]兮,俟我乎堂兮;悔予不將[④]兮。

衣錦褧衣[⑤],裳錦褧裳。叔兮伯兮[⑥],駕予與[⑦]行。

裳錦褧裳,衣錦褧衣。叔兮伯兮,駕予與歸。

【注釋】

① 此蓋女子初不欲嫁其人,既乃悔而從之之詩。

② 丰,音豐,豐滿也。指面貌言。

③ 昌,佼好貌。義見《齊風·猗嗟》鄭箋。【從毛傳作盛壯貌,亦通。】

④ 將,亦送也。與上文送字,蓋皆相隨俱去之謂。

⑤ 見《衛風·碩人》。褧裳、褧衣,嫁者之服,意謂準備出嫁也。

⑥ 郝敬曰:“叔伯,不定其人之辭。”按:此蓋不欲顯指其人,故含混言之也。

⑦ 與,共也。此願望之辭,蓋盼其人駕車來而相與共去也。

東門之墠①

東門之墠②,茹藘③在阪④。其室則邇,其人甚遠⑤。
東門之栗⑥,有踐⑦家室。豈不爾思?子不我即⑧。

【注釋】

① 此男女相思而不得相見之詩。

② 墠,音善,掃除整潔之地也。

③ 藘,音閭。茹藘,一名茅蒐,即茜草,可以染絳。

④ 阪,音反,陂陀不平之處也。

⑤ 以上二句言見其室而不見其人,蓋咫尺天涯之意。

⑥ 栗,栗樹也。

⑦ 馬瑞辰云:“有踐,當讀如‘籩豆有踐’之踐,從毛傳訓爲行列貌。”按:有踐,即踐然,形容房舍之整齊也。馬氏以爲言栗之行列整齊,以文勢衡之,恐非是。

⑧ 即,就也。

風　　雨①

風雨淒淒②,雞鳴喈喈③。既見君子,云胡④不夷⑤?
風雨瀟瀟⑥,雞鳴膠膠⑦。既見君子,云胡不瘳⑧?
風雨如晦⑨,雞鳴不已。既見君子,云胡不喜?

【注釋】

① 此男女幽會之詩。

② 淒淒,寒涼貌。

③ 喈喈,鳥鳴聲。已見《周南·葛覃》。

④ 云胡,猶如何也。

⑤ 夷,悦也。

⑥ 瀟瀟,風雨暴疾之聲。

⑦ 膠,《廣韵》引作嘐,云雞鳴也。

⑧ 瘳,音抽,病愈也。

⑨ 晦,昏也。

子　　衿①

青青子衿②,悠悠③我心。縱我不往,子寧不嗣音④?

青青子佩⑤,悠悠我思。縱我不往,子寧不來?

挑兮達兮⑥,在城闕⑦兮。一日不見,如三月兮。

【注釋】

① 此女子思其所愛者之詩。

② 衿,音金,漢石經作衿,即襟也;亦即衣領。毛傳:"青衿,青領也。"《顏氏家訓·書證篇》云:"古者斜領下連於衿(襟),故謂領爲衿。"毛傳以青衿爲學子之服,遂謂此詩爲"刺學校廢也"。以詩本文衡之,殊不類。《禮記·深衣》云:"具父母,衣純以青。"則是凡父母在者,其深衣自領及衽皆以青緣之,非但學子之服也。朱傳以爲淫奔之詩,當得詩之本意。

③ 悠悠,謂思之長也。

④《釋文》云:"嗣,《韓詩》作詒。詒,寄也。"胡承珙云:"詒、嗣,音本相近。"則"嗣音"即寄以音問也。

⑤ 佩,佩玉也。青青,指佩玉之組綬言。

⑥ 達,音闥。挑達,往來貌。

⑦ 作二臺於城門外之左右,築樓觀於其上,曰闕。後世之城門樓,是其遺制。以上二語,謂女子登城闕以望其所思之人。

揚　之　水①

揚之水②,不流束楚。終③鮮兄弟,維予與女④。無信人之言,人實迋⑤女。

揚之水,不流束薪。終鮮兄弟,維予二人。無信人之言,人實不信。

【注釋】

① 王質以此詩爲兄弟爲人所間而不協者所作。

② 揚之水,激揚之水也。已見《王風》。

③ 終,猶既也。

④《詩序》以此詩爲刺鄭太子忽,然莊公之子十一人,忽非鮮兄弟者。由詩此語及下文證之,知其非是。

⑤ 迋,同誑,欺騙也。

出其東門①

出其東門,有女如雲②。雖則如雲,匪我思存③。縞衣綦巾④,聊⑤樂我員⑥。

出其闉闍⑦,有女如荼⑧。雖則如荼,匪我思且⑨。縞衣茹藘⑩,聊可與娱。

【注釋】

① 此詠男子能專愛之詩。

② 如雲,言衆多也。

③ 思存,思之所存,猶言在念也。

④ 縞衣,白色衣。綦,音其,蒼艾色;綦巾,蒼艾色之佩巾也。二者皆女子未嫁者之服。馬瑞辰説。此縞衣綦巾之女,謂其所愛之人也。

⑤ 聊,且也。

⑥ 正義云:"員、云,古今字,助句辭也。"《經傳釋詞》云:"云,語已詞也。"聊樂我員,猶云我且樂之也。

⑦ 闉,音因,曲城也。城門之外,復爲環牆以障城門者。闍,音都,城臺也。

⑧ 荼,茅草之穗。如荼,言服色白而衆也。

⑨ 且,語助詞。或讀爲徂,《爾雅》:“徂,存也。”

⑩ 茹藘,見《東門之墠》,此謂茅蒐所染之巾也。

野有蔓草①

野有蔓草②,零③露漙④兮。有美一人,清揚⑤婉⑥兮。邂逅⑦相遇,適⑧我願兮。

野有蔓草,零露瀼瀼⑨。有美一人,婉如⑩清揚。邂逅相遇,與子偕臧⑪。

【注釋】

① 朱傳:“男女相遇於野田草露之間,故賦其所在以起興。”

② 蔓草,蔓延之草也。

③ 零,落也。

④ 漙,音團,團團然圓也。馬瑞辰説。

⑤ 清揚,目清明也。已見《鄘風·君子偕老》。

⑥ 婉,美也。

⑦ 邂逅,音械垢,不期而遇也。

⑧ 適,合也。

⑨ 瀼,日陽切,讀如攘,平聲。瀼瀼,露盛貌。

⑩《經傳釋詞》:“如,猶然也。”

⑪ 舊説:臧,善也。朱傳:“與子偕臧,言各得其所欲也。”

今人某氏以爲臧、藏古通用，臧即藏也。似較舊説爲勝。

溱　洧[①]

溱與洧，方渙渙[②]兮。士與女，方秉蕳[③]兮。女曰："觀乎？"士曰："既且。"[④]"且往觀乎洧之外，洵訏[⑤]且樂。"維士與女，伊其[⑥]相謔[⑦]。贈之以勺藥[⑧]。

溱與洧，瀏[⑨]其清矣。士與女，殷其盈[⑩]矣。女曰："觀乎？"士曰："既且。""且往觀乎洧之外，洵訏且樂。"維士與女，伊其將[⑪]謔。贈之以勺藥。

【注釋】

① 此賦情侶遊樂之詩。《御覽》八百八十六引《韓詩外傳》云："鄭國之俗，三月上巳之日，於兩水上，招魂續魄，拂除不祥，故詩人願與所説者俱往觀也。"

② 渙渙，水盛貌。

③ 蕳，音間，蘭也。

④ 且，古與徂通，往也。既且，言已經去過也。

⑤ 洵訏，《釋文》引《韓詩》作恂盱，聲同義通。洵，信也。訏，樂也。洵訏且樂，與"洵美且都"句法相似。《詩三百》中，時有此類疊牀架屋之句。以上二句，女復勸男往遊於洧水之外，謂其地實可樂也。【朱傳："其地信寬大而可樂也。"毛傳："訏，大也。"】

⑥ 按：伊當讀如喔咿之咿，笑聲也。伊其，咿然也。【《召南·何彼襛矣》："維絲伊緡。"毛傳："伊，維。"本詩鄭箋云："伊，

因也。”】

⑦ 謔,戲謔也。

⑧ 勺藥,香草名(非今之芍藥)。《釋文》引《韓詩》云:“勺藥,離草也。言將離别,贈此草也。”崔豹《古今注》謂芍藥一名可離。《毛詩稽古編》引董氏説,以爲勺藥即江蘺(與將離同音),故將别時以此爲贈。舊説謂男贈女,理或然也。

⑨《説文》:“瀏,流清貌。”音留。

⑩ 殷,衆也。盈,謂滿於溱洧之間也。

⑪ 鄭箋:“將,大也。”朱傳謂將爲相之誤,蓋是。

齊

齊，周武王時太師吕望（是爲太公）始封之國也。其域東至於海，西至於河，南至於穆陵，北至於無棣，即今山東東北部之地也。太公都營丘（今山東昌樂縣東南），至五世胡公，徙都薄姑（在今山東博興縣境），胡公子獻公，又徙治臨菑（今山東臨淄縣）。至戰國之初，田和篡齊。雖稱號未改，然已非姜姓之國矣。

雞　　鳴①

"雞既鳴矣，朝既盈矣。"②"匪雞則③鳴，蒼蠅之聲。"④

"東方明矣，朝既昌⑤矣。""匪東方則明，月出之光。"

"蟲飛薨薨⑥，甘與子同夢⑦；會且歸⑧矣，無庶予子憎！"⑨

【注釋】

① 此詠賢妃警君之詩。

② 此賢妃促君之語。

③ 則，猶之也。《經詞衍釋》説。

④ 以上二語,爲君答妃之辭。

⑤ 昌,盛也。以上二語,妃再促君也。

⑥ 薨薨,蟲飛聲。以下四語,皆賢妃之辭。

⑦ 甘,甘心情願也。同夢,猶同睡也。

⑧ 會,朝會也。歸,謂散朝而歸也。

⑨ 馬瑞辰云:無庶,乃庶無倒文。予,與也,猶貽也。憎,惡也。言固甘願與子同夢,然朝會將散,如亟起而往,則庶幾不至貽子以憎惡也。

還①

子之還②兮,遭③我乎峱④之間兮。竝⑤驅從⑥兩肩⑦兮,揖我謂我儇⑧兮。

子之茂⑨兮,遭我乎峱之道兮。竝驅從兩牡兮,揖我謂我好兮。

子之昌⑩兮,遭我乎峱之陽⑪兮。竝驅從兩狼兮,揖我謂我臧兮。

【注釋】

① 此美獵者之詩。【《毛詩序》:"《還》,刺荒也。哀公好田獵。"按:哀公爲太公玄孫,因紀侯譖,爲夷王所烹。宋衷亦言哀公喜田獵,疑本《詩序》。】

② 還,音旋,便捷之貌。

③ 遭,遇也。

④ 峱,乃刀切,山名,在臨淄南。

⑤ 竝，併也，相偕也。

⑥ 從，跟從也，即追也。

⑦ 肩，本字應作豜，三歲豕也。

⑧ 儇，音旋，與上文還字同義。

⑨ 茂，美也。

⑩ 昌，盛壯貌。義見《鄭風・丰》毛傳。

⑪ 山南曰陽。

著[1]

俟我於著[2]乎而，充耳以素[3]乎而，尚[4]之以瓊華[5]乎而。

俟我於庭乎而，充耳以青[6]乎而，尚之以瓊瑩[7]乎而。

俟我於堂乎而，充耳以黄[8]乎而，尚之以瓊英[9]乎而。

【注釋】

① 此嫁者即事之詩。

② 著與宁通，門屏之間（正門内兩塾間）也。

③ 古人以玉塞耳，謂之瑱；繫以絲繩，謂之紞（音膽）。通謂之充耳。以素，謂紞用素絲也。

④ 尚，猶加也。

⑤ 玉色之美曰瓊（説見《衛風・木瓜》）。瓊華，用玉雕刻之花也。蓋以此懸於紞下以爲飾。

⑥ 青,青色紞也。

⑦ 瑩,榮之假借,亦花也。木謂之華,草謂之榮,義見《爾雅》。

⑧ 黄,黄色紞。

⑨ 英,亦花也。《離騷》:"夕餐秋菊之落英。"按:充耳以素、以青、以黄,與尚之以瓊華、瓊瑩、瓊英,非謂三人服飾各不同,亦非謂一人而真有此三種服色也。《國風》無一章之詩,此爲足成三章,不得不變换其辭耳。

東方之日①

東方之日兮,彼姝者子,在我室兮。在我室兮,履我②即③兮。

東方之月兮,彼姝者子,在我闥④兮。在我闥兮,履我發⑤兮。

【注釋】

① 此情歌之類。

② 履,躡也;履我,躡我之跡也。朱傳説。

③ 即,就也。

④ 闥,音撻,内門也。(即房室之小門。毛傳云:"門内也。"門内二字誤倒。馬瑞辰有説。)

⑤ 發,行也。【義見《商頌·長發》鄭箋。】

按:首章言東方之日而來就,次章言東方之月而行去,是爲晝來而夜去也。此於情理上似有未安。蓋詩以趁韻之故,往往與事實有出入,讀者不以辭害意可也。

東方未明[①]

東方未明,顛倒衣裳。顛之倒之,自公召之[②]。
東方未晞[③],顛倒裳衣。倒之顛之,自公令[④]之。
折柳樊圃[⑤],狂夫瞿瞿[⑥]。不能辰夜[⑦],不夙則莫[⑧]。

【注釋】

①《詩序》:"《東方未明》,刺無節也。朝廷興居無節,號令不時。"

② 言所以顛倒衣裳者,由於公召呼之故也。

③ 晞,音希,日將出也。

④ 令,命也。金文令、命二字通用。

⑤ 樊,藩也。圃,菜園也。言折柳枝以爲菜圃之藩籬也。

⑥ 瞿瞿,驚顧之貌。朱傳云:"折柳樊圃,雖不足恃,然狂夫見之,猶驚顧而不敢越;以比辰夜之限甚明,人所易知,今乃不能知。"【按:以喻但有法規,則人皆遵守。】

⑦ 辰,讀爲晨。不能辰夜,猶言不辨晨夜也。

⑧ 夙,早也。莫,同暮。

南　山[①]

南山崔崔[②],雄狐綏綏[③]。魯道[④]有蕩[⑤],齊子[⑥]由歸[⑦]。既曰歸止,曷[⑧]又懷止[⑨]!

葛屨[10]五兩[11]，冠緌[12]雙止。魯道有蕩，齊子庸[13]止。既曰庸止，曷又從止！

蓺[14]麻如之何？衡從其畝[15]。取妻如之何？必告父母。既曰告止，曷又鞠[16]止！

析薪[17]如之何？匪斧不克[18]。取妻如之何？匪媒不得。既曰得止，曷又極[19]止！

【注釋】

① 《詩序》："《南山》，刺（齊）襄公也。鳥獸之行，淫乎其妹。"鄭箋："襄公之妹，魯桓公夫人文姜也。"

② 崔崔，高大貌。

③ 綏綏，行緩貌。已見《衛風·有狐》。

④ 魯道，適魯之道也。

⑤ 蕩，平坦也。有蕩，即坦然。

⑥ 齊子，文姜也。

⑦ 歸，嫁也。言由此道嫁於魯也。

⑧ 《詩》中曷字，皆指何時言。作何字解者，爲數甚少，此其一也。

⑨ 懷，思也。指襄公言。

⑩ 葛屨，用葛編成之草鞋也。

⑪ 兩，今謂之雙。鞋必成雙，故以兩或雙數之。古者結婚有送屨之禮，見《説苑·修文篇》。【丁惟汾先生《毛氏詩傳辭詁》云："兩爲緉之初文。《方言》四：'緉，緉絞也。'郭云：'謂履中緉絞也。'今驗草履，前有一絞綦，左右各二，共數爲五。殆即所謂五兩者歟？"】

⑫ 冠緌,冠纓下端之飾也。蓋今言穗頭之類。纓必雙,故緌亦雙。緌,音蕤。以上兩語,頗不易解。鄭箋云:“冠屨不宜同處,猶襄公、文姜不宜爲夫婦之道。”朱傳云:“屨必兩,緌必雙,物各有偶,不可亂也。”兩説恐皆非是。疑屨、緌兩物,皆結婚時新娘所製以贈新郎者。

⑬ 庸,用也。用,猶由也。馬瑞辰説。

⑭ 蓺,音藝,種也。

⑮ 衡,與横通。從,與縱通。衡從,言横縱耕治之也。《齊民要術》云:凡種蔴,耕不厭熟,縱横七遍以上,則蔴無葉也。

⑯ 鞠,窮也,亦即困也。言襄公之行,實困扼文姜,使其不能遂夫婦之好也。

⑰ 析薪,劈柴也。

⑱ 克,能也。

⑲ 極,猶窮也,困扼之也。《孟子·離婁篇》:“又極之於其所往。”是其義。

甫　田①

無田②甫田③,維莠④驕驕⑤。無思遠人,勞心忉忉⑥。

無田甫田,維莠桀桀⑦。無思遠人,勞心怛怛⑧。

婉兮孌兮⑨,總角⑩丱⑪兮。未幾見兮⑫,突而⑬弁兮⑭。

【注釋】

① 此蓋喜遠人歸來之詩。

② 田,音佃,耕治也。

③ 甫田,大田也,面積廣大之田。

④ 莠,音酉,俗名狗尾草。

⑤ 驕,當讀爲喬;驕驕,高貌。揚子《法言》引作喬喬。胡承珙説。

⑥ 忉,音刀;忉忉,憂勞貌。

⑦ 桀,猶揭也;桀桀,亦長貌。馬瑞辰説。

⑧ 怛,多遏切;怛怛,猶忉忉也。

⑨ 婉孌,少好之貌。

⑩ 總角,見《衛風·氓》。

⑪ 丱,音慣,總角貌。謂兩辮上聳如羊角之狀也。

⑫ 未幾見,即相見未久,亦即相别未久之意。

⑬ 突而,而字或作若。

⑭ 弁,冠也。古者男子二十歲而冠。

盧　令①

盧②令令③,其人美且仁。
盧重環④,其人美且鬈⑤。
盧重鋂⑥,其人美且偲⑦。

【注釋】

① 此美獵者之詩。

② 盧,田犬也。

③ 令令,環聲。

④ 重環，子母環也（大環貫小環）。環，田犬所佩也。

⑤ 鬈，音權。鄭箋云："讀當爲權（馬瑞辰云：權，當作攉），權，勇壯也。"

⑥ 鋂，音梅，一環貫二小環也。

⑦ 偲，音鰓。《釋文》引《説文》云："偲，强也。"

敝　笱[①]

敝笱[②]在梁，其魚魴鰥[③]。齊子[④]歸止，其從如雲。

敝笱在梁，其魚魴鱮[⑤]。齊子歸止，其從如雨。

敝笱在梁，其魚唯唯[⑥]。齊子歸止，其從如水。

【注釋】

① 此疑詠文姜嫁於魯之詩。

② 敝，殘舊也。笱，漁具，見《邶風·谷風》。

③ 魴，即鯿魚，已見《周南·汝墳》。鰥，音關，即鯶（音衮），揚州謂之鯶子魚。《經義述聞》説。

④ 齊子，指文姜言。

⑤ 鱮，音敍，似魴，厚而頭大，或謂之鰱。説見朱傳。

⑥ 唯唯，行相隨順之貌。

載　驅[①]

載驅薄薄[②]，簟茀[③]朱鞹[④]。魯道有蕩，齊子發夕[⑤]。

四驪[⑥]濟濟[⑦]，垂轡濔濔[⑧]。魯道有蕩，齊子豈弟[⑨]。

汶水⑩湯湯⑪,行人彭彭⑫。魯道有蕩,齊子翺翔⑬。

汶水滔滔,行人儦儦⑭。魯道有蕩,齊子遊敖⑮。

【注釋】

① 此蓋詠文姜與齊襄公聚會之詩。《春秋》記齊襄公與文姜之會凡五,皆在魯莊公初年。

② 薄薄,疾驅聲。

③ 簟,竹席也。茀,車蔽也。

④ 鞹,音廓,獸皮之去毛者。朱鞹,以朱色漆鞹也,亦指車蔽言(本正義及陳祥道說)。此謂文姜所乘之車也。

⑤ 發夕,即旦夕也;惠棟、李黼平皆有說。【按:發,行也。參《東方之日》及《大雅·烝民》。發夕,日夕出行也。曰發夕,曰翺翔,曰遊敖,皆以見其志不在行路也。】

⑥ 驪,馬之黑色者。

⑦ 濟濟,衆盛貌。

⑧ 瀰,音你,又音米;瀰瀰,毛傳:"衆也。"義未安。朱傳:"柔貌。"未詳所本。

⑨ 豈弟,音愷悌,樂易(和樂平易)也。

⑩ 汶水,水名,正流曰大汶河,源出今萊蕪縣東北原山,西南流經泰安縣治東,合石汶、牟汶、北汶、小汶諸水西流,至汶上縣西入運河。

⑪ 湯,音傷;湯湯,義見《衛風·氓》。

⑫ 彭,音邦;彭彭,盛多貌。

⑬ 翺翔,猶敖遊也,已見《鄭風·清人》。

⑭ 儦,音標;儦儦,衆貌。

⑮ 遊敖,敖遊也。

猗嗟[①]

猗嗟[②]昌兮[③]!頎而長兮。抑若揚[④]兮,美目揚[⑤]兮。巧趨蹌[⑥]兮,射則臧[⑦]兮。

猗嗟名[⑧]兮!美目清[⑨]兮。儀既成兮[⑩],終日射侯[⑪],不出正[⑫]兮。展[⑬]我甥[⑭]兮。

猗嗟孌[⑮]兮!清揚婉[⑯]兮。舞則選[⑰]兮,射則貫[⑱]兮。四矢反[⑲]兮,以禦亂兮[⑳]。

【注釋】

① 此齊人美魯莊公之詩。

② 猗嗟,歎詞。

③ 昌,盛壯貌。義見《鄭風·丰》毛傳。

④ 按:此句當指射言。抑,按;揚,舉也。《老子》:"天之道其猶張弓乎!高者抑之,下者舉之。"又云:"將欲抑之,必故揚之。"皆可爲此語作註脚。若,語助詞,連抑字讀。

⑤ 揚,開目貌。《禮記·檀弓下》:"揚其目而視之。"

⑥ 蹌,音槍,趨貌。

⑦ 臧,善也。

⑧ 名,有昌盛義,又有大義。此詩三章首句,皆歎容貌之盛大。馬瑞辰説。

⑨ 清,猶明也。

⑩ 儀,謂射儀也。成,猶備也。

⑪ 侯,張布(或皮)而射之者。

⑫ 正,侯中之的也。

⑬ 展,誠也。

⑭ 魯莊公,齊襄公甥也。

⑮ 孌,好貌。

⑯ 清揚,目清明也,已見《鄘風・君子偕老》。婉,美也。此與《鄭風・野有蔓草》句同。

⑰ 選,齊也,謂與樂節齊諧也。

⑱ 貫,中也。

⑲ 反,復也。謂四矢皆重複出於一處也。

⑳ 言善射如此,可以禦亂。

魏

襄公二十九年《左傳》："叔侯曰：'虞、虢、焦、滑、霍、揚、韓、魏，皆姬姓也。'"是知魏爲姬姓之國。其始封之時，約當周初；而始封之人及其世次，則無可考。其封域南枕河曲，北涉汾水，約當清解州之地。魯閔公二年(周惠王十七年)(前660年)，晉獻公滅魏，以爲畢萬采邑，此魏遂亡。其後畢萬裔孫與韓、趙分晉，則是七國之魏，非此魏矣。

朱傳引蘇氏曰："魏地入晉久矣，其詩疑皆爲晉而作，故列於《唐風》之前；猶邶、鄘之於衛也。"朱傳亦云："今案篇中公行、公路、公族皆晉官，疑實晉詩；又恐魏亦嘗有此官，蓋不可考矣。"按：魏詩多怨怒之音，一片政亂國危氣象；自畢萬始封(閔公二年)至季札觀樂(魯襄公二十九年。《國風》諸詩，無更遲於斯時者)，百餘年間，似不應有此現象。鄭康成《詩譜》，謂其詩作於平、桓之世，則是以之爲姬魏之詩。其説蓋可信也。【《曹風·下泉》之詩當在魯昭公二十七年以後，故此説應再酌。】(襄公在位三十一年)

葛屨①

糾糾②葛屨③，可以履霜。摻摻④女手，可以縫裳。

要之襋之⑤,好人⑥服之。

好人提提⑦,宛然⑧左辟⑨。佩其象揥⑩。維是褊心⑪,是以爲刺⑫。

【注釋】

①《詩序》:"《葛屨》,刺褊也。"

② 糾糾,纏結之貌。

③ 葛屨,見《齊風·南山》。

④ 摻摻,讀作纖纖【《文選·古詩》注引《韓詩》作纖纖】,細長貌。

⑤ 要,裳褄。襋,音棘,衣領也。二字此處皆作動詞用。

⑥ 好人,蓋指君夫人言。

⑦ 提提,安舒貌。又王逸《楚辭》注(《七諫》)引此詩作媞媞,云"好貌也",亦通。

⑧ 宛,當讀爲婉。婉然,柔順之貌。

⑨ 辟,當讀爲便辟之辟。左辟,謂過於恭敬也。馬瑞辰說。【《詩經稗疏》卷一:"今按:辟與襞通,音必亦切,言裳之縫(去聲)襞也。《雜記》:'練冠條屬右縫。'鄭注曰:'右辟而縫之。凡凶服冠裳襞積左撿右,吉服冠裳襞積右撿左。'右撿左者,其襞在左。此言縫裳之制也。'宛然'者,襞積分明,楚楚然也。"】

⑩ 象揥,見《鄘風·君子偕老》,貴婦人之飾也。

⑪ 褊,音扁。褊心,器量狹小而性急也。

⑫ 刺,諷刺也。

汾沮洳[1]

彼汾沮洳[2]，言采其莫[3]。彼其之子，美無度[4]；美無度，殊異乎公路[5]。

彼汾一方[6]，言采其桑。彼其之子，美如英[7]；美如英，殊異乎公行[8]。

彼汾一曲[9]，言采其藚[10]。彼其之子，美如玉；美如玉，殊異乎公族[11]。

【注釋】

① 此蓋刺某大夫愛修飾之詩。

② 汾，水名，發源於今山西寧武縣西南之管涔山，西南流經静樂縣，舊太原府境，及舊汾州、霍州、平陽、絳州諸府州境，由滎河縣北，入於黄河。沮洳，音苴茹，下濕之地也。

③ 莫，菜名。朱傳云："似柳葉，厚而長，有毛刺，可爲羹。"以上二句，乃普通起興之辭。舊以爲采莫者乃下文"彼其之子"，因有"刺儉"之説，蓋非是。

④ 謂好美而無節度也。

⑤ 公路，掌君路車之官，主居守。與公行、公族，皆大夫也。宣公二年《左傳》："及成公即位，乃宦卿之適子，而爲之田，以爲公族。又宦其餘子，亦爲餘子。其庶子爲公行。晉於是有公族、餘子、公行。"朱子據此，因疑《魏風》爲晉詩。按：此言晉有公族、公行之始耳，非謂魏無是官也。殊異，言與衆不同。蓋刺之也。

⑥ 方、旁古通。一方,一旁也。

⑦ 英,花也。說見《齊風·著》。

⑧ 公行,掌戎車之官,主從行。

⑨ 曲,水曲流處。

⑩ 藚,音續,一名澤蕮,葉如車前草,可食。

⑪ 公族,掌君宗族之官。

園 有 桃[①]

園有桃,其實之殽[②]。心之憂矣。我歌且謠[③]。不我知者,謂我士也驕。“彼人[④]是哉! 子曰何其[⑤]?”心之憂矣,其誰知之? 其誰知之? 蓋亦勿思[⑥]!

園有棘[⑦],其實之食。心之憂矣,聊以行國[⑧]。不我知者,謂我士也罔極[⑨]。“彼人是哉! 子曰何其?”心之憂矣,其誰知之? 其誰知之? 蓋亦勿思!

【注釋】

① 此憂時之詩。

② 之,猶是也。殽,食也。

③ 曲合樂曰歌,徒歌曰謠。

④ 彼人,指時君或執政者言。

⑤ 何其,猶今語之什麼。以上二句,乃不知我者之言。

⑥ 蓋、盍古通用。亦,語詞(非承上之詞)。本句意謂何能不思也。思,有憂義。

⑦ 棘,棗也。

⑧ 聊,且也。行國,行於國中也。古於都城亦謂之國。

⑨ 罔極,猶無良也。説見《衛風·氓》。

陟　　岵①

陟彼岵②兮,瞻望父兮。父曰:"嗟!予子行役③,夙夜無已。上④慎旃⑤哉!猶來無止⑥。"

陟彼屺⑦兮,瞻望母兮。母曰:"嗟!予季⑧行役,夙夜無寐。上慎旃哉!猶來無棄⑨。"

陟彼岡兮,瞻望兄兮。兄曰:"嗟!予弟行役,夙夜必偕⑩。上慎旃哉!猶來無死。"

【注釋】

① 此行役者思家之詩。【依韵求之,首章當作"父曰:'嗟予子,行役夙夜無已。'"次章當作"母曰:'嗟予季,行役夙夜無寐。'"三章當作"兄曰:'嗟予弟,行役夙夜必偕。'"參江有誥説。】

② 岵,音户,山之無草木者。【《爾雅》及《説文》皆云:岵,山有草木。】

③ 行役,猶今言出差,因公務出行也。

④ 上、尚古通用(漢石經作尚)。

⑤ 旃,音氈,之也。《經傳釋詞》云:"'旃'爲'之焉'之合聲。"

⑥ 來,謂歸來。止,謂留止於外也。此行役者假想其父之語。

⑦ 屺,音起,山之有草木者。【《説文》:"屺,山無草木。"】

⑧ 季,謂少子也。

⑨ 按:棄,猶死也。甲骨文棄字作,象兩手捧箕拋棄嬰

兒屍體之狀，乃棄字之本義。今猶謂人死曰棄世。

⑩ 偕，俱也，謂與他行役之人相偕也。

十畝之間①

十畝之間兮，桑者閑閑②兮。行，與子還兮③。

十畝之外兮，桑者泄泄④兮。行，與子逝⑤兮。

【注釋】

① 朱傳："政亂國危，賢者不樂仕於其朝，而思與其友歸於農圃，故其詞如此。"

② 朱傳："閑閑，往來者自得之貌。"

③ 行，猶今語云走吧。還，謂歸返此農圃也。《經傳釋詞》以爲行猶且也，亦通。

④ 泄，以世切。泄泄，衆多貌。【朱傳："泄泄，猶閑閑也。"參《邶風·雄雉》。】

⑤ 逝，往也。

伐　檀①

坎坎②伐檀③兮，寘之④河之干⑤兮；河水清且漣猗⑥。不稼不穡⑦，胡取禾三百廛⑧兮！不狩不獵⑨，胡瞻爾庭有縣貆⑩兮！彼君子兮，不素餐⑪兮！

坎坎伐輻⑫兮，寘之河之側兮；河水清且直⑬猗。不稼不穡，胡取禾三百億⑭兮！不狩不獵，胡瞻爾庭有縣特[15]兮！彼君子兮，不素食兮！

坎坎伐輪兮，寘之河之漘[16]兮；河水清且淪[17]猗。不稼不穡，胡取禾三百囷[18]兮！不狩不獵，胡瞻爾庭有縣鶉[19]兮！彼君子兮，不素飧[20]兮！

【注釋】

① 《詩序》："《伐檀》，刺貪也。"

② 坎坎，聲也。

③ 檀，木名，可以爲車。

④ 寘，同置。之，猶諸也。《經傳釋詞》説。

⑤ 干，厓也。

⑥ 漣，音連，風行水成文也。猗，語詞，聲與兮近，猶今語之"啊"也。【猗，漢石經作兮（見《隸釋》）。】

⑦ 種之曰稼，收之曰穡。對言之其義如此，散言之則稼、穡義通。

⑧ 廛，音纏。一夫之居曰廛，其田百畝。此謂取三百家之田賦也。鄭玄注《周易・訟卦・九二爻辭》云："下大夫采地方一成，其定税三百家。"

⑨ 對文則冬獵曰狩，宵田曰獵；散文則狩、獵同義。

⑩ 縣，同懸。貆，音桓，又音宣，獸名，即貛也。

⑪ 素餐，今謂之白吃飯，言不勞而食也。【《論衡・量知篇》："素者，空也。空虛無德，餐人之禄，故曰素餐。"】

⑫ 輻，音福，車輪中湊於轂之支輞之細柱也。

⑬ 直，謂河流直而不曲也。

⑭ 十萬曰億，禾秉（今謂之把）以數也。

⑮ 獸三歲曰特。

⑯ 漘,音唇,涯也。

⑰ 淪,小風水成文也。

⑱ 囷,倉之圓者。

⑲ 鶉,鵪鶉也。

⑳ 飧,音孫,熟食也,又夕食也。【《玉篇·食部》引《韓詩》云:“無功而食禄,謂之素飧。”】

碩　　鼠①

碩②鼠碩鼠,無食我黍!三歲貫③女,莫我肯顧④。逝⑤將去女,適彼樂土。樂土樂土,爰得我所⑥。

碩鼠碩鼠,無食我麥!三歲貫女,莫我肯德⑦。逝將去女,適彼樂國。樂國樂國,爰得我直⑧。

碩鼠碩鼠,無食我苗!三歲貫女,莫我肯勞⑨。逝將去女,適彼樂郊。樂郊樂郊,誰之⑩永號⑪。

【注釋】

①《詩序》:“《碩鼠》,刺重斂也。”【《詩經稗疏》卷一:“郭璞《爾雅注》云:鼫鼠,形大如鼠,頭似兔,尾有毛,青黄色,好在田中食粟豆。《廣雅》謂之鼩鼠。陸璣所謂河東有大鼠,能人立,交前兩脚於頸上跳舞,善鳴,食人禾苗。魏在河東,正與此合。”】

② 碩,大也。

③ 貫,與慣通,習也。今齊魯方言,謂愛養之俾習於不良之事而不忍拂其意曰慣,與此詩義合。【《孟子·滕文公下》:“我不

貫與小人乘",《禮記·學記》注:"貫,習也。"】

④ 莫肯眷顧我也。

⑤ 逝,發語聲也。《經傳釋詞》説。

⑥ 謂得安身之所也。

⑦ 莫肯施德惠於我也。【不肯以我有德惠,亦通。】

⑧ 直,道也。馬瑞辰説。【鄭箋:"直,猶正也。"】

⑨ 勞,勞來也,今語謂之慰勞。

⑩ 之,猶其也。馬瑞辰説。

⑪ 永,長也。號,呼也。疾痛則號呼。

唐

唐，國名，其封域在太行、恒山之西，太原、太岳之野，即今山西太原一帶；其都晉陽（今山西太原）相傳爲帝堯始都之地（堯後移都平陽）。《左傳》及《史記》皆謂周成王封其弟叔虞於此，是爲唐侯。近人據晉公盦考定叔虞實封於武王之世，《左傳》及《史記》説非是。《史記·晉世家》又謂："唐叔子燮，是爲晉侯。"後人據此，遂以爲唐改稱晉，始於晉侯燮。馬瑞辰據《國語》及《吕氏春秋》考定自叔虞時即有晉名，舊説亦未的也。叔虞後三世至成侯，自晉陽徙都曲沃（今山西聞喜縣）；八世至穆侯，又徙於絳（今山西絳縣）；十世至昭侯，復徙於翼（今山西翼城縣東南）；昭侯以曲沃封桓叔，至其孫武公并晉，又自曲沃徙絳。嗣後晉之疆土益大。此謂之唐而不曰晉者，蓋其詩採自唐地，其聲亦唐地之聲也。

【《吕氏春秋·當賞篇》："晉文公反國，賞從亡者。……文公曰：'若賞唐國之勞徒，則陶孤（陶孤，《史記·晉世家》作壺叔，《説苑·復恩篇》作陶叔狐）將爲首矣。'"又本書他處亦有稱晉文公爲唐公處。又金文亦有稱晉公爲鄁公者（參陳槃庵《春秋列國爵姓存滅表譔異》）。則是唐風即晉風也。古者蓋唐晉並稱，猶宋亦稱商也。】

蟋　蟀①

蟋蟀在堂，歲聿② 其莫。今我不樂，日月其除③。無已[4]大康[5]，職思其居[6]。好樂無荒[7]，良士瞿瞿[8]。

蟋蟀在堂，歲聿其逝[9]。今我不樂，日月其邁[10]。無已大康，職思其外[11]。好樂無荒，良士蹶蹶[12]。

蟋蟀在堂，役車[13]其休。今我不樂，日月其慆[14]。無已大康，職思其憂[15]。好樂無荒，良士休休[16]。

【注釋】

① 此歲暮宴樂之詩。

② 聿，語詞。

③ 除，去也。謂歲終也。【《小雅·小明》："日月方除。"】

④ 已、以古通，用也。《經詞衍釋》説。

⑤ 大，讀爲太。康，樂也。

⑥《爾雅·釋詁》："職，常也。"居，猶家也，謂家中之事也。【毛傳："職，主也。"即主要的，專門的。正義："居，謂居處也。"】

⑦ 荒，樂之過而廢事也。

⑧ 瞿瞿，驚顧之貌。謂顧念家事也。

⑨ 逝，去也。

⑩ 邁，行也。

⑪ 外，謂家以外之事也。

⑫ 蹶蹶，驚起貌。《禮記》："子夏蹶然而起。"俱衛切。

⑬ 役車，行役之車也。馬瑞辰説。

⑭ 慆，音滔，過也。

⑮ 憂，謂可憂慮之事也。

⑯ 朱傳："休休，安閑之貌。"【《書·秦誓》："其心休休焉"，

休休爲寬容之貌,故又有安閑之義。】

山有樞①

山有樞②,隰有榆。子有衣裳,弗曳弗婁③;子有車馬,弗馳弗驅。宛④其死矣,他人是愉⑤。

山有栲⑥,隰有杻⑦。子有廷内⑧,弗洒弗埽;子有鐘鼓,弗鼓弗考⑨。宛其死矣,他人是保⑩。

山有漆,隰有栗。子有酒食,何不日鼓瑟?且以喜樂,且以永日⑪。宛其死矣,他人入室。

【注釋】

① 此勸友人及時行樂之詩(本王質説)。

② 樞,刺榆也。

③ 婁,音屢,曳也。曳、婁,皆拖曳之義,謂穿着也。

④ 宛,猶若也。《經詞衍釋》説。

⑤ 愉,樂也。

⑥ 栲,音考,山樗也。

⑦ 杻,音紐,檍也。葉似杏而尖,白色,皮正赤,其理多曲少直。朱傳説。

⑧ 廷,與庭通。廷謂中庭,内謂堂與室也。

⑨ 考,敲擊也。

⑩ 保,保有之也。

⑪ 永、終二字古爲聯緜字,永猶終也。永日,終日也。

揚之水[1]

揚[2]之水,白石鑿鑿[3]。素衣朱襮[4],從子于沃[5]。既見君子[6],云何不樂?

揚之水,白石皓皓[7]。素衣朱繡[8],從子于鵠[9]。既見君子,云何其憂?

揚之水,白石粼粼[10]。我聞有命[11],不敢以告人。

【注釋】

①《詩序》:"《揚之水》,刺晉昭公也。昭公分國以封沃,沃盛彊,昭公微弱,國人將叛而歸沃焉。"鄭箋:"封沃者,封叔父桓叔于沃也。"事見桓公二年《左傳》。

② 揚,激揚也。前已兩見。

③ 鑿鑿,鮮明貌。

④ 襮,音博,領之刺繡者也,諸侯之服。

⑤ 沃,曲沃也。

⑥ 君子,指桓叔言。

⑦ 皓,音浩。皓皓,潔白貌。

⑧ 繡,刺繡,亦謂領也。

⑨ 鵠,曲沃邑也。

⑩ 粼,音鄰。按:粼,當讀爲磷;磷磷,玉石光彩貌。

⑪ 命,命令也。蓋指桓叔謀晉之事。

椒聊[1]

椒聊[2]之實，蕃衍[3]盈升。彼其之子，碩大無朋[4]。椒聊且，遠條且[5]。

椒聊之實，蕃衍盈匊[6]。彼其之子，碩大且篤[7]。椒聊且，遠條且。

【注釋】

① 此頌人之詩，《詩序》亦以爲刺昭公分國封沃之事，恐非是。

② 椒聊，椒也，今謂之花椒。

③ 蕃衍，繁多也。

④ 朋，比也。

⑤ 朱傳："遠條，長枝也。"且，語詞。上且字同。

⑥ 匊，音菊，捧也。

⑦ 篤，厚也，指性情言。

綢繆[1]

綢繆[2]束薪，三星[3]在天。今夕何夕？見此良人[4]。子兮[5]子兮！如此良人何[6]！

綢繆束芻[7]，三星在隅[8]。今夕何夕？見此邂逅[9]。子兮子兮！如此邂逅何！

綢繆束楚，三星在户[10]。今夕何夕？見此粲者[11]。子兮子兮！如此粲者何！

【注釋】

① 魏源《詩古微》云："此蓋亂世憂昏姻之難常聚。"

② 綢繆，猶纏綿也。

③ 三星，參宿也。

④ 良人，謂新郎也。

⑤ 子，咨之假借，歎詞。

⑥ 意謂世亂恐難常聚也。

⑦ 芻，乾草也。

⑧ 隅，天之東南隅也。

⑨ 邂逅，會合也，合指夫婦言。

⑩ 在户，謂當户也。

⑪ 粲，美也。粲者，指新婦言。

杕　　杜①

有杕②之杜③，其葉湑湑④。獨行踽踽⑤。豈無他人？不如我同父。嗟行⑥之人，胡不比⑦焉？人無兄弟，胡不佽⑧焉？

有杕之杜，其葉菁菁⑨。獨行睘睘⑩。豈無他人？不如我同姓。嗟行之人，胡不比焉？人無兄弟，胡不佽焉？

【注釋】

① 朱傳："此無兄弟者自傷其孤特，而求助於人之詞。"

② 杕,音第,孤特貌。有杕,杕然也。

③ 杜,赤棠也。

④ 湑,音胥,又讀上聲。朱傳:“湑湑,盛貌。”

⑤ 踽,音矩;踽踽,無所親貌。

⑥ 行,道路也。

⑦ 比,猶親也。

⑧ 佽,音次,助也。

⑨ 菁,音精;菁菁,茂盛貌。

⑩ 睘,音瓊;睘睘,無所依貌。一本作煢煢(見《釋文》),義同。

羔　　裘[①]

羔裘豹袪[②],自我人居居[③]。豈無他人?維子之故[④]。

羔裘豹褎[⑤],自我人究究[⑥]。豈無他人?維子之好。

【注釋】

① 此蓋愛美其在位者之詩。

② 袪,音去,一讀平聲,衣袖也。

③ 居居,讀爲裾裾,衣服盛貌。馬瑞辰説。自我人居居者,謂其裾裾然華盛之裘,出自我人也。

④ 之,猶是也。故,故舊也。

⑤ 褎,同袖。

⑥ 按:究、糾音近。《魏風·葛屨》毛傳:“糾糾,猶繚繚

也。”繚繚即繚繞，張衡《南都賦》：“修袖繚繞而滿庭”；李善注云：“繚繞，袖長貌。”蓋袖長乃能繚繞也。此究究，當亦長袖繚繞之貌。

鴇　羽[①]

肅肅[②]鴇[③]羽，集于苞栩[④]。王事靡盬[⑤]，不能蓺稷黍。父母何怙[⑥]？悠悠蒼天，曷[⑦]其有所[⑧]！

肅肅鴇翼，集于苞棘[⑨]。王事靡盬，不能蓺黍稷。父母何食？悠悠蒼天，曷其有極[⑩]！

肅肅鴇行[⑪]，集于苞桑。王事靡盬，不能蓺稻粱。父母何嘗？悠悠蒼天，曷其有常[⑫]！

【注釋】

① 朱傳：“民從征役，而不得養其父母，故作此詩。”

② 肅肅，羽聲。【《小雅·鴻雁》：“肅肅其羽。”毛傳：“肅肅，羽聲也。”】

③ 鴇，音保，鳥名，似雁而大，無後趾。

④ 苞，茂也。栩，音詡，櫟也。其實俗謂之橡子。

⑤ 盬，音古。《經義述聞》云：“盬者，息也；王事靡盬者，王事靡有止息也。”

⑥ 怙，音户，恃也。

⑦ 曷，何時也。

⑧ 所，猶《魏風·碩鼠》“爰得我所”之所，謂安身之處也。

⑨ 棘，棗也。

⑩ 極,已也。

⑪ 鴇行,猶雁行,謂結隊而飛也。

⑫ 常,謂平常無事之時也。

無　　衣[①]

豈曰無衣七[②]兮?不如子[③]之衣,安且吉[④]兮。

豈曰無衣六[⑤]兮?不如子之衣,安且燠[⑥]兮。

【注釋】

①《詩序》:"《無衣》,美晉武公也。武公始并晉國,其大夫爲之請命乎天子之使,而作是詩也。"按:武公名稱,曲沃桓叔之孫,并晉,以寶器賂周釐王,王以爲晉侯。事詳《史記·晉世家》。

② 毛傳云:"侯伯之禮七命,冕服七章。"七章者,畫衣三章(雉、火、宗彝),繡裳四章(藻、粉米、黼、黻)也。

③ 子,天子使也。

④ 吉,善也。

⑤ 毛傳云:"天子之卿六命,車旗、衣服以六爲節。"衣服以六爲節者,正義云:"謂冠弁也,飾則六玉,冠則六辟積。"非謂衣有六章也。

⑥ 燠,音郁,煖也。

有 杕 之 杜[①]

有杕之杜,生于道左。彼君子兮,噬[②]肯適[③]我。中心好之，曷[4]飲食之？

有杕之杜，生于道周[5]。彼君子兮，逝[6]肯來遊。中心好之，曷飲食之？

【注釋】

① 此懷人之詩。

② 噬，《韓詩》作逝，發語詞。

③ 適，往也。噬肯適我，意謂庶幾肯往我家也。

④ 曷，何時也。

⑤ 道周，道右也。《釋文》引《韓詩》說。【毛傳："周，曲也。"道周，謂道路曲處。周、右不可能通假。馬瑞辰、高本漢並有說。】

⑥ 逝，或作噬。

葛　生[1]

葛生蒙楚[2]，蘞[3]蔓于野。予美亡此[4]，誰與[5]？獨處！

葛生蒙棘，蘞蔓于域[6]。予美亡此，誰與？獨息[7]！

角枕[8]粲[9]兮，錦衾[10]爛[11]兮。予美亡此，誰與？獨旦[12]！

夏之日，冬之夜[13]。百歲之後，歸于其居[14]。

冬之夜，夏之日。百歲之後，歸于其室[15]。

【注釋】

① 此蓋悼亡之詩。

② 蒙,掩蓋也。楚,木名。

③ 蘞,音斂,亦蔓生草。以上二句所言,春深時之景象也。

④ 亡,去也。不忍顯言其死,故曰去此耳。

⑤ 與,共也。言與誰共乎,惟有獨處耳。

⑥ 域,塋域,墓地也。

⑦ 息,謂寢息也。

⑧ 角枕,以角飾枕也。【丁先生《詩毛氏傳解詁》云:"古者枕以木篋爲之,謂之枕篋。……篋爲方長之小盒,中有抽屜,可儲零星小物。中宛,兩端翹起如角鉤然,故古人謂之角枕。"《周禮·天官·玉府》:"大喪,共含玉,復衣裳、角枕、角柶。"】

⑨ 粲,鮮明貌。

⑩ 衾,音欽,被也。

⑪ 爛,鮮明貌。

⑫ 獨旦,獨處至旦也。

⑬ 夏日長,冬夜長。二句乃度日如年之意。

⑭ 居,指墳墓言。

⑮ 室,亦謂墓室也。

采　苓①

采苓②采苓,首陽③之巔。人之爲言④,苟⑤亦無信⑥。舍旃⑦舍旃,苟亦無然⑧。人之爲言,胡得⑨焉!

采苦⑩采苦,首陽之下。人之爲言,苟亦無與⑪。舍旃舍旃,苟亦無然。人之爲言,胡得焉!

采葑⑫采葑,首陽之東。人之爲言,苟亦無從。舍旃舍旃，苟亦無然。人之爲言，胡得焉！

【注釋】

① 朱傳："此刺聽讒之詩。"

② 苓，音零，藥草名，一名大苦。

③ 首陽，山名。故籍所載，山以首陽名者凡五。此當是蒲阪之首陽山，一名雷首山，在今山西永濟縣境。

④ 爲、僞、訛古通。爲言，即僞言、訛言也。正義云："王肅諸本皆作爲言；定本作僞言。"

⑤ 苟，且也。

⑥ 無信，勿信也。

⑦ 舍，捨也。旃，爲"之焉"之合聲，語詞也。已見《魏風·陟岵》。

⑧ 無然，勿以爲然也。

⑨ 得，猶中也。馬瑞辰説。按：即合理之意。

⑩ 苦，苦菜也。

⑪ 與，許也。

⑫ 葑，蕪菁也，已見《邶風·谷風》。

秦

朱傳："秦，國名，其地在《禹貢》雍州之域，近鳥鼠山。初，伯益佐禹治水有功，賜姓嬴氏。其後中潏【中潏當殷之末葉】居西戎以保西垂。六世孫大駱，生成及非子【中潏——蜚廉——惡來革——女防——旁皐——太几——大駱——非子……】。非子事周孝王，養馬於汧渭之閒，馬大繁息，孝王封爲附庸，而邑之秦。至宣王時，犬戎滅成之族，宣王遂命非子曾孫秦仲爲大夫，誅西戎，不克，見殺。及幽王爲西戎犬戎所殺，平王東遷，秦仲孫襄公以兵送之。王封襄公爲諸侯，曰：'能逐犬戎，即有岐、豐之地。'襄公遂有周西都畿内八百里之地。（按：朱傳此説，本鄭氏《詩譜》。《史記·秦本紀》以爲平王賜襄公岐以西之地。襄公生文公，遂收周餘民有之，地至岐，岐以東獻之周。鄭説與《史記》不合。正義據《終南》之詩，袒鄭以駁《史記》。按：《終南》之詩，是否爲襄公而作，無由確定；據此以駁《史記》，亦非定論。惟據當時情勢度之，則鄭説差可信耳。）至玄孫德公又徙於雍。秦，即今之秦州（清鞏昌府，今甘肅隴西縣）。雍，今京兆府興平縣（今仍名興平縣，隸陝西）是也。"

車　鄰[①]

有車鄰鄰[②]，有馬白顛[③]。未見君子[④]，寺人[⑤]之令[⑥]。

阪[7]有漆，隰有栗。既見君子，竝坐鼓瑟。今者不樂，逝者其耋[8]。

阪有桑，隰有楊。既見君子，竝坐鼓簧[9]。今者不樂，逝者其亡[10]。

【注釋】

① 此蓋詩人喜得見於其君，即事之作。

② 鄰鄰，或作轔轔，衆車聲也。【《楚辭·九歌·大司命》王注引《詩》作轔轔，云："轔轔，車聲也。"】

③ 顛，首也。白顛，額有白毛也。

④ 君子，指秦君言。

⑤ 寺人，内小臣也。

⑥ 之，猶是也。令，使也。將見君，故使寺人通之。

⑦ 阪，見《鄭風·東門之墠》。

⑧ 逝，即"日月逝矣"之逝，謂歲月之往也。耋，或作耊，音迭，八十歲也。

⑨ 簧，笙竽中之銅片，吹時鼓動作聲者。笙亦謂之簧。

⑩ 亡，死亡也。

駟　　驖[1]

駟驖[2]孔阜[3]，六轡[4]在手。公之媚[5]子，從公于狩。

奉時[6]辰牡[7]，辰牡孔碩。公曰："左之！"[8]舍拔[9]則獲。

遊于北園，四馬既閑[10]。輶[11]車鸞[12]鑣[13]，載獫歇驕[14]。

【注釋】

① 此美秦君田獵之詩。

② 驖，音鐵，鐵色馬也。

③ 阜，大也。

④ 正義云："每馬有二轡，四馬當八轡矣。言六轡者，以驂馬内轡納之於觖，故在手者惟六轡耳。"

⑤ 媚，愛也。義見宣公三年《左傳》杜注。

⑥ 時，是也。

⑦ 毛傳："辰，時也。冬獻狼，夏獻麋，春秋獻鹿豕羣獸。"馬瑞辰云："辰，當讀爲麎。……《説文》：'麎，牝麋也。'……此以麎爲牝，與牡對言。"按：毛傳所言爲獸人獻獸以供君膳之事，而此詩所詠乃虞人驅獸以供君射之事，故以馬氏之説爲長。

⑧ 左之，謂驅獸使射者當其左也。古射獸者，以中其左爲善。

⑨ 舍，釋也，放也。拔，矢之末端也。

⑩ 閑，熟習也。

⑪ 輶，音由，輕也。

⑫ 鸞，鈴也，置於鑣之兩旁。

⑬ 鑣，音標，馬銜也。

⑭ 獫，音險，獵犬之長喙者。歇驕，獵犬之短喙者。載，載之於車也。

小　戎①

小戎② 俴③ 收④，五楘⑤ 梁輈⑥，游環⑦ 脅驅⑧，陰靷⑨

鋈續⑩，文茵⑪暢轂⑫，駕我騏馵⑬。言念君子⑭，温其⑮如玉；在其板屋⑯，亂我心曲⑰。

四牡孔阜，六轡在手。騏駵⑱是中⑲，騧驪⑳是驂。龍盾㉑之合㉒，鋈以觼軜㉓。言念君子，温其在邑。方何爲期㉔？胡然我念之㉕？

俴駟㉖孔羣㉗，厹矛㉘鋈錞㉙，蒙伐㉚有苑㉛。虎韔㉜鏤膺㉝，交韔二弓，竹閉㉞緄縢㉟。言念君子，載寢載興㊱。厭厭㊲良人㉘，秩秩㊴德音㊵。

【注釋】

① 此武人出征，其婦念之之詩。

② 小戎，兵車也。先啓行之車，謂之元戎（即大戎），射帥所乘也。從後行者，謂之小戎，羣臣所乘也。

③ 俴，音踐，淺也。

④ 收，軫也。車後横木謂之軫，車四面木亦謂之軫。正義云："兵車當輿之内，從前軫至後軫，唯深四尺四寸。"又云："大車之用内，前軫至後軫，其深八尺。兵車之軫，比之爲淺，故謂之淺軫也。"

⑤ 楘，音木，歷録（胡承珙云：圍繞纏束之名）也。輈以革爲束，束凡五處。王夫之《詩經稗疏》云："於束之上，更以絲交縈，如紡車之左右互維，務爲纏固，此之謂歷録。"

⑥ 輈，音舟，車轅也。大車謂之轅，兵車、田車、乘車謂之輈。輈前端上曲如橋梁，故曰梁輈（見附圖九）。

⑦《釋名》："游環，在服馬背上，驂馬之外轡貫之，游移前卻無定處也。"環，以皮爲之。

⑧ 朱傳:“脅驅,亦以皮爲之,前係於衡之兩端,後係於軫之兩端,當服馬脅之外,所以驅驂馬,使不得内入也。”

⑨ 毛傳:“陰,揜軓也。”阮元《考工記車制圖解》曰:“陰者,輿前式下板也。”又云:“軓之爲物,蓋在輿前軫下正中,略如伏兔,爲半規形,以圍輈身。”又云:“此陰板揜乎輈前空處,下垂至輈,上并軓亦掩之使不見,故陰即名揜軓,且爲輿前容飾也。或直命揜軓爲軓者,誤矣。”靷,音引,馬引車所用之皮條,今俗謂之套。後端繫於車軸,出於陰、軓之下,前端繫於衡(胡承珙説),驂馬用之。陰靷者,陰下之靷也。【朱傳謂靷前端繫於驂馬之頸,是。】

⑩ 鋈,音沃。毛傳:“鋈,白金也。續,續靷也。”靷長非一皮條所能爲,必接續之,接處用環。鋈續者,以白金爲續靷之環也(胡承珙説)。古金銀銅鐵,總謂之金;此或白銅、白鐵之類,未必即白銀也。

⑪ 茵,音因,車席也。文茵,虎皮車席也。

⑫ 暢,長也。轂,音谷,車輪中心車軸外之圓木也。

⑬ 騏,音其。《説文》:“騏,馬青驪文如博棊也。”馵,音注,馬之後左足白者。

⑭ 君子,婦人謂其夫也。

⑮ 温其,温然也。

⑯ 板屋,以板爲屋也。毛傳云:“西戎板屋。”【左思《三都賦序》:“見在其版屋,則知秦野西戎之宅。”】

⑰ 心曲,猶言心靈深處也。思而不見,故言心亂。

⑱ 駵,音留,馬赤身黑鬣曰駵。

⑲ 中,謂兩服也。

⑳ 騧,音瓜,黄馬黑喙者。驪,見《齊風·載驅》。

㉑ 龍盾,盾上畫龍者也。

㉒ 合,言合載二盾也。

㉓ 觼,音決,環之有舌者。軜,音納,驂内轡也。鋈以觼軜,謂用白金以爲繫軜之觼也。

㉔ 方,猶將也。馬瑞辰説。期,謂歸期也。

㉕ 言我何以念之至於如此也。

㉖ 俴,無甲也。俴駟,謂駟馬皆不被甲也。馬瑞辰説。

㉗ 孔羣,謂甚能合羣,言其調和也。

㉘ 厹,音求。厹矛,三隅矛也(附矛圖,見附圖十)。

㉙ 錞,音敦,矛之下端也。鋈錞,白金之錞也。

㉚ 蒙,尨雜也。伐,中干也,盾之别名。畫雜羽之文於伐,故曰蒙伐。

㉛ 苑,文彩貌;有苑,苑然也。

㉜ 韔,音暢,弓囊也。虎韔,用虎皮製成之弓囊也。

㉝ 鏤,雕鏤也。膺,舊謂當馬胸之大帶。馬瑞辰云:“鏤膺,當從范處義、嚴粲説,謂鏤飾弓室(即弓囊)之膺。弓以後爲背,則以前爲膺,故弓室之前亦爲膺耳。詩上言虎韔,下言交韔二弓,不應中及馬帶。”

㉞ 閉,古通作韢,一作柲,弓檠也。以竹爲之,縛於弓裏。

㉟ 緄,音滚,繩也。縢,捆紮也。

㊱ 載,則也。興,起也。謂念君子之興居也。

㊲ 厭厭,安静也。【應爲和説貌。】

㊳ 良人,好人也,指夫言。

㊴ 秩秩,有序也。朱傳説。

㊵ 德音,語言也。前已數見。

蒹　　葭①

蒹葭②蒼蒼③，白露爲霜。所謂伊人④，在水一方⑤。遡洄⑥從之，道阻⑦且長；遡游⑧從之，宛在水中央⑨。

蒹葭淒淒⑩，白露未晞⑪。所謂伊人，在水之湄⑫。遡洄從之，道阻且躋⑬；遡游從之，宛在水中坻⑭。

蒹葭采采⑮，白露未已⑯。所謂伊人，在水之涘⑰。遡洄從之，道阻且右⑱；遡游從之，宛在水中沚⑲。

【注釋】

① 此有所愛慕而不得近之之詩，似是情歌。或以爲訪賢之詩，亦近是。

② 蒹，音兼，荻也。葭，音加，蘆也。

③ 蒼蒼，深青之色，狀其盛多也。

④ 伊人，彼人也。

⑤ 方、旁古通用，一方即一旁也。馬瑞辰説。

⑥ 遡，音素。洄，音回。逆流而上曰遡洄。

⑦ 阻，險難也。

⑧ 順流而涉曰遡游。

⑨ 宛，坐見貌，猶言儼然也。央、旁同意，《詩》多以中爲語詞，水中央，猶言水之旁也。馬瑞辰説。【以下文“在水中坻”“在水中沚”證之，則水中央仍是水之中也。】

⑩ 淒淒，與萋萋同義（淒，一作萋，見《釋文》），茂盛貌。

⑪ 晞，音希，乾也。

⑫ 湄,音眉,水邊也。

⑬ 躋,升也,謂走上坡路也。

⑭ 坻,音遲,水中高地也。

⑮ 采采,亦茂盛貌。【參《周南·卷耳》《芣苢》及《曹風·蜉蝣》。】

⑯ 未已,未完了也,亦即未乾之意。

⑰ 涘,音俟,涯也。

⑱ 右,謂迂迴也。

⑲ 沚,音止,小渚也,謂水中可以止息之處。

終南[①]

終南[②]何有?有條[③]有梅[④]。君子至止,錦衣狐裘,顔如渥丹[⑤],其君也哉!

終南何有?有紀[⑥]有堂[⑦]。君子至止,黻衣[⑧]繡裳。佩玉將將[⑨],壽考不忘[⑩]。

【注釋】

① 朱傳:"此秦人美其君之辭。"

② 終南,山名,在今陝西西安南。

③ 條,木名,山楸也。

④ 梅,枏也,此梅之本義。酸果之梅應作"某"。

⑤ 言面色紅潤如厚漬以丹也。

⑥ 紀,讀爲杞。《經義述聞》説。【《白帖》引《詩》作"有杞有棠",蓋本三家《詩》。】

⑦ 堂,讀爲棠。《經義述聞》説。

⑧ 黻,音弗。黻衣,猶言衮衣也。胡承珙説。【毛傳:“黑與青謂之黻,五色備謂之繡。”】

⑨ 將將,與鏘鏘同義,聲也。

⑩ 按:忘,與亡通,失也。不忘,猶不已也。已見《鄭風·有女同車》。【忘,一本作亡。】

黄　　鳥[①]

交交[②]黄鳥,止于棘。誰從穆公,子車奄息[③]。維此奄息,百夫之特[④]。臨其穴[⑤],惴惴[⑥]其慄,彼蒼者天,殲[⑦]我良人。如可贖兮,人百其身[⑧]。

交交黄鳥,止于桑。誰從穆公,子車仲行[⑨]。維此仲行,百夫之防[⑩]。臨其穴,惴惴其慄。彼蒼者天,殲我良人。如可贖兮,人百其身。

交交黄鳥,止于楚。誰從穆公,子車鍼虎。維此鍼虎,百夫之禦。臨其穴,惴惴其慄。彼蒼者天,殲我良人。如可贖兮,人百其身。

【注釋】

① 《詩序》:“《黄鳥》,哀三良也。國人刺穆公以人從死,而作是詩也。”按:事見文公六年《左傳》。又《史記·秦本紀》謂穆公從死者百七十七人。【穆公,德公子,在位卅九年。】

② 交交,古詩歌通作咬咬,鳥聲也。馬瑞辰説。

③ 子車,氏;奄息,名。子車,《左傳》作子輿。

④ 特,匹也;匹,當也。馬瑞辰説。百夫之特,猶言百夫是當也。

⑤ 穴,墓穴也。

⑥ 惴,之瑞切。惴惴,懼貌。

⑦ 殲,音纖,一音尖,殺盡也。

⑧ 言以百人贖其一身也。

⑨ 鄭箋謂仲行爲字,馬瑞辰以爲仍當爲名而非字。

⑩ “防,猶當也。”【見鄭箋。】

晨　　風①

鴥②彼晨風③,鬱④彼北林。未見君子,憂心欽欽⑤。如何如何!忘我實多⑥。

山有苞櫟⑦,隰有六駮⑧。未見君子,憂心靡樂。如何如何!忘我實多。

山有苞棣⑨,隰有樹檖⑩。未見君子,憂心如醉。如何如何!忘我實多。

【注釋】

① 朱傳以爲婦人念其君子之詩。

② 鴥,音聿,疾飛貌。

③ 晨,《説文》作鷐。晨風,鳥名,鸇也,似鷂,青黄色。

④ 鬱,與菀通,茂盛貌。

⑤ 欽欽,憂貌。

⑥ 多,猶甚也。

⑦ 櫟,音歷,木名,一名栩,其實謂之橡子。苞,茂也。

⑧ 俞樾以爲六應作宍,叢生也。駁,音剥,即駁馬,木名。正義引陸疏云:"駁馬,梓榆也。"

⑨ 棣,音弟,唐棣也。

⑩ 檖,音遂,赤羅也,一名楊檖。

無　衣①

豈曰無衣?與子同②袍。王于興師③,脩我戈矛,與子同仇④。

豈曰無衣?與子同澤⑤。王于興師,脩我矛戟,與子偕作⑥。

豈曰無衣?與子同裳。王于興師,脩我甲兵,與子偕行。

【注釋】

① 此詩疑詠秦襄公護衛周平王東遷之事,參《後漢書·西羌傳》。【《詩經稗疏》卷一:"《春秋》:申胥乞師,秦哀公爲之賦《無衣》。劉向《新序》亦云然。……則此詩哀公爲申胥作也。"按:此説無以解於"王于興師"之語,蓋不然也。】

② 同,猶共也。

③ 王于興師,王在興兵也。

④【同仇,鄭箋:"怨耦曰仇。"《吴越春秋》引作"與子同讎",與鄭義同。】

⑤ 澤,襗之假借,袴也。【鄭箋作襗,音澤。】

⑥ 作,起也。附記:戈、戟。(見附圖十一及十二)

渭　陽[①]

我送舅氏,曰至渭陽[②]。何以贈之?路車[③]乘黄[④]。

我送舅氏,悠悠我思。何以贈之?瓊瑰[⑤]玉佩。

【注釋】

① 此秦康公爲太子時送其舅晉公子重耳返國之詩。【秦康公爲穆公子。穆公夫人,重耳之姊。重耳返晉,在秦穆公二十四年二月。】

② 渭陽,渭水之陽也。水北曰陽。

③ 路車,諸侯之車也。

④ 乘黄,四馬皆黄色也。

⑤ 瑰,古回切,石之次玉者。

權　輿[①]

於[②]我乎夏屋[③]渠渠[④],今也每食無餘。于嗟乎,不承權輿[⑤]。

於我乎每食四簋[⑥],今也每食不飽。于嗟乎,不承權輿。

【注釋】

① 此自歎始受君主優禮而終被涼薄之詩。

②【"於我乎"之於字,疑與《曹・蜉蝣》"於我"之於,《豳・九罭》"於女"之於,以及《小雅・白駒》"於焉"之於,並當讀如烏,爲歎詞。】

③ 夏屋,大具也。具,饌具也。大具,猶言盛饌。

④ 渠渠,猶勤勤,即殷勤也。【注③④本鄭箋,參馬說。】

⑤ 承,繼也。權輿,始也。

⑥ 簋,盛食器(見附圖十三)。四簋,黍稷稻粱也。

陳

鄭氏《詩譜》："陳者，太皞虙戲氏之墟。帝舜之胄，有虞閼父者，爲周武王陶正，武王賴其利器用，與其神明之後，封其子嬀滿於陳，都於宛丘之側，是曰陳胡公，以備三恪；妻以元女太姬。其封域在《禹貢》豫州之東（按：當今河南舊開封府東南，南至安徽亳州一帶），其地廣平，無名山大澤；西望外方（即嵩高山），東不及盟豬（澤名，在今河南商丘縣東北）。太姬無子，好巫覡禱祈鬼神歌舞之樂，民俗化而爲之。"按：陳傳世至閔公二十四年（魯哀公十七年），爲楚惠王所滅。陳都故址，在今河南淮陽縣。

宛　　丘①

子之湯②兮，宛丘③之上兮，洵④有情兮，而無望⑤兮。
坎其⑥擊鼓，宛丘之下。無冬無夏，值⑦其鷺羽⑧。
坎其擊缶⑨，宛丘之道。無冬無夏，值其鷺翿⑩。

【注釋】

① 此刺游蕩之詩。

② 湯，讀爲蕩，游蕩也。【毛傳："湯，蕩也。"《離騷》王注引作蕩。】

③《水經注》:“宛丘,在陳城南道東。”

④ 洵,信也,誠然也。

⑤ 按:無望,即《周易》之“无妄”(《戰國策》亦有“無妄之福”“無妄之禍”等語),謂出乎意料也。

⑥ 坎其,猶坎然,聲也。

⑦ 毛傳:“值,持也。”

⑧ 鷺羽,鷺鷥之羽也。舞者用以爲翳。(鄭箋:“翳,舞者所持以指麾。”)

⑨ 缶,音否,陶器,大腹小口,用以盛流質者。古人扣之,用以節樂。

⑩ 翿,音導,翳也。

東門之枌[①]

東門之枌[②],宛丘之栩[③]。子仲之子[④],婆娑[⑤]其下。

穀旦[⑥]于差[⑦],南方之原[⑧]。不績[⑨]其麻,市[⑩]也婆娑。

穀旦于逝[⑪],越以[⑫]鬷邁[⑬]。視爾如荍[⑭],貽我握椒[⑮]。

【注釋】

① 朱傳:“此男女聚會歌舞,而賦其事以相樂也。”

② 枌,音焚,白榆也。

③ 栩,見《唐風·鴇羽》。

④ 子仲,氏也。之子,朱傳以爲子仲氏之女。

⑤ 婆娑,舞也。

⑥ 穀,善也。旦,日也。

⑦ 差,擇也。穀旦于差,猶言良日爰擇。

⑧ 高平之地曰原。

⑨ 績,紡也。

⑩ 按：市,當作芾。古市、芾、沛等字通。《漢書·禮樂志》："靈之來,神哉沛。"注云："沛,疾貌。"此狀其舞之疾速。【王符《潛夫論》卷三《浮侈篇》："《詩》刺'不績其麻,女也婆娑'。今多不修中饋,休其蠶織。"按：市作女,於義爲長。】【王符蓋習《魯詩》。】

⑪ 逝,往也。穀旦于逝,即良日而往也。

⑫ 越以,猶于以、爰以,語詞也。參看《召南·采蘩》。

⑬ 鬷,音總,一讀平聲,總也,合也(義本鄭箋)。邁,行也。鬷邁,共行也。

⑭ 荍,音翹,錦葵也。花色粉紅,有紫紋縷之。

⑮ 女貽男一握之椒也,即歸荑、贈芍藥之意。

衡　　門①

衡門②之下,可以棲遲③。泌④之洋洋⑤,可以樂⑥飢。
豈其食魚,必河之魴⑦？豈其取妻,必齊之姜⑧？
豈其食魚,必河之鯉？豈其取妻,必宋之子⑨？

【注釋】

① 《韓詩外傳》：《衡門》,賢者不用世而隱處也。

② 衡門,横木爲門,言房舍之簡陋也。

③ 棲遲,遊息也。

④ 泌,音祕。毛傳云："泉水也。"俞樾申毛氏義,以爲泉名。

⑤ 洋洋,水廣大貌。

⑥ 樂,療也。《韓詩外傳》《列女傳》等書引《詩》俱作療。療、瘵,古同字,《説文》:“瘵,治也。或作療。”馬瑞辰説。

⑦ 黄河魴、鯉皆美。

⑧ 齊,大國也,姜姓。古於女子稱姓,齊姜,齊國姜姓之女也。

⑨ 宋,子姓。

東門之池①

東門之池②,可以漚③麻。彼美淑姬④,可與晤⑤歌。
東門之池,可以漚紵⑥。彼美淑姬,可與晤語。
東門之池,可以漚菅⑦。彼美淑姬,可與晤言。

【注釋】

① 朱傳:“此男女會遇之詞。”

② 池,城池也。

③ 漚,讀歐,去聲,久漬也。

④ 淑姬,賢女也。

⑤ 晤,對也。

⑥ 紵,音佇,麻屬。

⑦ 菅,音姦,草名,似茅而滑澤。

東門之楊①

東門之楊,其葉牂牂②。昏以爲期,明星煌煌③。

東門之楊，其葉肺肺④，昏以爲期，明星晢晢⑤。

【注釋】

① 此男女相期而不遇之詩。

② 牂，音臧。牂牂，茂盛貌。

③ 煌煌，明貌。明星，蓋指長庚言（或以爲指啓明言）。長庚昏見於西方。以上二句意謂本以日入爲期，乃候至明星煌煌之時猶不見也。

④ 肺，音沛。肺肺，與芾芾義同，茂盛貌。

⑤ 晢，音哲。晢晢，明貌。

墓　門①

墓門②有棘，斧以斯③之。夫④也不良，國人知之，知而不已⑤，誰昔⑥然矣。

墓門有梅，有鴞萃⑦止。夫也不良，歌以訊⑧之。訊、予不顧⑨，顛倒思予⑩。

【注釋】

① 此刺某在位者之詩。

② 墓門，陳之城門名。胡承珙説。

③ 斯，析也，今謂之劈。

④ 夫，指所刺之人也。

⑤ 不已，謂其過惡不止也。

⑥ 誰昔，朱傳云："猶言疇昔也。"馬瑞辰云："疇、誰，一聲之

轉。”【《爾雅・釋訓》:“誰昔,昔也。”】

⑦ 萃,聚集也。

⑧ 毛傳:“訊,告也。”《釋文》引《韓詩》云:“訊,諫也。”義較毛氏爲長。

⑨ 謂諫之而猶不顧予也。

⑩ 顛倒,猶顛覆也。謂至顛覆時乃思予也。

防有鵲巢①

防② 有鵲巢,邛③ 有旨苕④。誰侜⑤ 予美⑥,心焉忉忉⑦。

中唐⑧ 有甓⑨,邛有旨鷊⑩。誰侜予美,心焉惕惕⑪。

【注釋】

① 朱傳:“此男女之有私而憂或間之之詞。”

② 馬瑞辰云:“防,宜讀如隄防之防。”

③ 邛,音蛩,丘也。

④ 旨,美也。苕,音調,草名。陸疏云:“莖如勞豆而細,葉似蒺藜而青,其莖葉綠色,可生食。”

⑤ 侜,音舟。侜,張誑也。

⑥ 予美,予所美之人也。

⑦ 忉忉,見《齊風・甫田》。

⑧ 中,中庭也。唐,中庭路也。

⑨ 甓,音擘,瓴也。

⑩ 鷊,五歷切,綬草也。雜色如綬,故名。

⑪ 惕,音剔;惕惕,懼也。

月　出[①]

月出皎兮,佼[②]人僚[③]兮。舒[④]窈糾[⑤]兮,勞[⑥]心悄[⑦]兮。

月出皓兮,佼人懰[⑧]兮。舒懮受[⑨]兮,勞心慅[⑩]兮。

月出照兮,佼人燎[⑪]兮。舒夭紹[⑫]兮,勞心慘[⑬]兮。

【注釋】

① 朱傳:"此亦男女相悦而相念之詞。"

② 佼,音絞,好貌。佼人,美人也。

③ 僚,音了,本作嫽,美好貌。

④ 舒,發聲字。馬瑞辰説。

⑤ 窈糾,猶窈窕也。馬瑞辰説。

⑥ 勞,憂也。義見《淮南子·精神篇》高注。

⑦ 悄,憂貌。

⑧ 懰,音柳,好貌。

⑨ 懮,音酉。懮受,舒遲之貌。義見《玉篇》。

⑩ 慅,音草,憂貌。

⑪ 朱傳:"燎,明也。"

⑫ 夭紹,與要紹同,嬋娟作姿容也。胡承珙、馬瑞辰並有説。

⑬ 陳第、顧炎武皆謂慘當作懆。馬瑞辰以爲从喿从參,聲近而義亦同,不必改字。《説文》:"懆,愁不安也。"【《廣雅》:慘,懆也。】

株　林①

胡爲乎株林②？從夏南③。匪適株林，從夏南。

駕我乘馬④，説⑤于株野。乘我乘駒，朝食于株。

【注釋】

①《詩序》："株林，刺靈公也。淫乎夏姬，驅馳而往，朝夕不休息焉。"鄭箋云："夏姬，陳大夫妻，夏徵舒之母，鄭女也。徵舒，字子南。"按：事見宣公九年及十年《左傳》。陳大夫，夏御叔也。【《詩氏族考》卷三引李樗曰："夏姬，鄭穆公之女，靈公之妹，嫁于陳大夫公子夏御叔也，本姬姓，故以姬爲氏。爲夏氏之婦，故曰夏姬。"】

② 株，夏氏邑也，在今河南柘城縣。林，野之別稱。馬瑞辰説。

③ 夏南，夏徵舒也。

④ 乘馬，四馬也。乘，音剩。

⑤ 説，音税，舍息也。

澤　陂①

彼澤之陂②，有蒲與荷。有美一人，傷如之何③！寤寐無爲④，涕泗滂沱⑤。

彼澤之陂，有蒲與蕑⑥。有美一人，碩大且卷⑦。寤寐無爲，中心悁悁⑧。

彼澤之陂，有蒲菡萏⑨。有美一人，碩大且儼⑩。寤寐無爲，輾轉伏枕。

【注釋】

① 此亦男女相悦而相念之詩。

② 陂，音坡，一音碑，俗讀如皮。澤畔障水之隄岸也。

③ 鄭箋云："傷，思也。"

④ 無爲，無所作爲，猶言無事也。

⑤ 淚曰涕，鼻液曰泗。滂沱，大雨貌，此形容涕泗之多。

⑥ 蕑，蘭也，已見《鄭風·溱洧》。

⑦ 卷，音權，好貌。《釋文》云："卷，本又作婘。"

⑧ 悁，音娟。悁悁，憂思也。

⑨ 菡，音函，上聲；萏，音覃，上聲。菡萏，荷花也。

⑩《説文》儼字注云："一曰：好貌。"《韓詩》作嬒，《御覽》引《薛君章句》云："嬒，重頤也。"按：兩説皆可通。

檜

檜，【漢石經作會。題云："會國第十三。"】一作鄶，國名，相傳爲祝融之後，妘姓。其世次無可考（范處義引王肅云："周武王封祝融之後於濟、洛、河、潁之間，爲檜子。"未詳所據）。周平王時，爲鄭武公所滅。按：鄭因檜地，都於溱洧之間；鄭詩既數言溱洧，此又別出檜詩，明檜詩之別出，非因方域及樂調與鄭詩不同，蓋以其爲未被併於鄭以前之詩也。然則檜詩四篇，皆平王東遷以前之作矣。檜城故址，在今河南密縣東北。

羔裘①

羔裘逍遥，狐裘以朝。②豈不爾思？勞心忉忉。
羔裘翱翔③，狐裘在堂。豈不爾思？我心憂傷。
羔裘如膏④，日出有曜⑤。豈不爾思？中心是悼⑥。

【注釋】

① 此疑檜人慕其君而不得近之之詩。

② 毛傳："羔裘以遊燕，狐裘以適朝。"

③ 翱翔，猶逍遥也，已見《鄭風·清人》。

④ 膏，脂膏，言其潤澤而有光也。

⑤ 曜,音耀,明亮貌。有曜,即曜然,謂羔裘因日照而有光彩也(俗云:油光光的)。

⑥ 悼,哀傷也。

素　冠[①]

庶[②]見素冠[③]兮,棘人[④]欒欒[⑤]兮,勞[⑥]心慱慱[⑦]兮。

庶見素衣兮,我心傷悲兮,聊與子同歸兮。

庶見素韠[⑧]兮,我心蘊結[⑨]兮,聊與子如一[⑩]兮。

【注釋】

① 此當是女子思慕男子之詩。舊謂刺不能三年之喪,非是。【姚氏《詩經通論》曾舉十證,以明此詩非刺三年之喪者。】

② 庶,庶幾也,希冀之詞。

③ 舊謂此詩爲刺不能三年之喪者,以有素冠、素衣之語也。按:古人喪服,以縷之粗細,定其輕重,非必尚白。古冠禮用素冠,《士冠禮》"始冠"鄭注云:"自布冠,今之喪冠是也。"曰今之喪冠,明古者不必如是。《鄭風·出其東門》言"縞衣綦巾",是女子平時亦衣白衣。《曲禮》云:"父母存,衣冠不純素。"始以純素爲嫌。《曲禮》蓋戰國晚年或秦漢間人所作,所言未必爲古俗也。翟灝《通俗編》有説詳之。

④ 棘,與瘠通,瘦也。惠棟、馬瑞辰皆有説。棘人,女子自謂也。二、三兩章第二句皆女子自謂,故此句當亦不例外。舊説以棘人爲居喪之人,其義沿用至今,實非是。

⑤ 欒,音鸞,欒欒,瘦貌。此句意,蓋唐詩所謂"爲郎憔悴"

者也。

⑥ 勞,憂也,已見《陳風·月出》。

⑦ 慱,音團,憂貌。

⑧ 韠,音畢,蔽膝也。

⑨ 蘊結,朱傳:"思之不解也。"【桂氏《札樸》卷一:"《檜風》"我心蘊結",《小雅》"我心菀結",皆謂鬱結也。《集韵》慍、惌竝音鬱,心所鬱積也。"】

⑩ 如一,如一人也,謂其志同。

隰有萇楚[1]

隰有萇楚[2],猗儺[3]其枝。夭之沃沃[4],樂子之無知[5]。

隰有萇楚,猗儺其華。夭之沃沃,樂子之無家。

隰有萇楚,猗儺其實。夭之沃沃,樂子之無室。

【注釋】

① 此傷時之詩。意謂生逢衰世,而羡幼童之無知,與夫無室家之累也。

② 萇楚,羊桃也,葉長而狹,花紫赤色,其枝莖弱,過一尺,引蔓於草上。

③ 猗,音阿;儺,音挪。猗儺,與阿難同,美盛之貌。《經義述聞》説。【猗儺,漢石經作旖旎。】【阿儺,亦有柔順之意,胡承珙《毛詩後箋》有説。】

④ 毛傳:"夭,少也。沃沃,壯佼也。"謂年少而英秀也。

【按：夭，蓋幼枝之稱，謂萇楚也，不必指幼童言。沃沃，疑當與夭夭義通。《論語·述而》："子之燕居，……夭夭如也。"《集解》馬曰："夭夭，和舒之貌。"】

⑤ 樂子之無知，羡其不識愁苦也。【《爾雅·釋詁》："知，匹也。"】

匪　風[1]

匪[2]風發兮，匪車偈[3]兮。顧瞻周道[4]，中心怛[5]兮。

匪風飄[6]兮，匪車嘌[7]兮。顧瞻周道，中心弔[8]兮。

誰能亨魚[9]，溉之[10]釜鬵[11]。誰將西歸[12]，懷[13]之好音[14]。

【注釋】

① 此當是檜人憂國思周之詩，蓋作於平王東遷之前，檜將被滅於鄭之時也。

② 匪，彼也。下同。《經義述聞》說。【發，飄也，疾也。】

③ 偈，音傑，疾驅貌。

④ 周道，與周行同義，猶言大道也。參看《周南·卷耳》。

⑤ 怛，都達切，悲傷也。

⑥ 飄，猶吹也。【飄，疾也。】

⑦ 嘌，音飄。《説文》："疾也。"

⑧ 弔，傷也。

⑨【誰，漢石經作孰。】亨，同烹。古者言治國每以烹魚爲

喻,《老子》:“治大國若烹小鮮。”是也。

⑩ 漑,音概,洗滌也。之,猶其也。下同。

⑪ 鬵,音尋,大釜也。

⑫ 檜在周東。西歸,謂歸附於周,即仕於周也。

⑬ 懷,念也,猶言盼望也。

⑭ 好音,即今語好消息之謂。

曹

曹，周武王弟叔振鐸所封之國，封域約當今山東菏澤、定陶一帶。傳二十四世，至曹伯陽，於魯哀公八年，爲宋所滅。曹都故址，在今定陶縣。【漢石經題云："曹國第十四。"】

蜉　　蝣①

蜉蝣②之羽，衣裳楚楚③。心之憂矣，於我④歸處。
蜉蝣之翼，采采⑤衣服。心之憂矣，於我歸息。
蜉蝣掘閲⑥，麻衣⑦如雪。心之憂矣，於我歸説⑧。

【注釋】

①《詩序》："《蜉蝣》，刺奢也。"【此詩每章首句蓋皆起興之辭。第二句刺在官者之奢，三、四句乃作詩之本旨，疑是在官位者傷時之作。】

② 蜉蝣，音浮游，蟲名，長六七分，體似蜻蛉而小，四翅，後翅甚小，尾毛有三，細長如絲。往往數小時即死，故有朝生暮死之説。

③ 楚楚，鮮明貌。

④ 於我，猶言我且也。

⑤ 采采,美盛貌。【參《周南·卷耳》《芣苢》及《秦風·蒹葭》。】

⑥ 掘,穿也;閱,讀爲穴。掘閱,言穿穴而出也。蜉蝣幼蟲生糞土中,故云。胡承珙、馬瑞辰並有説。

⑦ 正義云:"麻衣者,白布衣。"

⑧ 説,音税,舍息也。

候　　人①

彼候人②兮,何③戈與祋④。彼其之子,三百赤芾⑤。
維鵜⑥在梁,不濡⑦其翼。彼其之子,不稱⑧其服。
維鵜在梁,不濡其咮⑨。彼其之子,不遂⑩其媾⑪。
薈兮蔚兮⑫,南山朝隮⑬。婉兮孌兮⑭,季女⑮斯飢⑯。

【注釋】

① 《詩序》謂此爲刺曹共公之詩,似是。

② 候人,道路迎送賓客之官也。

③ 何,古通荷,負也。

④ 祋,都外切,又音掇,殳也。參看《衛風·伯兮》。

⑤ 芾,音弗,蔽膝也。【芾,漢石經作紼。】毛傳云:"大夫以上,赤芾乘軒。"曹共公之臣,乘軒者三百人,事見僖公二十八年《左傳》。

⑥ 鵜,音啼,鵜鶘也。體大於鵝,色灰白,嘴長尺餘,頷下有大喉囊,能竭水取魚,先則連水吞入,貯喉囊中,繼乃吐其水而食之。

⑦ 濡,音儒,漬濕也。

⑧ 稱,音秤,配合適當也。

⑨ 咮,音晝,鳥口也。

⑩ 遂,成也。

⑪ 媾,婚姻也。

⑫ 薈,音穢。薈蔚,本草盛貌,此謂雲興貌。

⑬ 隮,音躋,虹也。參看《鄘風·蝃蝀》。

⑭ 婉孌,少好貌。已見《齊風·甫田》。

⑮ 季女,少女也。

⑯ 上章言不遂其媾,此言季女斯飢,似此季女未成婚而被棄以至於飢餒者。然其本事,則難詳矣。

鳲 鳩①

鳲鳩② 在桑,其子七兮。淑人君子,其儀③ 一④ 兮。其儀一兮,心如結⑤ 兮。

鳲鳩在桑,其子在梅。淑人君子,其帶伊⑥ 絲。其帶伊絲,其弁伊騏⑦。

鳲鳩在桑,其子在棘。淑人君子,其儀不忒⑧。其儀不忒,正是四國⑨。

鳲鳩在桑,其子在榛。淑人君子,正是國人。正是國人,胡不萬年!

【注釋】

① 此蓋曹人美其某在位者之詩。

② 鳲,音尸;鳲鳩,布穀也。【鳲,漢石經作尸。】

③ 儀,儀度,猶言態度也。

④ 一,專一也。

⑤ 如結,言其固也。

⑥ 伊,維也。

⑦ 鄭箋云:"騏,當作璂。"《說文》:"璂,弁飾,往往冒玉也。"【參《衛風·淇奧》注⑭】

⑧ 忒,差也。

⑨ 四國,四方之國,猶言天下也。正是四國,謂四國之人,以之爲法也。

下　泉①

洌②彼下泉③,浸彼苞稂④。愾⑤我寤⑥嘆,念彼周京⑦。

洌彼下泉,浸彼苞蕭⑧。愾我寤嘆,念彼京周⑨。

洌彼下泉,浸彼苞蓍⑩。愾我寤嘆,念彼京師。

芃芃⑪黍苗,陰雨膏⑫之。四國有王⑬,郇伯⑭勞⑮之。

【注釋】

① 此曹人美郇伯能勤王之詩。【末章與《小雅·黍苗》首章略同,僅第三句《黍苗》作"悠悠南行",第四句首一字《黍苗》作召。】

② 洌,音列,寒涼也。

③ 下泉,泉自高處下流者也。

④ 稂，音郎，草之似禾者。

⑤ 愾，音慨，歎息之聲。

⑥ 寤，猶寤辟之寤，語詞。

⑦ 周京，周之京都，謂成周也。

⑧ 蕭，蒿也。

⑨ 京周，即周京，倒文以協韵耳。

⑩ 蓍，音尸，草名，類蒿，古人以其莖爲占筮之用。

⑪ 芃芃，見《鄘風·載馳》。

⑫ 膏，猶潤也。

⑬ 有王，諸侯朝聘於天子也。

⑭ 郇，音荀。郇伯即荀躒，亦即知伯也。《春秋》昭公二十二年，王子朝作亂，晉籍談、荀躒帥九州之戎平亂，納敬王於王城；【子朝及敬王皆景王子，景王二十五年崩，子朝立，次年，諸侯立敬王於王城。】昭二十六年，知伯等復佐敬王入於成周。而昭公二十五年，晉人爲黄父之會，謀王室，具成人；二十七年，會扈，令戍成周：曹人皆與焉。此詩所謂"四國有王"，而曹人所以有美郇伯之詩也。此本《易林》之説，何楷《詩經世本古義》及馬瑞辰證成之，其説蓋可信也。《詩》三百篇，殆以此詩爲最晚。

⑮ 勞，慰勞也。

豳

【漢石經題云:“豳國第十五。”】

朱傳:“豳,國名,在《禹貢》雍州岐山之北,原隰之野。虞、夏之際,棄爲后稷,而封於邰(今陝西武功);及夏之衰(太康失國),棄稷不務,棄子不窋【窟,拙】失其官守,而自竄於戎狄之閒。不窋生鞠陶(《史記·周本紀》作鞠,《詩》正義引《周本紀》作鞠陶。朱傳蓋承正義説),鞠陶生公劉,能復修后稷之業,民以富實;乃相土地之宜,而立國於豳之谷焉。十世(自公劉至太王十世)而太王徙居岐山之陽,十二世而文王始受天命,十三世而武王遂爲天子。”朱傳蓋承正義説。豳城故址,在今陝西邠縣。

按:豳地與周公無關,而豳詩多言周公東征事,此必有故。疑周公東征時所率者多豳地之民,所爲歌詩,皆豳地之聲調;故其詩雖作於東國,而仍以豳名之也。《七月》之詩,疑亦東征之士,懷念故土,作之以慰鄉思者。然豳詩語皆平易,非如《周頌》及《大雅》中若干篇之艱奥難解,似非西周初年作品。其諸詩流傳於口頭雖古,而著之於竹帛者晚歟(傅孟真先生嘗有此説)?凡此皆有待於論定者也。

【日本白川静謂《豳風》諸詩作於夷、厲之際,詩中所謂周公,乃周公旦之後人。所謂東征者,乃東征玁狁也,説見《詩經蠡説》(《史語所集刊外編第四種》)。】

七　月①

七月流火②，九月授衣③。一之日④觱發⑤，二之日栗烈⑥；無衣無褐⑦，何以卒歲⑧？三之日于耜⑨，四之日舉趾⑩。同我婦子，饁⑪彼南畝，田畯⑫至喜⑬。

七月流火，九月授衣。春日載陽⑭，有鳴倉庚⑮。女執懿筐⑯，遵彼微行⑰，爰求柔桑⑱。春日遲遲⑲，采蘩祁祁⑳。女心傷悲，殆及公子同歸㉑。

七月流火，八月萑㉒葦。蠶月條桑㉓，取彼斧斨㉔，以伐遠揚㉕；猗彼女桑㉖。七月鳴鵙㉗，八月載績㉘，載玄載黄，我朱孔陽㉙，爲公子裳。

四月秀葽㉚，五月鳴蜩㉛。八月其穫，十月隕蘀㉜。一之日于貉㉝，取彼狐狸，爲公子裘。二之日其同㉞，載纘武功㉟，言私其豵㊱。獻豜㊲于公㊳。

五月斯螽動股㊴，六月莎雞振羽㊵。七月在野，八月在宇㊶，九月在户，十月蟋蟀㊷，入我牀下。穹窒㊸熏鼠㊹，塞向㊺墐户㊻。嗟我婦子，曰爲改歲㊼，入此室處。

六月食鬱㊽及薁㊾，七月亨葵及菽㊿，八月剥51棗，十月穫稻。爲此春酒52，以介眉壽53。七月食瓜，八月斷壺54，九月叔苴55。采荼56薪樗57，食我農夫。

九月築場圃58，十月納禾稼。黍稷重穋59，禾麻菽麥。嗟我農夫，我稼既同60，上入執宫功61。晝爾于茅62，宵爾索綯63；亟其乘屋64，其始播百穀65。

二之日鑿冰沖沖⑥⑥，三之日納于凌陰⑥⑦，四之日其蚤⑥⑧，獻羔祭韭⑥⑨。九月肅霜⑦⓪，十月滌場⑦①。朋⑦②酒斯饗⑦③，曰⑦④殺羔羊。躋彼公堂⑦⑤，稱彼兕觥⑦⑥："萬壽無疆！"⑦⑦

【注釋】

① 此詠豳地風土之詩，疑隨周公東征之豳人懷念鄉土而作者。

② 七月，夏曆七月也；以下諸言月者，同。火，星名，一曰大火，即心宿也。【《夏小正》："（五月）初昏，大火中。"傳："大火者，心也。"合於《堯典》。】六月初昏，火見於正南方，至七月昏則漸向西沈，故曰流火。流，謂下趨也。【日本新城新藏，推算我國古曆，以爲自春秋以前，所行者爲近似夏正之曆；春秋初至中葉，所用者爲近似殷正之曆；春秋中葉以後，則用近似周正之曆；至戰國晚年，復改用所謂夏正之曆（説見《東洋天文學史研究》）。然則本詩所謂"一之日""二之日"……者，非指周曆言。其十一月，十二月……之别稱乎？】

③ 授衣，授與寒衣也。

④ 一之日，夏曆之十一月，周之正月也。下文二之日、三之日、四之日，謂夏曆之十二月、一月、二月，周曆之二月、三月、四月也。【《玉燭寶典·仲冬》《季冬》引《韓詩章句》云："一之日畢發，夏之十一月也；二之日栗烈，夏之十二月也。"俞樾云："一之日、二之日、三之日、四之日，以周正紀數也。四月、五月、六月、七月、八月、九月、十月，以夏正紀數也。"】

⑤ 觱，音必。觱發，風寒也。

⑥ 栗烈，寒氣也。

⑦ 褐，毛布，貧賤者之服也。

⑧ 卒歲，終歲也。

⑨ 耜，音似，農具，略似今之鐵鍬，其柄謂之耒。馬瑞辰云："于，猶爲也。爲與修同義。于耜，即爲耜也；爲耜，即修耜也。"【《月令》：季冬修耒耜。較此早一月。】

⑩ 舉趾，謂舉足踏耜，即耕也。

⑪ 饁，音葉，送飯與田中工作之人也。

⑫ 畯，音俊。田畯，教田之官，一曰農大夫，一曰農正。

⑬ 至喜，謂至其處而欣喜也。

⑭ 載，則也。陽，温暖也。

⑮ 倉庚，鳥名，黄鸝也。

⑯ 懿筐，深筐也。

⑰ 遵，循也。微行，小路也。

⑱ 柔桑，嫩桑也。

⑲ 遲遲，舒緩貌。春日漸長，故云。

⑳ 蘩，白蒿也。祁祁，衆多貌。

㉑ 殆，猶將也，可能之詞。及，猶與也。其意蓋恐豳公子强與之俱歸也。

㉒ 萑，音丸，荻也。

㉓ 蠶月，養蠶之月。條桑，言桑葉茂盛也。俞樾説。

㉔ 斨，音鏘，斧屬。受柄之孔，橢者曰斧，方者曰斨。

㉕ 遠，謂枝之遠者；揚，揚起也。

㉖ 猗，美盛貌。義見《衛風·淇奥》毛傳。桑樹小而條長者曰女桑。

㉗ 鶪，音決，伯勞也。【《月令》：五月鶪始鳴。此言七月，

非謂其始鳴之月也。】

㉘ 績，紡也。

㉙ 玄、黄、朱，皆謂染絲之色。陽，明也。

㉚ 葽，音腰，草名，或以爲即遠志也。

㉛ 蜩，音迢，蟬也。

㉜ 蘀，見《鄭風・蘀兮》。隕，落也。

㉝ 貉，何咢切，獵也。貉爲獵祭，因稱獵爲貉。毛奇齡《毛詩寫官記》説。于貉，往獵也。【《周禮・春官・肆師》："祭表貉。"鄭注："貉，師祭也。"又《春官・甸(同畋)祝》："掌四時之田表貉之祝號。"鄭注："貉，兵祭也，甸以講武治兵，故有兵祭。"】

㉞ 同，會合也。謂冬田獵大合衆也。馬瑞辰説。

㉟ 纘，音纂，繼也。功，事也。田獵所以習武事，故云。

㊱ 私，私有之也。豕一歲曰豵，音踪。

㊲ 豜，音肩，三歲豕也。

㊳ 公，謂豳公也。【注㊱至㊳，《周禮・夏官・大司馬》云："大獸公之，小禽私之。"】

㊴ 斯螽，或謂即《周南》之螽斯，或謂非是，未詳。動股，謂以股磨翅作聲也。

㊵ 莎，音蓑。莎雞，蟲名，俗謂之紅娘子(馬瑞辰説)；或云：即紡織娘也。未詳孰是。振羽，振動其羽作聲也。

㊶ 宇，謂簷下也。

㊷ 自上文七月以下至此，所言皆蟋蟀也。

㊸ 穹，音窮，古與空通用。窒，音質，塞也。穹窒，謂除去窒塞之物使空也。

㊹ 熏鼠，以煙火熏鼠穴迫使鼠逃去也。

㊺ 向，北向之牖，塞之以禦寒也。

㊻ 墐,音謹,以泥塗物也。庶人篳户,至冬則難禦風寒,故以泥塗之。

㊼ 爲,猶將也。曰爲改歲,言聿將改歲也(改换舊年)。《經詞衍釋》説。【《漢書·食貨志》"曰"作"聿"。】

㊽ 鬱,唐棣之屬。

㊾ 薁,音郁,蘡薁也,俗謂之野葡萄。

㊿ 亨,古烹字。葵,菜名。菽,豆也。

51 剥,擊也,擊之使落也。

52 春酒,凍醪也。凍時釀之,故曰凍醪。【高粱酒與高粱約同於元時自印度傳入中國,説見日本藤田統所作《白乾酒》(《學藝》卌九期,一九四八年出版),于景讓譯本,見《栽培植物考》。可知稷非高粱。】

53 按:介,與匃聲同義通,求也。金文多用匃字。眉壽,高壽也。高年者每有豪眉,故云。

54 壺,瓠之假借。斷,謂斷其蒂而取之也。

55 叔,拾也。苴,麻子也,可供羹菜。

56 荼,苦菜也。

57 樗,音攄,木名,俗謂之臭椿。薪樗,采樗爲薪也。

58 春夏爲圃,秋冬爲場。築場圃,謂築場於圃也。

59 穀類後熟曰重,先熟曰穋。穋,音六。【《周禮·天官·内宰》:"……而生穜稑之種而獻之于王。"鄭注引《詩》云:"黍稷穜稑"。】

60 同,聚也。

61 執,猶作也。宫功,豳公宫室之事也。

62 爾,語詞。于,猶爲也(見注⑨)。于茅,謂治理茅草也。

63 宵,夜也。索,搓製也。綯,繩也。《經義述聞》説。綯,音陶。

⑭ 亟,急也。《説文》:“乘,覆也。”乘屋,謂以茅覆屋也。

⑮ 其,將然之詞。言所以亟其乘屋者,以將開始播種百穀也。

⑯ 沖沖,鑿冰之聲。【《月令》: 季冬取冰。】

⑰ 凌陰,冰室也。

⑱ 蚤,同早。

⑲ 用羔羊、韭菜祭獻,以開冰室也。

⑳ 朱傳:“肅霜,氣肅而霜降也。”

㉑ 滌,清掃也。十月場事已畢,故清掃之。

㉒ 兩樽曰朋。

㉓ 《經傳釋詞》云:“斯,猶是也。”饗,宴也,謂鄉飲酒也。

㉔ 曰,爰也。

㉕ 躋,升也。公堂,朱傳云“君之堂也”。

㉖ 稱,舉也。兕觥,見《周南・卷耳》。

㉗ 此祝福之語。疆,竟也。萬壽,猶言萬歲;無疆,猶言無窮盡也。

鴟　　鴞①

鴟鴞②鴟鴞!既取我子,無毁我室③!恩斯④勤斯⑤,鬻⑥子之閔⑦斯。

迨⑧天之未陰雨,徹⑨彼桑土⑩,綢繆牖户⑪。今女下民⑫,或敢侮予⑬。

予手拮据⑭,予所捋荼⑮,予所蓄租⑯,予口卒瘏⑰:曰予未有室家⑱。

予羽譙譙⑲，予尾翛翛⑳，予室翹翹㉑，風雨所漂摇，予維音嘵嘵㉒。

【注釋】

① 武王既喪，周公避流言之謗，居東二年，罪人斯得。於後，公乃爲詩以貽成王，名之曰《鴟鴞》。此《尚書·金縢》之説也。《金縢》疑是春秋晚年或戰國初年之作品，其説蓋根據《傳》説也。

② 朱傳："鴟鴞，鵂鶹，惡鳥攫鳥子而食者也。"此詩皆作爲鳥語以自比，疊言鴟鴞者，呼其名而告之也。

③ 朱傳："以比武庚既敗管、蔡，不可更毁我王室也。"

④ 恩，愛也。《經傳釋詞》云："斯，語已詞也。"

⑤ 正義引王肅説云："勤，惜也。"

⑥ 鬻，稚也。

⑦ 閔，憐憫也。

⑧ 迨，及也。

⑨ 徹，取也。義見《孟子》趙注。

⑩ 毛傳："桑土，桑根也。"土，《釋文》引《韓詩》作杜，《方言》云："東齊謂根曰杜。"

⑪ 綢繆，猶纏綿也。已見《唐風·綢繆》。鳥巢以草或細根等纏紮而成，故曰綢繆牖户。

⑫ 下民，巢下之人也。【按：古者下民與上天爲對語，下民即民衆也。】

⑬ 言勤苦如此，或且尚有敢欺侮予之人也。

⑭ 拮，音結；据，音居。拮据，胡承珙申毛傳云"謂屈兩肘如

戟形以捧物也”，朱傳以爲手口共作之貌，蓋略本《説文》爲説。

⑮ 捋，盧活切，讀如勒，取也。荼，荻穗也，可以鋪巢。

⑯ 租，當讀爲蒩。《説文》：“蒩，茅藉也。”馬瑞辰説。

⑰ 卒，當讀爲顇。《爾雅》：“顇，病也。”馬瑞辰説。瘏，亦病也。見《周南・卷耳》。

⑱ 言所以如此辛勤者，“曰予未有室家”之故耳。

⑲ 譙，音樵；譙譙，減少也。

⑳ 翛，音宵；翛翛，敝也。

㉑ 翹翹，危也。

㉒ 嘵，音蕭；嘵嘵，恐懼聲。

東　山①

我徂②東山③，慆慆④不歸。我來自東，零雨其濛⑤。我東曰歸，我心西悲。制彼裳衣⑥，勿士⑦行枚⑧。蜎蜎⑨者蠋⑩，烝⑪在桑野。敦⑫彼獨宿，亦在車下。

我徂東山，慆慆不歸。我來自東，零雨其濛。果臝⑬之實，亦施⑭于宇。伊威⑮在室，蠨蛸⑯在户，町畽⑰鹿場，熠燿宵行⑱。不可畏也，伊可懷也⑲。

我徂東山，慆慆不歸。我來自東，零雨其濛。鸛⑳鳴于垤㉑，婦歎于室；洒埽穹窒，我征聿至㉒。有敦㉓瓜苦㉔，烝㉕在栗薪㉖。自我不見，于今三年。

我徂東山，慆慆不歸。我來自東，零雨其濛。倉庚于飛，熠燿㉗其羽。之子于歸㉘，皇駁㉙其馬。親結其縭㉚，九十其儀㉛。其新孔嘉㉜，其舊如之何㉝？

【注釋】

① 此蓋東征之士既歸而述懷之詩。

② 徂,往也。

③ 東山,東方有山之地,意即東方也。【按:《戰國策》卷三(《秦一》):"蘇秦欺寡人,欲以一人之智,反覆東山之君,從以欺秦。"高注:"東山,山東。"】

④ 慆,音滔;慆慆,言久也。

⑤ 濛,細雨貌。其濛,猶濛然也。【零,漢石經作霝。濛,作蒙。】

⑥ 謂歸裝也。

⑦ 士,事也,作動詞解。

⑧ 行,陣也。枚,銜枚也。

⑨ 蜎,音涓;蜎蜎,蠕動之貌(本《一切經音義》引《字林》説)。

⑩ 蠋,音蜀,桑蟲也。

⑪ 朱傳:"烝,發語辭。"【《爾雅》:"烝,衆也。"】

⑫ 敦,團也。獨宿者畏寒,蜷其身團團然。

⑬ 蠃,音祼。果蠃,栝樓也,一名天瓜,一名黄瓜,根入藥,俗名天花粉。

⑭ 施,古音讀與拖同,拖蔓也。已見《周南·葛覃》。

⑮ 伊威,蟲名,一名委黍,一名鼠婦,類土鼈而小。

⑯ 蠨,音蕭;蛸,音梢。蠨蛸,長足蜘蛛也。

⑰ 町,音挺;畽,音湍,上聲。町畽,鹿迹也。

⑱ 熠,音浥;燿,音耀。熠燿,燐也。宵行,夜行也。朱傳謂熠燿爲明不定貌,謂宵行爲喉下有光如螢之蟲,亦通。

⑲ 以上二句,言如此淒涼之景,並不可畏,乃維可懷念耳。伊,維也。

⑳ 鸛，音貫，似鶴而頂不丹，全身灰白色，翼尾黑色。

㉑ 垤，音迭，蟻塚也；有高大如塚者。

㉒ 聿至，爰至也；謂抵家。

㉓ 有敦，團團然也。

㉔ 瓜苦，蓋謂苦匏也。

㉕ 烝，語詞。

㉖ 栗，《釋文》引《韓詩》作蓼，云“聚薪也”。栗、蓼音近；栗薪，堆積之薪也。

㉗ 熠燿，鮮明貌。

㉘ 此追敍舊事也。

㉙ 馬之黄白者曰皇，騮白者曰駁。

㉚ 縭，音離，蔽膝也。諸家皆謂女嫁時，母爲之結縭，故云親結其縭。

㉛ 九十其儀，言其禮儀之多也。

㉜ 新，謂新婚之時。嘉，善也。

㉝ 舊，久也。言新婚之時既甚善矣，今久矣，將如何乎。蓋戲語以爲樂也。

破　斧①

既破我斧，又缺我斨②。周公東征，四國是皇③。哀④我人斯，亦孔之將⑤。

既破我斧，又缺我錡⑥。周公東征，四國是吪⑦。哀我人斯，亦孔之嘉。

既破我斧，又缺我銶⑧。周公東征，四國是遒⑨。哀我人斯，亦孔之休[10]。

【注釋】

① 此蓋東征之士美周公之詩。

② 斨，見《七月》。斧斨，伐木析薪之具，亦兵器也，此當指兵器言。破缺，言征伐之久也。【嚴粲以爲斧斨在此不當作兵器解，舉《七月》之詩爲證，是。又按：此言斧斨，蓋爲樵蘇之用；破缺，言歷時久也。作兵器解始於歐陽修《詩本義》，朱傳亦以爲"征伐之用"。】

③ 四國，猶言天下。已見《曹風・下泉》。毛傳："皇，匡也。"【《爾雅・釋言》："皇，正也。"】

④ 哀，猶今語可憐也。【嚴粲訓哀爲哀矜，是。按：《釋名》："哀，愛也。"《詩序》："哀窈窕，思賢才。"】

⑤《廣雅》："將，美也。"四國既匡，征人得息，故云亦孔之將。

⑥ 錡，音奇，鑿屬。

⑦ 吪，音訛，化也。

⑧ 銶，音求，鑿柄也。馬瑞辰說。

⑨ 遒，音酋，斂也。

⑩ 休，美也。

伐　　柯[1]

伐柯[2]如何？匪斧不克。取妻如何？匪媒不得。

伐柯伐柯，其則不遠[3]。我覯之子[4]，籩豆[5]有踐[6]。

【注釋】

① 此當是詠結婚之詩。

② 柯,斧柄也。伐柯,伐樹枝以爲斧柄也。

③ 則,法也。謂伐柯者即依照手中所持之斧柄而伐取之,故其法則不遠也。

④ 覯,見也。之子,指新婦言。

⑤ 籩,音邊,竹器,其形似豆,用以盛果實脩脯等食物者。豆,以陶或銅爲之,用以盛葅醢等食物者(見附圖十四)。

⑥ 有踐,猶踐然,行列之貌。已見《鄭風·東門之墠》。

九　　罭①

九罭②之魚,鱒③魴。我覯之子④,衮衣⑤繡裳。

鴻飛遵渚。公歸無所⑥,於女信處⑦。

鴻飛遵陸⑧。公歸不復⑨,於女信宿。

是以有衮衣兮⑩,無以我公歸兮,無使我心悲兮。

【注釋】

① 此蓋居東之周人,聞周公將歸,作此詩以惜别也。

② 罭,音域。九罭,密網也。正義引孫炎説云:"九罭,謂魚之所入有九囊也。"

③ 鱒,音存,上聲。正義引郭璞説云:"鱒,似鯶子赤眼者。"

④ 之子,謂周公也。

⑤ 衮衣,九章之衣(畫衣五章,繡裳四章),上公之服也。

⑥ 按:所,處也;處,止也。無所,猶言不止,謂不留止於東國也。

⑦ 於,猶與也。女,謂周公也。再宿曰信。【《曹·蜉蝣》:“於我歸處。”於我,猶我且也。此“於女”猶言汝且也。】

⑧ 高平之地曰陸。

⑨ 復,返也。

⑩ 是,此也,謂東國。言此東國有服衮衣之人也。

狼　跋①

狼跋② 其胡③,載疐④ 其尾。公孫⑤ 碩膚⑥,赤舄⑦ 几几⑧。

狼疐其尾,載跋其胡。公孫碩膚,德音⑨ 不瑕⑩。

【注釋】

①《詩序》:“《狼跋》,美周公也。”

② 跋,足蹋之也。

③ 胡,項下垂肉,即頷也。

④ 載,則也。疐,音致,與躓通,礙也。

⑤ 公孫,指周公言。馬瑞辰、俞樾並有説。【按:周公旦不應稱公孫。稱公孫,蓋其孫輩也。】

⑥ 碩,大也。膚,肥也。

⑦ 舄,音昔,屨也。赤舄,亦上公之服。

⑧《廣雅》:“几几,盛也。”

⑨ 德音,前已數見,此謂聲譽也。

⑩ 此“不瑕”與用在句首之成語異義。瑕,已也(見《大雅·思齊》鄭箋)。德音不瑕,猶《小雅·南山有臺》之“德音不已”也。

小　雅

【《左傳》季札聞歌秦，曰："此之謂夏聲，……其周之舊乎?"參《敍論》。錢穆《讀詩經》(《新亞學報》五卷一期)引季札語而説之云："是周秦在西，皆夏聲也。李斯亦曰：而呼烏烏，真秦之聲。楊惲亦曰：家本秦也，能爲秦聲。仰天拊缶，而呼烏烏。烏、雅一聲之轉。蓋雅者乃當時西方人土音。周人得天下，此地之方言與歌聲，遂成爲列國大夫之正言正音。猶後世有京音，有官話，今日有國語也。"】

鹿鳴之什

朱傳："《雅》《頌》無諸國别，故以十篇爲一卷，而謂之什，猶軍法以十人爲什也。"舊本於每卷之末，題云某某之什若干篇若干章句，兹省略之。

【《經典釋文》以爲歌詠之作，非止一人，篇數既多，故以十篇編爲一卷，名之爲什。】

鹿　　鳴①

呦呦②鹿鳴，食野之苹③。我有嘉賓，鼓瑟吹笙。吹笙鼓簧，承筐④是將⑤。人之好我，示我周行⑥。

呦呦鹿鳴，食野之蒿。我有嘉賓，德音孔昭⑦。視民不恌⑧，君子是則是傚⑨。我有旨酒，嘉賓式燕以敖⑩。

呦呦鹿鳴，食野之芩⑪。我有嘉賓，鼓瑟鼓琴。鼓瑟鼓琴，和樂且湛⑫。我有旨酒，以燕樂嘉賓之心。

【注釋】

① 《詩序》："《鹿鳴》，燕羣臣嘉賓也。"

② 呦，音幽。呦呦，鹿鳴聲。

③ 苹，音平，草名，一名藾蕭。

④ 承,猶奉也。筐,鄭箋:"所以行幣帛也。"又云:"飲之而有幣,酬幣也;食之而有幣,侑幣也。"【饗禮中對賓客舉行酬禮時,按禮應以禮品酢之,稱爲"酬幣"。《儀禮·聘禮》:"致饗以酬幣。"鄭注:"酬幣,饗禮酬賓勸酒之幣也。"】

⑤ 將,進奉也。

⑥ 周行,説見《周南·卷耳》,此以喻至道。

⑦ 德音,言語也。前已數見。昭,謂語聲之清朗也。《魯頌·泮水》:"其音昭昭。"可以互證。

⑧ 古視、示二字通用。恌,音挑,薄也。

⑨ 則、傚,皆效法也。

⑩ 式,發語詞。燕,同宴。《爾雅》舍人注云:"敖,意舒也。"

⑪ 芩,音琴,草名,莖如釵股,葉如竹,蔓生。

⑫ 湛與耽同,樂之久也。

四　　牡①

四牡騑騑②,周道倭遲③。豈不懷歸?王事靡盬④,我心傷悲。

四牡騑騑,嘽嘽⑤駱馬⑥,豈不懷歸?王事靡盬,不遑啓處⑦。

翩翩⑧者鵻⑨,載飛載下,集于苞栩⑩。王事靡盬,不遑將⑪父。

翩翩者鵻,載飛載止,集于苞杞。王事靡盬,不遑將母。

駕彼四駱,載驟駸駸⑫。豈不懷歸?是用作歌,將母來諗⑬。

【注釋】

①《詩序》:"《四牡》,勞使臣之來也。"按:此當是出征者思歸之作,而用爲勞使臣之詩也。

② 騑,音非;騑騑,行不止之貌。

③ 周道,與周行義同,説見《檜風·匪風》。倭遲,毛傳云:"歷遠之貌。"按:倭遲,《釋文》引《韓詩》作倭夷,疑即逶迤之義,言路斜曲也。

④ 靡盬,見《唐風·鴇羽》。

⑤ 嘽,音灘。毛傳:"嘽嘽,喘息之貌。"按:此當與《杕杜》之"幝幝",《采芑》之"嘽嘽"同義,蓋形容聲之盛。《杕杜》《采芑》形容車聲,此形容馬行聲也。

⑥ 駱,音洛,白馬黑鬣也。

⑦ 啓,跪也。古人席地,跪與坐無别(今日本人猶然)。處,居也。啓處,猶言安居。

⑧ 翩翩,飛貌。

⑨ 鵻,音椎,鵓鳩也。

⑩ 苞栩,見《唐風·鴇羽》。

⑪ 將,養也。

⑫ 載,則也。驟,疾馳也。駸,音侵;駸駸,疾馳貌。

⑬ 將,讀如羌,發語詞。諗,音審,念也。《經傳釋詞》云:"來,猶是也。"將母來諗,言惟母是念也。【按:鄭箋:"諗,告也。"此言維母是告也。高本漢謂訓諗爲念,於古無據。按:《爾雅·釋言》:"諗,念也。"】

皇皇者華[①]

皇皇者華[②],于彼原隰[③]。駪駪[④]征夫,每懷靡及[⑤]。
我馬維駒,六轡如濡[⑥]。載馳載驅,周爰咨諏[⑦]。
我馬維騏,六轡如絲。載馳載驅,周爰咨謀。
我馬維駱,六轡沃若[⑧]。載馳載驅,周爰咨度[⑨]。
我馬維駰[⑩],六轡既均[⑪]。載馳載驅,周爰咨詢。

【注釋】

① 《詩序》:"《皇皇者華》,君遣使臣也。"按:此似使臣所自作,而被用爲遣使臣之詩也。

② 皇皇,猶煌煌,燦爛之貌。華,同花。

③ 高平之地曰原,下濕之地曰隰。

④ 駪,音莘;駪駪,衆多貌。

⑤ 每,雖也。按:懷,念也。及,猶值也。言雖懷念亦不能相見也。語又見《大雅·烝民》。

⑥ 如濡,言鮮澤也。

⑦ 朱傳:"周,徧。爰,於也。咨諏,訪問也。"

⑧ 沃若,見《衛風·氓》,此亦狀其鮮澤也。

⑨ 咨度,猶咨諏,咨謀也。

⑩ 駰,音因,馬之陰(淺黑色)白雜毛者。

⑪ 均,調和也。

常　　棣①

常棣②之華，鄂不③韡韡④。凡今之人，莫如兄弟。
死喪之威⑤，兄弟孔懷⑥。原隰裒矣⑦，兄弟求矣⑧。
脊令⑨在原，兄弟急難⑩。每⑪有良朋，況也永歎⑫。
兄弟鬩⑬于牆，外禦其務⑭。每有良朋，烝也無戎⑮。
喪亂既平，既安且寧。雖有兄弟，不如友生。
儐⑯爾籩豆，飲酒之飫⑰。兄弟既具⑱，和樂且孺⑲。
妻子好合⑳，如鼓瑟琴。兄弟既翕㉑，和樂且湛㉒。
宜爾家室，樂爾妻帑㉓。是究是圖㉔，亶㉕其然乎？

【注釋】

① 《詩序》："《常棣》，燕兄弟也。"《國語》（《周語》中）以此爲周公之詩，《左傳》（僖公二十四年）則以爲召穆公所作。兩書所述，皆富辰語，而歧異如此。要之，兩説均難確信。【《周禮·春官·大宗伯》："以飲食之禮親宗族兄弟。"】

② 常，棠之假借；常棣即棠棣，亦即唐棣也。馬瑞辰説。

③ 鄭箋："承華者曰鄂。不，當作柎；柎，鄂足也。"《毛鄭詩考正》云："鄂不，今字爲萼跗。"

④ 韡，音偉；韡韡，光明貌。

⑤ 威、畏，古通用。死於兵之屍，古謂之畏。馬瑞辰有説。

⑥ 懷，念也。

⑦ 裒，聚也。《周禮·春官·冢人》："死于兵者不入兆域。"此言屍體裒聚於原隰也。

⑧ 求,屍也。

⑨ 脊令,鳥名,大如鷃雀,長脚,長尾,尖喙,背上青灰色,腹下白,頸下黑如連錢。飛則鳴,行則摇尾。

⑩ 言有急難,則兄弟相救也。

⑪ 每,雖也。

⑫ 朱傳:“況,發語詞。”永,長也。【毛傳:“況,兹。”亦通。】

⑬ 鬩,讀如吸,鬬狠也。

⑭ 務,侮也。舊謂兄弟内雖相鬬,外則共禦其侮。于省吾《雙劍誃詩經新證》,以爲兄弟共同戰於牆上,以禦外侮。似以于説爲長。

⑮ 朱傳:“烝,發語聲。”戎,助也。

⑯ 儐,音賓,又讀去聲,陳列也。

⑰ 之,猶是也。飫,音淤,饜足也。

⑱ 朱傳:“具,俱也。”言俱在也。

⑲ 孺,疑濡字之假借,滯久也。

⑳ 好合,猶言歡好也。

㉑ 翕,合也。

㉒ 湛,見《鹿鳴》。

㉓ 帑,音奴,子也。陳奂云:“爾,爾兄弟也。由燕兄弟,而推及兄弟之室家妻子,至於室家宜,妻子樂,則合族之道盡矣。”

㉔ 究,推究也。圖,謀也,考慮也。

㉕ 亶,讀如旦,上聲,誠也。以上二語,言試推究之、考慮之,誠其然乎。

伐　木[1]

伐木丁丁[2]，鳥鳴嚶嚶[3]。出自幽[4]谷，遷于喬木。嚶其[5]鳴矣，求其友聲。相[6]彼鳥矣，猶求友聲；矧[7]伊人矣，不求友生？神[8]之聽之，終[9]和且平。

伐木許許[10]，釃酒[11]有藇[12]。既有肥羜[13]，以速諸父[14]。寧適不來[15]，微[16]我弗顧。於粲[17]洒埽，陳饋[18]八簋[19]。既有肥牡，以速諸舅[20]。寧適不來，微我有咎[21]。

伐木于阪，釃酒有衍[22]。籩豆有踐[23]，兄弟無遠。民之失德[24]，乾餱以愆[25]。有酒湑[26]我，無酒酤[27]我。坎坎[28]鼓我，蹲蹲[29]舞我。迨我暇矣[30]，飲此湑矣。

【注釋】

① 《詩序》：“《伐木》，燕朋友故舊也。”

② 丁，音錚；丁丁，伐木聲。

③ 嚶嚶，鳥鳴聲。

④ 幽，深也。

⑤ 嚶其，嚶然也。

⑥ 相，視也。

⑦ 矧，音哂，況也。

⑧ 《爾雅·釋詁》：“神，慎也。”

⑨ 終，猶既也。

⑩ 許，音滸；許許，伐木聲。《説文》引作所所，聲同義通。

⑪ 釃，音師，醇也。義見《説文》。

⑫ 藇,音敍,美貌。有藇,藇然也。

⑬ 羜,音宁,羊羔也。

⑭ 速,召請也。朱傳:"諸父,朋友之同姓而尊者也。"

⑮ 寧,乃也。言客人乃有適然不來者。

⑯ 微,非也。

⑰ 於,音烏,歎詞。粲,鮮明貌。

⑱ 饋,食物也。

⑲ 簋,見《秦風·權輿》。

⑳ 朱傳:"諸舅,朋友之異姓而尊者也。"

㉑ 咎,過也。

㉒ 衍,美貌。

㉓ 有踐,行列貌。句又見《豳風·伐柯》。

㉔ 按:德,惠也;惠,和也。失德,謂失和也。【《莊子·繕性篇》:"德,和也。"】

㉕ 餱,音侯,乾食也。愆,過也。言乾食至微,乃有因而得過者。【鄭靈公食黿(楚所獻),公子宋食指動,後與子家共弑靈公(宣四年)。宋華元不食其御羊斟羊,與鄭戰,羊斟載元入鄭師。】

㉖ 湑,茜(古縮字)酒也,漉之去其渣也。

㉗ 鄭箋:"酤,買也。"

㉘ 坎坎,擊鼓聲。《陳風·宛丘》:"坎其擊鼓。"

㉙ 蹲,音存,一讀存上聲,又讀如竣。蹲蹲,舞貌。

㉚ 迨,及也。謂及我此時之暇也。

天　　保①

天保定爾②,亦孔之固③。俾爾單厚④,何福不除⑤?

俾爾多益⑥，以莫不庶⑦。

天保定爾，俾爾戩穀⑧。罄⑨無不宜，受天百禄。降爾遐⑩福，維日不足⑪。

天保定爾，以莫不興⑫。如山如阜⑬，如岡如陵，如川之方至，以莫不增⑭。

吉蠲爲饎⑮，是用孝享⑯。禴祠烝嘗⑰，于公先王⑱。君曰："卜爾⑲，萬壽無疆！"

神之弔矣⑳，詒㉑爾多福。民之質㉒矣，日用飲食。羣黎百姓㉓，徧爲㉔爾德。

如月之恒㉕，如日之升。如南山之壽，不騫不崩㉖。如松柏之茂，無不爾或承㉗。

【注釋】

①《詩序》："《天保》，下報上也。"朱傳："人君以《鹿鳴》以下五詩燕其臣，臣受賜者，歌此詩以答其君。"

② 保，安也。爾，汝也。言天安定汝(君)也。

③ 固，堅也。

④《説文》："單，大也。"厚，謂福禄厚也。

⑤ 按：除，猶備也。《易·萃卦·象傳》："君子以除戎器戒不虞。"虞翻注云："除，脩也。"脩戎器，即備戎器也。【漢石經《易·萃卦》，除作儲，儲積也。】

⑥ 益，多也。"多益"合二文成義，言福禄多也。

⑦ 庶，衆也。仍謂福禄。

⑧ 戩，音翦，福也。穀，禄也。

⑨ 罄，盡也。

⑩ 遐,大也。

⑪ 言福禄紛至沓來,有如事務之繁忙,而感日之不足也。

⑫ 興,盛也。

⑬ 阜,土山也(本《説文》)。

⑭ 增,增加也。謂後浪推前浪,源源不絶也。

⑮ 吉,善也。蠲,音涓,潔也。饎,音熾,酒食也。

⑯ 享,獻也。以酒食祭祖,故曰孝享。

⑰ 禴,音藥,夏祭也。春祭曰祠,冬曰烝,秋曰嘗。

⑱ 謂祭于先公先王也。

⑲ 君,先君也。卜,報也。

⑳ 毛傳:"弔,至也。"按:金文叔字與隸書弔字形近(吴大澂有説),叔、淑古通用,故淑(叔)字每譌爲弔。此弔字疑淑字之譌。淑,善也。

㉑ 詒,貽也。

㉒ 毛傳:"質,成也。"陳奂云:"成當讀'先成民而後致力於神'(語見桓公六年《左傳》)之成。"按:即安定之意。【《廣雅·釋詁四》:"質,定也。"】

㉓ 黎,衆也。羣黎,衆民也。百姓,百官也。

㉔ 爲、化,古通用,言徧化爾德也。馬瑞辰説。

㉕ 恒,月上弦也。

㉖ 騫,音愆,虧也。崩,倒塌也。

㉗ 或,語助詞。《經傳釋詞》有説。承,繼也。松柏之屬,新葉既生,舊葉始落,承繼不斷,故云。

采　　薇[1]

采薇[2]采薇，薇亦作止[3]。曰歸曰歸，歲亦莫[4]止。靡室靡家[5]，玁狁[6]之故；不遑啓居[7]，玁狁之故。

采薇采薇，薇亦柔[8]止。曰歸曰歸，心亦憂止。憂心烈烈[9]，載飢載渴[10]。我戍未定[11]，靡使歸聘[12]。

采薇采薇，薇亦剛[13]止。曰歸曰歸，歲亦陽[14]止。王事靡盬，不遑啓處。憂心孔疚[15]，我行不來[16]。

彼爾[17]維何？維常[18]之華。彼路斯[19]何？君子[20]之車。戎車[21]既駕，四牡業業[22]。豈敢定居？一月三捷。

駕彼四牡，四牡騤騤[23]。君子所依[24]，小人所腓[25]。四牡翼翼[26]，象弭魚服[27]。豈不日戒[28]？玁狁孔棘[29]。

昔我往矣，楊柳依依[30]；今我來思[31]，雨雪霏霏[32]。行道遲遲[33]，載渴載飢。我心傷悲，莫知我哀[34]！

【注釋】

①《詩序》："《采薇》，遣戍役也。"按：此當是戍役者所自作。又按："玁狁"一名，西周中葉以後始有之，殷末及周初稱"鬼方"(王國維有説，見所著《鬼方昆夷玁狁考》)。詩中屢言玁狁，知此乃西周中葉以後之詩；舊謂作於文王時者，非也。以《出車》及《六月》諸詩證之，此詩蓋作於宣王之世。

② 薇，野菜名，俗謂之野豌豆。

③ 作，生也。止，語已詞。

④ 莫，同暮。

⑤ 靡,無也。征戍之人,不能顧家事,猶無室家也。

⑥ 玁,音險。狁,音允。玁狁,西北狄也。即殷周間之鬼方,秦漢之匈奴。

⑦ 啓居,猶啓處也。參看《四牡》。

⑧ 始生而莖柔也。

⑨ 烈烈,憂貌。

⑩ 載,則也。言憂之甚,如飢渴也。【箋云:“則飢則渴,言其苦也。”按: 末章又有“載渴載飢”之語,證知此皆實謂飢渴也。】

⑪ 守邊曰戍。未定,未有定處也。

⑫ 聘,問也。馬瑞辰云:“歸當讀爲儡。《方言》:‘儡,使也。’”言家人無法使使者聘問己也。

⑬ 薇已壯而莖剛勁也。

⑭ 十月爲陽。

⑮ 疚,病也。

⑯ 來,歸來也。

⑰ 爾,華盛貌。《説文》引作薾。

⑱ 常,棠棣也。

⑲ 路,車也。《經傳釋詞》:“斯,猶維也。”

⑳ 古於有官位之人,亦謂之君子。

㉑ 戎車,兵車也。

㉒ 業業、騤騤、翼翼,皆盛貌。説見《廣雅》。【翼翼,整飭貌。】

㉓ 騤,音逵。見注㉒。

㉔ 陳奂云:“依,猶倚也。”謂倚於車中也。【《商頌・那》:“依我磬聲。”傳:“依,倚也。”】

㉕ 小人,平民也,此謂兵卒。腓,音肥,避也。謂避而不乘。

㉖ 翼翼,見注㉒。

㉗ 象弭,以象骨飾弓之末弰也。弭,音米。魚,獸名,似猪,東海有之(説詳正義)。魚服,以魚獸皮製成之箭囊也。

㉘ 日,或作曰。戒,警備也。

㉙ 孔,甚也。棘,急也。

㉚ 依依,盛貌。《韓詩薛君章句》説,見《文選注》。【《文選・蘇子卿〈古詩〉》:"思心常依依。"注:"依依,思戀之貌。"】

㉛ 思,語詞。

㉜ 霏霏,雪盛貌。

㉝ 遲遲,緩也。

㉞ 言無人知我中心之悲哀也。

出　　車[1]

我出我車,于彼牧[2]矣。自天子所,謂[3]我來矣。召彼僕夫,謂之載矣。王事多難,維其棘矣。

我出我車,于彼郊矣。設此旐[4]矣,建彼旄矣。彼旟[5]旐斯,胡不旆旆[6]?憂心悄悄,僕夫況瘁[7]。

王命南仲[8],往城于方[9]。出車彭彭[10],旂旐央央[11]。天子命我,城彼朔方。赫赫[12]南仲,玁狁于襄[13]。

昔我往矣,黍稷方華;今我來思,雨雪載塗[14]。王事多難,不遑啓居。豈不懷歸?畏此簡書[15]。

喓喓草蟲,趯趯阜螽。未見君子,憂心忡忡;既見君子,我心則降。赫赫南仲,薄[16]伐西戎。

春日遲遲，卉木⑰萋萋。倉庚喈喈，采蘩祁祁⑱。執訊獲醜⑲，薄言還歸。赫赫南仲，玁狁于夷⑳。

【注釋】

① 此蓋征伐玁狁之將佐，歸來後自敘之詩(略本王質説)。《漢書·匈奴傳》以此爲宣王時詩(其説當本三家《詩》)，是也。

② 牧，牧地也。

③《廣雅》："謂，使也。"

④ 旐，音兆，旗之繪龜蛇者。

⑤ 旟，見《鄘風·干旄》。

⑥ 旆，音沛；旆旆，旒垂貌。

⑦ 況瘁，與殄瘁、盡瘁義同，病也。馬瑞辰説。

⑧《漢書·人表》列南仲爲厲王末年人。鄦惠鼎有"南中"，王國維以爲即此詩之"南仲"。以兮甲盤及虢季盤，皆宣王時器，皆記伐玁狁事。此亦記伐玁狁事也。説詳《鬼方昆夷玁狁考》。

⑨ 方，地名，即《六月》"侵鎬及方"之方。王國維以爲即宗周彝器習見之葊，或葊京，其地當在蒲(秦之蒲版，後之蒲州)。説詳《周葊京考》。

⑩ 彭彭，見《齊風·載驅》。

⑪ 央央，鮮明貌。【《周頌·載見》"和鈴央央"，又云"龍旂陽陽"。】

⑫ 赫赫，威嚴貌。

⑬ 于，猶是也。《經傳釋詞》有説。襄，除也。【《潛夫論·救邊篇》引此句，襄作攘。】

⑭ 載，則也。塗，泥也。或云：塗，同途，路也；載塗，滿路

也。亦通。

⑮ 簡書，戒命也。猶今言公文也。

⑯ 王國維云："薄者，迫也。"

⑰ 卉，草也。

⑱ 祁祁，衆多貌。句又見《豳風・七月》。

⑲ 按：訊，猶今言間諜；醜，惡也。馬瑞辰、陳奐並謂訊爲生得之俘虜，可以訊問口供者；獲義同馘，殺之而取其左耳也；醜，衆也。亦通。

⑳ 于，猶是也。夷，平也。

杕　杜[①]

有杕之杜[②]，有睆[③]其實。王事靡盬，繼嗣我日[④]。日月陽止，女心傷止，征夫遑[⑤]止。

有杕之杜，其葉萋萋。王事靡盬，我心傷悲。卉木萋止，女心悲止，征夫歸止。

陟彼北山，言采其杞[⑥]。王事靡盬，憂我父母。檀車幝幝[⑦]，四牡痯痯[⑧]，征夫不遠。

匪載[⑨]匪來，憂心孔疚[⑩]。期逝[⑪]不至，而多爲恤[⑫]。卜筮偕[⑬]止，會言近[⑭]止，征夫邇[⑮]止。

【注釋】

① 此征人思歸之詩，乃假家人思念征夫之語氣，以抒其懷歸之情也。

② 語見《唐風・杕杜》。

③ 睆,音莞,實貌。《釋文》作皖。

④ 嗣,續也,謂繼續我行役之日也。

⑤ 遑,暇也。以上三句言時已屆冬令,室人念征夫而傷悲,征夫應已有暇可歸了吧。

⑥ 杞,木名。【按:杞,即枸杞。灌木,高二三尺,夏日開花,嫩葉可食,實入藥,亦可食。】

⑦ 車輪以檀木爲之,故凡車皆可稱檀車。幝,音闡。毛傳:“幝幝,敝貌。”按:幝幝,疑與嘽嘽同義,車聲也。説詳《四牡》。

⑧ 痯,音管;痯痯,疲憊貌。

⑨ 載,乘車也。

⑩ 疚,病也。

⑪ 逝,往也;猶言過也。

⑫ 而,猶乃也。恤,憂也。

⑬ 偕,俱也;謂既卜且筮也。

⑭ 會,合也;謂卜與筮也。近,謂征夫距家已近也。

⑮ 邇,近也。此家人盼望之辭,言卜筮皆謂征夫已近,征夫已近了吧。

魚　麗①

魚麗②于罶③,鱨鯊④。君子有酒,旨且多。
魚麗于罶,魴鱧⑤。君子有酒,多且旨。
魚麗于罶,鰋⑥鯉。君子有酒,旨且有⑦。
物其多矣,維其嘉矣。
物其旨矣,維其偕矣。
物其有矣,維其時矣。

【注釋】

① 朱傳:“此燕饗通用之樂歌。”

② 罹,罹也,遭也。【《王風·兔爰》:“雉離于羅。”《邶·新臺》:“鴻則離之。”《易·離·彖傳》:“離,麗也。”】

③ 罶,音柳,曲梁也,以曲薄爲笱,承梁之空者也。

④ 鱨,音嘗。陸疏:“鱨,一名黄頰魚。”鯊,音沙。《爾雅》郭注:“今吹沙小魚。”

⑤ 鱧,音禮,即今烏魚。

⑥ 鰋,音偃,鮎也,俗謂之黏魚。

⑦ 朱傳:“有,猶多也。”

南陔　白華　華黍

上三篇,但存篇目而無詩。《詩序》謂“亡其辭”;朱傳云“此笙詩也,有聲無詞”。兩説孰是,今尚無定論。

南有嘉魚之什

南有嘉魚[①]

南有嘉魚[②]，烝然罩罩[③]。君子有酒，嘉賓式燕[④]以樂。

南有嘉魚，烝然汕汕[⑤]。君子有酒，嘉賓式燕以衎[⑥]。

南有樛木，甘瓠[⑦]纍之。君子有酒，嘉賓式燕綏之[⑧]。

翩翩者鵻[⑨]，烝然來思。君子有酒，嘉賓式燕又[⑩]思。

【注釋】

① 朱傳："此亦燕饗通用之樂。"

② 南，南方也，與《周南》"南有樛木"之南同義。此類語句，歌謠中習見。

③ 烝，衆也。罩罩，衆魚游水之貌。馬瑞辰説。

④ 式，語詞。燕，義同宴。

⑤ 汕，音訕。汕汕，魚游水貌。義見《説文》。

⑥ 衎，音侃，樂也。

⑦ 朱傳："瓠，有甘有苦。甘瓠，則可食者也。"

⑧ 綏，安也。

⑨ 句見《四牡》。

⑩ 又,古右字。右與侑通,勸也。馬瑞辰、陳奂並有説。

南山有臺①

南山有臺②,北山有萊③。樂只④君子,邦家之基;樂只君子,萬壽無期⑤。

南山有桑,北山有楊。樂只君子,邦家之光;樂只君子,萬壽無疆。

南山有杞,北山有李。樂只君子,民之父母;樂只君子,德音不已⑥。

南山有栲,北山有杻⑦。樂只君子,遐不眉壽⑧?樂只君子,德音是茂⑨。

南山有枸⑩,北山有楰⑪。樂只君子,遐不黄耇⑫?樂只君子,保艾⑬爾後。

【注釋】

① 朱傳:"此亦燕饗通用之樂。"

② 臺,莎草也,可爲蓑。

③ 萊,草名。陳奂説。

④ 鄭箋:"只,之,言是也。"【句已見《周南·樛木》,樂只,猶樂哉。嚴粲説。】

⑤ 無期,無盡期也。

⑥ 德音,聲譽也。不已,不止、不盡也。參《鄭風·有女同車》。

⑦ 栲、杻,見《唐風·山有樞》。

⑧ 遐,古讀與胡音近,何也。言何能不眉壽(眉壽,見《豳

風·七月》)乎。《經傳釋詞》有說。

⑨ 茂,盛也。

⑩ 枸,音矩。正義引陸疏云:"枸樹高大似白楊,有子著枝端,大如指,長數寸,噉之甘美如飴。八月熟,今官園種之,謂之木蜜。"

⑪ 楰,音庾。正義引陸疏云:"其樹葉木理如楸,山楸之異者,今人謂之苦楸是也。"

⑫ 黄,黄髮也;老人髮白而復黄。耇,老也。

⑬ 艾,養也。艾、乂,古通用。保艾,即《尚書·康誥》之"保乂"。馬瑞辰有說。

由庚

崇丘

由儀

上三篇亦但存篇目而無詩,與《南陔》《白華》《華黍》同。

蓼蕭[1]

蓼彼蕭斯[2],零露湑[3]兮。既見君子,我心寫[4]兮。燕[5]笑語兮,是以有譽處[6]兮。

蓼彼蕭斯,零露瀼瀼[7]。既見君子,爲龍爲光[8]。其德不爽[9],壽考不忘[10]。

蓼彼蕭斯,零露泥泥[11]。既見君子,孔燕豈弟[12]。宜兄宜弟,令德壽豈[13]。

蓼彼蕭斯，零露濃濃⑭。既見君子，鞗革忡忡⑮，和鸞雝雝⑯，萬福攸同⑰。

【注釋】

① 朱傳以爲天子燕諸侯之詩。

② 蓼，音六，長大貌。蕭，蒿也。斯，語詞。

③ 零，落也。湑，盛貌。已見《唐風·杕杜》。此謂露之盛。

④ 按：寫，即《邶風·泉水》"以寫我憂"之寫，謂瀉去憂愁也。因有樂義，今猶謂快樂曰寫意。

⑤ 燕，樂也。

⑥ 譽與豫通，安也，樂也。處，安也。譽處，猶言安樂也。參《經義述聞》及馬瑞辰説。

⑦ 句已見《鄭風·野有蔓草》。

⑧ 龍，寵也。惠氏《九經古義》云："寵，榮名之謂。"按：寵、光皆今語所謂光榮也。

⑨ 爽，差也，失也。

⑩ 句已見《秦風·終南》。

⑪ 泥泥，濡濕貌。【《大雅·行葦》："維葉泥泥。"】

⑫ 孔燕，甚樂也。豈，音愷；豈弟，樂易也，猶和易也。

⑬ 朱傳："壽豈，壽而且樂也。"豈，音愷。

⑭ 濃濃，露多貌。

⑮ 鞗，音條，字應作鋚，轡首之飾，以金爲之。革爲轡首，以皮爲之。馬瑞辰説。忡，音沖，或作沖。忡忡，垂貌。【忡忡猶言砰砰，形容聲音，參《召南·草蟲》。】

⑯ 和、鸞，皆鈴也；在軾曰和，在鑣曰鸞。雝雝，聲也，已見

《邶風・匏有苦葉》。

⑰ 攸,所也。同,猶會也,聚也。言萬福所聚也。

湛　露①

湛湛②露斯,匪陽不晞③。厭厭④夜飲,不醉無歸。

湛湛露斯,在彼豐草。厭厭夜飲,在宗載考⑤。

湛湛露斯,在彼杞棘。顯允⑥君子,莫不令⑦德。

其桐其椅⑧,其實離離⑨。豈弟君子,莫不令儀⑩。

【注釋】

① 文公四年《左傳》記甯武子云:"昔諸侯朝正於王,王宴樂之,於是乎賦《湛露》。"《詩序》:"《湛露》,天子燕諸侯也。"蓋本《左傳》爲説。

② 湛湛,露盛貌。

③ 陽,陽光也。晞,音希,乾也。

④ 厭厭,安静貌。見《秦風・小戎》。【應爲和悦貌,參《小戎》。】

⑤ 宗,宗室也。陳奂云:"王者爲天下之大宗,即爲天下諸侯之宗室矣。"載,則也。考,成也;謂成禮也。【《詩經通論》:"宗,宗廟也。……考,擊也,擊鐘也。"引《唐風》"弗鼓弗考"爲證。按:載,則也。(姚氏訓載爲再,非。)】

⑥ 朱傳:"顯,明;允,信也。"

⑦ 令,善也。

⑧ 椅,木名,梓屬,見《鄘風・定之方中》。

⑨ 離離，垂貌。已見《王風·黍離》。

⑩ 儀，威儀也。

彤　弓[1]

彤弓弨兮[2]，受言[3]藏之。我有嘉賓，中心貺[4]之。鐘鼓既設，一朝饗之。

彤弓弨兮，受言載之。我有嘉賓，中心喜之。鐘鼓既設，一朝右[5]之。

彤弓弨兮，受言櫜[6]之。我有嘉賓，中心好之。鐘鼓既設，一朝醻[7]之。

【注釋】

① 《詩序》："《彤弓》，天子錫有功諸侯也。"

② 彤，音同。《説文》："彤，丹飾也。"以丹飾弓曰彤弓。弨，音超，弓弛貌。賜弓弛而不張。

③ 言，語詞，猶而也。

④ 貺，音況，古通作況，善也。馬瑞辰説。

⑤ 右，通侑，勸也。【莊公十八年《左傳》："晉侯朝王，王饗醴，命之宥。"《經義述聞》卷十七據《爾雅·釋詁》"酬、酢、侑，報也"，以爲"侑與酬酢同義"。孫詒讓《籀廎述林》卷二。】

⑥ 櫜，音高，收藏弓、矢等物之囊也，此作動詞用。

⑦ 醻，與酬同，報也。飲酒之禮，主人獻賓，賓酢主人，主人又酌而自飲，遂以酌賓，謂之醻。【《詩·彤弓篇》義云："此右即《左傳》之宥，亦即《國語》之胙侑，即飲報之酢也。""首章饗之，即

獻;次章右之,即酢;合之三章云醻之,正是獻酢醻之禮。”】

菁菁者莪①

菁菁②者莪③,在彼中阿④。既見君子,樂且有儀⑤。
菁菁者莪,在彼中沚⑥。既見君子,我心則喜。
菁菁者莪,在彼中陵。既見君子,錫我百朋⑦。
汎汎楊舟,載沈載浮。既見君子,我心則休⑧。

【注釋】

① 【《詩序》:“《菁菁者莪》,樂育材也。”】朱傳:“此亦燕飲賓客之詩。”

② 菁菁,茂盛貌。

③ 莪,蘿蒿也。

④ 大陵曰阿。中阿,阿中也。

⑤ 儀,禮儀也。

⑥ 沚,見《秦風·蒹葭》。

⑦ 古者以貝爲貨幣,十貝曰朋。王國維有説。

⑧ 休,喜也。《經義述聞》説。

六月①

六月棲棲②,戎車既飭③。四牡騤騤,載是常服④。玁狁孔熾⑤,我是用急⑥。王于出征⑦,以匡⑧王國。

比物⑨四驪,閑之維則⑩。維此六月,既成我服。我服既成，于三十里[11]。王于出征，以佐天子。

四牡脩廣[12]，其大有顒[13]。薄伐玁狁，以奏膚公[14]。有嚴有翼[15]，共武之服[16]。共武之服，以定王國。

玁狁匪茹[17]，整居焦穫[18]。侵鎬及方[19]，至于涇陽[20]。織文鳥章[21]，白斾央央[22]。元戎[23]十乘，以先啓行[24]。

戎車既安，如輊如軒[25]。四牡既佶[26]，既佶且閑[27]。薄伐玁狁，至于大原[28]。文武吉甫[29]，萬邦爲憲[30]。

吉甫燕[31]喜，既多受祉[32]。來歸自鎬[33]，我行永久。飲御[34]諸友，炰鼈膾鯉[35]。侯[36]誰在矣？張仲孝友[37]。

【注釋】

① 《詩序》："《六月》，宣王北伐也。"

② 棲、栖，古同字；棲棲，義與《論語》"丘何爲是栖栖者與"之栖栖同，行不止也。馬瑞辰有説。

③ 戎車，兵車也。飭，整也。

④ 載，以車載之也。常服，戎服也。

⑤ 熾，盛也。

⑥ 戴氏《毛鄭詩考正》云："《鹽鐵論》引此詩作'我是用戒'，戒猶備也。……急字於韵亦不合。"

⑦ 王于出征，與《秦風·無衣》"王于興師"句法同，謂王在出征也。此雖非王親征，然征伐出於王命，故云。

⑧ 匡，正也。

⑨ 比，齊同也。物，毛傳："毛物也。"《周禮·夏官·校人》鄭注云："毛馬齊其色，物馬齊其力。"詩言物而不言毛，謂力相等之四馬也。下言四驪，始謂馬色。毛傳以單言物字難解，故並言

毛物。

⑩ 維,猶有也;維則,言有法也。《經傳釋詞》説。

⑪ 謂師一日行三十里也。

⑫ 脩,長也。廣,大也。

⑬ 顒,玉容切,大貌。有顒,猶顒然也。

⑭ 奏,作也,成也。膚,大也。公,功也。

⑮ 按:金文中常見"嚴在上,翼在下"之語,嚴,威嚴;翼,護持也。有嚴有翼,即嚴然翼然,謂將帥也。

⑯ 共,古與恭通用。服,事也。言敬謹於武事也。

⑰ 茹,柔也。【鄭箋:"茹,度也。"匪茹,言不自量也,茹字與《邶風·柏舟》茹字義同。】

⑱ 焦穫,地名,在今陝西涇陽縣境。

⑲ 方,見《出車》。鎬,當距方不遠,非周京之鎬也。王國維《莽京考》有説。此推本玁狁入侵之始。

⑳ 涇陽,涇水之北也。指涇水下游入渭處言。蓋玁狁自今山西西部入侵至於涇陽也。説詳王國維《鬼方昆夷玁狁考》。

㉑ 鳥章,鳥隼之文也。織,應作識,通作幟,大夫以上爲旌旗,士卒則著徽識之衣,其衣以鳥隼之章爲徽識也。馬瑞辰有説。

㉒ 白旆,以帛繼旐下,猶今所謂飄帶也。央央,鮮明貌。已見《出車》。

㉓ 元,大也。戎,戎車也。軍之前鋒也。

㉔ 啓行,猶起行也。

㉕ 如,猶或也。輊,音致,車後低也。軒,車前高起也。如輊如軒,言或低或昂也。【軒,輕也,起也。輊、摯通,又通輖,重也。重則低垂,車載物必前輕後重,故云。(參段玉裁、胡承珙、

王先謙諸家説)又按：如,猶而也。《釋詞》有説。】

㉖ 佶,音吉,壯健貌。

㉗ 閑,嫺熟也。

㉘ 大原,在漢河東郡(今山西西部),説詳《莽京考》。

㉙ 文武吉甫,謂能文能武之吉甫也。《大雅·崧高》《烝民》皆吉甫所作,此又將兵,是允文允武也。王國維以爲吉甫即作兮甲盤之兮甲(字伯吉父),説詳《兮甲盤跋》。

㉚ 憲,法也。

㉛ 燕,樂也。

㉜ 祉,福也。此謂賞賜也。

㉝ 言由鎬歸來也。

㉞ 御,進也。指飲食言。

㉟ 炰,音庖,煮也。膾,音檜,細切肉也。

㊱ 侯,維也。

㊲ 言既孝順父母又友愛兄弟之張仲也。

采　　芑①

薄言采芑②,于彼新田③,于此菑畝④。方叔涖止⑤,其車三千,師干之試⑥。方叔率止,乘其四騏,四騏翼翼⑦。路車有奭⑧,簟笰魚服⑨,鉤膺鞗革⑩。

薄言采芑,于彼新田,于此中鄉⑪。方叔涖止,其車三千,旂旐央央。方叔率止,約軝錯衡⑫,八鸞瑲瑲⑬。服其命服⑭,朱芾斯皇⑮,有瑲葱珩⑯。

鴥⑰彼飛隼,其飛戾天⑱,亦集爰止⑲。方叔涖止,其車三千，師干之試。方叔率止，鉦人伐鼓[20]。陳師鞠旅[21]。顯允方叔，伐鼓淵淵[22]，振旅闐闐[23]。

蠢爾蠻荆[24]，大邦爲讎！方叔元老，克壯其猶[25]。方叔率止，執訊獲醜。戎車嘽嘽[26]，嘽嘽焞焞[27]，如霆如雷。顯允方叔，征伐玁狁，蠻荆來威[28]。

【注釋】

① 《詩序》:"《采芑》,宣王南征也。"

② 芑,音起。正義引陸疏云:"芑,似苦菜也,莖青白色,摘其葉,白汁出。肥可生食,亦可蒸爲茹。"

③ 新墾二歲之田曰新田。

④ 菑,音緇,新墾一歲之田曰菑畝。

⑤ 方叔,生平無可考。涖,音利,臨也。

⑥ 師,衆也。干,盾也。之,猶是也。試,練習也。此詩前三章皆言練兵,末章始言征伐。

⑦ 翼翼,見《采薇》。

⑧ 奭,音釋,赤貌。有奭,奭然也。諸侯之路車,有朱革之質,故云。參看《齊風·載驅》。

⑨ 簟茀,見《齊風·載驅》。魚服,見《采薇》。

⑩ 按:鉤,帶鉤也。人之帶有鉤,馬帶亦應有之(參陳奐說)。膺,馬帶也,義見《秦風·小戎》。鞗革,見《蓼蕭》。

⑪ 鄉,所也;所,處也。中鄉,謂菑畝之中處也。陳奐說。

⑫ 軝,音祁,長轂也(戎車轂長)。約,束也,謂以皮纏轂也。錯,文彩也。衡,轅前端之橫木也(參附圖九)。

⑬ 鸞鈴在鑣,馬口兩旁各一,四馬,故八鸞。瑲,音鏘;瑲

瑲,聲也。

⑭ 朱傳:“命服,天子所命之服也。”

⑮ 芾,天子純朱,諸侯黄朱,義見《斯干》毛傳。斯,猶其也。(《經傳釋詞》有説)皇,猶煌煌,鮮明貌。

⑯ 有瑲,瑲然也。葱,蒼色也。珩,佩上端之横玉也(參附圖八)。

⑰ 鴥,疾飛貌,已見《秦風·晨風》。

⑱ 戾,至也。馬瑞辰以爲:戾、厲音近;厲、礪古通用;戾天,猶云摩天也。

⑲ 亦,語詞。集,鳥落於樹也。爰止,於是休止也。

⑳ 鉦,音征,樂器,形略似鐘。古軍中擊鼓以進兵,擊鉦以止兵。鉦人伐鼓,省略語,言鉦人擊鉦,鼓人伐鼓也。伐,猶擊也。

㉑ 陳,列也。鞫,告也。言陳列師旅而誓告之也。

㉒ 淵淵,鼓聲。

㉓ 按:振旅,言整飭師旅,以備戰也。此語甲骨文中即有之。《公羊傳》及《爾雅》“出曰治兵,入曰振旅”之説,殆非古義。闐,音田;闐闐,亦鼓聲也。

㉔ 蠢,不遜貌,又愚也。南夷曰蠻。荆,楚也。

㉕ 壯,大也。猶,謀也。

㉖ 嘽嘽,見《四牡》。

㉗ 焞,音推。毛傳:“嘽嘽,衆也;焞焞,盛也。”按:嘽嘽、焞焞,疑皆形容車聲(焞焞,當與《王風·大車》之“哼哼”同義),下文言如霆如雷,可證也。

㉘ 來,猶是也。威,畏也。馬瑞辰説。言方叔初隨吉甫征玁狁,此又來征蠻荆,蠻荆畏之也。【按:懲惡曰威,《書·大

誥》:"天明畏(威),弼我丕丕基。"《臯陶謨》:"天明畏,自我民明威。"可證。】

車　　攻[1]

我車既攻[2],我馬既同[3]。四牡龐龐[4],駕言徂東[5]。
田車既好,四牡孔阜[6]。東有甫草[7],駕言行狩。
之子于苗[8],選徒囂囂[9];建旐設旄,搏獸于敖[10]。
駕彼四牡,四牡奕奕[11]。赤芾金舄[12],會同有繹[13]。
決拾既佽[14],弓矢既調,射夫既同[15],助我舉柴[16]。
四黄既駕,兩驂不猗[17]。不失其馳[18],舍矢如破[19]。
蕭蕭[20]馬鳴,悠悠[21]旆旌。徒御不驚[22],大庖不盈[23]。
之子于征[24],有聞無聲[25]。允矣[26]君子,展也大成[27]。

【注釋】

①《詩序》:"《車攻》,宣王復古也。宣王能内脩政事,外攘夷狄,復文、武之竟土;脩車馬,備器械,復會諸侯於東都,因田獵而選車徒焉。"按:《墨子·明鬼篇》:"周宣王合諸侯,而田於圃田,車數百乘。"《詩序》蓋本此爲説。

② 攻,堅固也。

③ 同,齊也。謂馬行之速度等齊也。

④ 龐,音龍;龐龐,强盛貌。陳奂説。

⑤ 徂,往也。言駕而往東也。

⑥ 阜,大也。見《秦風·駟驖》。

⑦ 鄭箋:"甫草者,甫田之草也。鄭有甫田。"朱傳:"今開封

府中牟縣西圃田澤是也。”

⑧ 朱傳:“苗,狩獵之通名也。”

⑨ 選,具也。選徒,謂具卒徒也。《經義述聞》説。囂囂,聲衆盛貌。

⑩ 搏獸,應作薄狩【張衡《東京賦》作“薄狩于敖”】,音近義通,段氏《詩經小學》、胡氏《毛詩後箋》皆有説。敖,山名。陳奂云:“今開封府滎澤縣西北有敖山,即此。”【《水經注·濟水篇》《後漢·安帝紀》注引《詩》並作薄狩。】

⑪ 奕奕,盛貌。

⑫【芾,漢石經作紼。】金舄,有金飾之鞋。

⑬ 時見(無常期)曰會,殷(衆)見曰同,皆朝見之名也。繹,盛貌。《經義述聞》説。有繹,繹然也。

⑭ 決,以象骨爲之,著於右手大指,所以鉤弦。拾,以皮爲之,著於左臂,類今之套袖。佽,音次,助也,義見《唐風·杕杜》。言既有決拾之助也。【佽,漢石經作次。】

⑮ 陳奂云:“射夫,謂會同之諸侯也。同,猶合也。”

⑯ 朱傳:“柴,《説文》作𢊁,謂積禽也。”【柴,漢石經作胔。】

⑰ 朱傳:“猗,偏倚不正也。”

⑱ 言不失馳驅之法也。

⑲ 舍,放也。如,猶而也(《經傳釋詞》有説)。破,謂射傷獸也。

⑳ 蕭蕭,聲也。

㉑ 悠悠,長貌。

㉒ 徒,徒步者。御,乘車者。不驚,謂不驚動居民也。

㉓ 朱傳:“大庖,君庖也。”按:不、丕,古通用;丕,大也。【丕,作語詞解亦通。】

㉔ 征,行也。

㉕ 言但聞其事而不聞行軍之聲也。即上文不驚之意。

㉖ 允矣,猶言信哉。

㉗ 展也,猶言誠哉。大成,所成者大也。

吉　日[1]

吉日維戊[2],既伯既禱[3]。田車[4]既好。四牡孔阜,升彼大阜,從其羣醜[5]。

吉日庚午,既差[6]我馬。獸之所同[7],麀鹿麌麌[8]。漆沮之從[9],天子之所。

瞻彼中原,其祁孔有[10]。儦儦俟俟[11],或羣或友[12]。悉率左右,以燕天子[13]。

既張我弓,既挾[14]我矢;發彼小豝[15],殪此大兕[16]。以御[17]賓客,且以酌醴[18]。

【注釋】

① 《詩序》:"《吉日》,美宣王田也。"按: 此自是美天子田獵之詩,惟天子是否爲宣王,未能遽定。

② 凡天干之奇數爲剛日,偶數爲柔日。戊,剛日也。《禮》云:"外事以剛日。"田獵,外事也。

③ 伯,馬祖也。既伯,既祭馬祖也。禱,祝禱也。

④ 田車,田獵之車也。

⑤ 從,跟蹤也,即逐也。醜,衆也,謂禽獸也。

⑥ 差,擇也。

⑦ 同,猶聚也。

⑧ 麀，音憂，牝鹿也。麌，音娱，或讀上聲。麌麌，與《大雅·韓奕》之"噳噳"同，衆多貌。

⑨ 戴震《毛鄭詩考正》以爲此漆沮即《禹貢》之"漆沮"，合二字爲水名，分言之則非也。漆沮水流經西安府境。之，猶是也。從，逐也。言逐獸於漆沮之水，使至於天子之所也。

⑩ 按：祁，衆多貌。其祁，祁然也。孔有，甚多也。

⑪ 儦儦，衆貌，義見《齊風·載驅》毛傳。或云：趨貌。俟俟，行貌。【漢石經作騃騃。】

⑫ 毛傳："獸，三曰羣，二曰友。"

⑬ 朱傳以爲：左右，從王之人也。燕，樂也。

⑭ 按：《大雅·大明》毛傳："挾，達也。"此謂矢達於獸也。

⑮ 發，發矢，即射也。豝，牝豕也。已見《召南·騶虞》。

⑯ 殪，音翳，死也。兕，野牛也。

⑰ 御，進也，謂進奉飲食也。

⑱ 酌，以勺挹取也。醴，酒名。朱傳云："如今甜酒也。"

鴻鴈之什

鴻　　鴈①

鴻鴈②于飛，肅肅③其羽。之子于征④，劬勞⑤于野。爰及矜人，哀此鰥寡⑥。

鴻鴈于飛，集于中澤⑦。之子于垣⑧，百堵皆作⑨。雖則劬勞，其究安宅⑩。

鴻鴈于飛，哀鳴嗸嗸⑪。維此哲人⑫，謂我劬勞；維彼愚人，謂我宣驕⑬。

【注釋】

① 此蓋流民喜得安定之所而作之詩。

② 大曰鴻，小曰鴈。

③ 肅肅，羽聲，已見《唐風·鴇羽》。

④ 朱傳："之子，流民自相謂也。征，行也。"

⑤ 劬勞，見《邶風·凱風》。

⑥ 矜，憐也。矜人，可憐之人也。按：此語有省略，意謂當道者之德惠於是及於可憐之人，而哀憐此鰥夫寡婦也。鰥寡，皆可憐之人。【鰥，漢石經作矜。】

⑦ 中澤，澤中也。

⑧ 于垣,語法與《豳風·七月》之“于耜”同,言作垣也。

⑨ 毛傳:“一丈爲版,五版爲堵。”(《韓詩》謂八尺爲版,鄭箋謂六尺爲版。)一丈言其長,五版言其高。版,高二尺;五版,其高亦一丈也。

⑩ 朱傳:“究,終也。”謂今雖勞苦,而終獲安宅也。

⑪ 嗸嗸,愁苦聲。

⑫ 哲人,明智之人也。

⑬ 毛傳:宣,示也。陳奐云:“驕者,慢也。”謂示人以驕慢不恭也。【《述聞》云:宣,亦驕也。】

庭　　燎[①]

夜如何其[②]?夜未央[③]。庭燎[④]之光。君子[⑤]至止,鸞聲將將[⑥]。

夜如何其?夜未艾[⑦]。庭燎晣晣[⑧]。君子至止,鸞聲噦噦[⑨]。

夜如何其?夜鄉[⑩]晨。庭燎有煇[⑪]。君子至止,言[⑫]觀其旂。

【注釋】

① 此詠早朝之詩。

② 其,音基,語詞。

③《廣雅》:央,已也,盡也。

④ 毛傳:“庭燎,大燭。”馬瑞辰云:“古燭只用樵薪,或以麻稭爲之。”

⑤ 毛傳:"君子,謂諸侯也。"

⑥【將將,漢石經作鏘鏘。】

⑦ 艾,音刈,絶也(見《左傳》昭元年及哀二年杜注),止也(見《小爾雅》)。

⑧ 晣晣,明也。

⑨ 噦,音濊;噦噦,聲也。義見《魯頌・泮水》毛傳。【參《衛風・碩人》:"施罛濊濊。"】

⑩ 鄉,向也。

⑪ 煇,光貌;有煇,煇然也。

⑫ 言,語詞。

沔　　水[①]

沔[②]彼流水,朝宗于海[③]。鴥彼飛隼,載飛載止。嗟我兄弟,邦人諸友。莫肯念[④]亂,誰無父母!

沔彼流水,其流湯湯。鴥彼飛隼,載飛載揚[⑤]。念彼不蹟[⑥],載起載行[⑦]。心之憂矣,不可弭[⑧]忘。

鴥彼飛隼,率彼中陵[⑨]。民之訛言[⑩],寧莫之懲[⑪]。我友敬[⑫]矣,讒言其[⑬]興。

【注釋】

① 朱傳:"此憂亂之詩。"

② 沔,音免,水滿貌。

③ 諸侯春見天子曰朝,夏見曰宗,借以喻水,言小就大也。【《書・禹貢》:"江漢朝宗于海。"】

④ 念,憂念也。

⑤ 揚,高舉也。

⑥ 不蹟,不道也。謂倡亂之人也。

⑦ 載,則也。按:則起則行,蓋猶繞室徬徨之意。

⑧ 弭,止也。

⑨ 中陵,陵間也。

⑩ 訛,僞也。訛言,猶今語謠言也。

⑪ 寧,乃也。懲,止也。言莫能禁止民之訛言也。或云:懲,戒也,言聞訛言而猶不懲戒己之過惡也。亦通。

⑫ 敬與儆通,戒慎也。【按:敬,謹也。此義常見於《尚書》。】

⑬ 其,將然之詞。

鶴　　鳴①

鶴鳴于九皐②,聲聞于野。魚潛在淵③,或在于渚。樂彼之園,爰有樹檀④,其下維蘀⑤。它山之石,可以爲錯⑥。

鶴鳴于九皐,聲聞于天。魚在于渚,或潛在淵。樂彼之園,爰有樹檀,其下維穀⑦。它山之石,可以攻玉⑧。

【注釋】

① 方玉潤《詩經原始》以此爲招隱之詩,近是。每章前七句詠隱者所居處之風物,末二句乃招隱之意,言可以益己也。

② 按:九,有高義;皐,猶陵也,岸也。九皐,猶言高陵、高

岸也。余别有文説之。

③ 潛,沈也。淵,水深處也。

④ 樹檀,所種之檀木也。

⑤ 蘀,當讀爲櫸,亦木名也。《經義述聞》説。

⑥ 朱傳:"錯,礪石也。"

⑦ 毛傳:"穀,惡木也。"按:穀木,一名楮。

⑧ 攻,錯也,磨治也。

祈　父[1]

祈父!予,王之爪牙[2]。胡轉予于恤[3]?靡所止居[4]。

祈父!予,王之爪士[5]。胡轉予于恤?靡所厎止[6]。

祈父!亶不聰[7]。胡轉予于恤?有母之尸饔[8]。

【注釋】

① 朱傳以爲此乃軍士怨於久役之詩。

② 祈父,官名,司馬也,掌兵甲之事。予,軍士自謂也。猛獸以爪牙搏噬,此借以爲喻。【父,漢石經作甫。】

③ 恤,憂也,謂憂恤之地也。

④ 言行役無安居之處也。此詩當是王近衛之士,而調任邊疆作戰者所作。言:祈父乎!我乃王之爪牙。汝何爲轉移我於憂恤之地,致使我無所安居乎?

⑤ 爪士,猶言虎士也。馬瑞辰説。

⑥ 厎,音紙,定也。

⑦ 亶,誠也;聽,聞也。陳奐云:"亶不聽者,誠不聞也。"言不聞己之呼聲也。

⑧ 尸,陳也。饔,音雍,熟食也。此謂陳饔以祭也。陳奐云:"有母二字當逗讀。之,猶則也。言我從軍以出,有母不得終養,歸則惟陳饔以祭,是可憂也。"【朱傳:"尸,主也;饔,熟食也。言不得奉養,而使母反主勞苦之事也。"馬瑞辰云:"《白虎通義》曰:'尸之爲言,失也。'……尸饔,即謂失饔,謂奉養不能具也。"】

白　駒[①]

皎皎[②]白駒,食我場苗。縶之維之[③],以永[④]今朝。所謂伊人[⑤],於焉逍遥[⑥]。

皎皎白駒,食我場藿[⑦]。縶之維之,以永今夕。所謂伊人,於焉嘉客。

皎皎白駒,賁[⑧]然來思。爾公爾侯,逸豫無期[⑨]。慎爾優游[⑩],勉爾遁[⑪]思。

皎皎白駒,在彼空谷[⑫]。生芻一束[⑬],其人如玉。毋金玉爾音,而有遐心[⑭]。

【注釋】

① 此蓋王者好賢而惜賢者不仕之詩。

② 皎皎,白貌。

③ 縶,絆也。維,繫也。言絆繫其駒不令賢者去也。

④ 按:古永、終兩字常連用,永猶終也。參《唐風・山

有樞》。

⑤ 伊人,乘白駒而來之人也。

⑥ 於焉,猶於是也(陳奐説)。逍遥,遊息也。【按:古于、於二字不通用。《詩》《書》及《易》卦爻辭皆然。(間有後世傳寫之誤者)。此於字在句首,當讀如嗚,歎詞也。】

⑦ 藿,音霍,豆苗也,此謂草苗。

⑧ 賁,古與奔通。賁然,即奔然也。【徐邈音賁爲奔。】

⑨ 逸,安也。豫,樂也。無期,無盡期也。言爾如爲公爲侯,則永久安樂也。

⑩ 按:愼、順古通用。優游,閒暇自得也。言爾既不欲爲公爲侯,則順爾優游之志。

⑪ 按:勉,嘉勉也。遁,隱也。言嘉勉爾之隱遁也。

⑫ 空,穹也。《韓詩》作穹谷,《薛君章句》云:"穹谷,深谷也。"

⑬ 生芻,新刈之草,所謂青芻也。嚴粲説。生芻所以飼駒。

⑭ 金、玉,皆貴重之物。音,音問也。遐,遠也。言爾勿惜爾之音問如金玉之珍,而有遠我之心;盼其常通消息也。

黄　鳥①

黄鳥黄鳥,無集于穀,無啄我粟。此邦之人,不我肯穀②。言旋言歸,復我邦族③。

黄鳥黄鳥,無集于桑,無啄我粱。此邦之人,不可與明④。言旋言歸,復我諸兄。

黄鳥黄鳥,無集于栩,無啄我黍。此邦之人,不可與處。言旋言歸，復我諸父。

【注釋】

① 此流寓者思歸之詩。每章前三句皆起興，與本事無關；後四句乃作詩之本意也。

② 穀，養也。

③ 復，反也。邦，謂故土。族，謂同族之人也。

④ 鄭箋："明，當爲盟；盟，信也。"與明，猶言相信也。

我行其野[1]

我行其野，蔽芾其樗[2]。昏姻之故，言就爾居。爾不我畜[3]，復我邦家。

我行其野，言采其蓫[4]。昏姻之故，言就爾宿。爾不我畜，言歸斯復。

我行其野，言采其葍[5]。不思舊姻，求爾新特[6]。成[7]不以富，亦祇以異[8]。

【注釋】

① 朱傳："民適異國，依其昏姻，而不見收卹，故作此詩。"

② 蔽芾，見《召南·甘棠》。樗，見《豳風·七月》。

③ 畜，養也。

④ 蓫，音逐，羊蹄菜也。

⑤ 葍，音福。正義引陸疏云："葍，一名蒚，幽州人謂之燕蒚，其根正白，可著熱灰中温噉之。饑荒之歲，可蒸以禦飢。"按：

今魯西謂之蓄苗,葉、花皆似牽牛花,蔓生。

⑥ 畜之牡者謂之特,以喻夫壻也。參《鄘風·柏舟》。

⑦ 成,誠之假借字。《論語》引作誠。

⑧ 異,新異也。以上二句,言誠然不因新特之富,亦祇以其新異耳。責其厭故喜新也。

斯干①

秩秩斯干②,幽幽③南山。如竹苞矣④,如松茂矣。兄及弟矣,式相好矣⑤,無相猶矣⑥。

似續妣祖⑦,築室百堵,西南其户⑧。爰居爰處,爰笑爰語。

約之閣閣⑨,椓之橐橐⑩,風雨攸除⑪,鳥鼠攸去,君子攸芋⑫。

如跂斯翼⑬,如矢斯棘⑭,如鳥斯革⑮,如翬斯飛⑯。君子攸躋⑰。

殖殖⑱其庭,有覺其楹⑲。噲噲其正⑳,噦噦其冥㉑。君子攸寧。

下莞上簟㉒,乃安斯寢㉓。乃寢乃興㉔,乃占我夢㉕。吉夢維何?維熊維羆,維虺維蛇㉖。

大人㉗占之:維熊維羆,男子之祥㉘;維虺維蛇,女子之祥。

乃生男子,載寢之牀,載衣之裳,載弄之璋㉙。其泣喤喤㉚。朱芾斯皇㉛,室家君王㉜。

乃生女子，載寢之地，載衣之裼㉝，載弄之瓦㉞。無非無儀㉟，唯酒食是議㊱。無父母詒罹㊲。

【注釋】

① 此當是築室既成而頌禱之之詩。

② 《爾雅》："秩秩，清也。"干，澗也。

③ 幽幽，深遠貌。

④ 朱彬《經傳考證》云："如與而通。"下句如字亦當作而字解。《爾雅》："苞，稹也。"言叢生稹密也。

⑤ 式，語詞。好，和好也。

⑥ 按：猶、尤，古通用；尤，怨也。【朱傳："或曰：猶，當作尤。"高本漢謂此説在古音上説不通。朱傳："猶，謀也。"又云："兄弟相好而無相謀。"按：朱子此説是。】

⑦ 似，嗣也。續，繼也。似續，猶言繼續也。指繼續先祖之祀事言，參《周頌·良耜》。按：古者祖母以上皆謂之妣，祖父以上皆謂之祖；故西周之書，及甲骨文與早期金文，皆祖妣對稱。《堯典》（僞古文《舜典》）始有考妣對稱之文，足證其書晚出。《爾雅》有"母死曰妣"之語，殆據《堯典》爲説也。

⑧ 或西向其户，或南向其户也。

⑨ 約，捆紮也。閣閣，繩束板歷碌周匝之狀也。

⑩ 朱傳："椓，築也。"謂以杵擊土也。橐橐，聲也。

⑪ 以下攸字皆與由同義，用也。《經傳釋詞》有説。

⑫ 芋，音吁。《經義述聞》云："芋，當讀爲宇；宇，居也。"

⑬ 跂，企也，已見《衛風·河廣》。《經傳釋詞》云："斯，猶其也。"斯翼，猶其翼，亦即翼然也。以下三"斯"字同義。翼，如《論

語》"翼如也"之翼，謂兩手附身，如鳥翼附體，恭敬之狀也。此言宮室之大勢，如人跂立翼然也。

⑭ 棘，稜也。矢鏃有稜，故取以爲喻。此言宮室廉隅之正，如矢鏃之棘然也。

⑮ 革，翼也，此謂張翼之狀。

⑯ 翬，音輝，雉也。飛，作副詞用，謂飛之狀也。以上二語形容飛簷之狀。

⑰ 躋，升也，謂升入宮室也。

⑱ 殖殖，平正也。

⑲ 鄭箋：覺，直也。有覺，覺然也。宮室四周有柱，其門前之二柱曰楹。

⑳ 噲，音快；噲噲，明亮貌。馬瑞辰有説。正，謂正中處，指堂言。

㉑ 噦噦，與《庭燎》之"噦噦"異義，此狀昏暗，猶昧昧也。馬瑞辰説。冥謂暗處，指室言。

㉒ 莞，音官，蒲席也。簟，竹席也。蒲席在下，上覆竹席，故云下莞上簟。

㉓《經傳釋詞》云："斯，亦乃也。"斯寢，乃寢也。

㉔ 興，起也。

㉕ 占夜寢時所作之夢也。此下皆假設之辭。

㉖ 熊、羆、虺、蛇，皆所夢之物。羆，似熊而大。虺，音卉，小蛇也。又：毒蛇也。

㉗ 大人，謂占夢之官也。尊占者，故曰大人。

㉘ 祥，先兆也。

㉙ 弄，玩也。半圭曰璋。正義引王肅云："羣臣之從王行禮者奉璋。"弄璋，預祝其爲顯官也。

㉚ 朱傳:"喤,大聲也。"

㉛ 皇,猶煌煌,鮮明貌。

㉜ 猶言一家之主也。

㉝ 裼,音替,褓也,包裹嬰兒之小被也。

㉞ 瓦,紡錘也,用以撚綫者。【《禮記·檀弓上》:"瓦不成味。"瓦,謂豆、登等陶器也。以下文"酒食是議"觀之,似以此義爲長。】

㉟ 非,違也。儀,專制也。謂於人所言,不持異議;而己又不作主張也。古者女子以"順從"爲美德,故云。馬瑞辰有説。【按:儀,即義,決定是非之正也。《易·恒·小象傳》:"夫子制義。"】

㊱ 議,談論也。

㊲ 罹,憂也。言勿貽父母憂也。

無　　羊[①]

誰謂爾無羊?三百維羣。誰謂爾無牛?九十其犉[②]。爾羊來思,其角濈濈[③];爾牛來思,其耳濕濕[④]。

或降于阿[⑤],或飲于池,或寢或訛[⑥]。爾牧來思,何[⑦]蓑何笠,或負其餱[⑧]。三十維物[⑨],爾牲則具[⑩]。

爾牧來思,以薪以蒸[⑪],以雌以雄。爾羊來思,矜矜兢兢[⑫],不騫不崩[⑬]。麾之以肱[⑭],畢來既升[⑮]。

牧人乃夢,衆維魚矣,旐維旟矣[⑯]。大人占之:衆維魚矣,實維豐年[⑰];旐維旟矣,室家溱溱[⑱]。

【注釋】

① 朱傳:"此詩言牧事有成而牛羊衆多也。"

②　犉,音純。牛七尺爲犉,見《爾雅》。此言七尺之牛即多至九十頭也。【毛傳:"黄牛黑脣曰犉。"】

③　濈,音戢;濈濈,聚貌。

④　濕濕,動貌。

⑤　大陵曰阿。

⑥　訛,動也。

⑦　古何、荷通用,負荷也。

⑧　餱,音侯,食也。

⑨　王國維謂雜色牛曰物。其《戩壽堂殷虚書契考釋》云:"三十維物,與三百維羣、九十其犉,句法正同,謂雜色牛三十也。"【毛傳:"異毛色者三十也。"甲骨文有字,郭某隸定作,以爲犂之初文,在卜辭中之用法,則爲黑色牛也。且云:周人訛爲物字。(《古代銘刻彙考續編·釋》)。】

⑩　具,備也,言足數祭祀之用也。

⑪　薪之細者曰蒸。

⑫　按:矜矜,矜持也。兢兢,戒懼也。矜矜、兢兢,狀其温謹也。羊性和善,故云。

⑬　不騫不崩,見《天保》,此謂羊羣不散亂也。

⑭　麾,指揮也。肱,臂也。

⑮　畢,俱也。升,升入牢也。

⑯　俞樾云:"衆維魚矣,猶云維衆魚矣;旐維旟矣,猶云維旐旟矣。"

⑰　按:魚、餘、裕,音近,故有豐年之象。

⑱　溱溱,衆也。室家溱溱,言人口衆盛也。毛傳:"旐旟,所以聚衆也。"故云。

節南山之什

節　南　山[①]

節[②]彼南山，維石巖巖[③]。赫赫師尹，民具爾瞻[④]。憂心如惔[⑤]，不敢戲談[⑥]。國既卒斬[⑦]，何用不監[⑧]！

節彼南山，有實其猗[⑨]。赫赫師尹，不平謂何[⑩]！天方薦瘥[⑪]，喪亂弘多[⑫]。民言無嘉[⑬]，憯莫懲嗟[⑭]！

尹氏大師，維周之氐[⑮]；秉國之均[⑯]，四方是維[⑰]；天子是毗[⑱]，俾民不迷[⑲]。不弔昊天[⑳]！不宜空我師[㉑]。

弗躬弗親[㉒]，庶民弗信；弗問弗仕[㉓]，勿罔君子[㉔]。式夷式已[㉕]，無小人殆[㉖]。瑣瑣姻亞[㉗]，則無膴仕[㉘]。

昊天不傭[㉙]，降此鞠訩[㉚]；昊天不惠[㉛]，降此大戾[㉜]。君子如屆[㉝]，俾民心闋[㉞]；君子如夷[㉟]，惡怒是違[㊱]。

不弔昊天，亂靡有定；式月斯生[㊲]，俾民不寧。憂心如酲[㊳]。誰秉國成[㊴]？不自爲政，卒勞百姓[㊵]。

駕彼四牡，四牡項領[㊶]。我瞻四方，蹙蹙靡所騁[㊷]。

方茂爾惡[㊸]，相爾矛矣[㊹]；既夷既懌[㊺]，如相醻矣[㊻]。

昊天不平，我王不寧。不懲其心，覆怨其正[㊼]。

家父作誦[㊽]，以究王訩[㊾]。式訛[㊿]爾心，以畜萬邦[51]。

【注釋】

① 此家父刺大師及尹氏之詩。詩中有"國既卒斬"之語,蓋作於東周初年也。【龔橙《詩本誼》引《國語》韋昭注云:"《南山》,平王時作。"待查。《左氏昭二年傳》:"季武子賦《節》之卒章。"是此詩標題古但作《節》。】

② 節,高峻貌。

③ 巖巖,積石貌。

④ 師,大師;尹,尹氏:皆官名也。舊謂尹其氏而師其官者,非是。古内史尹,作册尹,往往祇稱曰尹氏,其位尊顯,與大師同秉國政。説詳王國維《書作册詩尹氏説》。具,俱也。言赫赫然尊顯之大師及尹氏,民皆惟爾是視也。

⑤ 惔,音談,火焚也。

⑥ 戲談,猶戲謔也。《經義述聞》有説。

⑦ 卒,終也。斬,絶也。

⑧ 監,視也。

⑨ 實,廣大貌;有實,實然也。猗,古讀與阿同,當爲阿之假借;山之曲隅曰阿。《經義述聞》有説。

⑩ 謂何,猶奈何也。

⑪ 薦,重也。瘥,音銼,病也。

⑫ 喪亂,猶禍亂也。弘,大也。

⑬ 嘉,善也。言民衆對師尹之政,已無好話。

⑭ 憯,音慘,曾也。懲,戒也。言曾不懲改亦不傷嗟也。《經傳釋詞》謂嗟爲句末語助詞,亦通。

⑮ 氐,正字應作柢,根本也。

⑯ 均,平也。

⑰ 維,維持也。

⑱ 毗,輔也。

⑲ 使民不迷惑也。

⑳ 不弔,即不淑,猶不幸也(參《鄘風·君子偕老》)。昊,音浩,元氣博大之貌。昊天,猶今語老天也。言"不幸啊,老天!"

㉑ 空,窮也。師,衆也;謂百姓也。

㉒ 躬親,親自操作也。

㉓ 仕,事也。

㉔ 罔,欺也。君子,指在官者言。

㉕ 夷,平也,謂平其政。已,謂止其惡也。

㉖ 朱傳:"殆,危也。"謂無使小人危國也。【《古書疑義舉例》卷一云:"言勿罔君子,無殆小人也。無,猶勿也。罔與殆義相近,《論語》亦以罔、殆對文,可證。"按:小人謂民衆也。殆,危也。】

㉗ 瑣瑣,小貌。兩壻相謂曰亞,壻之父曰姻。姻亞,即今所謂裙帶關係也。

㉘ 膴,音武,厚也。膴仕,謂高官厚禄也。

㉙ 朱彬《經傳考證》云:"傭,《韓詩》作庸。常也。"【按:《釋文》引《韓詩》作庸。】

㉚ 鞫,窮也。訩,凶咎也。

㉛ 惠,愛也。

㉜ 戾,乖違不順也。

㉝ 君子,指師尹言。毛傳:"屆,極。"按:極,正也。

㉞ 闋,音缺,息也,謂民心平息也。

㉟ 夷,平也,謂平其政也。

㊱ 違,去也,失也。言民人厭惡怒恨之情乃消失也。

㊲ 式月斯生,猶云按月而生也。

㊳ 酲,音呈,病酒也。

㊴ 成,平也。

㊵【勞,憂也。參《陳風·月出》注⑥。】

㊶ 項,大也。領,脖項也。項領,言馬肥大也。

㊷ 蹙蹙,縮小之貌。騁,馳騁也。言國土曰蹙,馬雖肥壯,亦無所馳騁也。

㊸ 方,當也。茂,盛也。惡,惡感也。

㊹ 相,視也。視爾矛,言欲相鬬也。

㊺ 夷,悦也,謂和好也。懌,音亦,亦悦也。

㊻ 言如飲酒互相酬酢也。此章斥師尹等之反覆無常。

㊼ 覆,反也。正,正道也。

㊽ 家父,作此詩者之字也,舊説以爲周大夫。朱傳云:"《春秋》桓十五年,有家父來求車,於周爲桓王之世,上距幽王之終,已七十五年。"按:此家父是否即求車之家父,殊難定。誦,可誦之辭,謂此詩也。【家父,《漢書·人表》、蔡邕《朱公叔謚議》俱作嘉父。《春秋·桓八年》:"天王使家父來聘。"(即桓王十六年,前704年)《春秋·桓十五年》:"家父來求車。"(即桓王二十三年)】

㊾ 究,推究也。王訩,謂王政致凶之由也。

㊿ 訛,化也,變也。爾,謂師尹也。

51 畜,養也。

正　月①

正月繁霜②,我心憂傷。民之訛言,亦孔之將③。念我獨兮,憂心京京④。哀我小心,癙憂以痒⑤。

父母生我，胡俾我瘉[6]？不自我先，不自我後[7]。好言自口，莠[8]言自口，憂心愈愈[9]，是以有侮[10]。

憂心惸惸[11]，念我無禄[12]。民之無辜[13]，并其臣僕[14]。哀我人斯，于何從禄[15]？瞻烏爰止，于誰之屋[16]？

瞻彼中林，侯薪侯蒸[17]。民今方殆[18]，視天夢夢[19]。既克有定，靡人弗勝[20]。有皇[21]上帝，伊誰云憎[22]！

謂山蓋卑，爲岡爲陵[23]。民之訛言，寧莫之懲[24]！召彼故老[25]，訊之占夢[26]，具曰“予聖[27]”。誰知烏之雌雄[28]。

謂天蓋高，不敢不局[29]；謂地蓋厚，不敢不蹐[30]。維號斯言[31]，有倫有脊[32]。哀今之人，胡爲虺蜴[33]！

瞻彼阪田[34]，有菀其特[35]。天之抓我[36]，如不我克[37]。彼求我則，如不我得[38]；執我仇仇，亦不我力[39]。

心之憂矣，如或結之[40]。今兹之正[41]，胡然厲[42]矣！燎之方揚[43]，寧[44]或滅之。赫赫宗周[45]，褒姒威之[46]。

終其永懷[47]，又窘陰雨[48]。其車既載，乃棄爾輔[49]。載輸爾載[50]，將伯助予[51]。

無棄爾輔，員于爾輻[52]，屢顧爾僕[53]，不輸爾載。終踰絶險[54]，曾是不意[55]！

魚在于沼[56]，亦匪克樂；潛雖伏矣[57]，亦孔之炤[58]。憂心慘慘[59]，念國之爲虐。

彼有旨酒，又有嘉殽；洽比[60]其鄰，昏姻孔云[61]。念我獨兮，憂心慇慇[62]。

佌佌彼有屋[63]，蔌蔌方有穀[64]。民今之無禄，天夭是椓[65]。哿[66]矣富人，哀此惸獨[67]！

【注釋】

① 此傷時之詩。由詩中“赫赫宗周,褒姒威之”二語證之,蓋亦東周初年詩也。【朱傳引或説云:“此東遷後詩也。時宗周已滅矣。”】

② 正月,正陽之月,夏曆四月也。繁,多也。四月非降霜之時,今乃多霜,是天變示儆也。【漢武帝元光四年四月,隕霜殺草。】

③ 將,大也。

④ 獨,孤獨無依也。京京,憂貌。

⑤ 癙,音鼠,與《雨無正》“鼠思泣血”之鼠同義,憂也。癙憂,猶憂思也。《經義述聞》説。痒,音羊,病也。

⑥ 瘉,音庾,病也。言何爲使我遭此喪亂之病苦也。

⑦ 言禍亂之興,不先不後也。

⑧ 莠,音酉,醜惡也。

⑨ 愈愈,與《爾雅》之“瘐瘐”同義,病貌。馬瑞辰説。

⑩ 言因憂時而爲人所忌,故遭欺侮也。

⑪ 惸,音瓊;惸惸,憂思貌。

⑫ 禄,禄食也。無禄,猶言無以爲生也。

⑬ 辜,罪也。

⑭ 陳奂云:“幷,古拼字。《爾雅》:‘拼,使也。’”古者,有罪之人,則没爲臣僕。此無罪之民,使爲臣僕,言政亂也。

⑮ 從,就也。按:從禄,即謀生之意。

⑯ 俗謂烏落於富家之屋。此言舉世皆窮困,不知烏落於誰家之屋也。

⑰ 侯,維也。蒸,見《無羊》。

⑱ 方,且也。殆,危也。

⑲《説文》:“夢,不明也。”夢夢,猶今言迷迷糊糊也。

⑳ 克,能也。定,謂定亂也。言天如肯定亂,則無人不能勝過;所謂天定勝人也。

㉑ 皇,大也;有皇,皇然也。

㉒ 伊,語詞。《經傳釋詞》云:“云,猶是也。”憎,惡也。言天竟不肯定亂,究竟憎惡何人乎。

㉓ 朱彬《經傳考證》云:“山本高而謂之卑,二語即民之訛言也。”

㉔ 二語見《沔水》。

㉕ 按:故老,謂年高望重之人也。

㉖ 訊,問也。占夢,官名,掌占夢之吉凶者。【《周禮·春官》有占夢之官。】

㉗ 具,俱也。言皆自謂聖哲也。【毛傳:“君臣俱自謂聖也。”按:予,猶言己也。】

㉘ 烏之雌雄不易辨,此喻故老、占夢之言,亦不易辨其是非也。

㉙ 局,曲身也。

㉚ 蹐,音積,《説文》云“小步也”。

㉛ 號,呼也。斯言,謂上文局蹐等語也。

㉜ 倫,道也。脊,理也。

㉝ 虺,見《斯干》。蜴,蜥蜴也。二者皆害人之物。言可憐今之人,何爲而作害人之虺蜴乎。

㉞ 阪田,崎嶇墝埆之田也。

㉟ 菀,音鬱,茂也。有菀,菀然也。特,謂特出之苗也。

㊱ 扤,音兀。按:扤,從兀得聲,兀有危義,扤亦當有危義。【《史記·司馬相如傳》集解引郭璞注:“扤,摇也。”按:動摇,猶

危害也。毛傳訓抓爲動,鄭箋以動摇説之,即不安之意也。《方言》九:“抓,不安也。”】

㊲ 克,勝也。言天之危害我,有如不我勝者。謂無所不用其極也。

㊳ 于省吾謂:則、敗,古通。按:敗,壞也,猶過失也。言彼當政之人求我之過失,有如不我得者,以見其無微不至也。【魏石經,古文敗作剻。】

㊴ 仇仇,仇人也。言當政者拘執我之仇人,則不肯爲我盡力也。

㊵ 言其鬱結也。

㊶ 正,政也。

㊷ 胡然,何以如此也。厲,暴亂也。

㊸ 火焚田曰燎。揚,舉也,謂火盛也。

㊹ 寧,猶乃也,《經傳釋詞》有説。

㊺ 宗周,鎬京也。西周之京都。

㊻ 褒姒,幽王后也,幽王寵之而致亂,西周遂爲犬戎所滅。烕,滅也。

㊼ 終,既也。永,長也。懷,憂傷也。

㊽ 窘,困也。言又爲陰雨所困也。

㊾ 輔,車兩旁立版,今所謂車箱也,所以載貨者。陳奐説。

㊿ 輸,墮也。棄其輔,則所載之貨墮落也。

(51) 將,請也。伯,長也,呼人之敬詞,猶今言老兄也。

(52) 員,益也;益,猶大也,陳奐有説。輻,音福,支輪輞之細柱也。輻大則輪固。以上二句,言既勿棄爾之車箱,又復增大爾車之輻也。

(53) 顧,視也。僕,謂御車者。

㊹ 絶險，謂極險之處也。

㊺ 言汝曾不以是爲意也。

㊻ 沼，池也。

㊼ 猶云雖潛伏矣。

㊽ 炤，音灼，昭顯也。

㊾ 慘慘，猶戚戚也。

㊿ 洽，融洽也。按：比，親近也。

(61) 云，猶友也；言友好也。

(62) 慇，音殷；慇慇，痛貌。

(63) 佌，音此。【應與《邶風·新臺》之"泚"同義。】按：《新臺》以泚形容臺，毛傳云："泚，鮮明貌。"《君子偕老》以玼形容翟衣，毛傳云："玼，鮮盛貌。"此佌佌二字，亦當爲鮮盛之貌，言屋之華麗也。

(64) 蔌，音速。按：蔌蔌，聲也。蔌蔌方有穀，《韓詩》及《後漢書·蔡邕傳》注引《詩》，皆無"有"字，《釋文》亦云："本或作方有穀，非也。"是《釋文》本亦無"有"字。穀，《蔡邕傳》注作轂。李賢云"方猶竝也"，竝轂而行也。以上二句，謂彼小人既有華麗之屋，又蔌蔌然竝轂而行，言其富奢也。

(65) 天夭，《韓詩》作夭夭。按：作夭夭，是。夭夭，少壯之貌，此謂少壯之人也。《檜風·隰有萇楚》"夭之沃沃"之夭，作名詞用，可以比證。椓，害也。二句言一般民衆遭逢喪亂，無以爲生(無禄)，致少壯者亦危死也。

(66) 哿，音可，歡樂也。《經義述聞》説。

(67) 惸獨，孤獨也。此二句，承上四句言，言歡樂哉富人，可憐哉孤獨無依之人也。

十月之交①

十月之交②，朔月辛卯③，日有食之④，亦孔之醜⑤。彼月而微⑥，此日而微。今此下民，亦孔之哀。

日月告凶⑦，不用其行⑧。四國無政⑨，不用其良⑩。彼月而食，則維其常⑪；此日而食，于何不臧⑫！

爗爗震電⑬，不寧不令⑭。百川沸騰，山冢崒崩⑮。高岸爲谷，深谷爲陵⑯。哀今之人，胡憯莫懲⑰！

皇父卿士⑱，番維司徒⑲，家伯維宰⑳，仲允膳夫㉑，聚子内史㉒，蹶維趣馬㉓，楀維師氏㉔，豔妻煽方處㉕。

抑㉖此皇父，豈曰不時㉗？胡爲我作㉘，不即我謀㉙？徹我牆屋㉚。田卒汙萊㉛。曰："予不戕，禮則然矣。"㉜

皇父孔聖㉝，作都于向㉞，擇三有事㉟，亶侯多藏㊱。不憖遺一老㊲，俾守我王。擇有車馬，以居徂向㊳。

黽勉從事，不敢告勞㊴。無罪無辜，讒口囂囂。下民之孽㊵，匪降自天；噂沓背憎㊶，職競由人㊷。

悠悠我里㊸，亦孔之痗㊹。四方有羨，我獨居憂㊺。民莫不逸，我獨不敢休。天命不徹㊻，我不敢傚㊼，我友自逸㊽。

【注釋】

① 毛傳以此詩爲刺幽王，鄭箋以爲刺厲王。以曆法推之，厲王二十五年十月朔辛卯，及幽王六年十月朔辛卯，皆有日食。

而幽王二年，西周三川皆震，與此詩所詠者合。以此證之，則此詩當作於幽王之世。阮元《揅經室集》有《〈詩·十月之交〉四篇屬幽王説》一文，論證甚詳。按：此詩乃刺皇父等當政之人也。【厲王二十五年十月朔辛卯日蝕之説，見《金文歷朔疏證》，及吴氏《殷周之際年歷推證》（《國學論叢》二卷一期）。】

② 交，謂日月之交會，即月朔時也。

③ 朔月，即月朔，初一日也。是日爲辛卯。

④ 食，今通作蝕。《春秋》於日食，皆書"日有食之"；有，又也。

⑤ 醜，惡也，古人以爲君主失道，則天變示儆，日食、地震等是也，故云醜惡；言非吉兆也。

⑥ 彼，彼時也。微，不明也，謂日月食也。已見《邶風·柏舟》及《日月》。

⑦ 告凶，告人凶兆也。

⑧ 行，道也。不用其行，謂不由其常行之道也。古人以爲日月失其常行之道，乃有日月食。

⑨ 四國，猶言天下也。無政，無善政也。

⑩ 良，舊謂良善之人。按：此"用"字與上文"用"字應同義，由也。不由其良，應指善政言。

⑪ 月食常見，故云。

⑫ 于何，猶如何也。臧，善也。言今日已食矣，如何尚不戒懼改悔而向善乎！【解作"多麽不好啊！"亦可，句如"如何吁矣""如何其盱"之比。】

⑬ 爗，音饁。爗爗，電光貌，猶今語閃閃也。震，雷也。

⑭ 令，善也。

⑮ 崒，音卒。《經義述聞》云："卒當讀爲猝，猝，急也。"

⑯ 以上四語,言地震之象。《國語・周語上》:"幽王二年,西周三川皆震。"又云:"是歲也,三川竭,岐山崩。"【三川: 涇、渭、洛。】

⑰ 憯,曾也。言可憐今在位之人,何爲曾莫之懲戒乎。

⑱ 皇父,字也。胡承珙云:"此卿士當是六卿之長。"

⑲ 番,氏也。司徒之官,掌天下土地之圖、人民之數。

⑳ 家伯,字也。宰,宰夫也(本鄭衆《周禮注》);宰夫掌諸臣萬民之復逆。維,或作冢,非古本。

㉑ 仲允,字也。膳夫,掌王之飲食膳羞。

㉒ 聚,音鄒,氏也。内史,掌爵禄廢置殺生予奪之法。

㉓ 蹶,氏也。趣馬,掌王馬之政。

㉔ 楀,音矩,氏也。師氏,掌司朝得失之事。【于氏《詩經新證》:"師氏,掌師旅之官。"毛公鼎:"師氏虎臣。"录卣:"女其以成周師氏,戍于古自。"《牧誓》:"亞,旅師氏。"鄭箋此詩云: 師氏亦中大夫也,掌司朝得失之事。】

㉕ 豔妻,謂褒姒也。煽,熾盛也。俞樾謂: 方處猶竝處。言七人與勢力熾盛之褒姒竝處;竝處,蓋同黨之意。

㉖ 抑、噫,古通用。

㉗ 時,是也。言豈自謂所作爲者不是乎。

㉘ 作,役使也。

㉙ 言不就我商詢也。

㉚ 徹,同撤,毀也。

㉛ 汙,停水也。萊,生草也。

㉜ 言皇父反曰:"予並非戕害汝,禮則當如是也。"

㉝ 孔聖,甚聖明也。此諷刺語。

㉞ 都,猶城也。向,邑名,在今河南濟源縣境。皇父此舉,

蓋先作避亂之準備也。

㉟ 三有事,三卿也;言皇父自立三卿。

㊱ 亶,誠也。侯,維也。多藏,財貨多也。言三有事皆富有之人。

㊲ 憖,魚覲切,願也,肯也。遺,留也。老,謂舊臣也。言皇父率舊臣俱去。

㊳ 居,音基,語詞。徂,往也。言皇父擇有車有馬之人,以往於向也。

㊴ 此詩人自謂,言不敢自言勞苦也。

㊵ 孽,罪過也。

㊶ 噂,《左傳》及《説文》並引作僔。聚也。沓,合也。言小人聚即相合,背則相憎。馬瑞辰説。

㊷ 職,專主也。競,競尚也。言下民之遭罪孽,實由於人專意競尚噂沓背憎致之也。

㊸ 里,或作瘇,憂也。馬瑞辰説。【《玉篇·疒部》:"瘇,病也,《詩》云:悠悠我瘇。"王氏云:《玉篇》所引是《韓詩》。】

㊹ 痗,病也。已見《衛風·伯兮》。

㊺ 羨,有欣喜之義,馬瑞辰説;有羨,羨然也。居,亦語詞。

㊻ 徹,明也。

㊼ 傚,同效。

㊽ 我友,指同在官位者言。

雨　無　正①

浩浩昊天②,不駿③其德。降喪饑饉④,斬伐⑤四國。

昊天疾威[6]，弗慮弗圖[7]。舍彼有罪，既伏其辜[8]；若此無罪，淪胥以鋪[9]。

周宗[10]既滅，靡所止戾[11]。正大夫離居[12]。莫知我勩[13]。三事大夫[14]，莫肯夙夜[15]；邦君諸侯，莫肯朝夕[16]。庶曰式臧，覆出爲惡[17]。

如何昊天，辟言[18]不信？如彼行邁，則靡所臻[19]。凡百君子，各敬爾身。胡不相畏？不畏于天[20]！

戎[21]成不退，飢成不遂[22]。曾我暬御[23]，憯憯日瘁[24]。凡百君子，莫肯用訊[25]；聽言則答[26]，譖言則退[27]。

哀哉不能言！匪舌是出[28]，維躬是瘁[29]。哿矣[30]能言，巧言如流，俾躬處休[31]。

維曰于仕，孔棘且殆[32]。云不可使，得罪于天子；亦云可使，怨及朋友[33]。

謂爾遷于王都[34]，曰："予未有室家。[35]"鼠思泣血[36]，無言不疾[37]。昔爾出居，誰從作爾室[38]！

【注釋】

① 此當是東遷之際，詩人傷時之作。朱傳述元城劉氏（劉安世）曰："嘗讀《韓詩》，有《雨無極》篇，序云：《雨無極》，正大夫刺幽王也，至其詩之文，則比《毛詩》篇首多'雨無其極，傷我稼穡'八字。"按：本篇既名《雨無正》，是《毛詩》祖本，亦當有此二句，不知何時逸之。【又按："雨無正"，三字標題殊費解，疑《毛詩》標題但作"雨無"，《毛序》正字應連下讀。續序云："雨，自上下者也，衆多如雨，而非所以爲政也。"以政釋正，知續序已以"雨

無正”爲題。鄭箋釋序既以正字連雨無爲文，篇末言若干章句云云，亦以“雨無正”爲題，蓋其誤自後漢始也。《吕氏家塾讀詩記》載董氏引《韓詩》作《雨無政》，序亦作正，大夫刺幽王也，《讀詩記》同時又引劉諫議（即元城劉氏）所引《韓詩》，似董氏所引不足據。】

② 朱傳：“浩浩，廣大貌。昊，亦廣大之意。”

③ 駿，長也；長猶常也。不長其德，猶云不恒其德耳。陳奂説。

④《墨子·七患篇》：“一穀不收謂之饉，……五穀不收謂之饑。”

⑤ 斬伐，猶言傷害也。

⑥ 朱傳：“疾威，猶暴虐也。”【按：疾威，言急遽地發威怒也。】

⑦ 慮、圖，皆謀也。謂當政者不思修明其政也。

⑧《經義述聞》云：“伏者，藏也，隱也。”舍猶赦也。言赦彼有罪之人，既已隱藏其罪而不治也。【《左傳》數見“既伏其罪”之語。伏，義如伏法之伏。此義當與彼同，言饑饉之餘，善惡同歸於盡也。舍，猶言除去也。毛傳：“舍，除。”】

⑨ 淪，率也。胥，相也。按：以，猶及也。鋪，即《大雅·江漢》“淮夷來鋪”及《常武》“鋪敦淮濆”之鋪，猶懲處也。淪胥以鋪，言相率及於（被）懲處也。【鋪，《韓詩》作痡，見《後漢書·蔡邕傳》李賢注。】

⑩ 周宗，舊解爲宗周；馬瑞辰以爲與周同姓者，即周之宗族也，其説可信。周宗既滅，當是過甚之辭，其意蓋指幽王之被殺也。【《左昭十六年傳》引此詩，周宗作宗周。】

⑪ 戾，定也。

⑫ 正,長也。正大夫,長官大夫也。離,謂離散。居,音基,語詞也。

⑬ 勩,音曳,勞也。

⑭ 三事,即三有事,三卿也。

⑮ 夙夜,早晨及夜晚朝省於王也。

⑯ 朝夕,朝暮朝省王也。

⑰ 二句指三事大夫言。庶,庶幾也,希冀之詞。式,語詞。覆,反也。言庶幾乎其可以向善矣,乃反出而爲惡也。

⑱ 辟,法也。辟言,法度之言也。不信,不被信用也。

⑲ 臻,至也。

⑳ 凡百君子,指在官位者言(下同)。敬,儆也。言諸在官之人,當各儆戒爾身。天災如此,何能不畏懼,豈並天亦不畏乎。

㉑ 戎,兵亂也。

㉒ 遂,安也。

㉓ 曾,猶今語只有也。暬,音褻。暬御,近侍之臣也。

㉔ 憯憯,憂貌。瘁,病也。

㉕ 訊,問也。言不肯詢善於人也。

㉖ 聽言,謂順從之言。馬瑞辰説。

㉗ 譖言,即諫言,逆耳之言也。則退,謂退而不答也。馬瑞辰説。

㉘ 言非舌所能説得出。

㉙ 因不能巧言而常遭殃咎,故爲己身之病害也。

㉚ 哿矣,見《正月》。此言樂哉能言之人。

㉛ 言因能巧言遂使己身處於休美之境也。

㉜ 按:棘,猶今言棘手之棘,不順也。殆,危也。

㉝ 朋友,指同在官位者言。言其因嫉能而生怨也。

㉞ 謂,使也,王都,蓋謂王城(在洛邑西),東周京都所在之地也。

㉟ 言其以未有室家相推諉而不肯遷。室家,指房舍言。

㊱ 鼠,憂也,參《正月》。無聲而流淚曰泣。泣血,謂淚盡而繼之以血也。

㊲ 謂己之言無不被疾惡也。

㊳ 言昔者爾出居之時,何人從汝作房屋乎? 味此言,必三事大夫之輩,當國危時曾出走避難;及平王東遷,此輩又以爲事不可爲,不肯隨遷,故詩人斥之也。

小　旻[①]

旻天[②]疾威,敷于下土[③]。謀猶回遹[④],何日斯沮[⑤]! 謀臧[⑥]不從,不臧覆用。我視謀猶,亦孔之邛[⑦]。

潝潝訿訿[⑧],亦孔之哀。謀之其臧,則具是違[⑨];謀之不臧,則具是依。我視謀猶,伊于胡厎[⑩]!

我龜既厭,不我告猶[⑪]。謀夫孔多,是用不集[⑫]。發言盈庭,誰敢執其咎[⑬]? 如匪行邁謀[⑭],是用不得于道[⑮]。

哀哉爲猶! 匪先民是程[⑯],匪大猶是經[⑰];維邇言[⑱]是聽,維邇言是爭[⑲]。如彼築室于道謀[⑳],是用不潰[㉑]于成。

國雖靡止[㉒],或聖或否[㉓];民雖靡膴[㉔],或哲或謀,或肅或艾[㉕]。如彼泉流,無淪胥以敗[㉖]。

不敢暴虎[㉗],不敢馮河[㉘]。人知其一,莫知其他[㉙]。戰戰兢兢[㉚],如臨深淵,如履薄冰。

【注釋】

① 此刺王惑於邪謀之詩(略本朱傳)。朱傳引蘇氏曰:"《小旻》《小宛》《小弁》《小明》四詩,皆以'小'名篇,所以别其爲《小雅》也。其在《小雅》者謂之小,故其在《大雅》者,謂之《召旻》《大明》,獨'宛''弁'闕焉,意者孔子删之矣。"按:孔子删《詩》之説不足信,而《小宛》《小弁》兩詩,開首爲"宛彼""弁彼"等語,用爲篇名既不辭;如單用一宛字或弁字,則雖有《氓》《蕩》《抑》等例,然終感不協於口。意者因其次《小旻》之後,遂亦偶加'小'字爲名也。篇名本無深義,若求之過高,則鑿矣。

② 旻,音民。朱傳:"幽遠之意。"

③ 敷,布也。按:西周文字,多謂地爲土;下土即下地也。

④ 猶,亦謀也。回,邪也。遹,音聿,亦邪辟也。

⑤《經傳釋詞》云:"斯,猶乃也。"鄭箋:"沮,止也。"

⑥ 臧,善也。

⑦ 邛,音蛩,病也。【邛,意謂害病也。】

⑧ 潝,音吸。訿,音紫。朱傳:"潝潝,相和也。訿訿,相詆也。"按:此本《漢書》劉向説。

⑨ 具,俱也。違,謂違背不用也。

⑩ 底,音致,至也。言:我且視彼等之謀畫,其將何所至乎?

⑪ 猶,謀也。二語言龜卜不靈也。

⑫ 集,就也。謂所謀無成就也。【《韓詩外傳》卷六引作"是用不就。"】

⑬ 毛傳:"謀人之國,國危則死之,古之道也。"此言發言者雖盈庭,然謀之不臧,則無人敢任其過咎也。

⑭ 匪,彼也。言有如與彼行路之人謀之也。

⑮ 用,猶以也。路人與己無故,知己不詳,故云不得於道。道謂正道也。

⑯ 程,法也。

⑰ 經,行也。朱彬説。

⑱ 邇,近也。邇言,淺近之言也。

⑲ 争,謂争爲邇言也。上好邇言,故下之人争爲邇言。馬瑞辰以爲:争謂争取其言也。言在上者維邇言是争取也。亦通。

⑳ 言如彼將築室者,而謀於道路之人也。

㉑ 潰,遂也。

㉒ 止,定也。

㉓ 聖,明智也。否,不然也。

㉔ 膴,厚也;謂衆多也。

㉕ 哲,明哲;謀,聰謀;肅,恭肅;艾,通乂,治理也。言民雖不多,尚有此類才智之士。

㉖ 言無如彼泉流,相率以敗。泉流挾泥沙俱下,以喻善惡同歸於盡也。

㉗ 暴虎,見《鄭風·大叔于田》。

㉘ 馮河,游泳以渡黄河也。

㉙ 言人但知此一端耳(謂暴虎馮河),而不知更有其他危險之事也。意蓋謂小人禍國而莫察。

㉚ 戰戰兢兢,恐懼戒慎之貌。

小　　宛①

宛②彼鳴鳩,翰飛戾天③。我心憂傷,念昔先人。明發④不寐，有懷二人⑤。

人之齊聖⑥，飲酒温克⑦，彼昏不知⑧，壹醉日富⑨。各敬爾儀⑩，天命不又⑪。

中原有菽⑫，庶民采之。螟蛉⑬有子，蜾蠃負之⑭。教誨爾子，式穀似之⑮。

題彼脊令⑯，載飛載鳴。我日斯邁，而月斯征⑰。夙興夜寐，無忝爾所生⑱。

交交桑扈⑲，率⑳場啄粟。哀我填寡㉑，宜岸宜獄㉒。握粟出卜㉓，自何能穀㉔？

温温㉕恭人，如集于木㉖。惴惴㉗小心，如臨于谷。戰戰兢兢，如履薄冰。

【注釋】

① 此亦傷時之詩。

② 宛，小貌。

③ 翰，羽也。戾天，見《采芑》。

④ 朱傳："明發，謂將旦而光明開發也。"

⑤ 朱傳："二人，父母也。"

⑥《經義述聞》云："齊者，知慮之敏也。齊聖，聰明睿智之稱。"

⑦ 温，和柔也。温克，克温也。言齊聖之人，雖飲酒而仍能和柔也。【按：《書・洪範》有剛克、柔克之語。克，勝也。可與此克字互證。】

⑧ 言彼昏聵不智之人。

⑨ 壹，專一也。壹醉，專意於醉也。馬瑞辰云："富之言畐

也。《説文》:‘畐,滿也。’……醉則日自盈滿。”按:盈滿即驕縱之意,與上文“温克”對照。

⑩ 敬,謹也。儀,威儀。

⑪ 按:又,古右字,與佑通,助也。《周易·无妄·彖傳》正用此語。

⑫ 中原,原中也。菽,豆葉也。【按:菽,即豆也。】

⑬ 螟,音冥。蛉,音零。螟蛉,桑蟲也。

⑭ 蜾,音果。蠃,音裸。蜾蠃,土蜂也。正義云:“蜾蠃,土蜂也,似蜂而小腰。取桑蟲負之於木空中,七日而化爲其子。”

⑮ 式,語詞。穀,善也。言其善似螟蛉之肖蜾蠃也。

⑯ 題,視也。

⑰ 邁、征,皆行也。日邁月征,謂僕僕道路,無休息之時。

⑱ 忝,辱也。所生,謂父母也。

⑲ 交交,見《秦風·黄鳥》。桑扈,鳥名,竊脂也,俗謂之青觜。【《詩經稗疏》卷二謂桑扈即蠟嘴。云:“竊,淺也,脂,白也。”引邱光庭云:“竊脂者,淺白色也。”此鳥三、四月間採桑之時常見之。淺白,即俗謂瓦灰色。】

⑳ 率,循也。

㉑ 朱傳:“填,與瘨同,病也。”馬瑞辰云:“單獨爲寡,少財亦爲寡。……寡即貧也。”言可憐我既病且窮。

㉒ 馬瑞辰以爲二宜字皆且字形近之譌。按:金文宜與俎爲一字,其字作;且,又通俎。則宜且二字,自可互通。岸,《釋文》引《韓詩》及《説文》等書引《詩》皆作犴,鄉亭之獄也。獄,朝廷之獄也。言既病且貧,復被繫獄也。

㉓ 握持粟米出卜,以粟爲卜資也。

㉔ 穀,善也。朱傳:“何自而能善乎?”
㉕ 温温,和柔貌。
㉖ 鳥落樹上曰集。此謂如人在樹上,惟恐墜下,言小心也。
㉗ 惴惴,恐懼貌。

小　弁①

弁彼鸒斯②,歸飛提提③。民莫不穀,我獨于罹④。何辜⑤于天?我罪伊何?心之憂矣,云如之何!

踧踧⑥周道,鞫⑦爲茂草。我心憂傷,惄焉如擣⑧。假寐永歎⑨,維憂用老⑩。心之憂矣,疢如疾首⑪。

維桑與梓,必恭敬止⑫。靡瞻匪父,靡依匪母⑬。不屬于毛?不罹于裏⑭?天之生我,我辰安在⑮!

菀彼柳斯,鳴蜩嘒嘒⑯。有漼⑰者淵,萑葦淠淠⑱。譬彼舟流,不知所届⑲。心之憂矣,不遑假寐。

鹿斯之奔,維足伎伎⑳。雉之朝雊㉑,尚求其雌。譬彼壞木,疾用無枝㉒。心之憂矣,寧㉓莫之知!

相彼投兔㉔,尚或先之㉕;行㉖有死人,尚或墐㉗之。君子秉心,維其忍之㉘。心之憂矣,涕既隕之。

君子信讒,如或醻㉙之。君子不惠,不舒究之㉚。伐木掎㉛矣,析薪扡㉜矣。舍彼有罪,予之佗㉝矣。

莫高匪山,莫浚匪泉㉞。君子無易由言㉟,耳屬于垣㊱。無逝我梁,無發我笱;我躬不閲,遑恤我後㊲!

【注釋】

① 舊謂幽王寵褒姒而廢太子宜臼,太子之傅作此詩,朱傳以爲宜臼自作,然皆無確據。《孟子》論此詩,大意謂人子不得於其父母者所作,而未坐實其人。兹從之。【《孟子》趙注云:"《小弁》《小雅》之篇,伯奇之詩也","伯奇仁人,而父虐之,故作《小弁》之詩。"】

② 弁,音盤。朱傳:"飛拊翼貌。"按:其意蓋讀弁爲《周頌·小毖》"拚飛維鳥"之拚。鸒,音豫,雅烏也,似常烏而小。

③ 提提,羣飛貌。

④ 罹,憂也。

⑤ 辜,罪也。

⑥ 踧,音狄;踧踧,平易貌。

⑦ 鞫,盈也,義見《節南山》毛傳。滿爲茂草,荒廢之象也。

⑧ 惄,音溺,《周南·汝墳》毛傳"飢意也"。謂憂思之甚,如飢餓之難堪也。擣,擊擣也。

⑨ 永歎,長歎也。

⑩ 用,猶以也。言因憂以老也。

⑪ 疢,音趁,熱病也。疾首,頭痛也。

⑫《五代史》王建立曰:"桑以養生(育蠶),梓以送死(爲棺)。"此桑梓必恭之義也。【《詩經世本古義》引《雜五行書》云:"舍西種梓楸五,令子孫順孝。"《禮記》疏云:"在貌爲恭,在心爲敬。"】

⑬ 按:無所瞻視而非父,無所偎依而非母;意謂依戀父母之誠,在在若有父母在旁也。

⑭ 屬,連屬也。罹,附也。《經義述聞》云:"裏,讀爲理,謂膝理也。毛在外,理在内,相對爲文。"言己與父母,毛髮豈不相

連屬乎，肌肉豈不相附麗乎。意謂身體髮膚，受之父母，若相連屬附麗者；何竟不爲父母所愛也。

⑮ 辰，時也，謂良時也。二語意謂生不逢時也。

⑯ 嘒，音喙；嘒嘒，聲也。

⑰ 漼，音崔上聲，深貌。

⑱ 淠，音媲。淠淠，茂貌。

⑲ 屆，至也。

⑳ 斯，語詞。伎伎，馬瑞辰云："速行之貌。"按：伎伎，一作跂跂，跂、企通用，蓋翹足之貌，疾奔之狀也。

㉑ 雊，音購，雉鳴也。鹿奔求其羣，雉鳴求其雌，喻人不可孤立也。

㉒ 疾，惡也。用，猶於也。

㉓ 寧，乃也。言不爲人所知也。

㉔ 相，視也。投，掩也，謂以網掩取也。

㉕ 先，義猶開；先之，謂開放之也。馬瑞辰說。

㉖ 行，路也。

㉗ 墐，音謹，埋也。

㉘ 君子，雖泛言，意則指父母。忍，殘忍也。此高子所謂怨也。

㉙ 醻酒必受，言其聞讒必信也。

㉚ 惠，愛也。舒，緩也。究，察也。

㉛ 掎，音羈，又音器，偏引也，即由一面牽曳之使倒也。

㉜ 扡，音拕，馬瑞辰云"謂隨木理之衺迆而析之也"。

㉝《說文》："佗，負荷也。"言彼有罪者則舍之，而反使予負荷其罪也。

㉞ 匪，彼也。浚，深也。鄭箋云："山高矣，人登其巔；泉深

矣,人入其淵。以言人無所不至。”

㉟ 此君子謂善人也。由,於也。言勿輕易於出言。【《賓之初筵》:“匪言勿言,匪由勿語。”可與此處由字互參。又《大雅·抑》:“無易由言。”】

㊱ 屬,連也。耳連於牆,言竊聽也。

㊲ 四句與《邶風·谷風》同。以文勢衡之,此當是襲自彼篇者。

巧　　言[1]

悠悠昊天,曰父母且[2]。無罪無辜,亂如此幠[3]。昊天已威,予慎無罪[4];昊天大幠[5],予慎無辜。

亂之初生,僭始既涵[6];亂之又生,君子信讒。君子如怒,亂庶遄沮[7];君子如祉[8],亂庶遄已[9]。

君子屢盟,亂是用長[10];君子信盜,亂是用暴[11]。盜言孔甘,亂是用餤[12]。匪其止共[13],維王之邛[14]。

奕奕[15]寢廟,君子作之。秩秩大猷[16],聖人莫之[17]。他人有心,予忖度[18]之。躍躍毚兔,遇犬獲之[19]。

荏染柔木,君子樹之[20]。往來行言[21],心焉數之[22]。蛇蛇碩言[23],出自口矣。巧言如簧,顏之厚矣[24]。

彼何人斯?居河之麋[25]。無拳無勇,職爲亂階[26]。既微且尰[27],爾勇伊何[28]!爲猶將多[29],爾居徒幾何[30]!

【注釋】

① 此刺讒人之詩。

② 且,語詞。二語乃呼天呼父母之意。

③ 憮,音呼,大也。

④ 威,謂施威怒也。慎,誠也,真也。

⑤ 大,讀太。憮,大也。此承上文言,謂昊天之威怒太大也。

⑥ 按:僭,當是譖之假借,讒言也。涵,容也。言讒言開始被容納也。【《衆經音義》引作譖。】

⑦ 君子,指王言;下同。庶,庶幾也。遄,速也。沮,止也。

⑧ 朱傳:"祉,猶喜也。"上文之怒,謂怒讒人;此謂喜善人也。【朱傳本《潛夫論·衰制篇》爲説。】

⑨ 已,止也。

⑩ 既盟而背,是以屢盟;屢盟屢背,亂是以長。

⑪ 盜,謂小人也。暴,猛烈也。

⑫ 餤,音談,進食也。言信讒如進食也。

⑬ 按:匪,彼也,謂小人也。甲骨文止、足同字,止恭,猶足恭,言過恭也。

⑭ 邛,病也,已見《小旻》。

⑮ 奕奕,大貌。

⑯ 秩秩,明智貌。猷,謀也。

⑰ 莫,謨之假,謀也。

⑱ 忖度,猶今語揣度也。

⑲ 躍,音剔;躍躍,與趯趯同,跳躍也。毚,音讒;毚兔,狡兔也。毚兔遇犬而獲,以喻忖度他人之心必中也。

⑳ 荏,音衽;荏染,柔貌。樹,種植也。二語喻進用小人。

㉑ 行言,猶流言也。俞樾説。

㉒ 朱傳:"數,辨也。"

㉓ 蛇，音迤，蛇蛇，即《孟子》之“訑訑”。馬瑞辰云：“大言欺世之貌。”碩，大也。

㉔ 顔之厚矣，即今語臉皮厚也。

㉕ 彼，謂讒人也。麋、湄，古讀音近義通，水邊也。謂居黄河之旁。【《爾雅·釋水》：“水草交爲湄。”郭注：“《詩》曰：居河之湄。”王先謙謂郭氏引《魯詩》。】

㉖ 職，主也，猶言實也。亂階，禍亂之階梯也。

㉗ 微，脚脛生瘡也。尰，音腫，足腫也。【《爾雅·釋訓》：“骭瘍爲微，腫足爲尰。”】

㉘ 伊，維也。

㉙ 馬瑞辰云：“《廣雅》：‘猶，欺也。’爲猶將多，言其爲欺詐且多也。”按：將，猶方也，且也。

㉚ 馬瑞辰云：“居爲語助辭。”言爾徒輩幾何也。

何　人　斯[①]

彼何人斯？其心孔艱[②]。胡逝我梁[③]，不入我門！伊誰云從[④]？維暴之云[⑤]。

二人從行，誰爲此禍[⑥]？胡逝我梁，不入唁我！始者不如今，云不我可[⑦]。

彼何人斯？胡逝我陳[⑧]？我聞其聲，不見其身。不愧于人，不畏于天[⑨]？

彼何人斯？其爲飄風[⑩]。胡不自北？胡不自南？胡逝我梁，祇攪我心！

爾之安行，亦不遑舍[⑪]；爾之亟行，遑脂爾車[⑫]。壹者之來⑬,云何其盱⑭!

爾還而入,我心易⑮也;還而不入,否難知也⑯。壹者之來,俾我祇也⑰。

伯氏吹壎,仲氏吹篪⑱。及爾如貫⑲,諒不我知。出此三物,以詛爾斯⑳。

爲鬼爲蜮㉑,則不可得㉒。有靦㉓面目,視人罔極㉔。作此好歌,以極反側㉕。

【注釋】

①《詩序》:"《何人斯》,蘇公刺暴公也。暴公爲卿士,而譖蘇公焉,故蘇公作是詩以絶之。"按:序説未詳何據,然爲朋友絶交之詩,則文義甚顯。【《淮南子·精神篇》:"延陵季子不受吴國,而訟閒田者慚矣。"高注:"訟閒田者,虞芮及暴桓公、蘇信公是也。"而暴桓公及蘇信公爲何時人,則故籍無徵。《世本》謂暴辛公作塤,蘇成公作篪,譙周《古史考》謂周幽王時,暴辛公善塤,蘇成公善篪,恐皆因此詩而附會者。】

② 朱傳:"艱,險也。"

③ 逝,往也。梁,魚梁也。

④《經傳釋詞》云:"云,猶是也。"言維誰是從也。從者,同行之謂。

⑤ 舊謂暴即暴公,而無可徵信;然爲人名則無疑。之,猶是也。云,語已詞。言:其人乃暴是也。

⑥ 二人,謂暴及其從行之人也。此所謂禍,當非指過門不入言,然要必甚不友誼之作爲也。

⑦ 云,發語詞。不我可,不以我爲是也。今者不以我爲可,

始者不如此也。

⑧ 陳,堂前至大門之徑也。

⑨ 言汝所行如此,即使不愧於人,豈竟不畏於天乎。

⑩ 飄風,暴起之風也。

⑪ 安行,緩行也。遑,暇也。舍,息也。二語意謂:謂汝無事緩行乎?汝乃不暇稍息。責其過門不入也。

⑫ 亟,急也。脂,膏也,即油也,此作動詞用。言:謂汝有急事而疾行乎?爾乃有暇停車加油也。

⑬ 壹者,猶言一次也。之,猶是也。

⑭ 云何,如何也。盱,病也。二語言:汝來一次,於汝有何病苦乎?

⑮ 還,旋也。入,謂入己家也。易,悦也。

⑯ 按:古否字但作不,不、丕古通用。此否字應作丕,太也,甚也。言汝旋車而不入我家,則汝甚難知。謂其心叵測也。

⑰ 祇,音奇,安也。

⑱ 壎,音薰,陶製樂器,似卵而有六孔。篪,音池,竹製樂器,似笛。壎篪合奏,互相應和。伯、仲,兄弟也。二語言昔日之友好,如兄弟倡和也。

⑲ 貫,今謂之串。如貫,謂如一串之物,言其親暱也。

⑳ 三物,犬、豕、雞也。詛,阻豫切,祝詛也。言出此三物祭神以詛人,使神降以殃咎也。

㉑ 蜮,音域。相傳蜮在水中,含沙以射水中人影,其人輒病。

㉒ 得,謂得見也。【按:得,友善也,與人友善,謂之相得。】

㉓ 靦,音腆,慚貌。有靦,靦然也。

㉔ 古視、示通用;此謂示人以不良,言其公然作不良之

事也。

㉕ 按：極，正也，謂糾正也。反側，反覆也，此作名詞用，謂反覆之人也。

巷　伯[1]

萋兮斐兮[2]，成是貝錦[3]。彼譖人者，亦已大甚。

哆兮侈兮[4]，成是南箕[5]。彼譖人者，誰適與謀[6]！

緝緝翩翩[7]，謀欲譖人。愼爾言也，謂爾不信[8]。

捷捷幡幡[9]，謀欲譖言[10]，豈不爾受？既其女遷[11]。

驕人好好，勞人草草[12]。蒼天！蒼天！視彼驕人，矜[13]此勞人。

彼譖人者，誰適與謀！取彼譖人，投畀豺虎[14]；豺虎不食，投畀有北[15]；有北不受，投畀有昊[16]。

楊園之道[17]，猗于畝丘[18]。寺人[19]孟子，作爲此詩，凡百君子，敬[20]而聽之。

【注釋】

① 此寺人孟子刺讒人之詩。巷伯，寺人之長；以《巷伯》名篇者，以此。

② 萋、斐，文彩貌。

③ 貝錦，錦作貝文也。

④ 哆，音侈。哆、侈，皆大貌。

⑤ 南箕，箕星也。箕星在南，故曰南箕。此亦謂錦文也。

⑥ 適，專主也。言誰復專與譖人相謀乎。

⑦ 緝緝,《説文》引作咠咠,附耳私小語也。翩翩,當讀作諞諞,便巧言也。馬瑞辰説。

⑧ 言:謹慎爾言啊,王將覺察爾之欺詐而謂爾不信也。此戒譖人之辭。

⑨ 捷捷,便給也。馬瑞辰説。幡,音翻。朱傳:“幡幡,反覆貌。”【捷捷,漢石經作唼唼。】

⑩ 言計劃欲進譖言也。

⑪《經傳釋詞》云:“其,猶乃也。”遷,去也,猶捨也。二語言:王初時豈不接受爾之譖言?既而知其詐,乃必捨去之也。

⑫ 好好,喜也。草草,勞心也。

⑬ 矜,憐也。

⑭ 畀,與也。豺,音儕,狼屬。

⑮ 有北,北方也。古俗以北方爲凶地,故云。予别有文説之。

⑯ 有昊,昊天也。言投與老天使處分之也。

⑰ 楊園,園名,疑寺人孟子之居處也。之道,謂往楊園之道。

⑱ 按:猗,當讀爲倚,靠近也。畝丘,丘名。言往楊園之道,靠近畝丘也。【猗,參《衛風·淇奥》。】

⑲ 寺人,内小臣也。

⑳ 敬,儆也。

谷風之什

谷　　風[1]

習習谷風[2]，維風及雨。將恐將懼，維予與女；將安將樂，女轉棄予。

習習谷風，維風及頹[3]。將恐將懼，寘予于懷；將安將樂，棄予如遺。

習習谷風，維山崔嵬[4]。無草不死，無木不萎[5]。忘我大德，思我小怨。

【注釋】

① 舊謂此朋友相怨之詩。按：此與《邶風》之《谷風》相似，蓋亦棄婦之辭也。

② 見《邶風・谷風》。

③ 頹，暴風也。姚際恒說。

④ 崔嵬，高貌，與《周南・卷耳》之爲名詞者異。

⑤ 前二章皆以二句起興，末章獨爲四句。“忘我大德，思我小怨”二句，乃作詩之本旨。起興之四句，與本旨無關，不必牽强附會之也。

蓼　莪①

蓼蓼者莪②,匪莪伊蒿③。哀哀父母!生我劬勞。

蓼蓼者莪,匪莪伊蔚④。哀哀父母!生我勞瘁。

缾之罄矣,維罍之恥⑤。鮮⑥民之生,不如死之久矣⑦。無父何怙⑧?無母何恃⑨?出則銜恤⑩,入則靡至⑪。

父兮生我,母兮鞠我⑫。拊我畜我⑬,長我育我⑭,顧我復我⑮,出入腹我⑯。欲報之德,昊天罔極⑰。

南山烈烈⑱,飄風發發⑲。民莫不穀,我獨何害⑳?

南山律律㉑,飄風弗弗㉒。民莫不穀,我獨不卒㉓。

【注釋】

① 《詩序》謂此爲人民勞苦,孝子不得終養之詩。

② 蓼,音六。蓼蓼,長大貌。莪,茵陳也。

③ 伊,維也。莪長大爲蒿,俗云:"二月茵陳三月蒿。"

④ 蔚,一名馬薪蒿,蒿之尤粗大者。

⑤ 按:缾,汲器。罍,貯水器。罄,空也。以缾汲水而貯於罍,缾空則罍不得盈,以喻人子之不能終養父母。有子不能養父母,斯亦父母之恥也。【按:嚴粲《詩緝》已先有此説。】

⑥ 鮮、斯,古讀音近;鮮民,斯民也。馬瑞辰引阮元説。

⑦ 言久矣不如死也。

⑧ 怙,音户,賴也。《釋文》引《韓詩》説。

⑨ 恃,仗恃也。

⑩ 恤,憂也。銜恤,即懷憂之意。

⑪ 入家不見父母,遑遑不安,一若無所至也。

⑫ 鞠,育也。【《易·漸》:婦孕不育。】

⑬ 拊,撫也,摩也。畜,養也。【《後漢書·梁竦傳》引此句,拊作撫。】

⑭ 育,覆育也。言寒冷之時,母以身偎兒,如鳥之以翼覆其子也。

⑮ 顧,回顧也。復,反也。謂將出復反視兒也。

⑯ 腹,懷抱也。

⑰ 之德,是德也。按:昊天罔極,爲斥天之語,謂老天無良,奪其父母而去也。

⑱ 朱傳:"烈烈,高大貌。"

⑲ 發發,疾貌。

⑳ 穀,善也。我獨何害,言我何爲獨罹害也。

㉑ 律律,猶烈烈也。

㉒ 弗弗,猶發發也。

㉓ 舊謂:卒,終也;謂終養也。按:終養未宜謂之卒,舊説恐非詩意。姑仍之,以俟知者。【《豳風·鴟鴞》:"予口卒瘏。"馬瑞辰以爲卒當讀爲顇。云:"《爾雅》:'顇,病也'。"此言"我獨不卒"。按:卒當讀爲顇;不當讀爲丕。又《板》(《大雅》)"下民卒癉",卒,《韓詩》作瘁,是卒、瘁相通之證。(參《板》注③)】

大　東①

有饛簋飧②,有捄棘匕③。周道如砥④,其直如矢;君子所履,小人所視⑤。睠言⑥顧之,潸⑦焉出涕。

小東大東⑧,杼柚其空⑨。糾糾葛屨,可以履霜⑩。佻佻公子⑪,行彼周行。既往既來⑫,使我心疚。

有冽氿泉⑬,無浸穫薪⑭。契契寤歎⑮,哀我憚人⑯。薪是穫薪,尚可載⑰也;哀我憚人,亦可息也⑱。

東人之子,職勞不來⑲;西人之子,粲粲衣服⑳;舟㉑人之子,熊羆是裘;私人㉒之子,百僚是試㉓。

或以其酒,不以其漿㉔。鞙鞙佩璲,不以其長㉕。維天有漢㉖,監亦有光㉗。跂彼織女㉘。終日七襄㉙。

雖則七襄,不成報章㉚。睆彼牽牛㉛,不以服箱㉜。東有啓明,西有長庚㉝。有捄天畢㉞,載施之行㉟。

維南有箕,不可以簸揚㊱;維北有斗,不可以挹酒漿㊲。維南有箕,載翕其舌㊳;維北有斗,西柄之揭㊴。

【注釋】

①《詩序》:"《大東》,刺亂也。東國困於役而傷於財,譚大夫作是詩以告病焉。"按:【莊十年(周莊王十三年,前 684 年)《春秋》經:"齊師滅譚,譚子奔莒。"《漢書・人表》列譚大夫於厲王之世。《潛夫論・班禄篇》:"賦斂重而譚告通。"王先謙疑《魯詩》原有此文。】此是東國人士傷亂之詩無疑;謂爲譚大夫所作,則未詳所據。

② 饛,音蒙,滿貌。簋,見《秦風・權輿》。飧,音孫,熟食也。

③ 捄,音虯,曲長貌。馬瑞辰説。棘,棗屬。匕,類今時挹羹之匙,吉事以棘爲之,喪事以桑爲之。

④ 朱傳："砥，礪石，言平也。"

⑤ 君子，謂在官之人；小人，細民也。言此周道惟官吏得行於其上，平民則但視之而已。周道，蓋周之國道（余別有文説之），而禁平民通行也。

⑥ 睠，音卷，反顧貌。言，語詞。

⑦ 潸，音刪，涕下貌。

⑧ 小東，漢之東郡，今山東濮縣一帶。大東，魯東一帶也。傅孟真先生説，見所著《大東小東説》。

⑨ 杼，音苧，梭也。柚，音逐，織布機中用以卷經之軸也。空，盡也，言無布可織也。

⑩ 二語見《魏風·葛屨》。

⑪ 佻佻，獨行貌（本毛傳）。《釋文》引《韓詩》，佻佻作嬥嬥，云"往來貌"。舊謂公子爲譚國之公子，未詳是否。【《韓詩》云："往來貌。"於下文既相應，復與《子衿》"挑達"義合，較毛傳爲長。】

⑫ 既往既來，馬瑞辰云："承上'行彼周行'言之；往來，謂數數往來，疲於道路。"

⑬ 洌，音列，寒涼貌。有洌，洌然也。氿，音軌。側出之泉曰氿泉。

⑭ 穫薪，已刈之薪也。

⑮ 契契【漢石經作挈挈】，憂苦貌。按：寤，當爲語詞。

⑯ 憚，漢石經作癉，勞也。

⑰ 言尚可載之而去也。

⑱ 息，休息也。

⑲ 東人之子，猶言東國之人也。職，事也。來，勞來也，猶今語慰勞也。

⑳ 西人之子,謂周人也。粲粲,鮮盛貌。

㉑ 鄭箋:"舟,當作周。"

㉒ 按:私人,當與《大雅·崧高》"遷其私人"之私人同義,家臣也,此當謂周人服官於東國者之私人也。

㉓ 百僚,百官也,謂各種職位也。試,用也。言各職位皆用其私人也。

㉔ 按:飲酒渴則飲漿,今乃有酒而無漿。

㉕ 鞙,音泫,鞙鞙,漢石經作琄琄,娟好貌。璲,當讀爲繸綬之繸。皆馬瑞辰説。綬以長爲貴,今乃不以其長。與上文有酒無漿,皆困窮之象也。

㉖ 漢,天河也(見附圖十五)。

㉗ 監,視也。亦,語詞。言視之則有光也。

㉘ 毛奇齡《毛詩寫官記》云:"跂,望也。跂予望之也。"織女,星名(見附圖十五)。

㉙ 鄭箋:"襄,駕也。駕,謂更其肆也。"朱傳:"蓋天有十二次,日月所止舍,所謂肆也。經星一晝一夜,左旋一周而有餘,則終日之間,自卯至酉,當更七次也。"

㉚ 報,反也,謂織布時緯一來一去。成文謂之章。不成報章,謂不成布帛也。

㉛ 睆,音莞,《毛詩寫官記》云"視也",引陸機詩爲證。【陸機《擬古》詩云:"跂彼無良緣,睆焉不得度。"】牽牛,星名(見附圖十五)。

㉜ 服,駕也。箱,車箱也。

㉝ 啓明、長庚,實一星也。晨在東,爲啓明;夕在西,爲長庚(見附圖十五)。

㉞ 天畢,星名(見附圖十五)。畢,田網也,網小柄長,用以

掩兔,畢星象之,故名。

㉟ 施,猶置也。行,行列也。言但置於衆星之行列而已,不能作掩兔之用也。

㊱ 箕,星名(見附圖十五)。箕,所以簸揚穀物,箕星則不能簸揚也。

㊲ 斗,謂南斗星也,《經義述聞》説(見附圖十五)。南斗在箕星之北,故云維北有斗。挹,音邑,酌也。斗,類今之勺,所以酌取酒漿者;斗星則不能作此用也。

㊳ 翕,猶引也,伸長也。箕四星,二爲踵,二爲舌。言伸舌欲噬也。

㊴ 揭,舉也。南斗之柄,四時皆高舉而西向。言其欲向人間酌物也。以上兩章,言天上雖有織女、牽牛等星辰,然徒有其名,而無實用。且不特無用而已,箕、斗復欲噬取於人間也。

四　月①

四月維夏,六月徂②暑。先祖匪人③,胡寧忍予④!

秋日淒淒⑤,百卉具腓⑥。亂離瘼⑦矣,爰其適歸⑧。

冬日烈烈,飄風發發。民莫不穀,我獨何害⑨!

山有嘉卉,侯栗侯梅⑩。廢爲殘賊⑪,莫知其尤⑫。

相⑬彼泉水,載清載濁。我日構⑭禍,曷云能穀⑮!

滔滔⑯江漢,南國之紀⑰。盡瘁⑱以仕,寧莫我有⑲。

匪⑳鶉匪鳶,翰飛戾天,匪鱣匪鮪㉑,潛逃于淵。

山有蕨薇,隰有杞桋㉒。君子作歌,維以告哀㉓。

【注釋】

① 朱傳:"此亦遭亂自傷之詩。"

② 徂,猶始也。

③ 匪人,猶今語不是人也。予别有文説之。

④ 寧,乃也。言何乃忍心於予乎? 謂使己逢此喪亂也。

⑤ 淒淒,寒凉貌。

⑥ 卉,草也,花木也。腓,病也。

⑦ 瘼,音莫,病也。

⑧ 適,往也。爰其適歸,鄭箋:"爰,曰也。"言且往歸也。《家語》引《詩》,爰字作奚,亦通。【朱子用之】

⑨ 四語見《蓼莪》。

⑩ 侯,維也。【梅,漢石經作楳。】

⑪ 廢,變壞也。殘,傷也。賊,害也。言在位者變爲害人之人也。

⑫ 尤,過也。

⑬ 相,視也。

⑭ 構,遘之假借,遇也。馬瑞辰説。

⑮ 按:曷,何時也。云,語詞。穀,善也。

⑯ 滔滔,大水貌。

⑰ 之,猶是也。紀,綱紀也,猶言經營也。

⑱ 瘁,勞也。

⑲ 寧,乃也。有,與友義通,親也。馬瑞辰説。言王乃莫我親也。

⑳ 匪,彼也。下同。

㉑ 鱣、鮪,見《衛風・碩人》。

㉒ 栜,音夷,木名,葉如柞,皮白而薄。木質堅韌可爲車轂。

㉓ 告哀，謂申訴哀苦也。

北　山[①]

陟彼北山，言采其杞。偕偕士子[②]，朝夕從事。王事靡盬，憂我父母。

溥[③]天之下，莫非王土，率土之濱[④]，莫非王臣。大夫不均[⑤]，我從事獨賢[⑥]。

四牡彭彭，王事傍傍[⑦]。嘉我未老，鮮我方將[⑧]，旅[⑨]力方剛，經營四方。

或燕燕[⑩]居息，或盡瘁事國；或息偃[⑪]在牀，或不已于行[⑫]。

或不知叫號[⑬]，或慘慘[⑭]劬勞；或棲遲偃仰[⑮]，或王事鞅掌[⑯]。

或湛樂飲酒，或慘慘畏咎[⑰]；或出入風議[⑱]，或靡事不爲[⑲]。

【注釋】

① 《孟子》謂此詩，乃勞於王事而不得養其父母者所作。

② 偕偕，强壯貌。士子，仕者也。

③ 溥，同普。

④ 率，循也。濱，涯也。

⑤ 均，平也。

⑥ 賢，勞也。《經義述聞》説。

⑦ 傍傍，盛也。

⑧ 鮮,善也。將,壯也。
⑨ 旅,與膂通。
⑩ 燕燕,安息貌。
⑪ 偃,仰卧也。
⑫ 已,止也。行,路也。
⑬ 不知,猶不聞也。言不聞人痛苦叫號之聲也。
⑭ 慘慘,猶戚戚也,見《正月》。
⑮ 棲遲,遊息也,見《陳風·衡門》。偃仰,猶俯仰也。
⑯ 鞅掌,事多也。馬瑞辰説。
⑰ 咎,罪過也。
⑱ 風,猶放也。放議,謂放言高論也。【風,讀爲諷,亦通。】
⑲ 靡事不爲,言其勞也。

無將大車①

無將②大車,祇自塵兮③。無思百憂,祇自疷④兮。
無將大車,維塵冥冥⑤。無思百憂,不出于熲⑥。
無將大車,維塵雝⑦兮。無思百憂,祇自重⑧兮。

【注釋】

①《荀子》《韓詩》《毛詩》皆以此爲悔與小人相處之詩。按:彼當是採開首起興二語之意爲説,恐未必是。此只是遣憂之作。
② 將,扶進也。
③ 祇,今通作秖,適也。下同。塵,作動詞用,謂塵撲身也。
④ 疷,音底。字應作疧,音歧,病也。段氏《詩經小學》

有説。

⑤ 冥冥,昏暗之貌。

⑥ 按:熲,與耿同。耿耿,不安之貌,此亦不安之義。不出于熲,言不能避免中心之耿耿不安也。

⑦ 雝,猶蔽也。【漢石經作雍。】

⑧ 重,猶累也。

小　　明[①]

明明上天,照臨下土。我征徂西[②],至于艽野[③]。二月初吉[④],載離寒暑[⑤],心之憂矣,其毒[⑥]大苦。念彼共人[⑦],涕零如雨。豈不懷歸?畏此罪罟[⑧]。

昔我往矣,日月方除[⑨]。曷云其還[⑩]?歲聿云莫。念我獨兮,我事孔庶[⑪]。心之憂矣,憚我不暇[⑫]。念彼共人,睠睠[⑬]懷顧。豈不懷歸?畏此譴怒[⑭]。

昔我往矣,日月方奥[⑮]。曷云其還?政事愈蹙[⑯]。歲聿云莫,采蕭穫菽[⑰]。心之憂矣,自詒伊戚[⑱]。念彼共人,興言出宿[⑲]。豈不懷歸?畏此反覆[⑳]。

嗟爾君子,無恒安處[㉑]。靖共爾位[㉒],正直是與[㉓]。神之聽之[㉔],式穀以女[㉕]。

嗟爾君子,無恒安息。靖共爾位,好是正直。神之聽之,介爾景福[㉖]。

【注釋】

① 朱傳:"大夫以二月西征,至於歲莫而未得歸,故呼天而

訴之。”按：朱説是。惟是否大夫所作，則難定。以《采薇》及《六月》等詩證之，此當亦宣王時之作品也。

② 征，行也。徂，往也。此云往西，蓋參預伐玁狁之事者。

③ 艽，音求。舊説毛傳：艽野，荒遠之地也。按：九、鬼，二字古通用，朱子謂艽是地名。艽野，疑即鬼方之野。此時鬼方雖已名玁狁，然舊稱或未盡泯也。【宋翔鳳已謂艽野即鬼方。】

④ 初吉，上旬之吉日也。【《經義述聞》説，《尚書》之“元日”而及“初吉”，再審。王静安《生霸死霸考》，則以爲月之一日至八日爲初吉。】

⑤ 載，則也。離，罹也，遭受也。

⑥ 毒，中心之苦如藥毒也。

⑦ 共，同恭。按：共人，温恭之人，蓋行役者謂其妻也。【《鹽鐵論·執務篇》引作恭。】

⑧ 罟，網也。潛歸則難逃罪網，故云。

⑨《毛鄭詩考正》云：“《爾雅》：十二月爲涂。……除、涂正同音，古字通用。”按：方，甫也。方除，意謂剛過年也。【除，參《唐風·蟋蟀》“日月其除”】

⑩ 曷，何時也。云，語詞。言何時能還歸乎。

⑪ 庶，衆多也。

⑫ 憚，勞也。言勞我使不得暇也。【按：憚作懼怕解，亦通。】

⑬ 睠，見《大東》。睠睠，反顧貌。

⑭ 朱傳：“譴怒，罪責也。”

⑮ 奥，煖也。

⑯ 蹙，急也。

⑰ 采蕭所以爲薪。菽,豆也。豆熟甚晚,言此以明歲將暮也。

⑱ 詒,遺也。戚,憂也。參《邶風·雄雉》。

⑲ 興,起也。言憂不成寐,起而出宿於外也。

⑳ 按:反覆,謂成期之屢變也。

㉑ 君子,指執政者言。無恒安處,言勿常安居逸樂,而不勤勞公務也。

㉒ 按:靖,治也,謂勤於事也。共,恭也。靖共爾位,即勤謹於爾職之義。【《韓詩外傳》引此句作靜恭,亦作靖恭。】

㉓ 與,交好也。

㉔ 神,慎也。聽,從也。參看《伐木》。

㉕ 式,語詞。穀,善也。以,及也。言善(謂福禄)及於汝也。

㉖ 介,匄也。景,大也。

鼓　鍾①

鼓鍾將將②,淮水湯湯③。憂心且傷。淑人君子,懷允不忘④。

鼓鍾喈喈⑤,淮水湝湝⑥。憂心且悲。淑人君子,其德不回⑦?

鼓鍾伐鼛⑧,淮有三洲。憂心且妯⑨。淑人君子,其德不猶⑩。

鼓鍾欽欽⑪,鼓瑟鼓琴,笙磬同音。以雅以南⑫,以籥不僭⑬。

【注釋】

① 此疑悼南國某君之詩。

② 將，音鏘；將將，聲也。按：鼓鐘爲諸侯以上之樂。

③ 疑某君葬於淮水之上，故初言鼓鐘，繼言淮水。

④ 按：淑人君子，謂死者也。懷，持守也。允，信也。不忘，猶不已也，余別有文説之。

⑤ 喈喈，和聲也。見《太玄經》范望注。

⑥ 湝，音皆。湝湝，亦水流聲也。

⑦ 回，邪也。

⑧ 鼛，音高，大鼓也。

⑨ 妯，音抽，悼也。【毛傳："妯，動也。"謂激動。】

⑩ 猶，已也，義見《爾雅》。【按：猶與《召南・小星》"實命不猶"之猶同義，此言其德與常人不同也。】

⑪《廣雅》："欽欽，聲也。"

⑫ 雅，謂中原之正聲。南，南國之樂也。【雅，樂器名，詳見《周禮・春官・笙師》先鄭注。《禮記・文王世子》有"胥鼓南"之語，知南亦樂器之可鼓者，甲骨文㲃字()，正象鼓南之形。】

⑬ 籥，謂籥舞，文舞也。僭，亂也。

楚　茨[1]

楚楚者茨[2]，言抽其棘[3]。自昔何爲？我蓺黍稷。我黍與與[4]，我稷翼翼[5]。我倉既盈，我庾維億[6]。以爲酒食，以享以祀，以妥以侑[7]，以介景福。

濟濟蹌蹌[8]，絜爾牛羊[9]，以往烝嘗[10]。或剝或亨[11]，或肆或將⑫。祝祭于祊⑬,祀事孔明⑭。先祖是皇⑮,神保是饗⑯。孝孫有慶⑰。報以介⑱福,萬壽無疆。

執爨踖踖⑲,爲俎孔碩⑳。或燔或炙,君婦莫莫㉑。爲豆孔庶㉒,爲賓爲客㉓。獻醻交錯,禮儀卒度㉔,笑語卒獲㉕,神保是格㉖。報以介福,萬壽攸酢㉗。

我孔熯矣㉘,式禮莫愆㉙。工祝致告㉚,徂賚孝孫㉛。苾芬孝祀㉜,神嗜飲食。卜爾百福,如幾如式㉝。既齊既稷㉞,既匡既勑㉟。永錫爾極㊱。時萬時億㊲。

禮儀既備,鍾鼓既戒㊳。孝孫徂位㊴,工祝致告。神具㊵醉止,皇尸載起㊶。鼓鍾送尸,神保聿歸。諸宰㊷君婦,廢徹不遲㊸。諸父兄弟,備言燕私㊹。

樂具入奏,以綏後禄㊺。爾殽既將㊻,莫怨具慶㊼。既醉既飽,小大㊽稽首。神嗜飲食,使君壽考。孔惠孔時,維其盡之㊾。子子孫孫,勿替引之㊿。

【注釋】

① 此詠祭祀之詩。

② 朱傳:"楚楚,盛密貌。"茨,蒺藜也。

③ 按:抽,抽出也。謂生也。棘,刺也。言蒺藜生刺也。二語乃起興之辭,與詩本旨無關。

④ 與與,繁盛貌。

⑤《廣雅》云:"翼翼,盛也。"

⑥ 庾,囷也。維億,言其多也。

⑦ 妥,安坐也。侑,勸也。謂使尸安坐於神位而勸其飲

食也。

⑧ 按：濟濟，衆貌。蹌，音鏘；蹌蹌，趨進之貌。

⑨ 絜，潔也。牛、羊，皆祭品也。

⑩ 冬祭曰烝，秋祭曰嘗。此則泛指祭祀言。

⑪ 剥，宰殺也。亨，古烹字。

⑫ 肆，陳也。將，進奉也。

⑬ 祊，門内也。

⑭ 明，猶備也。

⑮ 皇，暀也，歸往也。《説文》釋祊字云："門内祭，先祖所以傍徨也。"【毛傳："皇，大也。"古稱祖曰皇祖，皇義猶顯赫偉大也。句又見《信南山》。】

⑯ 神保，祖考之異名也。王國維有説，見《與友人論詩書中成語書》。饗，食也。謂神受其祭也。

⑰ 朱傳："慶，猶福也。"

⑱ 介，大也。

⑲ 爨，竈也。執爨，謂任烹調之事也。踖，音鵲。《爾雅》："踖踖，敏也。"

⑳ 俎，盛牲之器。爲俎孔碩，意謂俎中之牲體甚大也。

㉑ 君婦，主婦也。莫莫，敬謹也。馬瑞辰有説。【《爾雅·釋訓》："慔慔，勉也。"馬瑞辰據以爲説。】

㉒ 豆，所以盛殽類。庶，多也。

㉓ 言此豆乃爲賓客而設也。賓客，謂助祭者。

㉔ 卒，盡也。度，法度也。言盡合法度也。

㉕ 獲，得也，謂得宜也。

㉖ 神降臨曰格。

㉗ 攸，猶以也。酢，音昨，報也。

㉘ 金文勤、覲等字但作堇，則謹亦可作堇。堇字從火，與熯爲一字。故此熯字，即謹也。于省吾説。熯，音罕，又音然上聲。【毛傳：“熯，敬也。”】

㉙ 言於禮無差錯也。

㉚ 工，官也。工祝，官祝也。馬瑞辰有説。致告，謂禱神也。

㉛ 徂，往也，賚，賜予也。言冀神往予孝孫以福也。

㉜ 苾，音弼。苾、芬皆香也。孝祀，享祀也。馬瑞辰有説。

㉝【毛傳：“幾，期。”】式，法也。

㉞ 按：齊，當讀爲齋，敬也。稷，疾也，敏疾不怠慢也。

㉟ 匡，正也。勑，整齊也。此當指祭品之陳列言。

㊱ 錫，賜也。極，中正也，義猶善也。

㊲ 時，是也。是萬是億，言所賜之善弘多也。

㊳ 戒，備也。

㊴ 徂，往也。徂位，謂祭禮既畢，孝孫往堂下西面之位也。

㊵ 具，備也。猶言已經也。

㊶ 皇，大也。尸，祭祀時以生人象所祭之祖先也，以死者之孫輩爲之。皇尸，尊稱之也。

㊷ 家臣亦謂之宰。

㊸ 廢，去也。徹，除也。言撤去祭品也。不遲，以疾速爲敬也。

㊹ 備，俱也。言，語詞。燕私，私燕也。祭畢，則與同姓私燕。

㊺ 朱傳：“祭於廟而燕於寢，故於此將燕，而祭時之樂皆入奏於寢也。”綏，安也。禄，福也。以綏後禄，猶云以奠後福也。

㊻ 將，進也。

㊼ 莫怨，言諸兄弟皆無怨者。具慶，俱相慶也。

㊽ 小大，長幼也。

㊾ 惠，順也。時，是也。盡之，謂盡禮也。言祭祀甚順甚是，無不盡禮也。【此“時”字以解作“善”爲佳。】

㊿ 替，廢也。引，長也。此祝子孫之連綿不絶也。

信　南　山①

信②彼南山，維禹甸之③。畇畇④原隰，曾孫田之⑤。我疆我理，南東其畝⑥。

上天同雲⑦，雨雪雰雰⑧。益之以霢霂⑨，既優既渥，既霑既足⑩，生我百穀。

疆埸翼翼⑪，黍稷彧彧⑫。曾孫之穡，以爲酒食。畀我尸賓⑬，壽考萬年。

中田有廬，疆埸有瓜。是剥是菹⑭，獻之皇祖。曾孫壽考，受天之祜⑮。

祭以清酒⑯，從以騂牡⑰，享于祖考。執其鸞刀⑱，以啓其毛⑲，取其血膋⑳。

是烝是享㉑，苾苾芬芬，祀事孔明。先祖是皇，報以介福，萬壽無疆㉒。

【注釋】

① 此亦詠祭祀之詩。

② 信、伸，古通用，長也。馬瑞辰説。

③ 甸，音電，治也。

④ 畇，音匀；畇畇，墾闢貌。

⑤ 朱傳:"曾孫,主祭者之稱。"田之,用以爲田也。【"曾孫"之詞,見《周頌·維天之命》。因對先祖言,故曰曾孫。】

⑥ 朱傳:"疆者,爲之大界也。理者,定其溝塗也。"南東其畝,謂或南其畝,或東其畝也。

⑦《藝文類聚》引《韓詩外傳》云:"雪雲曰同雲。"

⑧ 雨,作動詞用。雰雰,猶紛紛也。

⑨ 霢,音麥。霂,音木。霢霂,小雨也。

⑩ 朱傳:"優、渥、霑、足,皆饒洽之意也。"

⑪ 埸,音亦,田畔也。朱傳:"翼翼,整飭貌。"

⑫ 彧,音郁;彧彧,茂盛貌。

⑬ 畀,予也。言以此酒食予尸及賓也。

⑭ 菹,淹菜也(或謂之泡菜),此作動詞用。

⑮ 祜,音户,福也。

⑯ 清酒,祭祀之酒也。見鄭衆《周禮注》。【《周禮·酒正》:"辨三酒之物。"鄭注:"清酒,今中山冬釀,接夏而成。"鄭箋此詩,謂是玄酒,與注《周禮》異義。】

⑰ 從,跟從也。騂,音辛,赤色牲也。

⑱ 鸞刀,刀之有鈴者。

⑲ 啓,開啓也。

⑳ 膋,音聊,脂膏也。言取血及脂膏也。

㉑ 烝,進也。享,獻也。

㉒ 以上四語見《楚茨》。

甫田之什

甫　田①

倬彼甫田②，歲取十千③。我取其陳，食我農人④。自古有年⑤。今適南畝，或耘或耔⑥，黍稷薿薿⑦。攸介⑧攸止，烝我髦士⑨。

以我齊明⑩，與我犧羊⑪，以社以方⑫。我田既臧，農夫之慶⑬。琴瑟擊鼓，以御田祖⑭。以祈甘雨，以介⑮我稷黍，以穀⑯我士女。

曾孫來止，以其婦子，饁彼南畝。田畯至喜⑰，攘其左右⑱，嘗其旨否⑲。禾易長畝⑳，終善且有㉑。曾孫不怒，農夫克敏㉒。

曾孫之稼，如茨如梁㉓；曾孫之庾，如坻如京㉔。乃求千斯倉，乃求萬斯箱，黍稷稻粱㉕。農夫之慶。報以介福，萬壽無疆。

【注釋】

① 朱傳："此詩述公卿有田禄者力於農事，以奉方社田祖之祭。"

② 倬，音卓，大貌。甫田，大田也。見《齊風·甫田》。

③ 取，謂收税也。十千爲萬，言其多也。鄭康成等以井田之法説之。按：井田之法，古代曾否通行，尚難確定。兹未敢從。

④ 古者於穀物尚新，故以陳者食其農人。陳，舊也。

⑤ 自古，猶云自昔，謂多年以來也。有年，豐年也。

⑥ 耘，音芸，除草也。耔，音子，壅根也。

⑦ 薿，音擬，茂盛貌。

⑧ 攸，猶乃也。介，舍息也。

⑨ 烝，進也，謂接見之也。髦，音毛，俊也。髦士，謂農夫中之優秀者。

⑩ 齊者，齍之省借；明者，成之假借；成，盛也。齊明，即粢盛也。馬瑞辰説。按：粢，穀類也。盛，盛於器也。粢盛，祭神之飯也。

⑪ 純色之牲曰犧。

⑫ 社，后土也。方，四方也。此皆作動詞用，謂祭之也。

⑬ 臧，善也。慶，福也。

⑭ 御，迎也。田祖，發明種田之人也。此謂迎祭其神。

⑮ 介，通匄，求也。祈求稷黍之豐盛也。

⑯ 穀，養也。

⑰ 以上三句見《豳風・七月》。

⑱ 攘，取也。謂取左右之食也。

⑲ 旨否，甘美與否也。

⑳ 易，治也。陳奂云："治者，謂除草雝本也。"長畝，竟畝也，終竟其畝也。

㉑ 終，既也。有，多也。

㉒ 敏，疾也。

㉓ 茨，屋蓋也。梁，橋梁也。

㉔ 庾，囷也。坻，音遲。坻、阺通用，秦人謂陵阪曰阺。馬瑞辰說。京，高丘也。

㉕ 言千倉萬箱者，乃黍稷稻粱也。

大　田[①]

大田多稼[②]，既種既戒[③]，既備乃事[④]，以我覃[⑤]耜，俶載[⑥]南畝，播厥百穀。既庭且碩[⑦]，曾孫是若[⑧]。

既方既皁，既堅既好[⑨]，不稂不莠[⑩]。去其螟螣[⑪]，及其蟊賊[⑫]，無害我田穉[⑬]。田祖有神，秉畀炎火[⑭]。

有渰萋萋[⑮]，興雨祁祁[⑯]；雨我公田，遂及我私[⑰]。彼有不穫穉[⑱]，此有不斂穧[⑲]；彼有遺秉[⑳]，此有滯穗[㉑]，伊寡婦之利[㉒]。

曾孫來止，以其婦子，饁彼南畝，田畯至喜[㉓]。來方禋祀[㉔]，以其騂黑[㉕]，與其黍稷，以享以祀，以介景福。

【注釋】

① 此詠稼穡之詩。

② 多稼，謂收成多也。

③ 種，謂選種也。戒，備也，謂備其農具也。

④ 乃事，其事也。謂選種及修治耒耜之事既備也。

⑤ 覃，音剡，利也。

⑥ 按：俶，始也。載，在也。

⑦ 庭，直也。碩，大也。謂禾苗條直而茂大也。

⑧ 按：若，猶諾也。謂滿意也。

⑨ 方，房也，謂穀殼始生而未合也。皁，謂殼已合而未堅也。參馬瑞辰説。堅，謂莖堅；好，謂齊好也。

⑩ 稂，草名，見《曹風·下泉》。莠，似苗之草也。

⑪ 螟，音冥，食苗心之蟲。螣，音特，食葉之蟲也。

⑫ 蟊，音矛，食根之蟲也。賊，食節之蟲也。

⑬ 穉，謂幼苗也。

⑭ 秉，持也。畀，予也。夜舉火於田間，則蝗蟲之屬，皆投火自焚，一若田祖之神持而投之於火也。

⑮ 渰，音奄，雲興貌。萋萋，盛也。

⑯ 祁祁，衆盛貌，前已數見。

⑰ 公田，猶言大家之田；私，謂一己之田也。《孟子》據此以爲周行助法之證，當否待考。

⑱ 不穫穉，未刈之禾也。

⑲ 斂，收也。穧，音劑，已穫之禾也。

⑳ 秉，把也。已割之禾皆成把置於田。

㉑ 滯，留也。

㉒ 遺秉、滯穗，皆遺棄於田間者，寡婦拾取之以爲己之利益也。

㉓ 見《甫田》。

㉔ 來，語詞。方，即上篇'以方'之方(以上陳奐説)。禋，音因。禋祀，祭祀也。

㉕ 騂，見《信南山》。黑，黑色牲也。

瞻彼洛矣[①]

瞻彼洛[②]矣，維水泱泱[③]。君子[④]至止，福禄如茨。

韎韐有奭[5]，以作六師[6]。

瞻彼洛矣，維水泱泱。君子至止，鞞琫有珌[7]。君子萬年，保其家室。

瞻彼洛矣，維水泱泱。君子至止，福禄既同[8]。君子萬年，保其家邦。

【注釋】

① 此頌美周王之詩。

② 洛，乃西周之洛，源出今陝西定邊縣東南白於山，東南流至朝邑縣境，入於渭。此水作洛，在東周者作雒(魏黄初元年詔，謂洛作雒乃漢因火德，避水而改，其説可疑)，古者原不相混。段玉裁《經韵樓集》有説。

③ 泱泱，深廣貌。

④ 君子，指周王言。

⑤ 韎，音昧，茅蒐所染之皮也。韐，音閤，祭服之韠也。奭，赤貌；有奭，奭然也。

⑥ 作，興也。六師，六軍也。天子六軍。

⑦ 鞞，音俾，又彼頂切。琫，補孔切，音菶。《釋名》云："刀室曰削(俗作鞘)，室口之飾曰琫，下末之飾曰琕。"琕與鞞同。珌，音必，文飾貌；有珌，珌然也。説詳《毛鄭詩考正》。

⑧ 朱傳："同，猶聚也。"

裳裳者華[1]

裳裳[2]者華，其葉湑[3]兮。我覯之子[4]，我心寫兮[5]。

我心寫兮,是以有譽處兮⑥。

裳裳者華,芸⑦其黄矣。我覯之子,維其有章⑧矣。維其有章矣,是以有慶⑨矣。

裳裳者華,或黄或白。我覯之子,乘其四駱。乘其四駱,六轡沃若⑩。

左之左之,君子宜之。右之右之,君子有之⑪。維其有之,是以似之⑫。

【注釋】

① 此美某在位者之詩。

② 古裳與常同字,《説文》常或作裳,是也。《廣雅》:"常常,盛也。"馬瑞辰説。

③ 湑,盛貌。前已數見。

④ 覯,音構,見也。之子,指某在位者言。

⑤ 句見《蓼蕭》。

⑥ 亦見《蓼蕭》。

⑦ 芸,猶紛紜,言多也。馬瑞辰説。

⑧ 按:章,猶法則也;謂動容周旋中禮也。

⑨ 慶,猶福也。

⑩ 以上三句,參看《皇皇者華》。

⑪ 按:左、右,與《商頌·長發》"實左右商王"之左右同義。左、佐,古通用,右、佑,古通用,皆助也。故左右,猶言輔翼也。《説文》:"宜,所安也。"宜之,即安之。有,親也。君子,指天子言。

⑫ 似,續也。按:謂使繼續其祖考之官爵也。金文所載命官之辭,開首語多言使續其祖考某官,可證。

桑扈[1]

交交桑扈[2],有鶯[3]其羽。君子樂胥[4],受天之祜。
交交桑扈,有鶯其領[5]。君子樂胥,萬邦之屏[6]。
之屏之翰[7],百辟爲憲[8]。不戢不難[9],受福不那[10]。
兕觥其觩[11],旨酒思柔[12]。彼交匪敖[13],萬福來求[14]。

【注釋】

① 此頌美天子之詩。

② 句見《小宛》。

③ 鶯,文彩貌。有鶯,鶯然也。

④ 君子,指天子言。胥,皆也。皆、嘉一聲之轉,《廣雅·釋言》:"皆,嘉也。"樂胥,猶言樂嘉,嘉亦樂也。馬瑞辰說。

⑤ 領,頸也。

⑥ 屏,蔽也。

⑦ 翰,幹也。《説文》:"韓,井垣也。"韓字相承皆用幹,亦屏蔽之意。近人某氏説。

⑧ 辟,君也。憲,法也。

⑨ 馬瑞辰謂:戢,當讀爲濈,和也。難,當讀爲戁,敬也。按:二不字當讀爲丕。

⑩ 不,讀爲丕。那,多也。

⑪ 觩,音虬。按:觩義當如捄,曲貌。兕觥之流曲也。

⑫ 思,語詞。柔,嘉也,善也。馬瑞辰説。

⑬《經義述聞》云:"彼,亦匪也;交,亦敖也。"謂不傲慢也。

【彼交匪傲,《漢書·五行志上》中引作“匪儌匪傲”。應劭曰:言在位者不儌訐不倨傲也。臧琳《經義雜記》曾申其説。】

⑭《經義述聞》云:“求,與逑同。逑,聚也。”

鴛　鴦①

鴛鴦于飛,畢之羅之②。君子萬年,福禄宜之。

鴛鴦在梁,戢③其左翼,君子萬年,宜其遐④福。

乘馬在廄⑤,摧之秣之⑥。君子萬年,福禄艾之⑦。

乘馬在廄,秣之摧之。君子萬年,福禄綏之⑧。

【注釋】

① 此蓋頌禱天子之詩。

② 畢,田網也。羅,網也。此皆作動詞用。

③ 戢,斂也。

④ 遐,大也。

⑤ 廄,一作厩,音救,養馬處也。

⑥ 摧,與莝義同,斬芻也。秣,音末,食馬穀也。此皆作動詞用。

⑦ 艾,養也。

⑧ 綏,安也。

頍　弁①

有頍者弁②,實維伊何③?爾酒既旨,爾殽既嘉。豈伊異人？兄弟匪他[4]。蔦與女蘿[5]，施[6]于松柏。未見君子，憂心奕奕[7]；既見君子，庶幾説懌[8]。

有頍者弁，實維何期[9]？爾酒既旨，爾殽既時。豈伊異人？兄弟具來[10]。蔦與女蘿，施于松上。未見君子，憂心怲怲[11]；既見君子，庶幾有臧。

有頍者弁，實維在首。爾酒既旨，爾殽既阜[12]。豈伊異人？兄弟甥舅。如彼雨雪，先集維霰[13]。死喪無日[14]，無幾相見[15]。樂酒今夕，君子維宴[16]。

【注釋】

① 朱傳："此亦燕兄弟親戚之詩。"

② 頍，音奎，上聲，舉首貌。弁，皮弁也，冠類。天子燕用皮弁。

③ 陳奂云："實，當作寔；寔，是也。維，猶爲也。"言：戴此皮弁，是爲何故乎？意謂將燕也。

④ 鄭箋："匪他，言至親。"謂相親好也。焦循《孟子正義》（"君子有三樂"節）有説。按：即今語不是外人之意。

⑤ 蔦，音鳥，植物名，一名寄生，一名寓木。女蘿，菟絲也。二者皆蔓生之草。

⑥ 施，讀如《周南·葛覃》"施于中谷"之施，拖蔓也。

⑦ 奕奕，揺揺不定也。

⑧ 説，讀悦。懌，亦悦也。

⑨ 期，音基，語詞。何期，猶伊何也。

⑩ 具，俱也。

⑪ 怲，音丙。怲怲，憂盛貌。

⑫ 皐,猶多也。

⑬ 霰,音綫,未成雪花之雪珠也。【按:集,落下也。《書·君奭》:"其集大命于厥躬。"《文侯之命》:"惟時上帝集厥命于文王。"《大雅·大明》:"有命既集。"皆其義。】

⑭ 無日,無多日也。言人壽有限,距死喪無多日也。古語率直,不以爲嫌。

⑮ 言相見將無多次也。

⑯ 宴,宴饗也。二句倒文爲義,言君子宴饗,樂酒今夕也。

車 舝[①]

間關車之舝兮[②],思孌季女逝兮[③]。匪飢匪渴,德音來括[④]。雖無好友,式燕且喜[⑤]。

依彼平林,有集維鷮[⑥]。辰彼碩女[⑦],令德來教[⑧]。式燕且譽[⑨],好爾無射[⑩]。

雖無旨酒,式飲庶幾;雖無嘉殽,式食庶幾;雖無德與女,式歌且舞[⑪]。

陟彼高岡,析其柞薪[⑫]。析其柞薪,其葉湑兮。鮮[⑬]我覯爾,我心寫兮。

高山仰止,景行行止[⑭]。四牡騑騑,六轡如琴[⑮]。覯爾[⑯]新昏,以慰我心。

【注釋】

① 朱傳:"此燕樂其新昏之詩。"

② 間關，展轉也。馬瑞辰有說。舝，見《邶風·泉水》。

③《經傳釋詞》云："思，發語詞也。"孌，美貌。逝，去也。謂去其母家而來成婚也。

④ 德音，語言也。來，猶是也。括，會也。言並非飢渴，而所以如飢如渴者，乃盼望得會見其聲音也。

⑤ 燕，樂也。言雖無他好友亦當喜樂也。

⑥ 依、殷古同聲，盛也，馬瑞辰說。平林，林木之在平地者也。鷮，音驕，雉也。

⑦ 辰，時也。時，善也（義見《頍弁》毛傳）。碩，大也。

⑧ 令德，美德也。來，猶是也。美德是教，言曾被教以美德也。

⑨ 譽，安樂也。參《蓼蕭》。

⑩ 好，喜好也。射，音亦，厭也。

⑪ 此章皆勸新婦之語。

⑫ 柞，櫟也。

⑬ 鮮，斯也。參看《蓼莪》。【鮮作善解，亦通。鄭箋："鮮，善。"】

⑭ 景行，大道也。行止，行之也。

⑮ 如琴，言其調協也。

⑯ 爾，謂新婦也。

青　　蠅①

營營②青蠅，止于樊③。豈弟君子④，無信讒言。

營營青蠅，止于棘。讒人罔極⑤，交亂四國。

營營青蠅，止于榛。讒人罔極，構⑥我二人。

【注釋】

① 此刺讒人之詩。

②《説文》𣖦字注引《詩》作營營;又謍字注引《詩》作謍謍,云:"小聲也。"毛傳訓營營爲往來貌。

③ 樊,籬也。

④ 豈弟,和樂平易也,見《齊風·載驅》。君子,謂王也。

⑤ 罔極,無良也。前已數見。

⑥ 構,合也。言構合雙方使彼此相嫌,今語所謂挑撥也。

賓之初筵①

賓之初筵,左右秩秩②,籩豆有楚③,殽核維旅④。酒既和旨⑤,飲酒孔偕⑥。鐘鼓既設,舉醻逸逸⑦。大侯既抗⑧,弓矢斯張。射夫既同⑨,獻爾發功⑩。發彼有的⑪,以祈爾爵⑫。

籥舞笙鼓⑬,樂既和奏。烝衎烈祖⑭,以洽百禮⑮。百禮既至,有壬有林⑯。錫爾純嘏⑰,子孫其湛⑱。其湛曰樂,各奏爾能⑲。賓載手仇⑳,室人入又㉑。酌彼康爵㉒,以奏爾時㉓。

賓之初筵,温温其恭。其未醉止,威儀反反㉔。曰既醉止,威儀幡幡㉕。舍其坐遷㉖,屢舞僊僊㉗。其未醉止,威儀抑抑㉘;曰既醉止,威儀怭怭㉙。是曰既醉,不知其秩㉚。

賓既醉止,載號載呶㉛,亂我籩豆,屢舞僛僛㉜。是曰既醉,不知其郵㉝。側弁之俄㉞,屢舞傞傞㉟。既醉而出,並受其福。醉而不出，是謂伐德[36]。飲酒孔嘉，維其令儀[37]。

凡此飲酒，或醉或否。既立之監[38]，或佐之史[39]。彼醉不臧，不醉反恥[40]。式勿從謂[41]，無俾大怠[42]。匪言勿言，匪由勿語[43]。由醉之言，俾出童羖[44]。三爵不識，矧敢多又[45]！

【注釋】

①《詩序》謂此爲衛武公刺幽王之詩，朱傳謂衛武公飲酒悔過而作此詩，皆無確據。按：此當是詠大射之詩（將祭而射，謂之大射），馬瑞辰有說詳之。

② 朱傳："秩秩，有序也。"

③ 楚，且之假借，多貌。馬瑞辰說。

④ 殽，肉也。核，覈之假借，肉之有骨者。馬瑞辰說。旅，陳也。【毛傳："殽，豆實也。核，加籩也。旅，陳也。"鄭箋："豆實，菹醢也，籩實，有桃梅之屬。"按：毛、鄭說較佳。】

⑤ 和，調也。旨，美也。

⑥ 按：偕，當爲諧之假借，和諧也。

⑦ 主人復酌賓爲醻。舉醻，舉醻爵也。逸逸，往來有序也。【逸逸，蓋安適之貌，高本漢引另一說如此。】

⑧ 侯，張皮或布以爲射者之鵠的也。大侯，君侯也。抗，舉也，謂張設之也。

⑨ 射夫，衆射者也。同，會聚也。

⑩ 獻，猶奏也。發，發矢也。發功，發矢之功也。

⑪ 彼，謂矢也。有，于也（《經傳釋詞》有說）。的，侯中之標

的也。

⑫ 射之禮,勝者飲不勝者以酒。祈,求也。祈爾爵,祈求己能中的而使不勝者飲酒也。

⑬ 籥,管也。籥舞,秉籥而舞,文舞也。笙鼓,謂笙鼓伴之也。

⑭ 烝,語詞。衎,樂也。已見《南有嘉魚》。朱傳:“烈,業。”烈祖,謂有功烈之先祖也。

⑮ 洽,合也。

⑯ 至,猶備也。壬,大也。馬瑞辰云:“壬、林承上‘百禮’言。有壬,狀其禮之大也;有林,狀其禮之多也。”

⑰ 純,大也。嘏,福也。

⑱ 湛,樂也。

⑲ 奏,猶獻也。古者以善射爲“能”。馬瑞辰説。

⑳ 載,則也。手,取也。仇,匹也,耦也,謂與己同射之人也。此言賓則擇射伴而共射。

㉑ 室人,主人也。入,謂入於次也(次,張幃席爲之,猶後世之更衣處)。又,謂又射以伴賓也。參胡承珙説。

㉒ 康,大也。馬瑞辰有説。

㉓ 奏,爲也。時,是也,謂中者也。言酌大爵以爲汝中者,使飲不中者也。參陳奂説。

㉔ 反反,重慎貌。

㉕ 幡幡,反覆也,見《巷伯》。此當狀其不安於坐也。

㉖ 遷,徙也。

㉗ 僊僊,輕舉貌。義見《莊子·在宥篇》成注。

㉘ 抑抑,慎密貌。

㉙ 怭,音弼;怭怭,媟慢不恭之貌。

㉚ 秩,常也。

㉛ 號,呼也。呶,喧嘩也。

㉜ 僛,音欺。朱傳:“僛僛,傾側之狀。”

㉝ 郵,過也。

㉞ 側,傾也。俄,傾貌。

㉟ 傞,音娑;傞傞,舞不止也。

㊱《説文》:“伐,敗也。”《經義述聞》有説。

㊲ 令,善也。儀,威儀也。朱傳:“飲酒之所以甚美者,以其有令儀爾。”

㊳ 馬瑞辰云:“《鄉射禮》‘立司正’注:‘解(懈)倦失禮者,立司正以監之。’是監即司正之屬也。”

㊴ 馬瑞辰云:“古者飲酒,皆立之監,以防失禮;惟老者有乞言之典,更佐以史,少者則否。”史,記事者也。

㊵ 言彼醉者不善而不自知,反以不醉爲恥也。

㊶ 式,語詞。謂,有勤勉義。言勿從而勸勉之使更多飲也。馬瑞辰説。

㊷ 言不勸勉其多飲者,意在不使其益醉而太過怠慢也。

㊸ 匪言,不當言之言也。馬瑞辰云:“《方言》《廣雅》竝曰:‘由,式也。’式,猶法也。”言不當言者勿言,不合法者則勿語也。

㊹ 由醉之言,出於醉中之言也。童,禿也。羖,音古,牡羊也。牡羊未有無角者。出,説出也。言致使説出牡羊無角也。

㊺ 按:識,猶省也。不識,猶今語不省人事也。矧,況也。又,侑之假借,勸飲也。

魚藻之什

魚　　藻①

魚在在藻，有頒②其首。王在在鎬③，豈樂飲酒。
魚在在藻，有莘④其尾。王在在鎬，飲酒樂豈。
魚在在藻，依于其蒲。王在在鎬，有那⑤其居。

【注釋】

① 此頌美天子之詩。詩中言王在鎬，而又一片太平氣象，疑宣王時之作品也。

② 頒，音汾，大頭貌。有頒，頒然也。

③ 鎬，音皓，即鎬京，西周之都城也。在今陝西長安西。

④ 莘，長貌。

⑤ 那，安貌。

采　　菽①

采菽②采菽，筐之筥之③。君子④來朝，何錫予之？雖無予之，路車乘馬；又何予之？玄衮及黼⑤。

觱沸檻泉⑥，言采其芹⑦。君子來朝，言觀其旂。其旂淠淠[8]，鸞聲嘒嘒。載驂載駟，君子所屆[9]。

赤芾在股[10]，邪幅在下[11]。彼交匪紓，天子所予[12]。樂只君子，天子命之；樂只君子，福禄申之[13]。

維柞之枝，其葉蓬蓬[14]。樂只君子，殿天子之邦[15]；樂只君子，萬福攸同[16]。平平左右[17]，亦是率從[18]。

汎汎楊舟，紼纚維之[19]。樂只君子，天子葵之[20]；樂只君子，福禄膍之[21]。優哉游哉，亦是戾矣[22]。

【注釋】

① 諸侯朝見天子，詩人作此以頌美之。

② 菽，大豆也。

③ 筐、筥，見《召南·采蘋》。

④ 君子，謂來朝之諸侯也。

⑤ 玄，玄衣也。衮，繡卷龍於裳也。黼，黑白文也。謂繡黑白之花紋於裳也。陳奂説。【休盤及害毁，均有"玄衣黹屯"之語，黹，即黼。屯，即純。謂衣之邊緣也。疑黼蓋金文所習見之雲紋或雷紋，乃㔾形紋，已有《釋黹屯》一文説之。】

⑥ 觱，音必。觱沸，泉湧出貌。檻泉，正出之泉也。

⑦ 芹，水菜名，一名水英，潔白而有節，其味芬芳。

⑧ 淠淠，衆貌，義見《小弁》毛傳。

⑨ 屆，至也。

⑩ 赤芾，見《曹風·候人》。芾，所以蔽前，其下至股，故云在股。

⑪ 邪幅，以布帛纏脛，自足至膝，猶後世之行縢也。在芾下，故云在下。

⑫ 彼，《荀子·勸學篇》引此詩作匪。《經義述聞》云："交，

敖也。"紓，怠緩也。二句倒文爲義，言玄衮、赤芾等物，雖皆天子所賜予，而此諸侯亦不因受此殊榮而驕傲怠緩也。

⑬ 申，重也。言又重複賜之以福禄也。

⑭ 蓬蓬，盛貌。

⑮ 殿，鎮也。

⑯ 同，會聚也。

⑰ 平、便，古通。平平，《韓詩》作便便，云"閒雅之貌"，見《釋文》。朱傳："左右，諸侯之臣也。"【毛傳："平平，辯治也。"高本漢謂原文應是釆字。《説文》"釆"，古文作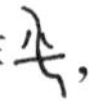，即辨也。】

⑱ 亦，語詞，無承上之義；亦是，猶於是也，下同。率從，言隨從而至也。

⑲ 紼，音弗，繫舟之繩也。纚，音離，筰也，即竹繩也。維，繫也。

⑳ 葵，揆度也；言揆度其心也。

㉑ 膍，音蘖，厚也。

㉒ 戾，至也。亦是戾矣，猶言於是至矣。

角　　弓①

騂騂角弓②，翩其反矣③。兄弟昏姻，無胥④遠矣。

爾之遠矣，民胥然矣⑤。爾之教矣，民胥傚矣。

此令兄弟，綽綽有裕⑥。不令兄弟，交相爲瘉⑦。

民之無良，相怨一方⑧。受爵不讓，至于己斯亡⑨。

老馬反爲駒，不顧其後⑩。如食宜饇⑪，如酌孔取⑫。

毋教猱升木⑬，如塗塗附⑭。君子有徽猷⑮，小人與屬⑯。

雨雪瀌瀌⑰，見晛曰消⑱。莫肯下遺⑲，式居婁驕⑳。

雨雪浮浮㉑，見晛曰流㉒。如蠻如髦㉓，我是用憂。

【注釋】

① 舊以此爲刺王不親九族而好讒佞，致使宗族相怨之詩。

② 騂騂，調和貌。角弓，以角飾弓也。

③ 翩，反貌。弓不用時，則卸其弦，而向外反張。

④ 胥，相也。

⑤ 胥，皆也。言爾如遠爾之兄弟昏姻，則民皆效爾所爲也。

⑥ 令，善也。綽綽，寬裕貌。裕，饒足也。謂情感之融洽也。

⑦ 瘉，病也。

⑧ 一方，猶今語一面也。言以一面之理由怨人也。

⑨ 亡、忘，古通。《經義述聞》云："言但怨人之不讓己，而忘乎己之不讓人，正所謂民之無良也。"

⑩ 按：老馬反爲駒，以喻老人反如兒童也。不顧其後，言只顧眼前也。

⑪ 按：宜，且也，説見《小宛》。饇，音嫗，飽也。言如食則得飽且飽。

⑫ 酌，挹取也。孔，甚也。言如酌酒則甚取之也。

⑬ 猱，乃刀切，獮猴也，性善升木。【《詩經稗疏》卷二謂猱非獮猴，引陸佃云："猱，一名猨，輕捷善緣木，大小類猨，長尾，尾作金色，俗謂之金綫狨，生川峽深山中。"】

⑭ 塗，泥也。附，著也。朱傳："言小人骨肉之恩本薄，王又好讒佞以來之，是猶教猱升木；又如於泥塗之上，加以泥塗附

之也。”

⑮ 徽,美也。猷,道也。

⑯ 屬,連屬也,猶依附也。

⑰ 朱傳:“瀌瀌,盛貌。”

⑱ 晛,音現,日氣也。曰,聿也。消,謂雪消也。

⑲ 鄭箋:“遺,讀曰隨。”按:言不肯謙下隨人也。【遺,《文選·陸機〈歎逝賦〉》注引《韓詩》作隤,乃潰落之意。《荀子·非相篇》引作隧,隧與墜,古多通用,此謂雨雪不肯下墜也。】

⑳ 按:式,語詞。居,音基,亦語詞。婁,讀爲屢,《荀子·非相篇》引作屢。式居婁驕,言屢驕也。

㉑ 浮浮,猶瀌瀌也。

㉒ 流,亦消也。馬瑞辰説。

㉓ 蠻,南蠻也。髦,音毛,西夷之别名。言其不知禮義也。

菀　　柳[①]

有菀[②]者柳,不尚息焉[③]?上帝甚蹈[④],無自暱[⑤]焉。俾予靖之[⑥],後予極焉[⑦]。

有菀者柳,不尚愒[⑧]焉?上帝甚蹈,無自瘵[⑨]焉。俾予靖之,後予邁[⑩]焉。

有鳥高飛,亦傅[⑪]于天。彼人之心,于何其臻[⑫]?曷[⑬]予靖之?居以凶矜[⑭]。

【注釋】

① 此當是刺某凶險者之詩。

② 菀,音鬱,茂盛貌。有菀,菀然也。

③ 尚,庶幾也。焉,疑問詞。言豈不庶幾可以休息乎？息,謂息於柳下也。

④ 蹈,動也,變也;言喜怒無常也。馬瑞辰說。

⑤ 暱,病也。《經義述聞》有説。

⑥ 俾,使也。靖,治也。

⑦ 極,誅也,誅放之也。按:二語言:倘使予治彼之罪,後來予必誅放之也。

⑧ 愒,音憩,息也。

⑨ 瘵,音債,病也。

⑩ 邁,行也;行,亦放也。

⑪ 傅,附也。

⑫ 彼人,彼凶險之人也。臻,至也。言其心將何所至乎。猶言其心叵測也。

⑬ 曷,何時也。

⑭ 矜,危也。言居之於凶危之地也。

都　人　士①

彼都人士②,狐裘黄黄。其容不改③,出言有章。行歸于周④,萬民所望。

彼都人士,臺笠緇撮⑤。彼君子女⑥,綢直如髮⑦。我不見兮,我心不説⑧。

彼都人士,充耳琇實⑨。彼君子女,謂之尹吉⑩。我不見兮,我心苑結⑪。

彼都人士，垂帶而厲[12]。彼君子女，卷髮如蠆[13]。我不見兮，言從之邁[14]。

匪伊垂之，帶則有餘[15]；匪伊卷之，髮則有旟[16]。我不見兮，云何盱矣[17]！

【注釋】

① 此詠某貴家女出嫁於周之詩。

② 都，城也。都人士，猶今言城裏人也。惟此都字，疑指鎬京言。都人士，謂新郎也。

③ 不改，言有常也。

④ 此章首四句美新郎，末二句言新婦。行、歸，皆謂嫁也（行有嫁義，《國風》中數見）。行歸于周，言嫁於周也。朱傳以周爲鎬京，蓋是。

⑤ 臺，即《南山有臺》之臺，莎草也。臺笠，臺製之笠也。緇撮，緇布冠也。

⑥ 君子，謂有官位者。彼君子女，謂新婦也。

⑦ 按：綢，稠也。《經傳釋詞》云："如，猶其也。"言其髮既稠密又直也。

⑧ 言女既遠嫁，己則不得見，故心不悅也。

⑨ 琇，美石也。實，猶塞也。

⑩ 鄭箋云："吉，讀爲姞。尹氏、姞氏，周室昏姻之舊姓也。"謂此女爲尹氏、吉氏。蓋比之爲尹、吉二氏之女，所以崇貴之也。

⑪ 苑，音鬱；苑結，鬱悶也。

⑫ 鄭箋："而，亦如也。"又云："厲字當作裂。"《說文》："裂，繒餘也。"古者裂帛以續帶爲飾。

⑬ 卷,同捲。蠆,蠍也,長尾上曲如鉤狀。前言髮直,指近髮根處言;此言如蠆,謂髮末向上捲曲也。

⑭ 言,語詞。邁,行也。此非真從之而去,姑如此云耳。

⑮ 言非故意垂其帶也,以其帶長而有餘,故垂也。帶以長爲美。

⑯ 旟,揚起貌;有旟,旟然也。

⑰ 句見《周南·卷耳》。盱、吁,音同義通。

采　　綠[①]

終朝采綠[②],不盈一匊[③]。予髮曲局[④],薄言歸沐[⑤]。
終朝采藍[⑥],不盈一襜[⑦]。五日爲期,六日不詹[⑧]。
之子于狩,言韔其弓[⑨];之子于釣,言綸之繩[⑩]。
其釣維何? 維魴及鱮。維魴及鱮,薄言觀者[⑪]。

【注釋】

① 此蓋勞於事人者而思憩息之詩。

② 綠,與菉通,王芻也。《説文》又云:"藎草也。"可以染黄。【參《衛風·淇奥》"綠竹"。】

③ 匊,同掬,捧也。

④ 局,拳曲也。曲局,髮亂而拳曲也。

⑤ 沐,洗髮也。歸沐,歸家洗髮也。

⑥ 藍,草名,可以染藍。

⑦ 襜,音覘,衣前襟也。

⑧ 按: 五日爲期,謂歸沐之期。詹,至也。六日不詹,謂已六日而仍不得至也。至,謂至家。

⑨ 之子,謂所事之人也。韔,作動詞用,言爲之盛弓於囊也。

⑩ 朱傳:"理絲曰綸。"之,猶其也,義見《邶風·旄丘》。

⑪ 觀者,猶觀之也。【者,當讀爲諸。】

黍　　苗①

芃芃黍苗,陰雨膏之②。悠悠③南行,召伯勞之④。
我任我輦,我車我牛⑤。我行既集⑥,蓋云歸哉⑦!
我徒我御⑧,我師我旅⑨。我行既集,蓋云歸處!
肅肅謝功⑩,召伯營之;烈烈征師⑪,召伯成之⑫。
原隰既平,泉流既清⑬。召伯有成⑭,王心則寧。

【注釋】

① 朱傳:"宣王封申伯於謝,命召穆公往營城邑,故將徒役南行,而行者作此。"

② 膏,潤也。

③ 悠悠,遠也。

④ 召伯,召穆公虎也,説詳《召南·甘棠》。勞,今語所謂慰勞也。

⑤ 任,載也。輦,駕也。言載我車,駕我牛也。馬瑞辰有説。

⑥ 集,猶成也。

⑦ 按:蓋、盍古通用,盍又通曷,此謂何時也。云,語詞。言何時可歸也。

⑧ 徒,徒步也。御,御車也。

⑨ 五百人爲旅,五旅爲師。

⑩ 肅肅,嚴正之貌。謝功,謝城之功也。謝,邑名,申伯所封之國,在今河南信陽境。

⑪ 烈烈,威武貌。征,行也。師,衆也。征師,征行之衆也。

⑫ 成,謂組成之也。

⑬ 土地已治曰平,水已治曰清。

⑭ 有成,謂事功有成也。

隰　　桑①

隰桑有阿,其葉有難②。既見君子,其樂如何?

隰桑有阿,其葉有沃③。既見君子,云何不樂?

隰桑有阿,其葉有幽④。既見君子,德音孔膠⑤。

心乎愛矣,遐不謂矣⑥?中心藏之⑦,何日忘之?

【注釋】

① 此詩與《鄭風·風雨》相似,疑亦男女相悦之辭。

② 隰桑,隰中之桑也。阿,美貌。難,音儺,盛貌。有阿、有難,阿然、難然也。參《檜風·隰有萇楚》。

③《廣雅》:"沃,美也。"

④ 幽,盛貌。馬瑞辰説。【毛傳:"幽,黑色也。"】

⑤ 按:德音,語言也。膠,當讀如《鄭風·風雨》"雞鳴膠膠"之膠,言語音高朗也。

⑥ 遐,胡也。謂,勤也,猶慰勞也。言何能不慰勞之乎。

⑦ 中心藏之,謂藏之於心也。鄭箋讀藏爲臧,云:"善也。"亦通。

白　華①

白華菅兮②，白茅束兮。之子之遠③，俾我獨兮。
英英④白雲，露⑤彼菅茅。天步艱難⑥，之子不猶⑦。
滮池⑧北流，浸彼稻田。嘯歌傷懷，念彼碩人⑨。
樵⑩彼桑薪，卬烘于煁⑪。維彼碩人，實勞我心⑫。
鼓鐘于宮，聲聞于外。念子懆懆⑬，視我邁邁⑭。
有鶖⑮在梁，有鶴在林。維彼碩人，實勞我心。
鴛鴦在梁，戢其左翼⑯。之子無良，二三其德⑰。
有扁斯石⑱，履之卑兮。之子之遠，俾我疷⑲兮。

【注釋】

① 此蓋男子棄家遠遊，而婦人念之之詩。

② 白華，野菅也，似茅而滑澤無毛。茅已漚謂之菅；此菅，謂漚也。

③ 之子，指遠出之男子言。之，往也。

④ 英英，與央央同義，白貌。馬瑞辰説。

⑤ 露，猶覆也。馬瑞辰説。【《詩經稗疏》卷二："露之爲言濡也。謂濕雲之濡菅茅也。"】

⑥ 朱傳："天步，猶言時運也。"

⑦ 猶，圖謀也。

⑧ 滮，皮由切。滮池，池名，在豐、鎬之間。馬瑞辰説。

⑨ 碩人，亦指遠出之男子言。

⑩ 樵，採取也。

⑪ 卬,我也,見《邶風·匏有苦葉》。烘,燎也。煁,音忱,竈也。

⑫ 念之而憂勞也。

⑬ 慅,音草;慅慅,愁不安也。

⑭ 邁邁,不悦也。【《釋文》引《韓詩》作怖怖,云:"意不説好也。"《説文》亦作怖,云:"恨怒也。"】

⑮ 鶖,音秋,秃鶖也。狀如鶴而大,長頸,赤目,好啗蛇。

⑯ 二語見《鴛鴦》。

⑰ 二三其德,猶今語三心二意也,已見《衛風·氓》。

⑱ 扁,薄也。有扁,扁然也。【《周禮·春官·隸僕》:"王行,洗乘石。"鄭司農云:"乘石,王所登上車之石也。《詩》云:'有扁斯石,履之卑兮。'謂上車所登之石。"】

⑲ 疷,見《無將大車》。

緜　蠻①

緜蠻②黄鳥,止于丘阿③。道之云遠,我勞如何!飲之食之,教之誨之,命彼後車,謂之載之④。

緜蠻黄鳥,止于丘隅⑤。豈敢憚行?畏不能趨⑥。飲之食之,教之誨之,命彼後車,謂之載之。

緜蠻黄鳥,止于丘側,豈敢憚行?畏不能極⑦。飲之食之,教之誨之,命彼後車,謂之載之。

【注釋】

① 此微臣苦於行役之詩。

② 緜蠻，小鳥貌。

③ 阿，丘之曲處也。

④ 謂，使也，見《出車》。以上四句，乃行役者希冀其長官如此遇己也。

⑤ 隅，角也。

⑥ 憚，怕也。趨，疾行也。

⑦ 極，至也，謂到達目的地也。

瓠　葉①

幡幡②瓠葉，采之亨之③。君子有酒，酌言嘗之④。

有兔斯首⑤，炮之燔之⑥。君子有酒，酌言獻之⑦。

有兔斯首，燔之炙之⑧。君子有酒，酌言酢⑨之。

有兔斯首，燔之炮之。君子有酒，酌言醻⑩之。

【注釋】

① 朱傳："此亦燕飲之詩。"

② 幡幡，反覆貌，見《巷伯》。

③ 亨，同烹。

④ 言，語詞。謂酌而嘗之也。

⑤ 斯，白也。

⑥ 炮，音庖，以泥裹而燒之也。燔，音煩，燒也，加於火上也。

⑦ 飲酒之禮，主人始酌酒敬賓曰獻。

⑧ 以物貫肉，而舉於火上謂之炙，今所謂烤肉也。

⑨ 賓受主人獻酒，既飲，乃酌以敬主人，謂之酢。

⑩ 主人復酌自飲，因酌以飲賓，謂之醻。

漸漸之石①

漸漸②之石，維其高矣。山川悠遠，維其勞矣。武人東征，不皇朝矣③。

漸漸之石，維其卒④矣。山川悠遠，曷其没矣⑤？武人東征，不皇出矣⑥。

有豕白蹢⑦，烝涉波矣⑧。月離于畢，俾滂沱矣⑨。武人東征，不皇他矣⑩。

【注釋】

① 此東征之將帥所作。

② 漸漸，與嶄嶄同義，高貌。馬瑞辰有説。

③ 皇、遑通，暇也。言不暇朝見天子也。

④ 卒，崒之假借，高也。

⑤ 曷，何時也。没，盡也。言何時始能行盡此悠遠之山川也。

⑥ 出，謂出外。事繁，故不暇出也。

⑦ 蹢，音的，蹄也。

⑧ 烝，發語詞。涉波，猶言涉水也。

⑨ 離，罹也，遭遇也。畢，星名，見《大東》。滂沱，大雨貌。言月行遭遇畢星，將有滂沱大雨也，蓋古俗有此説。言此以明行役之苦。

⑩ 他，他事也。

苕之華[1]

苕[2]之華，芸其黄矣[3]。心之憂矣，維其傷矣。
苕之華，其葉青青[4]。知我如此，不如無生。
牂羊墳首[5]，三星在罶[6]。人可以食，鮮可以飽[7]。

【注釋】

① 此傷時之詩。

② 苕，音條，見《陳風·防有鵲巢》。

③ 句見《裳裳者華》。《經義述聞》云："芸其黄矣，言其盛，非言其衰。"

④ 青青，盛貌，見《衛風·淇奥》。

⑤ 牂，音臧；牂羊，牝羊也。墳，大也。朱傳："羊瘠則首大。"

⑥ 按：三星，參宿也。罶，見《魚麗》。言三星倒映於罶間也。

⑦ 言人雖有食可食，然可以飽者鮮也。

何草不黄[1]

何草不黄[2]？何日不行？何人不將[3]？經營四方。
何草不玄[4]？何人不矜[5]？哀我征夫，獨爲匪民[6]。
匪[7]兕匪虎，率[8]彼曠野。哀我征夫，朝夕不暇！
有芃者狐[9]，率彼幽[10]草。有棧之車[11]，行彼周道。

【註釋】

① 朱傳:“周室將亡,征役不息,行者苦之,故作此詩。”

② 草皆黄,蓋初冬時也。

③ 將,亦行也。義見《周頌·敬之》毛傳。

④ 玄,赤黑色。

⑤ 矜,讀爲鰥,《爾雅》:“鰥,病也。”《經義述聞》有説。

⑥ 匪民,與匪人同,言如牛馬也。

⑦ 匪,彼也。下同。

⑧ 率,循也;循,行也。二句言彼兕虎獸類,尚得行於曠野,意謂其閒適也。

⑨ 芃,草盛貌,此借以形容狐毛之豐也。有芃,芃然也。

⑩ 幽,深也。

⑪ 棧,車高之貌。馬瑞辰説。有棧,棧然也。

大　雅

文王之什

文　王[1]

文王在上，於昭于天[2]。周雖舊邦，其命維新[3]。有周不顯，帝命不時[4]。文王陟降，在帝左右[5]。

亹亹[6]文王，令聞不已[7]。陳錫哉周[8]，侯文王孫子[9]。文王孫子，本支百世[10]。凡周之士，不顯亦世[11]。

世之不顯，厥猶翼翼[12]。思皇多士[13]，生此王國。王國克生，維周之楨[14]。濟濟[15]多士，文王以寧。

穆穆[16]文王，於緝熙敬止[17]。假哉天命，有商孫子[18]。商之孫子，其麗不億[19]。上帝既命，侯于周服[20]。

侯服于周，天命靡常[21]。殷士膚敏[22]，祼將于京[23]。厥作祼將，常服黼冔[24]。王之藎臣，無念爾祖[25]。

無念爾祖，聿脩厥德[26]。永言配命[27]，自求多福。殷之未喪師，克配上帝[28]。宜鑒于殷，駿命不易[29]。

命之不易，無遏爾躬[30]。宣昭義問[31]，有虞殷自天[32]。上天之載，無聲無臭[33]。儀刑文王，萬邦作孚[34]。

【注釋】

① 朱傳："周公追述文王之德，……以戒成王。"按：《呂氏

春秋·古樂篇》引此詩,以爲周公所作,朱傳蓋本此爲説。此説雖未能必信,然其爲周初之詩,殆無可疑。

② 在上,謂其神在天上也。於,音烏,歎詞。昭,顯也。

③ 自太王以來國於周,故曰舊邦。《尚書·康誥》云:“天乃大命文王,殪戎殷,誕受厥命。”又《君奭》云:“天不庸釋于文王受命。”《逸周書·祭公篇》云:“皇天改大殷之命,維文王受之。維武王大剋之,咸茂厥功。”皆可證文王已及身稱王,周人已目之爲受命代殷。故云:其命維新。《論語》“三分天下有其二,以服事殷”之説,蓋别一傳説耳。

④ 不,丕也。帝命,上帝命周代殷之命也。時,是也。【時,善也。】

⑤ 陟,升也。降,下也。升,謂升於天;降,謂降於地。此本義也。王國維《與友人論詩書中成語書》云:“古人言陟降,猶今人言往來,不必兼陟與降二義。”在帝左右,言不離上帝之左右也。

⑥ 亹,音尾。亹亹,黽勉也。

⑦ 令聞,美譽也。不已,不休也。

⑧ 馬瑞辰云:“陳錫,即申錫之假借。申,重也。重錫,言錫之多。”哉、在,古通用,於也。于省吾説。

⑨ 侯,維也。二語言文王重錫於周者,維其子孫也。

⑩ 本,根也,謂宗子也。支,枝也,謂庶子也。言其大宗及支庶繁昌,百世不絶也。

⑪ 不顯,丕顯也。亦世,讀爲奕世(後魏《禮志》引作奕世),猶言永世累世也。馬瑞辰説。

⑫ 猶,謀也。翼翼,盛貌。

⑬ 思,語詞。皇,煌也,美盛之貌。

⑭ 楨,築牆所用木也。在牆兩端者曰楨,兩邊者曰榦。維周之楨,猶言維周之棟梁也。

⑮ 濟濟,衆多貌。【《爾雅·釋訓》:"濟濟,止也。""濟濟多士"語,又見《周頌·清廟》。】

⑯ 穆穆,美也。【高本漢《詩經注釋》謂穆有堂皇、尊貴之義,其説較長。】

⑰ 於,歎詞。戴震《毛鄭詩考正》云:"緝熙者,言續其光明不已也。"此言文王之敬不怠也。

⑱ 假,大也。有,保有也。有商孫子,謂商之子孫,皆臣屬於周也。

⑲ 麗,數也。言其數不止一億也。【《方言》:"䍡,數也。"高本漢謂䍡即麗之繁體。】

⑳ 侯,維也。言維周是服也。

㉑ 天命靡常,言不專私於一家一姓也。

㉒ 膚,美也。敏,疾也。此形容下文之祼將。

㉓ 祼,音灌,以鬯酒獻尸,尸受酒灌於地,以降神也。將,進也,謂進酒也。京,謂周京。二語言殷人助祭於周也。

㉔ 黼,黼裳也,見《小雅·采菽》。冔,音吁,殷冠也。言周人寬大,不令殷人改其冠服也。

㉕ 藎臣,忠藎之臣也。無念,勿念也。二語所以慰殷人也。

㉖ 聿,發語詞。言但修其德也。

㉗ 永,永久也。言,語詞。王國維《與友人論詩書中成語書》云:"配命,謂天所畀之命,亦一成語。永言配命,猶云永我畀命,非我長配天命之謂也。"

㉘ 師,衆也。喪師,指紂失天下言。克,能也。配,合也。

㉙ 駿,大也。易,容易也。二語,周人自儆之辭,蓋戒成

王也。

㉚ 遏,絶也。言勿當爾身而遏絶此天命也。

㉛ 宣、昭,皆明也。宣昭,猶言明著也。義,善也。問、聞通。義問,猶言令聞也。言明著其美譽也。陳奂説。

㉜ 有,又也。按:虞,慮也。言又憂慮殷人自天更得天命也。【自,猶於也,見吴汝綸《尚書故·召誥篇》注。】

㉝ 載,在也。臭,味也。言雖聽之不聞,臭之無味,然上天自在,不能不謹也。

㉞ 儀,式也。刑,法也。言以文王爲法式也。按:甲骨文以乍爲則;作,从乍,亦當與則通。孚,信也。言萬邦則信孚於周也。

大　　明①

明明在下②,赫赫在上③。天難忱斯④,不易維王⑤。天位殷適⑥,使不挾四方⑦。

摯仲氏任⑧,自彼殷商;來嫁于周,曰嬪于京⑨。乃及王季,維德之行⑩。大任有身⑪,生此文王。

維此文王,小心翼翼⑫。昭事上帝,聿懷⑬多福。厥德不回⑭,以受方國⑮。

天監在下,有命既集⑯。文王初載⑰,天作之合。在洽之陽,在渭之涘⑱。文王嘉止⑲,大邦有子⑳。

大邦有子,俔天之妹㉑。文定厥祥㉒,親迎于渭。造舟爲梁㉓,不顯㉔其光。

有命自天,命此文王。于周于京。纘女維莘㉕,長子維行㉖。篤㉗生武王,保右命爾㉘,燮㉙伐大商。

殷商之旅㉚,其會如林㉛。矢于牧野㉜:“維予侯興㉝。上帝臨女,無貳爾心㉞!”

牧野洋洋㉟,檀車煌煌㊱,駟騵㊲彭彭。維師尚父㊳,時維鷹揚㊴;涼㊵彼武王,肆㊶伐大商,會朝清明㊷。

【注釋】

① 此美文王及武王之詩,蓋亦周初作品。題曰“大明”,以别於《小雅》之《小明》也。

② 明明,昭顯之意。在下,在人間也。

③ 赫赫,顯赫威嚴之貌。在上,在天上也。二語謂文王及武王之神也。

④ 忱,信賴也。斯,語詞。

⑤ 言王業不容易也。

⑥ 金文位、立同字。適、敵聲同,古通用。言天立殷敵也。于省吾説。

⑦ 挾,達也。古者謂不得嗣王位爲不達於四方。馬瑞辰説。

⑧ 摯,殷畿内國名。朱右曾《詩地理徵》云:“《郡國志》注曰:汝南平輿有摯亭,見《説文》。”平輿,今河南汝陽縣。仲氏,中女也。任,姓也。摯國任姓之仲女,即大任也。

⑨ 曰,聿也,語詞。嬪,婦也,此作動詞用,猶言嫁也。京,周京也。

⑩ 王季,太王之子、文王之父也。之,是也。行,列也,猶言齊等也。朱彬説。

⑪ 身,孕也。

⑫ 翼翼,敬慎貌。

⑬ 按:懷,來也,猶今語保持也。

⑭ 回,邪也。

⑮ 受,承受,謂保有也。方,亦國也。

⑯ 按:集,至也。【《尚書·君奭》:"其集大命于厥躬。"集,謂落到……上也,此言天命已落到文王身上。】

⑰ 載,始也。

⑱ 洽,水名,即郃水,亦即《水經注》之瀵水。朱右曾說。水北曰陽。渭,渭水也。涘,音俟,涯也。漢有郃陽城,蓋因此詩立名,故地在今陝西大荔縣,古莘國在焉。馬瑞辰、朱右曾並有說。【應參《水經》卷四《河水注》。】

⑲ 嘉,美也。止,語詞。

⑳ 大邦,謂莘國也。子,女子也,指太姒言。以上二語,爲倒裝文法,言大邦有女,文王嘉美之也。

㉑ 俔,音欠,《説文》:"俔,諭也。"妹,即《周易·歸妹》之妹,少女也。俞樾説。言譬如天上之少女也。

㉒ 朱傳:"文,禮;祥,吉也。言卜得吉,而以納幣之禮定其祥也。"按:文定,即今所謂訂婚也。【祥,漢石經作詳。】

㉓ 按:造、爲,皆作也。梁,橋也。舊謂聯舟絶水若浮橋者曰造舟,疑非詩意。

㉔ 不顯,丕顯也。

㉕ 纘,當爲嬪字之假借;嬪,好也。馬瑞辰説。莘,國名,參注⑱。

㉖ 長子,謂文王也。行,與上文"維德之行"之行同義,齊等也。言太姒之德與文王齊等也。

㉗ 篤，語詞。馬瑞辰説。

㉘ 右，助也。爾，語詞。言天保護之，右助之，命令之也。

㉙ 舊謂：燮，和也。按：蓋發語詞也。

㉚ 旅，衆也。

㉛ 會，聚也。如林，言其多也。

㉜ 按：矢，誓也，謂誓師也。牧野，在今河南淇縣境。

㉝ 此下三語爲誓辭。侯，乃也。

㉞ 貳心，猶言變心也。

㉟ 洋洋，廣貌。

㊱ 煌煌，鮮明貌。

㊲ 騵，音原，騂馬白腹也。

㊳ 師，太師也。尚父，吕望號也。

㊴ 鷹揚，如鷹之飛揚也。

㊵ 毛傳："涼，佐也。"【《釋文》謂《韓詩》涼作亮，云："相也。"按：相，即佐也。】

㊶ 按：肆，發語詞。

㊷ 會，合也，言會戰也。清明，謂天氣清朗也。

緜①

緜緜瓜瓞②。民之初生，自土沮漆③。古公亶父④，陶復陶穴⑤，未有家室。

古公亶父，來朝⑥走馬，率西水滸⑦，至于岐下⑧。爰及姜女⑨，聿來胥宇⑩。

周原膴膴⑪，堇荼如飴⑫。爰始爰謀⑬，爰契我龜⑭。

曰止曰時⑮,築室于茲。

迺慰迺止⑯,迺左迺右⑰;迺疆迺理⑱,迺宣迺畝⑲。自西徂東,周爰執事⑳。

乃召司空㉑,乃召司徒㉒,俾立室家。其繩則直㉓,縮版以載㉔,作廟翼翼㉕。

捄之陾陾㉖,度之薨薨㉗,築之登登㉘,削屢馮馮㉙。百堵皆興,鼛鼓弗勝㉚。

迺立皋門㉛,皋門有伉㉜;迺立應門㉝,應門將將㉞。迺立冢土㉟,戎醜攸行㊱。

肆不殄厥慍㊲,亦不隕厥問㊳。柞棫拔矣㊴,行道兑矣㊵。混夷駾矣㊶,維其喙矣㊷。

虞芮質厥成㊸,文王蹶厥生㊹。予曰有疏附㊺,予曰有先後㊻,予曰有奔奏㊼,予曰有禦侮㊽。

【注釋】

① 此美太王及文王之詩,蓋亦周初作品。

② 緜緜,連續不絶貌。瓞,音迭,瓜之小者也。

③ 民之初生,猶言生民之始,意謂周之先世,指公劉言也。《經義述聞》云:“土,當從齊詩讀爲杜,……杜,水名。……沮,當爲徂。徂,往也。言自杜水往至於漆水也。”杜水,在漢杜陽縣(今陝西麟游縣)境。今漆水,源出陝西同官縣東北大神山,西南流至耀縣與沮水合。【按:此當是古之漆沮水,非古漆水也。《詩經世本古義》卷一九《緜》之篇引闞駰《十三州志》云:“漆水,出漆縣西北岐山,東入渭。”則漆水在杜水之西南,水出岐山之下,即周地之水也。邠在杜水左近。此言太公自邠之杜水,西南

遷至漆水流域(亦即岐下)也。《説文》:"漆水,出右扶風杜陵岐山,東入渭。"《史記・周本紀》正義引《括地志》云:"豳州新平縣,即漢漆縣也。漆水出岐州普潤縣東南岐山漆溪,東入渭。"】

④ 古公,號也。此朱傳説。亶父,字也,即太王也。惠棟《九經古義》申毛傳云:"古公者,故公也。……猶言先王先公。"【按:惠説較朱傳義長。】

⑤ 陶,掏也,挖掘也。復、寝通,穴也。于省吾云:"徑直而簡易者曰穴,複出而多歧者曰寝。"古人穴居,故云。

⑥ 朝,早也。來朝,早來也。【走馬,以馬負物而人徒步以隨之,蓋非乘馬也。】

⑦ 率,循也。西水滸,謂豳西漆水之涯也。

⑧ 岐下,岐山之下也。岐山,在今陕西岐山縣。言太王避狄人之難,循豳西漆水之涯,至於岐山之下也。参《經義述聞》説。

⑨ 姜女,姜姓之女;謂太王之妃太姜也。

⑩ 胥,相也。宇,居也。言相互居於此也。

⑪ 高平之地曰原;周原,周地之原,謂岐下之地也。膴膴,肥美貌。

⑫ 堇,音謹,菜名,一名烏頭。荼,苦菜也。飴,音移,餳之屬,今謂之糖漿。【姚氏通論謂堇非烏頭。引其侄炳云:"《釋草》曰:'齧,苦堇。'此堇乃苦堇。"】

⑬ 言開始謀畫也。

⑭ 契,刻也。刻龜甲爲橢圓形小孔,然後以火灼之而卜也。

⑮《經義述聞》云:"時,亦止也。"言龜卜之兆,以爲可以止居於此也。【按:時,美也。】

⑯ 迺,同乃。《方言》《廣雅》並云:慰,居也。

⑰ 言乃有居左者居右者也。

⑱ 疆、理,見《小雅·信南山》。

⑲ 馬瑞辰云:“宣者,以耜發田之謂。”《毛鄭詩考正》云:“畝,謂因水地之宜而畝之。”

⑳ 周,周地也。言執事於周也。【朱傳:周,徧也。】

㉑ 司空,官名,掌營建之事。

㉒ 司徒,官名,掌徒役之事。

㉓ 營建宫室,必以繩度其地基之直否。其繩則直,言既以繩度之而直也。

㉔ 縮版,以繩捆縮築牆之版也。載,讀爲栽,築牆長板也。以載,謂樹立築牆長板也。並馬瑞辰説。

㉕ 朱傳:“翼翼,嚴正也。”

㉖ 捄,音俱。《説文》:“盛土於梩中也。”按:梩,運土之車也。陾,音仍;陾陾,聲也。

㉗ 度,投也,謂投土於版也。薨薨,聲也。【《釋文》引《韓詩》云:“度,填也。”】

㉘ 築,以杵搗土使堅也。登登,聲也。

㉙ 削,削去也。古有婁無屢,屢即婁;婁、僂同,謂高出處也,馬瑞辰説。馮馮,聲也,古讀重唇音,猶今言砰砰也。

㉚ 鼛,音高,大鼓也。按:擊鼓所以動衆。此言赴工者多,鼓不勝擊也。【《周禮·地官·鼓人》:“掌教六鼓四金之音聲,……以鼛鼓鼓役事。”】

㉛ 王之郭(宫外之郭)門曰皐門。

㉜ 伉,音抗,高貌。有伉,伉然也。

㉝ 王之正門(朝門)曰應門。

㉞ 將將,嚴正貌。【《文選·七發》注:“將將,高貌也。”】

㉟ 冢土，大社也。王爲羣姓立社曰大社，王自爲立社曰王社，見《禮記·祭法篇》。

㊱ 按：戎，西戎也；醜，惡類也。戎醜當指混夷言。行，謂離去也。岐下本混夷所居，太王立國於此，乃逐去之也。

㊲ 肆，發語詞。殄，絶也。厥，指混夷言。愠，音醖，怒也。

㊳ 隕，墜也。按：問，恤問也。二語謂雖不能息絶混夷之怒，但亦不失墜對混夷之恤問；此《孟子》所謂"文王事混夷"也。

㊴ 柞，音域，白桵也，小木叢生，有刺。拔，拔去也。

㊵ 兑，通也。

㊶ 混，音昆。混夷即鬼方，西北之戎也。駾，音兑，奔突貌。

㊷ 喙，困也。

㊸ 虞、芮，二國名。虞，在今山西解縣；芮，在今山西芮城縣。質，正也。成，平也。言虞芮争田，往求質正於周。至，則見耕者讓畔，仕者讓位，乃慚而平息其争端也。

㊹ 蹶，動也。古性字但作生。馬瑞辰云："謂文王有以感動其性也。"

㊺ 予，詩人自謂也。疏附，謂疏遠者來親附也。

㊻ 先後，先親附者率導後者來親附也。【《尚書·梓材》："和懌先後迷民。"先，謂導其先；後，謂護其後。故先後猶相導也，輔翼也。】

㊼ 奏，一作走。奔奏，謂奔走侍奉之臣也。

㊽ 禦侮，謂抵禦外侮之臣也。

棫　樸[①]

芃芃棫樸[②]，薪之槱之[③]。濟濟辟王[④]，左右趣之[⑤]。

濟濟辟王，左右奉璋⑥。奉璋峨峨⑦，髦士攸宜⑧。
淠彼涇舟⑨，烝徒楫之⑩。周王于邁，六師及之⑪。
倬彼雲漢⑫，爲章⑬于天。周王壽考，遐不作人⑭？
追琢其章⑮，金玉其相⑯。勉勉⑰我王，綱紀四方⑱。

【注釋】

① 此頌美周王之詩。

②《經義述聞》云："樸，亦木名。《説文》作樸，云：棗也。"

③ 槱，音酉，聚木而燎之以祭天神也。言芃茂之棫及樸，用以爲薪及供燎祭也。

④ 濟濟，敬貌。辟，君也。

⑤ 趣，疾行以赴之也。

⑥ 璋，半圭也，此謂璋瓚。瓚，祭祀時灌酒之器也。祭祀之禮，王灌以圭瓚，諸臣助祭者灌以璋瓚。圭瓚，以圭爲瓚柄；璋瓚，以璋爲柄也。此言左右諸臣，捧璋瓚以助祭也。

⑦ 峨，音俄。峨峨，盛壯貌。

⑧ 髦士，見《甫田》。言此儀節，乃俊士所宜也。

⑨ 淠，衆貌，見《小雅・小弁》。涇，音經，水名，源出今甘肅化平縣，東流至涇川縣入陝西，東南流經長武、邠縣、涇陽、高陵，入於渭。

⑩ 丞，衆也。楫，作動詞用，划也。

⑪ 邁，行也。六師，六軍也；天子六軍。及，與也。

⑫ 倬，明貌，見《小雅・甫田》毛傳。雲漢，天河也。

⑬ 章，文彩也。

⑭ 朱傳："遐，與何同。"按：作人，謂成就人才也。二語言

周王壽高,歷事既久,何能不成就人才乎。言其成就也。【《潛夫論·德化篇》引此語,遐作胡。】

⑮ 追,雕也。鏤金曰雕,玉曰琢。其,謂周王也。章,文彩,今所謂花紋也。

⑯ 相,質也。二語美王如雕琢之金玉也。

⑰ 勉勉,黽勉也。

⑱ 馬瑞辰云:"綱爲網之大繩,紀乃抽絲之稱。"綱紀,治理也。

旱　麓①

瞻彼旱麓②,榛楛濟濟③。豈弟君子,干禄豈弟④。
瑟彼玉瓚⑤,黄流在中⑥。豈弟君子,福禄攸降⑦。
鳶⑧飛戾天,魚躍于淵。豈弟君子,遐不作人?
清酒既載⑨,騂牡⑩既備。以享以祀,以介景福。
瑟⑪彼柞棫,民所燎矣。豈弟君子,神所勞⑫矣。
莫莫葛⑬藟,施于條枚⑭。豈弟君子,求福不回⑮。

【注釋】

① 此亦頌美周王之詩。

② 旱,山名,在今陝西漢中城南六十五里。麓,山足也。

③ 楛,音户,木名,似荆而赤,可以爲箭。濟濟,衆多也。

④ 干,求也。禄,福也。求福得福,是以樂易也。

⑤ 瑟,潔鮮貌。玉瓚,瓚以玉爲柄(以黄金爲勺),此謂圭瓚也。參《棫樸》。瓚,音贊。

⑥ 流，流水之口也。瓚有流，流以黄金爲之，色黄，故曰黄流；在中，謂流在器之中央也。参馬瑞辰説。

⑦ 攸，所也。降，下也。

⑧ 鳶，音淵，狀與鷹略同，惟嘴較短，尾較長。

⑨ 清酒，見《小雅·信南山》。《文選》李善注引《韓詩章句》云："載，設也。"

⑩ 騂牡，見《信南山》。

⑪ 瑟，衆貌。

⑫ 勞，慰勞也。

⑬ 莫莫，茂貌，見《周南·葛覃》。

⑭ 施，拖蔓也。樹榦曰枚，義見《周南·汝墳》毛傳。

⑮ 回，邪也。不回，言守正不邪也。

思　　齊①

思齊大任②，文王之母。思媚周姜③，京室之婦④。大姒嗣徽音⑤，則百斯男⑥。

惠于宗公⑦，神罔時怨，神罔時恫⑧。刑于寡妻⑨，至于兄弟，以御于家邦⑩。

雝雝在宫⑪，肅肅在廟⑫。不顯亦臨，無射亦保⑬。

肆戎疾不殄⑭，烈假不瑕⑮。不聞亦式，不諫亦入⑯。

肆成人有德，小子有造⑰。古之人無斁⑱，譽髦斯士⑲。

【注釋】

① 朱傳："此詩亦歌文王之德，而推本言之。"

② 思,語詞。齊,讀爲齋,莊嚴也。大任,王季之妃,文王之母也,參《大明》。

③ 媚,愛也。周姜,太王之妃,王季之母太姜也,參《緜》。言太任能孝事太姜也。

④ 京室,猶言王室也。言太任之德,實足爲王室之婦也。

⑤ 太姒,文王之妃也,參《大明》。嗣,繼承也。徽,美也。按:音,謂聲譽也。徽音,美譽也。

⑥《經傳釋詞》云:"則,猶其也。"按:百男,極言其多耳。男,並子孫言之,非但謂太姒之子也。古者以多男爲貴,故以此頌之。後人據此以爲文王百子,泥矣。

⑦ 惠,順也。馬瑞辰云:"宗公,即先公也。"言文王能事祖考之神。

⑧ 罔,無也。《經義述聞》云:"時與所古同義通用。"恫,音通,痛也。言神無所怨恨,亦無所痛傷也。

⑨《釋文》引《韓詩》云:"刑,正也。"寡妻,嫡妻也。

⑩ 御,治也。

⑪ 雝雝,和也。

⑫ 肅肅,敬也。

⑬ 二亦字皆語詞。言神丕顯而臨,保安子孫無厭也。

⑭ 肆,發語詞。戎,大也。疾,病也。不,丕也,語詞,無義。殄,絶也。

⑮ 烈、假,皆病也。(馬瑞辰云:"烈,即癘之假借;假,即瘕之假借。")瑕,已也。二語言疾疫不作也。

⑯ 二不字皆讀作丕,語詞,無義。二亦字亦皆語詞。式,用也;入,納也。言聞則用之,諫則納之也。《經義述聞》有説。

⑰ 朱傳:"冠以上爲成人。小子,童子也。"造,成也,就也。

言成人既有德，小子亦有所成就，以譽文王作人之功也。

⑱ 朱傳："古之人，指文王也。"按：朱説是。此詩非作於文王之時也。斁，音亦，厭也，已見《周南·葛覃》。此承上文言，言文王作人不厭也。

⑲ 譽，稱譽也。《爾雅》："髦，選也。"言於士人則稱譽之選擇之也。

皇　矣①

皇②矣上帝，臨下有赫③；監觀四方，求民之莫④。維此二國，其政不獲⑤；維彼四國，爰究爰度⑥。上帝耆之⑦，憎其式廓⑧。乃眷西顧⑨，此維與宅⑩。

作之屏之⑪，其菑其翳⑫；脩之平之，其灌其栵⑬；啓之辟之，其檉其椐⑭；攘之剔之，其檿其柘⑮。帝遷明德，串夷載路⑯。天立厥配⑰，受命既固。

帝省⑱其山，柞棫斯拔，松柏斯兑⑲。帝作邦作對⑳，自大伯㉑王季。維此王季，因心則友㉒。則友其兄，則篤其慶㉓，載錫之光㉔。受禄無喪㉕，奄有四方㉖。

維此王季㉗，帝度其心，貊其德音㉘。其德克明，克明克類㉙，克長克君㉚。王此大邦，克順克比㉛。比于文王，其德靡悔㉜。既受帝祉㉝，施于孫子㉞。

帝謂文王："無然畔援㉟，無然歆羡㊱，誕先登于岸㊲。"密人不恭㊳，敢距大邦㊴，侵阮徂共㊵。王赫㊶斯怒，爰整其旅，以按徂旅㊷，以篤于周祜㊸，以對㊹于天下。

依其在京[45],侵自阮疆[46],陟我高岡。"無矢我陵,我陵我阿[47];無飲我泉,我泉我池!"度其鮮原[48],居岐之陽,在渭之將[49]。萬邦之方[50],下民之王。

帝謂文王:"予懷[51]明德,不大聲以色[52],不長夏以革[53]。不識不知,順帝之則[54]。"帝謂文王:"詢爾仇方[55],同爾兄弟[56]。以爾鉤援[57],與爾臨衝[58],以伐崇墉[59]。"

臨衝閑閑[60],崇墉言言[61],執訊連連[62],攸馘安安[63]。是類是禡[64],是致是附[65],四方以無侮。臨衝茀茀[66],崇墉仡仡[67],是伐是肆[68],是絶是忽[69],四方以無拂[70]。

【注釋】

① 朱傳:"此詩敘太王、太伯、王季之德,以及文王伐密伐崇之事也。"

② 皇,大也。

③ 有赫,赫然也。威嚴之貌。

④ 莫,《漢書》《潛夫論·班禄篇》引作瘼,病也。言求民之疾痛也。

⑤ 二國,夏、殷也。周初言失國,必舉夏、殷爲證,《尚書·召誥》所謂"我不可不鑒於有夏,亦不可不鑒於有殷"是也。獲,得也;得猶善也。

⑥ 四國,四方之國也。朱傳:"究,尋也。度,謀也。"言尋覓謀求四方之國,以視孰可以承受天命也。

⑦ 耆,讀爲諸,怒也。義見《廣雅》。

⑧ 憎,惡也。按:式,語詞。廓,空虛也,謂其無政也。

⑨ 眷,回顧貌。西顧,顧視西方也。周在西方。

⑩ 宅,居也。與宅,言與周人共居也。

⑪《經義述聞》云:"作,讀爲柞。……除木曰柞。"屏,除也。

⑫ 木立死曰菑,自斃曰翳。【菑,漢石經作椔。】

⑬ 灌,叢生木也。栵,音例。《經義述聞》云:"栵,當讀烈,烈,枿也,斬而復生者也。"

⑭ 啓辟,開闢也。檉,音赬,河柳也。椐,音居,即靈壽木也,腫節,可以爲杖。

⑮ 攘、剔,皆除去也。檿,音掩,山桑也。柘,音蔗,落葉灌木,葉厚而尖,稍硬於桑葉,亦可飼蠶。

⑯ 遷,徙而就之也。明德,明德之人,謂太王也。串夷,即混夷。載,則也。路,疲瘠也。馬瑞辰説。言混夷勢衰也。

⑰ 配,配偶也,謂太姜。

⑱ 省,視也。

⑲ 兑,易直也,滑易而條直也。二語言亂木已去,松柏暢茂。

⑳ 按:帝作邦,謂上帝爲周立國也。甲骨文以乍爲則,作从乍,當亦有則義。對,揚也,義猶顯也。則顯,言則使周顯揚於天下也。參注㊹。

㉑ 大伯,王季之兄。言自二人起,周即顯揚於天下也。

㉒ 朱傳:"因心,非勉强也。"友,友愛兄弟也。

㉓ 篤,厚也。慶,福也。

㉔ 載,則也。錫,賜也。光,光顯也。

㉕ 喪,失也。言永遠受福而不失墜也。

㉖ 奄,覆也。按:奄有,猶盡有也。奄有四方,自是誇大之辭。

㉗ 昭公二十八年《左傳》引此句,作"維此文王"。正義云:

“今王肅注及《韓詩》亦作文王。”按：作“文王”是。

㉘ 貊，音陌。按：《禮記·樂記》引此詩，貊作莫，《小爾雅·廣詁》：“莫，大也。”德音，聲譽也，前已數見。上帝大其聲譽，言文王聲譽之隆著也。

㉙ 類，善也。

㉚ 言堪爲長上，堪爲君王也。

㉛ 按：比，親附也。此言人民能順從文王、親附文王也。

㉜ 靡，無也。悔，遺恨也。言文王之德無復遺恨也。

㉝ 帝，上帝也。祉，福也。

㉞【施，鄭箋：“施，猶易也，延也。”】

㉟ 鄭箋云：“畔援，猶跋扈也。”【漢石經，援作换。】

㊱ 歆羡，貪而羡之也。

㊲ 誕，發語詞。登，成也，平也。岸，通犴，獄訟也。以上三語，言上帝謂文王勿跋扈以自傲，勿貪求以侵人，但先平理國内獄訟之事可也。

㊳ 密，密須氏之國也；在今甘肅靈臺縣。【漢石經，恭作共。】

㊴ 距，抵拒也。大邦，謂周也。

㊵ 阮、共，二國名，皆在今甘肅涇川縣。徂，往也。言密須氏侵此二國也。

㊶ 赫，盛怒貌。《經義述聞》云：“斯，猶其也。”

㊷ 按，止也；《孟子》引作遏，義同。徂，往也。旅，《孟子》引作莒，地名。朱右曾以爲即《漢書·地理志》安定郡之鹵縣，在今甘肅天水、伏羌之間。言文王遏止密須氏侵旅之師也。惟旅地誰屬，待考。或以爲密地，蓋非是。

㊸ 篤，厚也。祜，福也。

㊹《廣雅》:“對,揚也。”以對于天下,猶言以顯於天下也。馬瑞辰説。

㊺《經義述聞》云:依,兵盛貌。京,大阜也。

㊻ 戴震《毛鄭詩考正》云:“疑侵當作寖兵之寖,息兵也。”言自阮疆息兵而歸也。

㊼ 矢,陳也,謂陳兵也。大陵曰阿。此四句乃周人戒密人之辭也。

㊽ 按:度,越也。《逸周書·和寤篇》云:“王出圖商,至于鮮原。”孔晁注云:“近岐周之地也。”

㊾ 將,側也。

㊿ 之,猶是也。方,向也。言爲萬邦所傾向也。

51 朱傳:“懷,眷念也。”

52 聲,謂喜怒之聲;色,謂喜怒之色。以,與也。下同。參馬瑞辰説。

53《廣雅》:“長,常也。”夏,謂夏楚;革,謂鞭扑也。參馬瑞辰説。

54 高誘注《吕覽》及《淮南子》,皆以“不謀而當,不慮而得”釋“不識不知”。二語言不必多所謀慮,但順上帝之法則而已。

55 鄭箋:“詢,謀也。”朱傳:“仇方,讎國也。”

56 同,和協也。兄弟,謂兄弟之國,與己協好者也。

57 鉤援,梯也,所以上城者。

58 臨(《韓詩》作隆),臨車;衝,衝車;皆攻守之具也。

59 崇,國名。其國至春秋時猶存,爲秦之與國,見宣公元年《左傳》杜注。或以爲崇即豐者,非也。其地無考。參陳奂説。墉,城也。

60 閑閑,車强盛貌。《經義述聞》有説。

㉑ 言言,高大貌。

㉒ 執訊,見《小雅·出車》。朱傳:“連連,屬續狀。”

㉓《經義述聞》云:“攸,語助也。”馘,音國,殺敵而取其左耳也(用以報功)。安安,舒徐之意。陳奐説。

㉔ 類,出征祭上帝也。禡,音駡,於行軍所止之處祭神也。

㉕ 致,謂使其來。附,謂親附也。

㉖ 茀,音弗;茀茀,車强盛貌。《經義述聞》有説。

㉗ 仡,音屹;仡仡,高大貌。

㉘ 鄭箋:“肆,犯突也。”猶今語突擊也。

㉙ 忽,滅也,盡也。

㉚ 拂,違也。

靈　　臺[①]

經始靈臺[②],經之營[③]之。庶民攻[④]之,不日[⑤]成之。經始勿亟[⑥],庶民子來[⑦]。

王在靈囿[⑧],麀鹿攸伏;麀鹿濯濯[⑨],白鳥翯翯[⑩]。王在靈沼,於物[⑪]魚躍。

虡業維樅[⑫],賁鼓維鏞[⑬]。於論鼓鐘[⑭],於樂辟廱[⑮]。

於論鼓鐘,於樂辟廱。鼉鼓逢逢[⑯],矇瞍奏公[⑰]。

【注釋】

① 此美文王遊樂之詩(《孟子》以此詩爲文王時作)。【《豐鎬考信録》卷二:“余按:《靈臺》一詩,前詠靈臺,後詠辟雍,首尾相聯,似詠一王之事者。然而後篇稱鎬京辟雍,武王始遷於鎬,

故先儒皆以辟雍爲始於武王,苟辟雍自武王始,則靈臺亦非文王事矣。……蓋《孟子》引《詩》,斷章取義者多。"】

② 經,度也。經始,開始量度之也。靈臺,文王臺名。按:靈、令古通,善也。靈臺,善美之臺也。

③ 營,作也。

④ 攻,作也。

⑤ 不日,謂不限定日期也。

⑥ 亟,急也。言文王並不令民急於興作。

⑦ 言庶民樂爲,皆如子治父事者而來營作也。

⑧ 囿,音又,養禽獸處。

⑨ 朱傳:"濯濯,肥澤貌。"(略本《廣雅》)

⑩ 翯,胡沃切。朱傳:"翯翯,潔白貌。"《孟子》引作鶴鶴。

⑪ 於,音烏,歎詞。牣,音刃,滿也。

⑫ 虡,音巨,鐘磬架之立木也。其横木謂之栒(音笱)。業,覆栒之大版也。樅,音瑽,業上懸鐘磬處,即《周頌・有瞽》之"崇牙"也。參陳奂説。

⑬ 賁,音墳,大鼓也。鏞,音容,大鐘也。

⑭ 於,音烏,歎詞。下同。論,倫也,言有序不紊也。

⑮ 辟,音璧。廱,音雍。辟廱,天子之學也。學圓如璧,外環以水,故曰辟廱。

⑯ 鼉,音駝,鱷魚之屬,俗稱鼉龍,又曰豬婆龍。鼉鼓,以鼉魚皮所作之鼓也。逢,音蓬。逢逢,鼓聲也。馬瑞辰有説。

⑰ 矇,音蒙,有眸子而不能見物曰矇。瞍,音叟,無眸子也。古時樂師皆以瞽者爲之。《吕覽》高注及《史記》集解引此詩,奏公皆作奏功,《楚辭》王注引作奏工。公、功、工三字古通,事也,謂樂章也。奏,作也。言矇瞍作此樂也。

下　　武[1]

下武維周[2],世有哲王。三后[3]在天,王配于京[4]。
王配于京,世德作求[5]。永言配命[6],成王之孚[7]。
成王之孚,下土之式[8]。永言孝思,孝思維則[9]。
媚兹一人[10],應侯順德[11]。永言孝思,昭哉嗣服[12]。
昭兹來許[13],繩其祖武[14]。於萬斯年[15],受天之祜。
受天之祜,四方來賀。於萬斯年,不遐有佐[16]。

【注釋】

① 此頌美成王之詩。

② 下,後也。按:武,足跡也。下武,猶言接踵也。故下文言世有哲王。

③ 后,君也。按:三后,謂太王、文王、武王也。

④ 王,謂成王也。配,合也。言能配合三后之道也。京,鎬京也。

⑤ 世德,世世有德也。按:作,則也。求,當讀爲逑,配也。言其世德則相配合也。【《書·康誥》:"用康乂民作求。"】

⑥ 句見《文王》。

⑦ 之,猶是也。孚,信也。言天既畀命與周,故維成王是信也。

⑧ 下土,對上天言,謂人間也。之,亦是也。式,法也。

⑨ 言,語詞。永言孝思,謂永存孝敬之意也。則,法也,謂法其先人也。

⑩ 媚,愛也。一人,天子也,謂成王也。

⑪ 應,當也。侯,維也。順德,猶慎德也。二語言官民愛戴成王,成王自應慎其德也。

⑫ 嗣服,猶言纘緒;謂繼續先人之業也。參陳奐說。

⑬ 來許,猶言將來也。

⑭ 繩,繼也。武,足跡也。言繼承祖先之步趨也。

⑮【於萬斯年,於,當讀如烏,歎詞,因此時介詞皆用"于"字。】

⑯ 按:遐,語詞,猶今語之啊。佐字古但作左;左,疏外之也。言千秋萬世,亦不至有疏外周室而不親附者也。余別有說詳之。

文王有聲①

文王有聲②,遹駿③有聲,遹求厥寧,遹觀厥成④。文王烝⑤哉。

文王受命,有此武功:既伐于崇,作邑于豐⑥。文王烝哉!

築城伊淢⑦,作豐伊匹⑧。匪棘其欲⑨,遹追來孝⑩。王后⑪烝哉!

王公伊濯⑫,維豐之垣⑬。四方攸同⑭,王后維翰⑮。王后烝哉!

豐水東注,維禹之績⑯。四方攸同,皇王維辟⑰。皇王烝哉!

鎬京辟廱⑱,自西自東,自南自北,無思不服⑲。皇王烝哉！

考卜維王[20]，宅是鎬京。維龜正之[21]，武王成之。武王烝哉！

豐水有芑[22]，武王豈不仕[23]？詒厥孫謀[24]，以燕翼子[25]。武王烝哉！

【注釋】

① 朱傳："此詩言文王遷豐、武王遷鎬之事。"

② 聲，聲譽也。

③ 遹，音聿；遹、聿通用，語詞也。馬瑞辰有説。駿，大也。

④ 求厥寧，謂文王求天下之安寧；觀厥成，謂人觀文王之成功也。【按：觀猶示也。】

⑤ 按：烝，美也。

⑥ 豐，在今陝西鄠縣，文王之都也。伐崇、作豐乃二事，或謂就崇地作豐邑者，非是。參《皇矣》。【《古書疑義舉例》卷一云："下于字，乃語詞；上于字，則邘之叚字也。"引《史記》爲證。】

⑦ 淢，音域，城溝也。馬瑞辰、陳奐並有説。【漢石經，淢作洫。】

⑧ 匹，配也，相稱也。言作豐城與城池相配稱也。

⑨ 棘，急也。言非急成以從己之欲也。

⑩ 追，猶慎終追遠之追。來，猶是也。言追承前王之志以爲孝也。

⑪ 后，君也。王后，仍指文王言。

⑫ 公，古通功。濯，大也。

⑬ 垣，牆也，謂城牆也。

⑭ 按：同，會同也。言四方之君來朝會也。

⑮ 翰，幹也；見《小雅·桑扈》。此言四方諸侯爲王之幹也。

⑯ 豐水，在豐邑之東，鎬京之西。績，功也。言由禹治之也。【《書·立政》："以陟禹之迹。"】

⑰ 皇王，舊謂指武王言。辟，法也，言武王爲諸侯法也。

⑱ 鎬京，見《小雅·魚藻》。辟廱，見《靈臺》。【廱，漢石經作雍。】

⑲ 思，句中語詞。無思不服，即無不順服也。

⑳ 考，稽也。考卜，謂稽之於龜卜也。考卜維王，倒文爲義，言維王稽卜也。所卜者，即下文宅居鎬京之事。

㉑ 正之，謂得吉兆也。

㉒ 芑，草名，見《小雅·采芑》。

㉓ 仕，事也。言武王豈無所事乎。

㉔ 詒，遺也。詒厥孫謀，言遺謀略與其孫也。

㉕ 燕，安也。翼，護也。言於子則安樂之、護衛之也。

生民之什

生　民[1]

厥初生民，時維姜嫄[2]。生民如何？克禋克祀，以弗無子[3]。履帝武敏歆[4]，攸介攸止[5]；載震載夙[6]，載生載育，時維后稷[7]。

誕彌厥月[8]，先生如達[9]。不坼不副[10]，無菑[11]無害。以赫厥靈[12]，上帝不寧[13]。不康禋祀，居然生子[14]。

誕寘之隘巷[15]，牛羊腓字[16]之。誕寘之平林，會伐平林[17]；誕寘之寒冰，鳥覆翼之。鳥乃去矣，后稷呱矣[18]。實覃實訏[19]，厥聲載路[20]。

誕實[21]匍匐，克岐克嶷[22]，以就口食。蓺之荏菽[23]，荏菽旆旆[24]，禾役穟穟[25]，麻麥幪幪[26]，瓜瓞唪唪[27]。

誕后稷之穡，有相之道[28]。茀[29]厥豐草，種之黄茂[30]。實方實苞[31]，實種實褎[32]，實發實秀[33]，實堅實好[34]，實穎實栗[35]，即有邰家室[36]。

誕降嘉種[37]，維秬維秠[38]，維穈維芑[39]。恒之[40]秬秠，是穫是畝[41]；恒之穈芑，是任是負[42]。以歸肇祀[43]。

誕我祀如何？或舂或揄[44]，或簸或蹂[45]；釋之叟叟[46]，烝之浮浮[47]。載謀載惟[48]，取蕭祭脂[49]，取羝以軷[50]，載燔載烈[51]。以興嗣歲[52]。

卬盛[53]于豆，于豆于登[54]。其香始升[55]，上帝居歆[56]。胡臭亶時[57]。后稷肇祀，庶無罪悔[58]，以迄于今。

【注釋】

① 《詩序》:"《生民》，尊祖也。后稷生於姜嫄，文武之功起於后稷，故推以配天焉。"【《世本》《大戴禮》《史記》謂姜嫄爲帝嚳之元妃，而《詩》中不言帝嚳。】

② 厥初生民，其始生人也。周人蓋以其始祖爲生人之始，故云。時，是也。姜，姓也。嫄，音原，名也。姜嫄，后稷之母也。言最初生人者，乃姜嫄也。

③ 克，猶今語能够也。禋，音因，潔祀也。弗，漢石經作祓，去也。祭祀以祓除不祥也。弗，三家作祓。鄭箋:"弗之言祓也。"言姜嫄能潔祀以除去無子之不祥，即祭祀以求生子也。

④ 履，踐也。帝，上帝也。武，足迹也。敏，漢石經作栂，拇也，足大指也。歆，欣也。

⑤ 按：介，舍息也，義見《小雅・甫田》鄭箋。二語言姜嫄見上帝足迹而踐其大拇處，意遂欣欣然動，乃於其處稍息止也。

⑥ 載，則也。震，漢石經作振，娠也。夙，肅敬也。【昭公元年《左傳》:"邑姜方震大叔。"震即娠。】

⑦ 時，是也。后稷，名棄，堯舜時人，周之始祖也。

⑧ 誕，發語詞。彌，滿也。厥，其也；厥月，謂妊娠之月數，即十個月也。

⑨ 先生，最先生育者，今語所謂頭生也。達，小羊也。小羊

易生，而人則頭胎難生。此言后稷以頭生而如小羊出生之易也。【達，借字，本字當作羍。《毛詩稽古編》説。】

⑩ 坼，音策。副，音劈。坼、副，皆破裂也。

⑪ 菑，同災。二語言母體無傷損也。

⑫ 赫，顯也。言上帝顯其靈也。

⑬ 不，讀爲丕。下同。寧，安也。【按：意謂上帝使姜嫄安寧也。】

⑭ 康，安也。言上帝安於姜嫄之祀，故姜嫄居然不夫而生子也。【按：居，安也。】

⑮ 寘，置也。后稷不父而生，故棄之。

⑯《小雅·采薇》，鄭箋云："腓，當作芘。"按：此亦當讀芘，即庇護也。字，愛護也。【腓，解作避，亦通。】

⑰ 平林，見《小雅·車舝》。會，值也。言適遇斬伐林木者也。

⑱ 呱，音孤，啼也。

⑲ 實，是也。覃，長也。訏，音吁，大也。此言其聲長且大。

⑳ 朱傳："載，滿也。滿路，言其聲之大也。"【毛傳："路，大也。"載，則也，言其聲則大也。《毛詩稽古編》謂載無滿義，當從《傳》説。】

㉑ 實，是也。

㉒ 嶷，音逆。岐、嶷，有知識也。

㉓ 蓺，種也。之，猶是也。荏，音衽；荏菽，大豆也。【《爾雅》："戎叔謂之荏菽。"郭璞云："即胡豆也。"】

㉔ 旆旆，長貌。

㉕ 役，列也。穟，音遂；穟穟，苗美好之貌。

㉖ 幪，音蒙，上聲；幪幪，茂盛貌。

㉗ 唪，布孔切。《説文》引作菶。菶菶，亦茂盛貌。

㉘ 穡,漢石經作嗇。相,視也,視其土地之宜也。馬瑞辰有説。【按:相,助也。】

㉙ 按:茀,當爲弗,除去也。參注③。

㉚ 按:黄茂,猶言茂盛也,參《小雅·苕之華》。以上二語,言除去豐草,種之則茂盛也。此乃泛説,以下則分言之。

㉛《廣雅》:"方,始也。"此謂苗始吐芽也。苞,包也。謂苗始生包而未舒也。馬瑞辰説。

㉜ 種,苗出地尚短也。褎,苗漸長也。程瑶田説。

㉝ 發,莖發高也。秀,成穗也。馬瑞辰説。

㉞ 義見《小雅·大田》。

㉟ 穎,穗之垂者。栗,穀之成者。馬瑞辰説。

㊱ 即,就也。有,如"有夏""有殷"之有,助詞無義。邰,音台,姜嫄之國也,在今陝西武功縣。此言后稷就其母家而居也。

㊲ 降,天降下之也。嘉,善也。

㊳ 秬,音巨,黑黍也。秠,音丕,一稃二米也。

㊴ 穈,音門,赤苗也。芑,音起,白苗也。陳奂云:"赤苗白苗,謂禾莖有赤白二種。本爲苗之名,因爲禾之名。"

㊵ 恒,徧也,謂徧種也。之,猶是也。

㊶ 畝,謂之畝計之也。

㊷ 任,亦負也。任負,猶言負荷也。陳奂説。

㊸ 按:歸,謂自田歸家。肇,語詞。以歸肇祀,謂歸而祀神也。古人穀熟而祭,以祈來歲之豐。

㊹ 揄,《周禮·地官·舂人》鄭注引作抌。揄,音由,抒臼也,取出臼中已舂之穀物也。【《説文》引作舀,云:"抒臼也。"】

㊺ 簸,以箕簸揚之也,參《小雅·大東》。蹂,音柔,揉搓之以去穅也。

㊻ 釋，淅米也。【石經作淅】淘米也。叟叟，聲也。【叟叟，漢石經作溞溞。陳氏傳疏云：“《説文》：釋，漬米也。釋者，假借字。或古《毛詩》作釋，不能肊定也。”】

㊼ 烝，同蒸。浮浮，氣上浮貌。

㊽ 載，則也。惟，思也。謀惟，謂諏日(卜吉日)也。

㊾ 蕭，蒿也。取蒿合脂爇之，達其氣味於神也。

㊿ 羝，音低，牡羊也。軷，音拔。軷祭有二：一爲出行時之祖祭，一爲冬祭行(路)神。此謂後者。

51 燔，見《小雅·瓠葉》。貫肉加之於火上曰烈，今所謂烤也。陳奂云：“烈、炙，聲轉而義同。”

52 興來歲，嗣往歲也。

53 卬，我也。盛，音成，盛物於器也。

54 登，器名，與豆相似，所以盛羹(肉汁)者也。

55 言香氣上升也。

56 按：居，語詞。歆，饗也。

57《廣雅》：“胡，大也。”臭，氣味也。亶，誠也。時，善也。馬瑞辰説。

58 悔，與罪義相近。罪悔，猶罪過也。《經義述聞》有説。

行　葦[1]

敦彼行葦[2]，牛羊勿踐履。方苞方體[3]，維葉泥泥[4]。

戚戚[5]兄弟，莫遠具爾[6]。或肆之筵[7]，或授之几[8]。

肆筵設席，授几有緝御[9]。或獻或酢，洗爵奠斝[10]。

醓醢以薦[11]，或燔或炙。嘉殽脾臄[12]，或歌或咢[13]。

敦弓既堅[14]，四鍭既鈞[15]；舍矢既均[16]，序賓以賢[17]。

敦弓既句[18]，既挾四鍭；四鍭如樹[19]，序賓以不侮[20]。

曾孫維主[21]，酒醴維醹[22]，酌以大斗，以祈黄耇[23]。

黄耇台背[24]，以引以翼[25]。壽考維祺[26]，以介景福。

【注釋】

① 朱傳："疑此祭畢而燕父兄耆老之詩。"

② 敦，聚貌。行葦，道旁之葦也。

③ 苞，包也，見《生民》。體，成形也。

④ 泥泥，讀爲苨苨，茂盛貌。此詩首章全爲起興之辭。【《釋文》云："張揖作苨苨，云'草盛也'。"】

⑤ 戚戚，親也。

⑥ 具，俱也。《毛鄭詩考正》云："爾，猶此也。"言莫相遠而俱在此也。【按：遠謂疏遠，爾謂親近也。《小雅·角弓》："無胥遠矣。"】

⑦ 肆，陳也。筵，席也。古人席地而坐。

⑧ 几，爲尊者設，以供憑依者也。

⑨ 陳奂云："聚足而進曰緝御。"恭敬之狀也。

⑩ 斝，音賈，酒器，大於爵(見附圖十六)。奠，置也。進酒於賓曰獻，客答之曰酢。主人又洗爵醻賓，賓受而奠之，不舉也。

⑪ 醓，音貪上聲，醢之多汁者。醢，音海，肉醬也。薦，進也。

⑫ 脾，音紕，切碎之胃也。陳奂説。臄，音噱，口上肉也。

⑬ 咢，音鄂，但擊鼓而不歌曰咢。

⑭ 敦弓，畫弓也，亦即彫弓。天子所用之弓也。

⑮ 鍭,音侯,以金爲鏃而去羽之矢也。鈞,匀也。正義云:“輕重鈞停,四矢皆然。”

⑯ 舍矢,放箭也。均,皆也,謂皆中也。

⑰ 賢,謂射中多者也。言以射中多少序賓之次第。

⑱ 句,讀爲彀,張弓也。

⑲ 如樹,言皆中也。

⑳ 不侮,不輕慢也。言敬也。

㉑ 朱傳:“曾孫,主祭者之稱。今祭畢而燕,故因而稱之也。”主,主人也。

㉒ 醹,音乳,厚酒也。

㉓ 黄耇,見《小雅・南山有臺》。

㉔ 台背,背皮如鮐魚(即河豚),老人消瘦之狀也。【《爾雅・釋詁》作鮐背。】

㉕ 引,謂在前導之;翼,謂在旁輔之也。

㉖ 祺,吉也。

既　醉[1]

既醉以酒,既飽以德。君子萬年,介爾景福。
既醉以酒,爾殽既將[2]。君子萬年,介爾昭明[3]。
昭明有融[4],高朗令終[5]。令終有俶[6],公尸嘉告[7]。
其告維何?籩豆静嘉[8]。朋友攸攝[9],攝以威儀。
威儀孔時[10],君子有孝子。孝子不匱[11],永錫爾類[12]。
其類維何?室家之壼[13]。君子萬年,永錫祚胤[14]。
其胤維何?天被[15]爾禄。君子萬年,景命有僕[16]。

其僕維何？釐爾女士[17]。釐爾女士，從[18]以孫子。

【注釋】

① 朱傳："此父兄所以答《行葦》之詩。"

② 將，進也。

③ 介，匄也。昭明，昭顯也。

④ 融，明之盛；有融，融然也。

⑤ 高朗，高明也，謂聲譽也。令，善也。馬瑞辰云："令終，當兼福禄、名譽言之。"

⑥ 有，又也。俶，始也。令終有俶，言前輩以善終，後人又以善始也。

⑦ 朱傳："公尸，君尸也。"馬瑞辰用其説，更申明之。朱傳："嘉告，以善言告之，謂嘏辭也。"

⑧ 静嘉連言，静亦善也。馬瑞辰有説。

⑨ 朋友，謂助祭之羣臣也。攝，佐也。

⑩ 時，是也，猶宜也。

⑪ 匱，竭也。言孝行無竭盡之時。

⑫ 錫，賜也。類，善也。言天永賜爾以善也。

⑬ 壼，讀爲捆，捆致也。捆致，與悃至同，親睦也。參鄭箋及馬瑞辰説。

⑭ 祚胤，後嗣也。

⑮ 被，覆被也。

⑯ 景命，大命也，指天命言。僕，附屬也。言天命使女有附屬之衆也。

⑰ 釐，賜予也。按：女士，即女子，謂妃也。

⑱ 從，隨也。

鳧　　鷖[①]

鳧鷖在涇[②]，公尸來燕來寧[③]。爾酒既清，爾殽既馨。公尸燕飲，福禄來成[④]。

鳧鷖在沙，公尸來燕來宜[⑤]。爾酒既多，爾殽既嘉。公尸燕飲，福禄來爲[⑥]。

鳧鷖在渚，公尸來燕來處[⑦]。爾酒既湑[⑧]，爾殽伊脯[⑨]。公尸燕飲，福禄來下。

鳧鷖在潨[⑩]，公尸來燕來宗[⑪]。既燕于宗[⑫]，福禄攸降。公尸燕飲，福禄來崇[⑬]。

鳧鷖在亹[⑭]，公尸來止熏熏[⑮]。旨酒欣欣，燔炙芬芬。公尸燕飲，無有後艱[⑯]。

【注釋】

① 朱傳："此祭之明日，繹而賓尸之樂。"按：祭祀既畢，明日又設禮而與尸燕曰繹。

② 鳧，野鴨也。鷖，音繄，鷗也。涇，水名。見《棫樸》。

③ 來，猶是也。《經傳釋詞》有説。言燕公尸、寧公尸也。

④ 來，是也。福禄來成，猶言福履成之也。

⑤ 宜，肴也，此作動詞用，謂設肴以待尸也。參《鄭風·女曰雞鳴》。

⑥ 鄭箋："爲，猶助也。"

⑦ 處，止也，謂留止之也。

⑧ 湑，見《小雅·伐木》。

⑨ 脯,音甫,乾肉也。

⑩ 潨,讀如中,小水入大水曰潨。

⑪ 宗,尊也。

⑫ 宗,宗廟也。

⑬ 崇,重也,謂重複之也。

⑭ 亹,音門,與湄通,水涯也。馬瑞辰有説。

⑮ 熏熏,和悦也。

⑯ 艱,難也,謂災難也。

假　樂①

假樂君子②,顯顯令德。宜民宜人,受禄于天。保右命③之,自天申④之。

干禄百福⑤,子孫千億。穆穆皇皇⑥,宜君宜王⑦。不愆不忘⑧,率由舊章⑨。

威儀抑抑⑩,德音秩秩⑪。無怨無惡,率由羣匹⑫。受福無疆,四方之綱。

之綱之紀,燕及朋友。百辟⑬卿士,媚⑭于天子。不解⑮于位,民之攸塈⑯。

【注釋】

① 朱傳:"疑此即公尸之所以答《鳧鷖》者也。"

② 假,嘉也,美也,《中庸》引作嘉。君子,指王也。

③ 見《大明》。

④ 申,重也,重複之也。

⑤ 干,求也。禄,亦福也。言求禄而得百福也。

⑥ 穆穆、皇皇,皆美也。

⑦ 言宜爲君王也。

⑧ 愆,過也。按:忘、亡,古通,失也。言無過失也。

⑨ 率,循也。由,從也。舊章,先王之典章也。

⑩ 句見《小雅·賓之初筵》。

⑪ 參《秦風·小戎》。

⑫ 馬瑞辰謂:羣、匹同義,猶言羣衆也。二語言臣民無怨惡王者,以王能順從羣衆之望也。

⑬ 辟,君也。百辟,謂諸侯也。

⑭ 媚,愛戴也。

⑮ 解,懈怠也。

⑯ 塈,息也,猶言安也。

公　劉①

篤公劉②,匪居匪康③,迺埸迺疆④,迺積迺倉。迺裹餱糧⑤,于槖于囊⑥,思輯用光⑦。弓矢斯張,干戈戚揚⑧,爰方啓行⑨。

篤公劉,于胥斯原⑩。既庶既繁⑪。既順迺宣⑫,而無永歎。陟則在巘⑬,復降在原。何以舟⑭之?維玉及瑶,鞞琫容刀⑮。

篤公劉,逝彼百泉⑯,瞻彼溥原⑰。迺陟南岡,乃覯于京⑱。京師之野⑲,于時處處,于時廬旅⑳。于時言言,于時語語。

篤公劉，于京斯依㉑。蹌蹌濟濟㉒，俾筵俾几。既登乃依㉓，乃造其曹㉔，執豕于牢。酌之用匏。食之飲之，君之宗之㉕。

篤公劉，既溥既長㉖。既景廼岡㉗，相其陰陽㉘，觀其流泉。其軍三單㉙。度其隰原㉚，徹田爲糧㉛。度其夕陽，豳居允荒㉜。

篤公劉，于豳斯館㉝。涉渭爲亂㉞，取厲取鍛㉟。止基廼理㊱，爰衆爰有㊲。夾其皇澗㊳，遡其過澗㊴。止旅乃密㊵，芮鞫之即㊶。

【注釋】

① 此詠公劉遷豳之詩。《詩序》以爲召康公所作以戒成王者，未詳所據。

② 按：篤，與《大明》"篤生武王"之篤同，發語詞也。公劉，后稷之裔孫也。堯時封后稷於邰，十餘世，至公劉，當夏之衰，避桀居於豳。參《毛鄭詩考正》及陳奂說。

③ 按：上匪字，彼也。康，安也。言公劉勤於事，不安逸以居也。【又按：上匪字讀如字；居，安也。亦通。】

④ 疆、埸，見《小雅・信南山》，此作動詞用，謂正其田畝也。

⑤ 裹，包裹之也。餱，乾食也。糧，出行所攜之糧也。

⑥ 橐、囊，皆裹糧之具。毛傳："小曰橐，大曰囊。"(《史記・陸賈傳》索隱引《詩傳》，及《文選》干寶《晉紀總論》吕向注，大小二字，皆與今本毛傳互易。)又：有底曰囊，無底曰橐。馬瑞辰有說。按：《莊子》云："適千里者，三月聚糧。"此詩言埸疆，言積倉，皆謂聚糧之事，以備遠行也。《孟子》言"居者有積

倉，行者有裹糧"，疑非詩意。

⑦《經傳釋詞》云："思，發語詞也。"按：輯，集也。用，以也。光，廣也，猶言多也。言集聚餱糧已多也。

⑧ 戚，斧也。揚，鉞也。

⑨ 方，始也。啓行，見《小雅・六月》。

⑩ 胥，相也，視也。斯原，謂豳之原也。

⑪ 庶、繁，謂居民衆多也。

⑫ 宣之言通也，暢也。言民心既順，其情乃宣暢也。馬瑞辰說。

⑬ 巘，音獻上聲，又音彦，小山，别於大山也。

⑭ 毛傳："舟，帶也。"汪中《經義知新記》云："舟無佩義，必是服字。傳寫者脱其半耳。"

⑮ 瑶，石之美者。鞞琫，見《小雅・瞻彼洛矣》。容刀，佩刀也，佩刀所以爲容飾，故名。此言以玉及瑶爲佩刀之飾也。

⑯ 逝，往也。百泉，地名，其詳未聞。

⑰ 溥原，亦地名，即克鼎"錫女田于溥原"之溥原，説見王國維《克鐘克鼎跋》。

⑱ 京，地名。馬瑞辰説。

⑲ 師者，都邑之稱。京師，京之邑。猶洛邑亦稱洛師也。馬瑞辰引吴斗南説。

⑳ 時，是也。處處，即居處也。廬，寄也。馬瑞辰云：廬、旅，古同聲通用，旅亦寄也。言於此寄居也。

㉑ 按：依，謂依之以居也。

㉒ 參《小雅・楚茨》。

㉓ 登，謂登筵之。依，謂依几也。

㉔ 造，往也。曹，羣也，謂豕羣也。

㉕ 宗,尊也。此章言公劉初遷於京也。

㉖ 溥,廣也。言所居之地廣而長也。

㉗ 景,以日影度其方向也。迺,猶其也。《經傳釋詞》有説。

㉘ 相,視也。視其向陰向陽,以爲居室也。

㉙ 單、戰,古通。于省吾説。

㉚ 度,度量也。度其爲隰爲原,以爲取税之標準也。

㉛ 按:徹,讀爲《孟子》"周人百畝而徹"之徹,取税之稱。此言照田畝徵穀,以爲出行所用之糧也。

㉜ 山西曰夕陽。豳居,猶言豳地也。允,信也。荒,大也。此章言公劉擴展疆域至豳也。

㉝ 館,舍也,居也。

㉞ 按:亂,蓋以石絶流,猶梁也。涉渭爲亂,乃倒文以就韵,謂爲亂以涉渭也。

㉟ 厲,即礪,粗石。鍛,即碫,細石也。

㊱ 按:止基,即址基也。理,治也。言始建宫室。

㊲ 有,多也。言從事者衆多。

㊳ 皇澗,澗名。夾,夾持也。謂宫室在皇澗兩旁也。

㊴ 遡,向也。過澗,亦澗名。

㊵ 止,居也。旅,寄也。言居住之人繁密也。【按:止,蓋讀如之,此也。】

㊶ 芮,汭之假借,水灣之内也。灣之外曰鞫。即,就也。言就水灣内外而居也。

泂　酌①

泂酌彼行潦②,挹彼注兹③,可以餴饎④。豈弟君子,民之父母。

洞酌彼行潦，挹彼注兹，可以濯罍[5]。豈弟君子，民之攸歸。

洞酌彼行潦，挹彼注兹，可以濯溉[6]。豈弟君子，民之攸塈[7]。

【注釋】

① 此頌美天子之詩。

② 泂，音迥，遠也。酌，以勺酌取也。行潦，流潦也，已見《召南·采蘋》。

③ 挹，酌取也。彼，謂行潦。注，瀉入也。兹，此也。

④ 餴，音墳，餾也。饎，酒食也。

⑤ 濯，洗也。罍，見《周南·卷耳》。

⑥ 溉，當讀爲概，樽也。《經義述聞》有説。

⑦ 句見《假樂》。

卷　　阿[1]

有卷者阿[2]，飄風自南。豈弟君子，來游來歌，以矢其音[3]。

伴奂爾游矣[4]，優游爾休矣[5]。豈弟君子，俾爾彌爾性[6]，似先公酋矣[7]。

爾土宇昄章[8]，亦孔之厚[9]矣。豈弟君子，俾爾彌爾性，百神爾主矣[10]。

爾受命長矣，茀禄爾康矣[11]。豈弟君子，俾爾彌爾性，純嘏爾常矣⑫。

有馮有翼⑬，有孝有德⑭，以引以翼⑮。豈弟君子，四方爲則。

顒顒卬卬⑯，如圭如璋⑰。令聞令望⑱。豈弟君子，四方爲綱。

鳳凰于飛，翽翽⑲其羽，亦集爰止。藹藹王多吉士⑳。維君子使㉑，媚于天子。

鳳凰于飛，翽翽其羽，亦傅㉒于天。藹藹王多吉人。維君子命，媚于庶人。

鳳凰鳴矣，于彼高岡。梧桐生矣，于彼朝陽㉓。菶菶萋萋㉔，雝雝喈喈㉕。

君子之車，既庶且多，君子之馬，既閑且馳㉖。矢㉗詩不多，維以遂㉘歌。

【注釋】

① 此詩蓋頌美來朝之諸侯也。

② 卷，曲貌。有卷，卷然也。阿，大陵也。

③ 君子，謂來朝之諸侯也。矢，陳也。音，聲音也。

④ 伴，音判。按：伴奂，當與《周頌·訪落》之“判涣”同義，蓋閑適之意。言閑適哉爾之游也。爾，指來朝之諸侯言。

⑤ 優游，閑暇自得也，已見《小雅·白駒》。休，息也。

⑥ 王國維《與友人論詩書中成語書》云：“彌性，即彌生，猶言永命矣。”此祝其長壽也。【叔倲孫父毁（《嘯》下）：“永令彌厥生。”𢦏姞毁（《三代》六）：“永令彌厥生。”𪔉鎛（《三代》一）：“用求丂命彌生。”】

⑦ 似,嗣續也。按:酋,猷之省借,謀也。

⑧ 土宇,猶今言邦家也。于省吾説。昄,音版,大也。章,著也。言疆域大而國顯也。

⑨ 厚,謂福禄厚也。

⑩ 主,謂主祭也。百神,言其多,此未可以《祭法》“有天下者祭百神”之義説之也。

⑪ 茀,福也。康,安也。

⑫ 純,大也。嘏,福也。言受大福以爲常也。

⑬ 朱傳:“馮,謂可爲依者。翼,謂可爲輔者。”

⑭ 有孝,謂有孝行者。有德,謂有德望者。

⑮ 句見《行葦》。以上諸語,言諸臣多忠藎孝德之人,或導之於前,或輔之於左右也。

⑯ 顒顒,温和貌。卬卬,志氣高朗貌。

⑰ 朱傳:“如圭如璋,純潔也。”

⑱ 令,美也。聞、望,皆聲譽也。

⑲ 翽,音蹶;翽翽,羽聲。

⑳ 藹藹,盛多貌,義見《楚辭》王注。吉士,善士也。

㉑ 君子使,謂來朝諸侯之使臣也。

㉒ 傅,附也。

㉓ 山東曰朝陽。

㉔ 菶,音唪。菶菶、萋萋,皆茂盛貌。以梧桐喻朝臣之盛也。

㉕ 雝雝、喈喈,皆和鳴之聲,以鳳凰喻朝臣之和也。此章美王朝之盛。

㉖ 閑,熟習也。馳,謂能疾馳也。

㉗ 矢,陳也。

㉘ 遂,成也。

民　勞①

民亦勞止，汔可小康②。惠此中國③，以綏④四方。無縱詭隨⑤，以謹無良⑥。式遏寇虐⑦，憯不畏明⑧。柔遠能邇⑨，以定我王。

民亦勞止，汔可小休。惠此中國，以爲民逑⑩。無縱詭隨，以謹惛怓⑪。式遏寇虐，無俾民憂。無棄爾勞，以爲王休⑫。

民亦勞止，汔可小息。惠此京師，以綏四國。無縱詭隨，以謹罔極⑬。式遏寇虐，無俾作慝⑭。敬慎威儀，以近有德。

民亦勞止，汔可小愒⑮。惠此中國，俾民憂泄⑯。無縱詭隨，以謹醜厲⑰。式遏寇虐，無俾正敗⑱。戎雖小子，而式弘大⑲。

民亦勞止，汔可小安。惠此中國，國無有殘⑳。無縱詭隨，以謹繾綣㉑。式遏寇虐，無俾正反㉒。王欲玉女㉓，是用大諫㉔。

【注釋】

① 朱傳以此爲同列相戒之詩。

② 汔，音迄，幾也，希望之詞，猶言庶幾也。小康，稍安也。

③ 惠，愛也。中國，謂京師也。

④ 綏，安也。

⑤《經義述聞》云:“詭隨,謂譎詐謾欺之人也。”

⑥ 謹,慎也。以上二語言: 勿縱任譎詐謾欺之人,而當戒慎乎無良之人也。

⑦ 式,語詞。遏,止也。寇虐,寇攘暴虐之吏也。

⑧ 憯,曾也。明,光明,猶言正道也。此句連上句讀,謂遏止寇虐而曾不畏懼光明之人也。

⑨ 柔,安也。能,侞也,義猶安也。《經義述聞》説。言遠邇皆使之安也。

⑩ 按:《關雎》“好逑”,猶言嘉偶;《兔罝》“好仇”(仇、逑通),猶言良伴。此民逑之逑,必當爲名詞,意蓋謂民衆之友也。

⑪ 惛,音昏。怓,音鐃。惛怓,猶讙譁,謂好争訟之人也。

⑫ 勞,猶功也。休,美也。

⑬ 罔極,無良也。前已數見。

⑭ 慝,音忒,惡也。

⑮ 愒,音憩,息也。

⑯ 泄,音曳,散也,去也。

⑰ 醜、厲,皆惡也。

⑱ 正,政也。《經義述聞》有説。敗,壞也。

⑲ 戎,汝也。式,用也。二語言: 汝雖小子,然因在官位,故作用甚大也。

⑳ 殘,猶害也,此謂被害之人也。

㉑ 繾,音遣。綣,音勸上聲。繾綣,反覆也。

㉒ 正,政也。反,覆也。正反,猶正敗也。

㉓《説文》金玉之玉,其旁無點。加點者,云: 朽玉也,讀若畜牧之畜。阮元以爲此即加點之玉,玉女即畜汝,亦即好汝也。説詳《揅經室集》。

㉔ 用,以也。言是以作此詩以大諫之也。

板[1]

上帝板板[2],下民卒癉[3]。出話不然[4],爲猶[5]不遠。靡聖管管[6],不實於亶[7]。猶之未遠,是用大諫。

天之方難,無然憲憲[8];天之方蹶,無然泄泄[9]。辭之輯矣[10],民之洽[11]矣;辭之懌[12]矣,民之莫[13]矣。

我雖異事,及爾同寮[14]。我即爾謀,聽我囂囂[15]。我言維服[16],勿以爲笑。先民有言:"詢于芻蕘[17]。"

天之方虐,無然謔謔[18]。老夫灌灌[19],小子蹻蹻[20]。匪我言耄,爾用憂謔[21]。多將熇熇[22],不可救藥[23]。

天之方懠[24],無爲夸毗[25]。威儀卒迷[26],善人載尸[27]。民之方殿屎[28],則莫我敢葵[29]。喪亂蔑資[30],曾莫惠我師[31]。

天之牖民[32],如壎如篪[33],如璋如圭[34],如取如攜[35]。攜無曰益[36],牖民孔易。民之多辟,無自立辟[37]。

价人[38]維藩,大師維垣,大邦維屏,大宗[39]維翰。懷德維寧[40],宗子[41]維城。無俾城壞,無獨斯畏[42]。

敬天之怒,無敢戲豫[43];敬天之渝[44],無敢馳驅[45]。昊天曰明,及爾出王[46];昊天曰旦,及爾游衍[47]。

【注釋】

① 朱傳謂此詩與前篇相類。

②《説文》有版無板，板板即版版。《爾雅》："版版，僻也。"謂僻遠也。

③ 卒，讀爲瘁(《韓詩外傳》引作瘁)，病也。癉，音旦，勞病也。

④ 按：古人謂言而有信曰重然諾。然，猶信也。此下二語，責同列也。

⑤ 猶，謀也。遠，謂遠大也。

⑥ 靡聖，無聖哲之人也。胡承珙等以爲管管乃悹悹之假借，憂也。言無聖哲之人，使人憂心悹悹然也。

⑦ 實，忠實也。亶，誠也。不忠實於誠信，言不以誠信爲依歸也。

⑧ 無然，勿如此也。憲憲，猶欣欣也。

⑨ 蹶，動也；猶變常也。泄泄，多言貌。錢大昕、馬瑞辰等有説。

⑩ 辭，言辭也。輯，和也。

⑪ 洽，融洽也。

⑫ 懌，説也。

⑬ 莫，定也。

⑭ 寮，官也。同寮，猶今語同事也。

⑮ 即，就也。囂囂，爲謷謷之假借，不聽人言也。

⑯ 按：服，用也。謂我言可用也。

⑰ 芻蕘，採薪者，謂微賤之人也。

⑱ 謔謔，戲樂也。

⑲ 老夫，詩人自謂也。灌灌，猶款款，誠懇之貌。

⑳ 蹻，音脚。蹻蹻，驕貌。

㉑ 耄，意謂老而昏也。俞樾以爲憂當讀爲優，調戲也。謔，

戲謔也。二語謂我所言者並非老而昏之言,而汝乃以爲戲謔之言也。

㉒ 按:多,謂進言之多。熇,呼沃切,又音郝。按:熇熇,當讀如《周易·家人》之"嗃嗃",嚴厲之貌,謂發怒也。此謂進言多則將使之發怒也。

㉓ 此以病爲喻,言病患既深,不可以藥救之也。

㉔ 懠,音霽去聲,怒也。

㉕ 夸毗,屈己卑身以柔順人也。

㉖ 卒,盡也。迷,亂也。

㉗ 載,則也。則尸,謂如尸之不語也。

㉘ 屎,音矢。殿屎,呻吟也。

㉙ 葵,揆也,度也。言民衆莫敢揆度之也。

㉚ 蔑,無也。資,財也。

㉛ 惠,愛也。師,衆也。

㉜ 牖,誘也,啓誘之使向善也。

㉝ 如壎如篪,言使民如壎篪之和也。

㉞ 半圭爲璋,合二璋則圭。如璋如圭,言相合也。

㉟ 按:取,猶提也。取攜,猶言提攜,謂相親也。

㊱ 按:曰,聿也,語詞。益,當讀爲搤,扼也。言提携之而勿扼制之也。

㊲ 辟,邪也。二語言民已多邪辟,在位者勿更自立邪辟以導之也。

㊳ 价,音界,善也。

㊴ 大宗,王之同姓世嫡子也。

㊵ 按:懷德,謂人民懷念其德也,故能安寧。

㊶ 鄭箋以宗子爲王之嫡子。

㊷ 按：無獨斯畏，謂勿孤立，孤立斯可畏也。

㊸ 戲豫，逸樂也。

㊹ 渝，變也，謂變常也。

㊺ 馳驅，謂馳馬出遊也。

㊻ 王，往也；出往，猶出遊也。

㊼ 旦，猶明也。衍，《釋文》作羡。按：羡有樂義。游衍，猶游樂也。本章言天方震怒變常，故應儆戒而勿敢逸樂馳驅；俟昊天昭明之時，當再與爾遊樂也。

蕩之什

蕩[1]

蕩蕩[2]上帝，下民之辟[3]。疾威[4]上帝，其命多辟[5]。天生烝民，其命匪諶[6]。靡不有初，鮮克有終[7]。

文王曰："咨[8]！咨汝殷商。曾是彊禦[9]，曾是掊克[10]；曾是在位，曾是在服[11]。天降滔德，女興是力[12]。"

文王曰："咨！咨女殷商。而秉義類[13]，彊禦多懟[14]。流言以對[15]，寇攘式内[16]。侯作侯祝，靡屆靡究[17]。"

文王曰："咨！咨女殷商。女炰烋[18]于中國，斂怨以爲德[19]。不明爾德，時無背無側[20]；爾德不明，以無陪無卿[21]。"

文王曰："咨！咨女殷商。天不湎[22]爾以酒，不義從式[23]。既愆爾止[24]，靡明靡晦[25]。式號式呼，俾晝作夜[26]。"

文王曰："咨！咨女殷商。如蜩如螗，如沸如羹[27]。小大近喪[28]，人尚乎由行[29]。内奰[30]于中國，覃及鬼方[31]。"

文王曰："咨！咨女殷商。匪上帝不時[32]，殷不用舊[33]。雖無老成人，尚有典刑[34]。曾是莫聽，大命以傾[35]。"

文王曰："咨！咨女殷商。人亦有言：'顛沛之揭[36]，枝葉未有害，本實先撥[37]。'殷鑒不遠，在夏后之世[38]！"

【注釋】

① 《詩序》以此詩爲召穆公所作。按：此疑周初之詩，假文王語氣，以章殷人之惡，而明周人得國之正也。

② 按：蕩蕩，即《論語》"蕩蕩乎民無能名"之蕩蕩，偉大之貌也。

③ 辟，君也。

④ 疾威，猶言暴虐也。

⑤ 辟，邪也。以上四語，言偉大之上帝，乃下民之君；今乃暴虐而多邪辟之命。意謂其必有故也。

⑥ 烝，同蒸，衆也。其命，承上言，謂天命也。諶，音忱，信賴也。言天命不可信賴也。義與《大明》"天難忱斯"相似。

⑦ 初，始也。鮮，少也。言國運初始，無不隆盛，而甚少能善其終也。

⑧ 咨，嗟歎之詞。

⑨ 《經傳釋詞》云："曾，猶乃也。"彊禦，强横也。

⑩ 掊，音裒；掊克，聚斂也。

⑪ 服，事也。在服，猶在位也。以上四語，言使强横聚斂之臣在位也。

⑫ 滔，慆慢也；滔德，慆慢不恭之品格也。按：興，作也。力，用力也。言汝則用力作爲之，意謂競爲惡也。

⑬ 而，女也。秉，用也。義類，善類也。馬瑞辰説。

⑭ 懟，音慭，怨也。言用善人則强横之臣怨懟也。

⑮ 流言,謡言也。對,答也。言以謡言答其君也。

⑯ 寇攘,盗竊也。式,語詞。朱彬《經傳考證》云:“内、入,古通用。”言盗竊以入也。

⑰ 侯,維也。按:作,當讀爲詐。祝,詛也。屆,極也。究,窮也。言維用詐僞及互相祝詛,無窮無極也。

⑱ 炰,音庖。烋,音哮。炰烋,與咆哮同,志驕而氣健也。

⑲ 斂,聚也。言聚斂人之怨恨以爲己之美德也。

⑳ 時,是也。無背、無側,謂身旁及背後無善臣也,指小臣言。

㉑ 陪,副也。卿,卿士也。皆大臣也。

㉒ 湎,音免,湛於酒也。

㉓ 義,宜也。式,用也。言不宜從而用酒也。

㉔ 愆,過也。止,容止也。

㉕ 明,晝也。晦,夜也。

㉖ 俾,使也。使晝作夜,亦即以夜作晝,所謂靡明靡晦也。

㉗ 蜩,音條,蟬也。螗,音唐,蟬之大而黑者。馬瑞辰云:“謂時人悲歎之聲,如蜩螗之鳴;憂亂之心,如沸羹之熟。”

㉘ 按:小大,猶言老少也。近,幾也。

㉙ 言人尚由此而行,不改舊惡也。

㉚ 奰,音備,怒也。

㉛ 覃,延也。鬼方,殷周間西北狄國之名。參《小雅·采薇》。言延及遼遠之鬼方亦怒之也。

㉜ 時,善也。

㉝ 舊,謂舊章也。

㉞ 典刑，法則也。

㉟ 聽，從也。大命，謂國命也。

㊱ 顛，仆也。沛，拔也。揭，樹根蹶起也。

㊲ 本，根也。撥，絶也。以上三語，言樹木之拔倒而根蹶起者，枝葉並未有病害，實因其根先斷絶也。

㊳ 鑒，鏡也。言殷人之借鏡並不在遠，即在夏后之世也。

抑[1]

抑抑威儀[2]，維德之隅[3]。人亦有言："靡哲不愚[4]。"庶人之愚，亦職維疾[5]；哲人之愚，亦維斯戾[6]。

無競維人[7]，四方其訓之[8]；有覺[9]德行，四國順之。訏謨定命[10]，遠猶辰告[11]。敬慎威儀，維民之則。

其在于今，興[12]迷亂于政。顛覆[13]厥德，荒湛于酒，女雖湛樂從[14]。弗念厥紹[15]，罔敷求先王，克共明刑[16]。

肆皇天弗尚[17]，如彼泉流，無淪胥以亡[18]。夙興夜寐[19]，洒埽庭内[20]，維民之章[21]。脩爾車馬，弓矢戎兵[22]，用戒戎作[23]，用逷蠻方[24]。

質[25]爾人民，謹爾侯度[26]，用戒不虞[27]。慎爾出話，敬爾威儀，無不柔嘉[28]。白圭之玷[29]，尚可磨也；斯言之玷，不可爲也[30]。

無易由言[31]，無曰苟矣[32]；莫捫朕舌，言不可逝矣[33]。無言不讎，無德不報[34]。惠于朋友，庶民小子。子孫繩繩，萬民靡不承[35]。

視爾友君子，輯柔爾顔[36]，不遐有愆[37]。相在爾室[38]，尚不愧于屋漏[39]。無曰："不顯，莫予云覯[40]。"神之格思[41]，不可度思[42]，矧可射思[43]？

辟爾爲德[44]，俾臧俾嘉。淑慎爾止[45]，不愆于儀。不僭不賊，鮮不爲則[46]。投我以桃，報之以李[47]。彼童而角，實虹小子[48]。

荏染柔木，言緡之絲[49]。温温恭人，維德之基[50]。其維哲人，告之話言，順德之行[51]；其維愚人，覆謂我僭[52]。民各有心。

於乎小子！未知臧否。匪手攜之，言示之事[53]；匪面命之，言提其耳[54]。借曰未知，亦既抱子[55]。民之靡盈[56]，誰夙知而莫成[57]？

昊天孔昭，我生靡樂。視爾夢夢[58]，我心慘慘[59]。誨爾諄諄，聽我藐藐[60]。匪用爲教，覆用爲虐[61]。借曰未知，亦聿既耄[62]。

於乎小子！告爾舊[63]止。聽用我謀，庶無大悔。天方艱難，曰[64]喪厥國。取譬不遠，昊天不忒[65]。回遹其德[66]，俾民大棘[67]。

【注釋】

①《詩序》："《抑》，衛武公刺厲王，亦以自警也。"歷來承用此説。按：衛武公立於宣王十六年，卒於平王十三年。厲王之世，武公未立；知《序》説非是。《國語・楚語》："左史倚相曰：'昔衛武公年數九十五矣，……於是乎作《懿戒》以自儆。'"懿、

抑古通用,《懿戒》即此《抑》詩也。《國語》無刺王之説,而詩中有"謹爾侯度"之語,則所謂自儆之詩,大致可信。否則,即戒某諸侯之詩也。【按:《詩經世本古義》謂:"武公入爲王卿士,乃在東遷之後,則是詩爲平王而作,無可疑者。"龔橙《詩本誼》亦謂此詩當作於平王時。此衛武公詩,乃不列於《風》而列於《雅》,殆武公爲王卿士時所作歟?】

② 參《小雅·賓之初筵》。

③ 隅,廉也,即角稜也。物方則有角稜,圓則否。盛德之士,其行方而不圓,故於德曰隅。二語言慎密之威儀,乃德之角稜也。

④ 靡哲不愚,即《論語》"邦無道則愚"之意。

⑤ 職,猶實也。疾,猶今語所謂毛病也。二語言一般人之愚,實是毛病。

⑥ 按:戾,乖違也,此謂乖違常度也。

⑦ 無競,謂無人能與之競,意即勝於衆人也。余别有説。無競維人,言其人之善,無人能與之競也。

⑧ 訓,順也。哀公二十六年《左傳》引作順。【無競維人,四方其訓之,二語又見《周頌·烈文》。】

⑨《廣雅》:"覺,大也。"

⑩ 訏,大也。謨,謀也。定命,謂安定國運也。

⑪ 猶,謀也。辰,時也。言遠大之謀,以時來告也。

⑫ 興,舉也;舉,皆也。言皆迷亂於政也。俞樾説。

⑬ 顛覆,傾敗也。

⑭ 雖,與惟通,獨也。《經傳釋詞》有説。言汝惟湛樂是從也。

⑮ 紹,繼也;謂繼承先人之業也。

⑯ 敷,普也。共,讀爲恭。刑,法也。罔字通貫二句,言不普求先王之道,遂不能恭謹從事於賢明之法度也。

⑰ 肆,語詞,猶故也。《爾雅》:"尚,右也。"右,助也。《經義述聞》有説。

⑱ 參《小雅·小旻》。

⑲ 句見《衛風·氓》。

⑳ 庭内,庭院及宫室之内也。

㉑ 章,表也,今語所謂表率也。

㉒ 戎兵,兵器也。

㉓ 戒,備也。戎,兵事也。作,起也。

㉔ 遏,治也。蠻方,猶言夷狄之國也。

㉕ 質,定也。【《説苑·修文篇》及《韓詩外傳》卷六引此句,質,皆作告,《鹽鐵論·世務篇》引作誥。】

㉖ 侯,君也,即諸侯也。侯度,侯君之法度也。

㉗ 虞,慮也。不虞,即今語意外也。

㉘ 柔、嘉,皆善也。馬瑞辰有説。

㉙ 玷,音坫,缺也。

㉚ 爲,猶今語爲力也。

㉛ 參《小雅·小弁》。

㉜ 苟,且也,今語所謂馬馬虎虎也。

㉝ 捫,持也。朕,我也。逝,及也。俞樾説。言雖無人持我之舌,但言既出則不能追及,不可不謹也。

㉞ 讎,對也,答也。馬瑞辰説。二語言報施不爽也。

㉟ 繩繩,見《周南·螽斯》。承,順也。以上四語言:如能惠愛朋友,以及衆民小子,則家國必昌,必致子孫繁盛,萬民順承也。

㊱【按：視、示古通用，此視字當讀爲示，猶告也。】輯、柔，皆和也。

㊲ 按：遐，語詞。愆，過也。言不至於有過也。

㊳ 相，視也。相在爾室，言視爾在爾室也。

㊴ 尚，庶幾也，希冀之詞。屋漏，屋之西北隅，隱暗之處也。言雖無人處，亦必恭謹，庶幾乎能不愧於暗室也。

㊵ 顯，明也。覯，見也。

㊶ 神降臨曰格。思，語詞。

㊷ 度，揣知也。

㊸ 矧，猶今語那得也。射，厭也，謂厭怠不謹於德也。

㊹ 辟，法也。言民衆法爾以爲德也。

㊺ 止，容止也。

㊻ 僭，差也。賊，害也，謂賊害人也。則，法也。

㊼ 言有所施必有所報也。

㊽ 童，羊之無角者也。虹，訌之假借，潰亂也。童羊而曰有角，必詐惡之人之言；如此，則實亂汝小子也。

㊾ 荏染，見《巧言》。緡，被也，施於物上也。此謂以絲作弦施於柔木之上而爲琴瑟也。馬瑞辰説。

㊿ 基，基址也，猶言本也。

(51) 順德之行，言其行順乎德也。

(52) 覆，反也。僭，不誠實也。

(53) 言不但以手攜之，而且指示以事之是非也。

(54) 言不但面命之，又恐其聽之不審，復提其耳而告之也。

(55) 言已爲人父，非幼童也。

(56) 盈，滿也。按：靡盈，謂喪亂之時，人民減少也。

(57) 按：莫，讀如字。成，定也。言早知民已不盈而莫能定者誰乎。意謂當政者不能逃其責也。【《詩緝》引歐陽修云:"靡盈,不自滿。"《詩緝》釋此二句云:"人若能不自盈滿,豈有早聞道而晚乃成者乎?"按: 嚴氏此説,與朱傳同。】

㊽ 夢夢,讀爲懜懜。《爾雅》:"懜懜,惛也。"

㊾ 慘慘,憂不樂也。已前見。

㊿ 諄諄,告曉懇切之貌。藐藐,忽略貌。

[61] 覆,反也。虐,讀爲謔。馬瑞辰説。

[62] 耄,老也。

[63] 按: 舊,謂舊章。止,語詞。古人言必稱古昔,故云。

[64] 曰,聿也,語詞。

[65] 忒,差也。言天之報施無差忒也。

[66] 回遹,邪辟也,已見《小雅・小旻》。

[67] 棘,困急也。

桑　柔[1]

菀彼桑柔[2],其下侯旬[3]。捋采其劉[4],瘼此下民[5]。不殄[6]心憂,倉兄填兮[7]。倬彼昊天,寧不我矜[8]。

四牡騤騤,旟旐有翩[9]。亂生不夷[10],靡國不泯[11]。民靡有黎[12],具禍以燼[13]。於乎[14]有哀! 國步斯頻[15]。

國步蔑資[16],天不我將[17]。靡所止疑[18],云徂何往[19]? 君子實維,秉心無競[20]。誰生厲階? 至今爲梗[21]。

憂心慇慇,念我土宇[22]。我生不辰,逢天僤怒[23]。自西徂東,靡所定處。多我覯痻[24],孔棘我圉[25]。

爲謀爲毖[26],亂況斯削[27]。告爾憂恤,誨爾序爵[28]。

誰能執熱，逝不以濯[29]？其何能淑？載胥及溺[30]。

如彼遡風[31]，亦孔之僾[32]。民有肅心，荓云不逮[33]。好是稼穡，力民代食[34]；稼穡維寶，代食維好[35]。

天降喪亂，滅我立王[36]。降此蟊賊，稼穡卒痒[37]。哀恫中國，具贅卒荒[38]。靡有旅力，以念穹蒼[39]。

維此惠君[40]，民人所瞻。秉心宣猶[41]，考慎其相[42]。維彼不順，自獨俾臧[43]。自有肺腸，俾民卒狂[44]。

瞻彼中林，甡甡其鹿[45]。朋友已譖，不胥以穀[46]。人亦有言："進退維谷[47]。"

維此聖人，瞻言百里[48]；維彼愚人，覆狂以喜[49]。匪言不能，胡斯畏忌[50]？

維此良人，弗求弗迪[51]；維彼忍心，是顧是復[52]。民之貪亂，寧爲荼毒[53]！

大風有隧[54]，有空大谷[55]。維此良人，作爲式穀[56]；維彼不順，征以中垢[57]。

大風有隧，貪人敗類[58]。聽言[59]則對，誦言如醉[60]。匪用其良，覆俾我悖[61]。

嗟爾朋友！予豈不知而作[62]？如彼飛蟲，時亦弋獲[63]。既之陰女，反予來赫[64]。

民之罔極，職涼善背[65]。爲民不利，如云不克[66]。民之回遹，職競用力[67]。

民之未戾[68]，職盜爲寇[69]。涼曰不可，覆背善詈[70]。雖曰匪予，既作爾歌[71]。

【注釋】

① 文公元年《左傳》引此詩"大風有隧"六句,謂爲芮良夫之詩;《詩序》從之,以爲芮伯刺厲王。按:詩中有"天降喪亂,滅我立王"之語,則此詩作於東周之初,乃傷時之詩;舊説非也。

② 菀,茂貌,前已數見。桑柔,桑之柔者,謂嫩桑也。

③ 侯,維也。旬,均也,言陰均也。

④ 捋,見《周南·芣苢》。劉,枝葉稀疏不均也。

⑤ 瘼,病也。下民,指息於桑下之民言。【按:下民,與《鴟鴞》之"下民"同義,謂民衆也。】

⑥ 殄,絶也。

⑦ 兄,音況。倉兄,即劉向《九辯》之"愴怳",悵恨不適意也。填,讀爲瘨,病也。馬瑞辰説。

⑧ 寧,乃也。矜,憐也。

⑨ 有翩,翩然也,動摇不定之貌。

⑩ 夷,平也。

⑪《經義述聞》云:"泯,亂也。"

⑫ 黎,衆也。言喪亂之餘,民已不多也。

⑬ 具,俱也。燼,焚餘也。言民俱罹禍,所存者如焚餘之燼也。

⑭ 於乎,讀爲嗚呼。

⑮ 按:國步,國勢也。頻,蹙也。

⑯ 蔑資,見《板》。

⑰ 將,助也。

⑱ 疑,定也。

⑲ 云,語詞。徂,往也。言欲徂則何往乎。謂無安樂之

所也。

⑳ 君子,謂當政者。無競,見《抑》。言當政者之存心,其良善實應過於衆人也。

㉑ 厲,惡也。厲階,進於惡之階梯也。梗,病也。

㉒ 士宇,猶邦家也。見《卷阿》。

㉓ 僤,音憚,厚也。厚怒,猶盛怒也。

㉔ 覯,遇也。痻,音昏,病也。言我所遇之病苦已多也。

㉕ 棘,急也。圉,猶域也,今所謂邊疆也。邊疆甚急,謂禍亂深也。

㉖ 毖,慎也。【按:"爲毖"之爲,如也。】

㉗ 亂況,亂狀也。削,減也。言在上者能善其謀,慎其事,則亂狀斯能減削也。馬瑞辰説。

㉘ 恤,亦憂也。憂恤,謂可憂之事也。序爵,謂辨别賢否,以序次爵禄之事也。

㉙ 逝,語詞。濯,謂滌手也。執熱物者,必滌手以減其熱,誰能不如此乎?以喻爲政必以道也。

㉚ 淑,善也。載,則也。胥,相也。溺,溺於水也。以喻喪亡。

㉛ 遡,向也。

㉜ 僾,音愛,唈也,氣不舒也。

㉝ 肅,進也。肅心,上進求善之心也。荓,音俜,使也。云,語詞。逮,及也。言民有向善之心,使之不能達也。

㉞ 力民,謂斂民之賦税也。馬瑞辰説。代食,代民食之也。

㉟ 言以代民食其穀爲好也。

㊱ 立王,所立之王也。

㊲ 卒,盡也。痒,病也。

㊳ 恫,音通,痛也。具,俱也。贅,屬也,連也。卒,盡也。荒,即荒年之荒。此承上文言,猶云饑饉薦臻耳。陳奐說。

㊴ 旅,同膂。穹蒼,天也。言己無力挽救,惟有懷念上天,冀其止亂耳。

㊵ 惠,順也,惠君,順道之君也。【按,惠,愛也。惠君,愛民之君也。】

㊶ 宣,明也。猶,通猷,順也。秉心宣猶,言持心明且順也。馬瑞辰說。

㊷ 考,明辨也。慎,謹也。相,輔佐之人也。言明辨而慎用其輔佐之人也。

㊸ 自獨,自己獨斷獨行也。俾臧,謂使其事善也。

㊹ 自有肺腸,言與人不同。卒,盡也。狂,惑也。

㊺ 甡,音莘。甡甡,衆多貌。

㊻ 譖,欺詐也。胥,相也。以,猶與也。穀,善也。

㊼ 按:谷,山谷也。山谷不易行過,進退維谷,言進退皆難也。

㊽ 瞻,視也。言,語詞。瞻言百里,言其所見遠也。

㊾ 覆,反也。言反狂惑而自喜也。

㊿ 二語謂賢人非不能言者,何如斯之畏忌不言耶。

51 迪,進也,謂進用之也。

52 忍心,謂殘忍之人。顧、復,見《小雅・蓼莪》,此謂眷顧留戀之不使其去也。

53 貪,猶欲也。寧,乃也。荼毒,苦毒也,此作名詞用。

54 古謂衝風曰隧。《經義述聞》說。有隧,隧然也,奔衝而至之貌。

55 有空,空然也。空谷易於來風,故有此語。

56 式,語詞。穀,善也。言良人所作爲皆善也。

⑰ 征,行也。垢,塵垢也。中垢,垢中也。言不順之人,其所行如在垢中也。胡承珙説。

⑱ 敗,毀敗也。類,善類也。

⑲ 聽言,順從之言也。已見《小雅·雨無正》。

⑳ 誦,諷也。言聞諷己之言,則昏然如醉而不省也。馬瑞辰説。【按:誦言,蓋謂贊美之言也。】

㉑ 覆,反也。俾,使也。悖,逆也。按:此言不能用良人,而反使我爲悖逆不順之事也。

㉒ 作,爲也。

㉓ 飛蟲,飛鳥也。弋,音亦,以繩繫矢而射也。獲,得也。

㉔ 之,猶其也。陰,覆蔭之也。來,猶是也。赫,怒也。【赫,《釋文》:"赫,亦作嚇。"】

㉕ 職,實也。涼,薄也。善背,好反背也。

㉖ 言爲不利於民之事,有如不能勝者。極言其致力之多也。

㉗ 職競,見《小雅·十月之交》。

㉘ 戾,善也,義見《廣雅》。

㉙ 職,專主也。言專意爲寇盜也。

㉚ 詈,駡也。二語言遇友人涼薄已曰不可,乃反背而好駡也。

㉛ 言汝雖推諉曰此禍亂非由於予,而我已爲爾作此歌矣。

雲　漢[①]

倬彼雲漢[②],昭回[③]于天。王曰:"於乎!何辜今之人[4]！天降喪亂，饑饉薦臻[5]。靡神不舉[6]，靡愛[7]斯牲。圭璧既卒[8]，寧莫我聽[9]！

旱既大甚，蘊隆蟲蟲[10]。不殄禋祀[11]，自郊徂宫[12]。上下奠瘞[13]，靡神不宗[14]。后稷不克[15]，上帝不臨，耗斁[16]下土，寧丁[17]我躬！

旱既大甚，則不可推[18]。兢兢業業，如霆如雷[19]。周餘黎民，靡有孑遺[20]。昊天上帝，則不我遺[21]。胡不相畏？先祖于摧[22]。

旱既大甚，則不可沮[23]。赫赫炎炎，云我無所[24]。大命近止，靡瞻靡顧[25]。羣公先正[26]，則不我助。父母先祖，胡寧忍予[27]！

旱既大甚，滌滌山川[28]。旱魃爲虐[29]，如惔[30]如焚。我心憚暑，憂心如薰。羣公先正，則不我聞[31]。昊天上帝，寧俾我遯[32]！

旱既大甚，黽勉畏去[33]。胡寧瘨我以旱[34]？憯[35]不知其故。祈年孔夙，方社不莫[36]。昊天上帝，則不我虞[37]。敬恭明神，宜無悔[38]怒。

旱既大甚，散無友紀[39]。鞫哉庶正[40]，疚哉冢宰[41]。趣馬師氏，膳夫左右；靡人不周[42]，無[43]不能止。瞻卬昊天，云如何里[44]？

瞻卬昊天，有嘒其星[45]。大夫君子，昭假無贏[46]。大命近止，無棄爾成[47]。何求爲我？以戾庶正[48]。瞻卬昊天，曷惠[49]其寧？"

【注釋】

① 此憂旱之詩。【《隨巢子》:“厲、宣之世,天旱地坼。”《太平御覽》八七九引《史記》:“共和十四年,大旱,火焚其屋,伯和篡位立,秋又大旱。”《通鑑外紀》:“二相立宣王,大旱。”皇甫謐《帝王世紀》:“宣王元年,天下大旱。二年不雨,至六年乃雨。”】

② 倬,明貌,義見《小雅・甫田》毛傳。雲漢,天河也。【鈔本《北堂書鈔・天部》(王氏集疏)引作“菿彼雲漢”。説云:“宣王遭旱仰天也。”《毛詩序》:“仍叔美宣王也。”】

③ 昭,明也。回,轉也。

④ 於乎,讀爲嗚呼。何辜今之人,言今之人何罪也。

⑤ 薦,重也。臻,至也。

⑥ 舉,舉辦也。謂祭祀也。

⑦ 愛,吝惜也。

⑧ 圭、璧,皆用以祀神者。卒,盡也。

⑨ 寧,乃也。聽,從也。言不從我之祭禱而止旱也。

⑩ 蕴隆,謂暑氣鬱蒸而盛也。馬瑞辰説。蟲蟲,即《爾雅》之“爞爞”,熏熱也。

⑪ 殄,絶也。言不斷地祭祀也。

⑫ 祭天地於郊。徂,往也。宫,宗廟也。

⑬ 上,謂祭天。下,謂祭地。奠,置之於地上也。瘞,音翳,埋也。皆指祭品言。

⑭ 宗,尊也。

⑮ 克,肩也,任也。馬瑞辰説。不克,猶今語不管也。

⑯ 斁,敗也。

⑰ 寧,乃也。丁,當也。

⑱ 推,去也。

⑲ 兢兢,恐也。業業,危也。言危懼之甚,如雷霆之發於上也。

⑳ 周餘黎民,周室所餘之衆民也。《方言》:孑,蓋餘也。孑遺,猶言殘餘也。

㉑ 按:遺,留也。言天不肯爲我留存人民也。

㉒ 摧,折也,斷絶也。言先祖之祀將絶也。

㉓ 沮,止也。

㉔ 赫赫,旱氣也。炎炎,熱氣也。云,語詞。無所,謂無處可逃避也。

㉕ 大命,謂國運。止,終也。靡瞻靡顧,謂神之不顧也。

㉖ 羣公,周之諸先公也。正,官長也;先正,指先公之諸臣言。

㉗ 寧,乃也。言父母先祖之神,何乃忍心於我而不救也。

㉘ 按:滌滌,猶濯濯,言浄盡也。

㉙ 魃,音跋,旱神也。

㉚ 惔,燎也。

㉛ 聞,恤問也。《經義述聞》有説。

㉜ 寧,乃也。遯,逃也。

㉝ 黽勉,猶辛勤也。畏去,謂畏旱而逃去也。

㉞ 寧,乃也。瘨,病苦也。

㉟ 憯,曾也。

㊱ 祈年,春日祭上帝以求豐年之祭也。【《禮記·月令》:"孟冬之月,……天子乃祈來年于天宗。"又:"孟春之月,……是月也,天子乃以元日祈穀于上帝。"詩言祈年,蓋謂冬日祈來年於天宗之祭也。】夙,早也。方、社,皆祭名,見《小雅·甫田》。莫,同暮,晚也。

㊲ 虞,助也。《經義述聞》有説。

㊳ 侮,恨也。

㊴ 散,亂也。《釋名》:"友,有也。"同聲通用。紀,綱紀也。

㊵ 鞫,窮也。庶正,衆官之長也。

㊶ 疚,病也。冢宰,謂宰夫也。陳奂説。參《小雅·十月之交》。

㊷ 鄭箋:"周,當作賙。"救濟也。

㊸ 無,謂貧也。馬瑞辰説。

㊹ 云,語詞。里,憂也。

㊺ 嘒,明貌;有嘒,嘒然也。參《召南·小星》。

㊻ 君子,謂有官爵者。昭假,謂神靈昭然降臨也。神降臨曰昭假,祭祀以祈神降臨亦曰昭假,此謂祭祀也。余别有説。贏,過失也。馬瑞辰説。

㊼ 成,成功也。意謂毋廢棄爾之職事也。【按:此語蓋謂天也,言周之受命,本由天意,是天之成就周也。今大命近終矣,望天勿棄爾之成就,意謂當急拯救之也。】

㊽ 戾,定也。二語言:所求何曾爲我個人,乃爲安定衆官耳。

㊾ 曷,何時也。惠,維也。

崧　　高①

崧高維嶽②,駿極③于天。維嶽降神,生甫及申④。維申及甫,維周之翰。四國于蕃,四方于宣⑤。

亹亹申伯⑥,王纘之事⑦。于邑于謝⑧,南國是式⑨。

王命召伯⑩,定申伯之宅。登⑪是南邦,世執其功⑫。

王命申伯:"式是南邦。因是謝人,以作爾庸⑬。"王命召伯,徹⑭申伯土田。王命傅御⑮,遷其私人⑯。

申伯之功,召伯是營。有俶⑰其城,寢廟既成,既成藐藐⑱。王錫申伯,四牡蹻蹻⑲,鉤膺濯濯⑳。

王遣申伯,路車乘馬。"我圖㉑爾居,莫如南土。錫爾介圭㉒,以作爾寶。往近王舅㉓,南土是保。"

申伯信邁㉔,王餞于郿㉕。申伯還南,謝于誠歸㉖。王命召伯,徹申伯土疆,以峙其粻㉗,式遄㉘其行。

申伯番番㉙,既入于謝,徒御嘽嘽㉚。周邦咸喜,戎有良翰㉛。不顯申伯,王之元舅,文武是憲㉜。

申伯之德,柔惠且直㉝。揉㉞此萬邦,聞于四國。吉甫作誦㉟,其詩孔碩㊱;其風肆好㊲,以贈申伯。

【注釋】

① 宣王之舅申伯出封於謝,吉甫作此詩以送之(略本朱傳)。

② 崧、嵩,皆崇字之異體;崧高,即崇高也。嶽,即《禹貢》之岍山,亦名吴嶽,一名吴山,在今陝西隴縣西南。馬瑞辰並有説。【按:此嶽,當指《禹貢》冀州之嶽言,即太嶽,後之霍山也。予别有文説之。】

③ 駿,大也。極,至也。

④ 甫、申,二國名,皆姜姓之後。

⑤ 二于字皆當讀爲。宣與蕃對言,宣爲垣之假借。馬瑞辰有説。

⑥ 亹亹,見《文王》。申伯之國,在今河南信陽縣。

⑦ 纘,繼也。纘之事,謂使繼其先人之職事也。

⑧ 謝,國名,亦在今河南信陽縣。申、謝相去不遠,謝大於申,故申伯徙封焉。馬瑞辰有説。

⑨ 式,法也。謝在南國,故云“南國是式”。

⑩ 召伯,召穆公虎也。

⑪ 按:登,猶進也,往也。

⑫ 功,事也。謂申伯往此南邦,世世執行其政事也。

⑬ 庸,功也。

⑭ 徹,見《公劉》,此謂定賦税之法也。

⑮ 朱傳:“傅御,申伯家臣之長。”

⑯ 私人,傅御之私人也。陳奂説。【按:私人,蓋謂申伯之私人。私人一詞,已見《小雅·大東》。】

⑰《説文》:“俶,善也。”有俶,俶然也。

⑱ 藐藐,美也。

⑲ 蹻蹻,見《板》,此爲壯健之貌。

⑳ 鉤膺,見《小雅·采芑》。濯濯,光潔貌。

㉑ 圖,謀也。

㉒ 介圭,大圭也。諸侯之圭,亦得稱介圭。馬瑞辰有説。

㉓ 近,音記,語詞。惠棟《九經古義》以爲近乃迈之訛。申伯爲宣王之舅,故云王舅。【“南土是保”之保,漢石經作寶。】

㉔ 信邁,誠然啓行也。

㉕ 按:郿,即今陝西郿縣,在鎬京之西,非適謝所經。疑郿當讀爲湄,水涯也。

㉖ 謝于誠歸,誠歸於謝也。

㉗ 徹,謂徵税也。峙,具也。粻,音張,糧也。

㉘ 式,語詞。遄,速也。

㉙ 番番，勇武貌。

㉚ 按：嘽嘽，聲盛貌。説詳《小雅·四牡》。

㉛ 按：戎，語詞。翰，榦也。

㉜ 元，長也。憲，法也。

㉝ 柔惠，和順也。直，正直也。

㉞ 按：揉，當讀爲"柔遠能邇"之柔，安也。

㉟ 舊説以吉甫爲尹吉甫。王國維以爲即作兮甲盤之兮甲。參《小雅·六月》。誦，見《小雅·節南山》。

㊱ 碩，大也。

㊲ 古人於詩亦謂之風，傅孟真先生有説，見《詩經講義稿》。肆，語詞也。

烝　民①

天生烝民②，有物有則③。民之秉彝，好是懿德④。天監有周，昭假于下⑤。保兹天子，生仲山甫⑥。

仲山甫之德，柔嘉維則⑦。令儀令色⑧，小心翼翼；古訓是式，威儀是力⑨。天子是若，明命使賦⑩。

王命仲山甫：式是百辟⑪，纘戎祖考⑫，王躬是保。出納王命⑬。王之喉舌。賦⑭政于外，四方爰發⑮。

肅肅⑯王命，仲山甫將之⑰；邦國若否⑱，仲山甫明之。既明且哲⑲，以保其身。夙夜匪解，以事一人⑳。

人亦有言："柔則茹之㉑，剛則吐之。"維仲山甫，柔亦不茹，剛亦不吐；不侮矜寡，不畏彊禦㉒。

人亦有言："德輶如毛㉓，民鮮克舉之㉔。"我儀圖之[25]，維仲山甫舉之。愛莫助之[26]。衮職有闕，維仲山甫補之[27]。

仲山甫出祖[28]，四牡業業，征夫捷捷[29]，每懷靡及。四牡彭彭，八鸞鏘鏘。王命仲山甫，城彼東方[30]。

四牡騤騤，八鸞喈喈，仲山甫徂齊，式遄其歸[31]。吉甫作誦，穆[32]如清風。仲山甫永懷[33]，以慰其心。

【注釋】

① 宣王命仲山甫築城於齊，吉甫作此詩以送之。

② 烝，衆也。

③ 物，事也。則，法也。言既有衆民，則必有事。有事，則必有法則也。

④ 秉，持也。彝，常也。懿，美也。言民之秉持有其常道，所好者乃此美德也。

⑤ 昭假，謂神降臨也。參《雲漢》。下，謂人間也。

⑥ 仲山甫，宣王時人。《國語・周語》稱樊仲山甫，又稱樊穆仲，《晉語》稱樊仲。樊，邑；穆，謚；仲山甫，字也。

⑦ 柔、嘉，皆善也。見《抑》。則，法也。

⑧ 令，善也。儀，威儀也。色，謂對人之顔色也。

⑨ 式，法也。力，盡力也。

⑩ 若，順也。命，令也。賦，布也。

⑪ 式，法也。辟，君也。言爲諸侯之法式也。

⑫ 纘，繼也。戎，汝也。言繼承汝祖與父之事也。

⑬ 出，謂宣布。納，謂接納人言，以進於王也。

⑭ 賦，布也。

⑮ 發，行也。義見《商頌・長發》鄭箋。【發，出行也，参《齊風・東方之日》。】

⑯ 肅肅，嚴也。

⑰ 將，行也。【按：將，義當如《論語》"將命者出户"之將，將命，傳辭也。】

⑱ 若，善也。義見《爾雅》。否，不善也，漢石經作不。

⑲ 哲，智也。

⑳ 解，同懈。一人，謂天子也。

㉑ 茹，食也。

㉒ 彊禦，强横之人也，已見《蕩》。

㉓ 輶，輕也。言德之輕而易舉，如毛羽然。

㉔ 言一般人則甚少能舉之者。二語意謂：德雖易修，而成德者則鮮也。

㉕ 儀、圖，皆度也。馬瑞辰説。

㉖ 言仲山甫爲盛德之人，故雖愛之，而無以助其德也。

㉗ 衮，衮衣也，天子之服。衮職，天子之職事也。闕，失也。補之，補其闕失也。

㉘ 祖，出行之祭也。出門而後祖祭，故曰出祖。

㉙ 業業，見《小雅・采薇》。捷捷，疾貌。

㉚ 東方，謂齊也。《史記・齊世家》謂：太公封營丘，至五世胡公，徙都薄姑。弟獻公，徙治臨菑，事在獻公元年，當夷王之時。魏源《詩古微》據《水經注》胡公銅棺，以胡公爲六世，知《史記》於胡公前缺一世。以爲獻公嗣位徙都，約當宣王之初。按：《國語》記樊穆仲譽魯孝公事，在宣王三十二年。以此推之，魏氏説蓋是。【《小雅・六月》言："文武吉甫。"《六月》亦宣王時詩，與此可以互證。】

㉛ 式,語詞。遄,速也。此望其速反也。

㉜ 穆,和也。

㉝ 懷,思也。言仲山甫其長思念此詩,可以慰其心也。

韓　　奕[1]

奕奕梁山[2],維禹甸[3]之,有倬其道[4]。韓侯受命,王親命之:"纘戎祖考。無廢朕命,夙夜匪解,虔共[5]爾位。朕命不易[6],榦不庭方[7],以佐戎辟[8]。"

四牡奕奕,孔脩且張[9]。韓侯入覲,以其介圭,入覲于王。王錫韓侯,淑旂綏章[10],簟茀錯衡[11],玄衮赤舄[12],鉤膺鏤鍚[13],鞹鞃淺幭[14],鞗革金厄[15]。

韓侯出祖,出宿于屠[16]。顯父餞之[17],清酒百壺。其殽維何?炰鱉鮮魚。其蔌[18]維何?維筍及蒲。其贈維何?乘馬路車。籩豆有且,侯氏燕胥[19]。

韓侯取妻,汾王[20]之甥,蹶父之子[21]。韓侯迎止,于蹶之里。百兩彭彭,八鸞鏘鏘,不顯其光。諸娣從之,祁祁如雲[22]。韓侯顧之,爛其盈門[23]。

蹶父孔武,靡國不到。爲韓姞相攸[24],莫如韓樂。孔樂韓土,川澤訏訏[25],魴鱮甫甫[26],麀鹿噳噳[27],有熊有羆,有貓[28]有虎。慶既令居[29],韓姞燕譽[30]。

溥[31]彼韓城,燕師所完[32]。以先祖受命,因時百蠻[33]。王錫韓侯,其追其貊[34],奄受北國,因以其伯[35]。實墉實壑[36],實畝實藉[37]。獻其貔皮[38],赤豹黄羆。

【注釋】

① 朱傳:“韓侯初立來朝,始受王命而歸,詩人作此以送之。”

② 奕奕,大貌。江永《詩補義》云:“今通州西有梁山,當固安縣東北。”梁山爲韓境之山,知此韓在河北固安縣境,非韓趙魏之韓也。説詳朱右曾《詩地理徵》。【《日知録》卷三據《水經注》,亦以爲此韓近燕,有説頗詳。】

③ 甸,治也。

④ 按:倬,猶直也。道,道路也。

⑤ 虔,敬也。共,恭也。

⑥ 命,令也。易,改易也。

⑦ 按:榦,當讀爲《周易》“幹蠱”之幹,治也。不庭方,不朝之國也。王國維有説。

⑧ 戎,汝也。辟,君也。

⑨ 脩,長也。張,大也。

⑩ 淑,善也。《經義述聞》疑綏爲文貌。章,旂上所畫交龍日月之類。綏章,言其章綏然有文也。【毛傳:“綏,大綏也。”即登車時手執之組。】

⑪ 簟茀,見《齊風·載驅》。錯衡,見《小雅·采芑》。

⑫ 句見《豳風·狼跋》。

⑬ 鉤膺,見《采芑》。鏤,雕也。鍚,音陽,馬額飾也。

⑭ 鞹,音廓,革也,去毛之皮也。鞃,枯薨切,軾也。言以革幫於車軾中也。淺,虎皮淺毛也。幭,音篾,覆也。言以淺毛虎皮覆於軾上也。參陳奐説。

⑮ 鞗革,見《小雅·蓼蕭》。金,以金屬爲飾也。厄,衡下之軥,略似今所謂牛梭頭者。【鞗革,漢石經作鋚勒。】

⑯ 宋人謂屠在同州郿谷,地遠恐非是。胡承珙謂即杜陵。【姚氏《詩經通論》云:“屠、杜古通用,晉有杜蒯,亦作屠蒯,《漢志》注云:‘古杜伯國,漢宣帝葬其地,因曰杜陵。在長安南五十里。’”】

⑰ 顯父,周之卿士。

⑱ 蔌,音速。蔬菜也。

⑲ 且,多貌。燕胥,燕樂也。馬瑞辰説。

⑳ 鄭箋:“汾王,厲王也。厲王流于彘,彘在汾水之上,故時人因以號之。”俞樾疑爲西戎之王。未詳孰是。

㉑ 蹶父,周之卿士。子,女也。

㉒ 娣,妹也。祁祁,盛多貌,前已數見。古者,諸侯娶妻,則妻之妹及姪亦隨嫁,謂之媵。

㉓ 爛其,粲然也。

㉔ 姞,音吉,蹶父姓也。韓姞,即蹶父之女嫁於韓者也。相,視也。攸,所也。相攸,謂擇可嫁之所也。

㉕ 訏訏,大貌。

㉖ 甫甫,大貌。

㉗ 噳,音麌;噳噳,衆多貌。

㉘ 貓,今之山貓也。馬瑞辰説。

㉙ 慶,善也。令,使也。言蹶父善韓,既令韓姞居之也。

㉚ 燕譽,安樂也。參《小雅·蓼蕭》。

㉛ 溥,大也。

㉜ 師,衆也。完,成也。此韓近燕,故以燕衆城之。

㉝ 以,用也。以先祖受命,言用其先祖受命之禮也。陳奂説。百蠻,諸蠻夷之國也。言因仍此百蠻而長之。

㉞ 追、貊,皆戎狄國也。

㉟ 奄,覆也,猶言盡也。因以其伯,言因使其爲伯也。

㊱ 實,是也。墉,謂修城。壑,謂鑿池。

㊲ 畝,謂治其田畝。藉,税也,謂定其税法也。

㊳ 貔,音毗,豹屬。

江 漢[①]

江漢浮浮,武夫滔滔[②]。匪安匪遊,淮夷來求[③]。既出我車,既設我旟,匪安匪舒[④],淮夷來鋪[⑤]。

江漢湯湯,武夫洸洸[⑥]。經營四方,告成[⑦]于王。四方既平,王國庶定。時靡有争,王心載寧[⑧]。

江漢之滸,王命召虎[⑨],式辟[⑩]四方,徹[⑪]我疆土。匪疚匪棘,王國來極[⑫]。于疆于理,至于南海。

王命召虎:"來旬來宣[⑬]。文武受命,召公維翰[⑭]。無曰:'予小子',召公是似[⑮]。肇敏戎公,用錫爾祉[⑯]。"

"釐爾圭瓚[⑰],秬鬯一卣[⑱],告于文人[⑲]。錫山土田,于周受命,自召祖命[⑳]。"虎拜稽首:"天子萬年。"

虎拜稽首,對揚王休[㉑]。作召公考[㉒],天子萬壽。明明天子,令聞不已;矢[㉓]其文德,洽此四國。

【注釋】

① 朱傳:"宣王命召穆公平淮南之夷,詩人美之。"

②《經義述聞》云:"經當作'江漢滔滔,武夫浮浮'。"滔滔,廣大貌。浮浮,衆彊貌。

③ 安,猶樂也。淮夷,淮河流域之夷也。來,猶是也。求,

猶覓也。

④ 舒,徐緩也。

⑤ 來,是也。鋪,伐也,懲也。參《小雅・雨無正》。

⑥ 洸洸,武貌。

⑦ 成,成功也。

⑧ 争,戰争也。載,則也。

⑨ 召穆公名虎。

⑩ 式,語詞。辟,同闢。

⑪ 徹,謂定税法也。參《公劉》。

⑫ 疚,病也。棘,困急也。來,猶是也。極,正也。

⑬ 來,猶是也。旬、徇通,巡也。馬瑞辰説。宣,示也。胡承珙説。

⑭ 召公,召康公奭也。翰,幹也。

⑮ 似,續也。

⑯ 肇敏戎公,金文中亦常見此語。肇,謀也。敏字金文或作勄,或作誨,于省吾讀爲謀,是也。肇敏,猶言圖謀也。公字金文或作工,或作攻。戎工,兵事也。王國維《與友人論詩書中成語書》有説。錫,賜也。祉,福也。

⑰ 釐,賜也。圭瓚,參《旱麓》。

⑱ 秬鬯,黑黍酒也,祭祀時用以降神。卣,音酉,酒器。(見附圖十七)

⑲ 文人,文德之人,謂先祖也。

⑳ 周,岐周也。自,用也。召祖,召公奭也。言用召公受命之禮也。【按:《尚書・召誥》:“王朝步自周。”又《雒誥》:“退即辟于周。”周,皆謂鎬京。此“于周受命”之周,蓋亦謂鎬京也。】

㉑ 按:對揚,亦金文中習見之語。對,遂也。揚,發揚也。

言順遂之而又發揚之也。休,美也。

㉒ 于省吾以爲考、孝金文通用,作召公孝,即作孝召公之倒文。作孝,猶言追孝。

㉓ 矢,施也。

常　　武①

赫赫明明②,王命卿士,南仲大祖,大師皇父③。整我六師,以脩我戎④。既敬既戒⑤,惠此南國。

王謂尹氏,命程伯休父⑥左右陳行,戒我師旅⑦:"率彼淮浦,省此徐土,不留不處⑧。"三事就緒⑨。

赫赫業業,有嚴天子⑩,王舒保作⑪。匪紹⑫匪遊,徐方繹騷⑬。震驚⑭徐方,如雷如霆,徐方震驚。

王奮厥武,如震⑮如怒。進厥虎臣,闞如虓虎⑯。鋪敦淮濆⑰,仍執醜虜⑱。截彼淮浦,王師之所⑲。

王旅嘽嘽⑳,如飛如翰,如江如漢㉑。如山之苞,如川之流㉒。緜緜翼翼㉓,不測不克㉔,濯㉕征徐國。

王猶允塞㉖,徐方既來㉗。徐方既同㉘,天子之功。四方既平,徐方來庭㉙。徐方不回㉚。王曰:"還歸。"

【注釋】

① 宣王親征徐方,詩人作此詩以美之。

② 赫赫,威嚴貌。赫赫明明,形容王命之嚴明。

③ 南仲,見《小雅·出車》。皇父,疑即《十月之交》之"皇父"。言王命南仲爲卿士,命皇父爲大師,皆於太祖廟也。

④ 六師,六軍也,前已兩見。戎,兵事也。

⑤ 敬,警也。戒,備也。

⑥ 尹氏,掌命卿士之官,參《小雅·節南山》。命程伯休父,謂命其爲大司馬也。《國語·楚語》觀射父言程伯休父當宣王時爲司馬氏。韋注:程,國;伯,爵;休父,名也。按:程故城在今河南洛陽境。

⑦ 陳行,陳列也。戒,勑也。言使其士衆左右陳列而勑戒之,猶後世所謂誓師也。

⑧ 率,循也。淮浦,淮水之涯也。省,巡視也。徐土,徐方之地。徐方,淮夷之一,在淮水之北。不留不處,意謂不久佔據其地也。

⑨ 三事,三卿也。見《小雅·雨無正》。言備戰之事,三卿皆籌備就緒也。王親征,故三卿從王。【高本漢謂三事當指南仲、皇父及程伯休父言。】

⑩ 業業,盛貌,見《小雅·采薇》。赫赫業業,形容軍容之嚴盛。有嚴,嚴然也。

⑪ 毛傳:"舒,徐也。保,安也。"鄭箋:"作,行。"言王徐緩安行也。

⑫ 紹,舒緩也。《經義述聞》説。

⑬ 繹騷,擾動也。馬瑞辰説。

⑭ 震驚,驚動也。

⑮ 震,雷也。

⑯ 闞,音瞰,虎怒貌。虓,音哮,虎鳴也。義見《説文》。

⑰ 按:鋪,伐也,懲也。敦,當讀爲"凡民罔不譈"之譈,亦即《周書》"憝國"之憝,殺伐也。余别有説。濆,涯也。

⑱ 仍,數也,義見《國語·周語》韋注。醜虜,醜惡之虜也。

⑲ 截,治也,謂平治也。所,處也。謂王師所至之處也。

⑳ 嘽嘽,見《小雅·四牡》。

㉑ 如飛如翰,言其疾;如江如漢,言其盛大。

㉒ 如山之苞,言其固;如川之流,言其暢行無阻。

㉓ 緜緜,連緜不絶貌。翼翼,盛也。此形容軍士之盛多。

㉔ 測,讀爲側,隱伏也。克,與尅通,急也。並馬瑞辰説。

㉕ 濯,大也。

㉖ 猶,謀也。允,信也。塞,實也。言王所謀誠切中實情也。

㉗ 來,謂歸順也。

㉘ 同,會同也,謂來朝也。

㉙ 來庭,來朝也。

㉚ 回,違也。

瞻　　卬[①]

瞻卬[②]昊天,則不我惠。孔填[③]不寧,降此大厲[④]。邦靡有定,士民其瘵[⑤]。蟊賊蟊疾[⑥],靡有夷届[⑦]。罪罟不收[⑧],靡有夷瘳[⑨]。

人有土田,女反有之[⑩];人有民人,女覆[⑪]奪之。此宜無罪,女反收[⑫]之;彼宜有罪,女覆説之[⑬]。哲夫成城,哲婦傾城[⑭]。

懿[⑮]厥哲婦,爲梟爲鴟[⑯]。婦有長舌,維厲之階[⑰]。亂匪降自天,生自婦人。匪教匪誨,時維婦寺[⑱]。

鞫人忮忒[⑲],譖始竟背[⑳]。豈曰不極?“伊胡爲慝!”[21]如賈三倍,君子是識[22]。婦無公事,休其蠶織[23]。

天何以刺?何神不富[24]?舍爾介狄,維予胥忌[25]。不弔不詳,威儀不類[26]。人之云亡,邦國殄瘁[27]。

天之降罔,維其優矣[28]。人之云亡,心之憂矣。天之降罔,維其幾[29]矣。人之云亡,心之悲矣。

觱沸檻泉[30],維其深矣。心之憂矣,寧[31]自今矣!不自我先,不自我後。藐藐[32]昊天,無不克鞏[33]。無忝皇祖,式救爾後[34]。

【注釋】

① 此刺幽王寵褒姒以致亂之詩。【《詩序》:“《瞻卬》,凡伯刺幽王大壞也。”《春秋》隱七年經:“冬,天王使凡伯來聘。”杜注:“凡伯,周卿士。凡,國;伯,爵也。”《詩序》説如屬實,則來聘之凡伯,當是此詩人之後。】

② 卬,同仰。

③ 填,與瘨通,病苦也。

④ 厲,惡也。

⑤ 瘵,音債,病也。

⑥ 蟊,害苗之蟲。賊、疾,皆害也。

⑦ 夷,讀如《孟子》“夷考其行”之夷,語詞也。下同。馬瑞辰有説。屆,止也。言蟊蟲害苗,無止息時也。

⑧ 罪罟,罪網也。收,收起不用也。

⑨ 瘳,病愈也。罪網張而不收,故民之病痛不愈。

⑩《廣雅》:“有,取也。”

⑪ 覆,反也。

⑫ 收,拘也。

⑬ 説,與脱通;脱之,謂赦之也。

⑭ 城,以喻國。哲婦,指褒姒言。傾,毀敗也。

⑮ 懿,與噫通,歎聲。

⑯ 梟、鴟,二鳥名,貓頭鷹之屬也,混名之曰鴟梟。其聲惡,俗謂聞其聲者則主凶喪。

⑰ 長舌,喻多言也。厲,惡也。言其多言,實爲禍亂之階梯也。

⑱ 匪教匪誨,言不教誨之也。時,是也。婦寺,即《晏子春秋》之"婦侍",寵暱之婦人也。《毛詩會箋》有説。

⑲ 鞫,如鞫獄之鞫,推勘窮究之意。忮,狠也。忒,惡也。言推勘人之過失則狠而惡也。《毛詩會箋》説。

⑳ 言以譖人爲始,及其終又自背其言也。譖人者必言人之短、己之長;而己則存心爲惡,故於譖人時己雖僞作善人,然終必背違之也。參胡承珙説。

㉑ 極,中正也,義猶是也。伊,語詞。慝,惡也。言其惡如此,而彼則豈自謂不是乎,乃曰"此何足爲惡事哉"。

㉒ 三倍,謂獲三倍之利也。君子,指有官爵者言。識,知也。言如商人獲三倍之利,其事非在官之人所宜爲;今乃官吏亦知其道,意謂官吏兼營商業也。

㉓ 公事,即功事。休其蠶織,即無功事也。《經義述聞》説。

㉔ 刺,責也。富,福也。言天何以降譴責乎,神何以不賜福乎。意謂咎由自取也。

㉕ 介,大也。狄,當作逖,惕之或體,憂也。言捨爾之大憂(謂日非之國事),而維於予相忌恨也。俞樾説。

㉖ 按:不弔,即不幸。祥,吉;類,善也。

㉗ 人，謂賢人。殄、瘁，皆病也。《經義述聞》説。

㉘ 罔，同網。優，寬也。

㉙ 幾，近也。

㉚ 句見《小雅·采菽》。

㉛ 寧，乃也。

㉜ 朱傳："藐藐，高遠貌。"

㉝ 言高遠之天，神明莫測，雖危亂之國，亦無不能鞏固之者，要在自奮耳。

㉞ 忝，辱也。式，語詞。後，後世子孫也。言當改過自新，無忝辱爾之先祖，以救爾之後人也。

召　旻①

旻天疾威，天篤②降喪，瘨我饑饉，民卒③流亡。我居圉卒荒④。

天降罪罟，蟊賊内訌⑤。昏椓靡共⑥，潰潰回遹⑦，實靖夷我邦⑧。

皋皋訿訿⑨，曾不知其玷⑩。兢兢業業，孔填⑪不寧，我位孔貶⑫。

如彼歲旱，草不潰⑬茂，如彼棲苴⑭。我相此邦，無不潰止⑮。

維昔之富，不如時；維今之疚，不如兹⑯。彼疏斯粺，胡不自替，職兄斯引⑰？

池之竭矣，不云自頻⑱？泉之竭矣，不云自⑲中？溥斯害矣，職兄斯弘，不烖我躬⑳？

昔先王受命，有如召公㉑，日辟國百里；今也日蹙㉒國百里。於乎哀哉！維今之人，不尚有舊㉓。

【注釋】

① 朱傳："此刺幽王任用小人以致饑饉侵削之詩也。"

② 篤，厚也。

③ 卒，盡也。

④ 按：居，音基，語詞。圉，猶域也。言國盡荒虛也。

⑤ 訌，争訟誣陷也。

⑥ 昏，讙亂也。椓，諑之假借，造謠陷人也。共，恭也。馬瑞辰説。

⑦ 潰潰，亂貌。回遹，邪辟也。

⑧ 靖，謀也。夷，語詞。馬瑞辰説。

⑨ 皋皋，相欺也。訿訿，毀謗也。並馬瑞辰説。

⑩ 玷，缺也，義猶失也。

⑪ 填，讀爲瘨，病也。

⑫ 貶，黜也。此章言皋皋訿訿之人，曾不自知其失。而小心敬懼之我，則病苦不安，官位且被貶黜也。

⑬ 潰，與彙通，茂貌。

⑭ 王逸《九章》注云："生曰草，枯曰苴。"棲苴，寄生於樹上已枯之草也。

⑮ 潰，亂也。止，語詞。

⑯ 時，是也。疚，病也。蘇轍《詩集傳》云：昔時富樂，未有如是之貧困；今世疚病，亦未有如是之甚者。【曾運乾云(見曾氏《尚書正讀》後所附楊樹達《曾星笠傳》引曾氏説)："維昔之富，不

如時;維今之疚,不如兹。此言維昔之富,今不如時;維今之疚,昔不如兹也。上句今字因下省,下句昔字承上省也。”】

⑰ 疏,粗也,謂糙米也。粺,音敗,精米也。替,廢也。職,專主也。兄,音況,兹也。引,長也。言彼宜食糙米者今乃食精米,何爲不自廢損,乃專意如此長遠不改乎。【高本漢謂:“那些人吃粗糲,這些人吃精米。”】

⑱ 頻,濱也。池水自外來,故云。

⑲ 泉水由内出,故云。

⑳ 溥,與普通。烖,同災,害也。言害已普遍矣,而又專意擴大之,豈能不害及我身乎?

㉑ 召公,召康公奭也。【按:召公,當謂召公虎。闢國,蓋指平定江漢之域也。召虎,通稱召伯,亦稱召公。】

㉒ 蹙,縮小也。

㉓ 按:尚,上也,加也。有,于也。不尚有舊,言趕不上(不及)舊時也。【按:舊,謂舊章。此爲反問語。言不尚有舊章可循乎。責其不循舊章也。】

周　頌

《頌》爲宗廟之樂歌，祀神之詩也。頌者，容也，歌而兼舞也（參《敍論》）。鄭氏《詩譜》謂：《周頌》之作，在周公攝政，成王即位之初。朱子以爲亦或有康王以後之詩。以《詩》本文核之，朱説是也。《周頌》多無韵，且文辭古奥，在三百篇中，當爲最古之作品。

清廟之什

清　廟①

於穆清廟②，肅雝顯相③。濟濟多士，秉文之德④。對越在天⑤，駿⑥奔走在廟。不顯不承⑦，無射於人斯⑧。

【注釋】

①《詩序》："《清廟》，祀文王也。"

② 於，音烏，歎詞。穆，美也。清廟，清静之廟也。此指文王之廟言。【清廟，正義引賈逵《左傳》注云："肅然清静，謂之清廟。"】【《戰國策·齊三》："(淳于髡)對曰：'薛不量其力而爲先王立清廟，荆固而攻之，清廟必危。'"】

③ 肅，敬也。雝，和也。顯，明也。相，助也，此作名詞用，謂助祭之公卿諸侯也。顯相，猶明君之比。

④ 朱傳："多士，與祭執事之人也。"秉文之德，秉奉文王之德也。此文字謂文王，猶《武》篇"嗣武受之"之武謂武王也。【"濟濟多士"語，已見《大雅·文王》。】

⑤ 對越，猶對揚也。《經義述聞》説。對越在天，言順承而發揚彼在天者之意也。文王之神在天，故云。

⑥ 駿，急速也。【《爾雅·釋詁》："駿，速也。"《禮記·大

傳》:“逡奔走”,鄭注引《詩》“逡奔走在廟”,逡,速也。】

⑦ 按: 二不字皆讀爲丕。顯,謂文王之神昭顯;承,保也,謂文王保佑其後人也。【姚氏《詩經通論》云:“不,皆作丕。”】

⑧ 射,音亦,厭也。言神於人不厭倦也。【《禮記·大傳》引此詩,射作斁。謂祭者不倦怠(不恭),亦通。】

維天之命①

維天之命,於穆不已②。於乎不顯! 文王之德之純③。假以溢我,我其收之④。駿惠我文王⑤,曾孫篤之⑥。

【注釋】

① 朱傳:“此亦祭文王之詩。”

② 朱傳:“天命,即天道也。不已,言無窮也。”穆,美也。【按: 天之命,蓋謂降予周之國運也。】

③ 不,讀爲丕。純,純粹也。

④ 按: 假,大也。溢,益也。收,受也。【《廣雅·釋詁》:“收,取也。”姚氏《詩經通論》:“《左·襄二十七年》引《詩》曰:‘何以恤我,我其收之。’杜預以爲‘逸《詩》’。然即此二句,非逸《詩》也。”按:《集傳》云:“何之爲假,聲之轉也。恤之爲溢,字之訛也。”是《集傳》亦不以爲逸《詩》,惟未明言此數語爲釋《左傳》之異文耳。】

⑤ 駿,大也。按: 惠,德惠也。言文王之德惠盛大也。【參《清廟》。】

⑥ 自孫之子以下皆謂之曾孫。按: 篤,守持不變之意;此

謂信奉之虔誠也。【曾孫,參《小雅·甫田》《大田》。】

維　　清①

維清緝熙②,文王之典③。肇禋④。迄用有成⑤,維周之禎⑥。

【注釋】

① 朱傳:"此亦祭文王之詩。"

② 清,清明也。緝熙,繼續不絕也,參《大雅·文王》。

③ 典,法也。二語言文王之法,清明而永續也。

④ 肇,始也。禋,潔祀也。謂始祀文王也。

⑤ 迄,至也。言至今用文王之典以有成功也。

⑥ 禎,祥也。

烈　　文①

烈文辟公,錫茲祉福②,惠我無疆,子孫保之③。無封靡于爾邦,維王其崇之④。念茲戎功,繼序其皇之⑤。無競維人,四方其訓之⑥。不顯維德,百辟其刑之⑦。於乎!前王不忘⑧。

【注釋】

① 按:此蓋祭周先公之詩,因以戒時王也。

② 馬瑞辰云:"烈文二字平列,烈,言其功;文,言其德

也。……天子曰辟王,諸侯則曰辟公。"按:以金文中習見之文祖、文考,及《江漢》之"文人"例之,凡以"文"字形容人者,多謂已故之人。此"烈文辟公",謂周之先公也。錫,賜也;言先公賜此福禄也。

③ 保之,謂保此績業也。

④ 封,大也。靡,損也,壞也(參馬瑞辰説)。按:崇,尚也,高也。此下爲戒時王之辭,言王勿大損壞於爾邦,應更奮勉使國運隆盛超過前人也。

⑤ 戎,大也。戎功,兵事,参《大雅·江漢》注⑯。序,緒也(馬瑞辰説)。皇,大也。言繼先人之緒而更光大之也。

⑥ 二語見《大雅·抑》。

⑦ 刑,法也。

⑧ 前王不忘,言不可忘前王也。

天　作①

天作高山,大王荒之②。彼作矣,文王康之③。彼徂矣,岐有夷之行④。子孫保之⑤。

【注釋】

① 朱傳:"此祭大王之詩。"【蔡邕《獨斷》云:"《天作》,祀先王先公之所歌也。"姚氏《詩經通論》引季明德(按:季本,字明德,明山陰人,正德丁丑進士,有《詩説解頤》四十卷。)曰:"竊意此蓋祀岐山之樂歌,按:《易·升卦·六四爻》曰:'王用享于岐山',則周本有岐山之祭。"】

② 高山,謂岐山也。荒之,奄有之也。俞樾説。

③ 康,安也。謂修治之使人安居也。【按:康,平也。言使之可以通行。】

④ 徂,往也。岐,岐山也。夷,平也。行,路也。【按:徂讀爲阻,險阻也。本句至岐字絶句。言彼險阻之岐山也。本爲險阻之岐,今乃有夷之行,此文王所以康之也】。【彼徂矣,與"彼作矣"對文,仍當至矣字絶句。】

⑤ 保之,謂保有此績業也。

昊天有成命①

昊天有成命②,二后③受之。成王不敢康,夙夜基命宥密④。於緝熙,單厥心⑤,肆其靖之⑥。

【注釋】

①《國語·周語下》叔向曰:"昊天有成命,……是道成王之德也。"朱傳據此,以爲祀成王之詩,是也。

② 成、明二字通義,成命,明命也。馬瑞辰説。【《書·召誥》:"王厥有成命。"按:成命猶定命也。】

③【賈誼《新書·禮容語篇》:"后,王。二后,文王、武王。成王者,武王之子、文王之孫也。"】

④ 按:古人往往以夙夜二字作敬勤之義。基,始也。宥、有通,又也。密,讀爲毖,慎也。言夙夜敬勤其始受之命,而又謹慎也。【《禮記·孔子閒居》引此句,基作其,鄭注:"其讀爲基,聲之誤也,基,謀也。"《新書·禮容語篇》引密作謐。按:"基命"語

亦見《尚書・雒誥》。《雒誥》:"王如弗敢及天基命定命。"】

⑤ 於,音烏,歎詞。緝熙,見前。單,厚也。【《詩經稗疏》卷四:"《禮・大傳》曰:'戚單于下。'《郊特牲》曰:'單出里。'《祭義》曰:'歲既單矣。'單,皆訓盡也。……單厥心者,言專壹其心而盡之也。"按:單,義如殫,盡也。《小雅・天保》:"俾爾單厚。"鄭箋:"單,盡也。"】

⑥ 肆,語詞。靖,安也。

我　將[①]

我將我享[②],維羊維牛。維天其右[③]之。儀式刑文王之典[④],日靖[⑤]四方。伊嘏文王[⑥],既右饗之[⑦]。我其夙夜,畏天之威,于時保之[⑧]。

【注釋】

① 此亦祭文王之詩。

② 將,進奉也。享,獻也。

③ 右,助也。

④ 儀,善也。式、刑,皆法也。典,法則也。言善效法文王之典則也。

⑤ 靖,治也。

⑥ 伊,語詞。嘏,大也。伊嘏文王,猶言大哉文王也。

⑦ 按:右,侑也,勸飲食也。言勸尸使饗食之也。

⑧ 時,是也。保之,前已兩見。

時　　邁[1]

時邁[2]其邦，昊天其子[3]之，實右序[4]有周。薄言震[5]之，莫不震疊[6]。懷柔[7]百神，及河喬嶽[8]。允王維后[9]。明昭有周，式序在位[10]。載戢[11]干戈，載櫜[12]弓矢。我求懿[13]德，肆于時夏[14]，允王保之[15]。

【注釋】

① 此當是祭武王之詩。【《毛詩序》："《時邁》，巡守告祭柴望也。"《獨斷》："《時邁》，巡守告祭柴望之所歌也。"《儀禮・大射儀》鄭注："《時邁》者，太平巡狩祭山川之樂歌。"】

② 邁，行也。言武王時巡行於邦國也。

③ 子，愛也。

④ 右，助也。序，順也。馬瑞辰説。【古人以右爲尊位，右序有周，蓋謂序周於尊位也。】

⑤ 震，驚動也。言以兵威脅不服之國也。

⑥ 震，驚也。疊，懼也。

⑦ 懷柔，慰安之也。

⑧ 河，謂黄河。喬，高也。按：嶽，當謂吴嶽也。參《崧高》。

⑨ 允，信也。后，君也。言信哉王不愧爲君也。

⑩ 式，語詞。序，次序之也。在位，謂百官也。

⑪ 載，則也。戢，聚也，謂聚而藏之也。

⑫ 櫜，盛弓矢於囊也。以上二語，言不復用兵。

⑬ 懿,美也。【按:懿德,謂美德之人也,下文肆猶置也。】

⑭ 朱傳:"肆,陳也。夏,中國也。"時,是也。時夏,此中國也。【按:夏,謂周也,參《尚書·康誥》及《立政》。】

⑮ 言信哉王能保此周邦也。

〔附記〕宣公十二年《左傳》引"載戢干戈"以下五句,以爲武王克商所作之頌;《國語·周語上》祭公謀父亦引此五句,謂爲周文公之頌。按:《國語》説近是。【《詩經通論》言武王克商之時所作,非謂武王自作。】

執　競①

執競②武王,無競維烈③。不顯成康④,上帝是皇⑤。自彼成康,奄有四方,斤斤⑥其明。鐘鼓喤喤⑦,磬筦將將⑧,降福穰穰⑨。降福簡簡⑩,威儀反反⑪。既醉既飽⑫,福禄來反⑬。

【注釋】

① 朱傳:"此祭武王、成王、康王之詩。"【《詩經通論》謂無三王並祭之禮。何楷以爲昭王時"日祭"成、康二王之詩,説詳《世本古義》及《詩經通論》。】

② 執競,執持競爭之事,指伐商言也。【按:競,彊也。執競,猶言要彊也。】

③ 烈,業也,言其功業人莫與之競也。

④ 不,讀爲丕。成、康,成王、康王也。

⑤ 皇,美也。言上帝美成康也。

⑥ 斤斤，明察貌。

⑦ 喤喤，大聲也。

⑧ 磬，樂器，以石爲之。筦，同管，亦樂器也。將將，讀爲鏘鏘，聲也。

⑨ 穰穰，衆也。

⑩ 簡簡，大也。

⑪ 反反，慎重貌。見《小雅・賓之初筵》毛傳。

⑫ 謂神(尸)醉飽也。

⑬ 來，猶是也。反，歸也。馬瑞辰說。言福禄是歸(歸於祭者)也。【《國語・晉語》："反使者"，韋注："反，報也。"言福禄是報也。】

思　文①

思文②后稷，克配彼天。立我烝民③，莫匪爾極④。貽我來牟⑤，帝命率育⑥，無此疆爾界⑦，陳常于時夏⑧。

【注釋】

① 此當是祭后稷之詩。【《詩經通論》云："按《孝經》云：'昔者周公郊祀后稷以配天'，指此也。"又云："郊祀有二：一冬至之郊，一祈穀之郊。此祈穀之郊也。"】

② 思，語詞。文，文德也。

③ 立，猶定也。《經義述聞》、馬瑞辰並有説。烝民，衆民也。

④ 極，中正也。按：用爲名詞，義猶德惠也。此言莫非爾

后稷之德惠也。【按：極，正也，意謂正道也。】

⑤ 麥爲牟來之合聲，牟來倒爲來牟，即麥也。焦循説。

⑥ 帝，上帝也。朱傳："率，徧。"育，養也。言上帝貽此來牟，命徧養下民也。

⑦ 言不分畛域。

⑧ 按：陳，布也。常，常道。謂貽來牟以率育下民之事也。時夏，見《時邁》。

臣工之什

臣　　工①

嗟嗟臣工②，敬爾在公③。王釐爾成④，來咨來茹⑤，嗟嗟保介⑥，維莫之春。亦又何求？如何新畬⑦？於皇⑧來牟，將受厥明⑨，明昭上帝，迄用康年⑩。命我衆人，庤乃錢鎛⑪，奄觀銍艾⑫。

【注釋】

① 此疑春日祈穀時所歌之詩。【《詩經通論》引鄒肇敏説，以爲“耕籍而戒農官”之詩。（按：肇敏，名忠允，無錫人，明萬曆癸丑進士，著有《詩傳闡》二十三卷，《闡餘》二卷。）《通論》又從鄭説，以保介爲車右，並引正義以證鄭説之可信。】

② 嗟嗟，發端之語。馬瑞辰説。工，官也。

③ 敬，慎也。公，公家也。

④ 釐，與喜通。成，穀物豐熟也。言王喜爾穀物之豐熟也。參馬瑞辰説。

⑤ 來，猶是也。咨，詢也。茹，度也。言探求穀物豐熟之道也。

⑥ 保介,副也。元日祈穀祭後,天子乃擇日親耕籍田,公卿大夫副之。此保介,謂三公以下諸臣也。陳奂説。

⑦ 田已墾二歲曰新,三歲曰畬。以上二語,言所求者維何乎。即如何耕治新田及畬田之事也。

⑧ 於,音烏。皇,美也。

⑨ 明、成古通,成,年穀豐熟也。《經義述聞》説。

⑩ 按:迄,當讀爲汔,庶幾也,希冀之詞。用,以也。康,樂也。康年,猶《孟子》所謂"樂歲"也。

⑪ 庤,音峙,具也。錢,農具,鍤也。鎛,音博,鋤類。

⑫ 按:奄,奄忽也,謂不久也。銍,音室,穫也。艾、刈通。言不久可以觀其收穫也。【按:奄,猶"奄有龜蒙"之奄,義猶盡也。】

噫嘻①

噫嘻成王②,既昭假爾③。率時④農夫,播厥百穀。駿發爾私⑤,終三十里⑥。亦服⑦爾耕,十千維耦⑧。

【注釋】

①《詩序》:"《噫嘻》,春夏祈穀於上帝也。"【《詩經通論》云:"春爲祈穀,夏則雩矣。"】

② 按:噫嘻,猶嗟嗟,亦發端語也。成王,武王子也。

③ 昭假,神昭然降臨也。《經傳釋詞》云:"爾,猶矣也。"

④ 時,是也。

⑤ 駿,疾也。發,發土,即耕也。私,私田也。

⑥ 終,竟也。鄭箋:“《周禮》曰:凡治野田,夫間有遂,遂上有徑;十夫有溝,溝上有畛;百夫有洫,洫上有塗;千夫有澮,澮上有道;萬夫有川,川上有路。計此萬夫之地,方三十三里少半里也。耜廣五寸,二耜爲耦,一川之間萬夫,故有萬耦耕。言三十里者,舉其成數。”【《詩經通論》取毛傳及孔疏之説,駁鄭箋及《集傳》説甚詳。】

⑦ 亦,語詞。服,事也。

⑧ 十千,萬也。參注⑥。

振　　鷺①

振鷺②于飛,于彼西雝③。我客戾④止,亦有斯容⑤。在彼無惡⑥,在此無斁⑦。庶幾夙夜,以永終譽⑧。

【注釋】

① 《詩序》:“《振鷺》,二王之後來助祭也。”【《詩經通論》以此詩只言“我客”,不言“二客”,因謂序説不可從,復引《左傳》皇武子曰:“宋,先代之後,于周爲客。天子有事,膰焉;有喪,拜焉。”因以爲微子來助祭之詩。】

② 振,羣飛貌。

③ 雝,澤也。雍水停瀦所成也。在岐周西南。朱右曾説。

④ 客,謂二王之後也。夏之後爲杞,殷之後爲宋。戾,至也。

⑤ 言客之容儀整潔如鷺也。

⑥ 舊謂在彼爲居其國。按:彼,蓋指神言,言神不惡二客也。

⑦ 舊謂在此爲來朝。按:此,蓋指二客言。斁,厭倦也。

言二客助祭不厭倦【倦怠不恭】也。

⑧ 古以夙夜之語示敬謹之意。永終連言,終亦永也。于省吾説。譽,安樂也(參《小雅·蓼蕭》)。二句連讀,庶幾二字貫下文,言能早夜敬慎,則庶幾永安長樂也。

豐　年[1]

豐年多黍多稌[2],亦有高廩[3],萬億及秭[4]。爲酒爲醴,烝畀祖妣[5],以洽百禮[6]。降福孔皆[7]。

【注釋】

①《詩序》:"《豐年》,秋冬報也。"陳奂云:"此秋冬報祭,亦必自上帝百神凡有功於穀實者偏祭之,而皆歌此詩。"

② 稌,音塗,稻也。

③ 亦,語詞。高廩,高大之米倉也。

④ 萬萬曰億,萬億曰秭(音姊)。參陳奂説。此蓋謂禾秉之數也,參《魏風·伐檀》。

⑤ 烝,進也。畀,予也。烝畀,謂祭祀享獻也。古者祖妣對稱,參《小雅·斯干》。

⑥ 洽,合也。百禮,言禮之多。

⑦ 皆,嘉也。馬瑞辰説。

有　瞽[1]

有瞽[2]有瞽,在周之庭。設業設虡,崇牙樹羽[3],應田縣鼓[4]，鞉磬柷圉[5]。既備乃奏，簫管備舉。喤喤厥聲，肅雝和鳴，先祖是聽。我客戾止，永觀厥成[6]。

【注釋】

①《詩序》："《有瞽》，始作樂而合乎祖也。"鄭箋："合者，大合諸樂而奏之。"【高亨《周頌考釋》中："此詩所詠者：（一）瞽師在庭；（二）樂器備設；（三）諸樂皆作；（四）先祖聽之；（五）客至觀成。其爲大合於宗廟所歌之詩明矣。"】

② 古樂官以瞽人爲之。

③ 業、虡，並見《大雅・靈臺》。崇牙，樅也，亦詳《靈臺》。樹，立也。樹羽，立五色羽於簨（鐘磬架之横木）之角上也。馬瑞辰説。

④ 應，小鼓也。田，大鼓也。【鄭箋謂田當作輀，以爲小鼓，在大鼓旁。】縣，同懸。謂懸此應、田之鼓也。

⑤ 鞉，同鼗，音桃，小鼓之有柄可摇者。柷，音祝；柷圉，即柷敔，皆樂器。祝，以節樂；敔，以止樂。合樂時用之。

⑥ 永，長也。樂終謂之成。此謂長觀斯樂也。【按：觀，猶示也。】

潛[1]

猗與漆沮[2]，潛有多魚。有鱣有鮪，鰷鱨鰋鯉[3]。以享以祀，以介景福。

【注釋】

①《詩序》："《潛》，季冬薦魚，春獻鮪也。"鄭箋："薦獻之者，

謂於宗廟也。"【《説文》:"潛,藏也。"潛,《釋文》引《韓詩》作涔,云:"涔,魚池。"按:昭廿九年《左傳》:"潛醢以食夏后。"杜注:"潛,藏也。"又《易·乾·初九》:"潛龍勿用。"崔憬注云:"潛,隱也。"此謂隱藏多魚也。】

② 猗與,歎美之詞。漆沮,水名,參《小雅·吉日》。

③ 鱣鮪,見《衛風·碩人》。鰷,音條,白鰷也。鱨、鰋,並見《小雅·魚麗》。

雝①

有來雝雝②,至止肅肅③。相維辟公④,天子穆穆。於薦廣牡⑤,相予肆祀⑥。假哉皇考⑦,綏⑧予孝子。宣哲維人⑨,文武維后⑩。燕及皇天,克昌厥後⑪。綏我眉壽,介以繁祉⑫。既右烈考,亦右文母⑬。

【注釋】

① 朱傳:"此武王祭文王之詩。"

② 有來,謂祭者也。雝雝,和貌。

③ 至止,謂至於廟也。肅肅,敬貌。

④ 相,助祭者也。辟公,謂諸侯也。

⑤ 於,音烏。廣,大也。

⑥ 相,助也。肆,舉牲全體而薦之也。馬瑞辰説。

⑦ 按:假,通格,神降臨也。父死曰考。

⑧ 綏,安也。

⑨ 宣,明也。哲,智也。言皇考爲人則明智。

⑩ 言爲君則允文允武也。

⑪ 燕,安也。昌,大也,盛也。言文王能事上帝,使之安樂,故能昌大其後嗣也。

⑫ 綏,安也。介,助也。繁,多也。言安我以老壽,又助我以多福也。

⑬ 右,通侑,勸飲食也。烈,功業也。文,文德也。

載　見①

載見辟王②,曰求厥章③。龍旂陽陽④,和鈴央央⑤,鞗革有鶬⑥,休有烈光⑦。率見昭考⑧,以孝以享⑨,以介眉壽。永言保之。思皇多祜⑩。烈文辟公⑪,綏以多福,俾緝熙于純嘏⑫。

【注釋】

① 《詩序》:"《載見》,諸侯始見乎武王廟也。"

② 載,始也。辟王,天子也,謂成王也。

③ 章,典章法度也。【《大雅·假樂》:"不愆不忘,率由舊章。"】

④ 旂上繪交龍,故曰龍旂,上公之旂也。陽陽,鮮明貌。【高亨《周頌考釋》中:"陽陽,猶飄飄也。字借爲颺。《説文》:'颺,風所飛揚也。'"】

⑤ 和,亦鈴也。和,在軾前;鈴,在旂上。央央,小聲也。馬瑞辰説。

⑥ 鞗革,轡首之飾也,前已數見。鶬,音鏘;有鶬,鏘然作聲也。馬瑞辰説。

⑦ 休,美也。烈光,猶光采也。

⑧《經傳釋詞》云:"率,用也。"昭,光顯也。昭考,謂武王也。

⑨ 孝與享同義。馬瑞辰説。

⑩ 言、思,皆語詞。皇,大也。言永保此皇大之多福也。

⑪ 烈,功業也。文,文德也。按:烈文辟公,當指諸侯之先人言。

⑫ 緝熙,繼續也。純嘏,大福也。言諸侯之先人,綏安諸侯以多福,俾其大福繼續不絶也。

有　　客①

有客有客②,亦白其馬。有萋有且③,敦琢其旅④。有客宿宿,有客信信⑤。言授之縶,以縶其馬⑥。薄言追之,左右綏之⑦。既有淫威⑧,降福孔夷⑨。

【注釋】

①《詩序》:"《有客》,微子來見祖廟也。"

② 客,謂微子也。

③ 按:萋,盛貌。且,音阻。《大雅·韓奕》毛傳云:"且,多貌。"有萋有且,即萋然且然,狀從者之盛多也。

④ 敦琢,即《大雅·棫樸》之"追琢",雕琢也,引申爲精選之意。旅,衆也。【《詩經通論》引鄒肇敏曰:"'有萋有且',薦其籩豆也,'敦琢'爲玉,'旅'爲陳,蓋來朝之享禮,所謂'旅幣無方'也。……又案《巷伯》'萋兮斐兮',《韓奕》'籩豆有且',皆可互證。何以作敬慎解?《棫樸》'追琢其章',豈選擇之謂乎?"】

⑤ 一宿曰宿,再宿曰信。【《爾雅·釋訓》:"有客宿宿,言再宿也,有客信信,言四宿也。"】

⑥ 上縶字爲名詞,絆馬索也;下爲動詞,絆也。二語謂留客不使去也。

⑦ 追,送也。綏,安也。

⑧ 淫,大也。《廣雅》:"威,德也。"參馬瑞辰、陳奐説。

⑨ 夷,大也。馬瑞辰有説。

武①

於皇②武王,無競維烈③。允文文王,克開厥後④。嗣武受之⑤,勝殷遏劉⑥,耆定爾功⑦。

【注釋】

①《吕氏春秋·古樂篇》:武王伐殷,克之於坶野,乃薦馘於京太室,乃命周公作爲《大武》。宣公十二年《左傳》,以此詩爲武王所作。又引"耆定爾功"語,謂爲《武》之卒章,以《賚》爲武之三章,以《桓》爲《武》之六章。是古時《武》原分章,而今本則以章爲篇也。

② 於,音烏。皇,大也。

③ 言其功業人莫與競也。

④ 言能開啓其後人之緒也。

⑤ 嗣武,嗣子武王也。受,承受也。

⑥ 遏,止也。劉,殺也。

⑦ 耆,致也。《毛鄭詩考正》云:"爾,猶此也。"

閔予小子之什

閔予小子[1]

閔予小子[2]，遭家不造[3]，嬛嬛在疚[4]。於乎皇考！永世[5]克孝。念兹皇祖，陟降庭止[6]。維予小子，夙夜敬[7]止。於乎皇王！繼序思不忘[8]。

【注釋】

① 《詩序》:"《閔予小子》,嗣王朝於廟也。"鄭箋:"嗣王者,謂成王也。"

② 閔,與憫通,憐也。小子,成王自謂也。

③ 遭,逢也。造,成也;成,善也。不造,猶言不善,不淑也。馬瑞辰説。

④ 嬛,音瓊。嬛嬛,與煢煢、惸惸並同,孤獨無依貌。疚,病也,引申爲憂苦之意。

⑤ 永世,猶言終身也。

⑥ 陟降,猶往來也,見《大雅・文王》。止,語詞。言皇祖之神,往來於庭也。

⑦ 敬,敬慎也。

⑧ 皇王,謂祖考也。【毛傳:"序,緒也。"按:《廣雅・釋

詁》:“緒,業也。”】思,語詞。忘、亡通用,失也。言繼祖考之緒業而不失墜也。

訪　落[①]

訪予落止[②],率時昭考[③]。於乎悠哉!朕未有艾[④]。將予就之[⑤],繼猶判涣[⑥]。維予小子,未堪家多難。紹庭上下[⑦],陟降厥家。休矣皇考,以保明其身[⑧]。

【注釋】

① 《詩序》:“《訪落》,嗣王謀於廟也。”

② 訪,謀也。落,始也。謂始即政之事也。

③ 率,循也。時,是也。昭考,見《載見》。

④ 悠,遠也,謂武王之道深遠也。艾、乂通,治也。言我未能有治(治理)才也。

⑤ 將,音羌,語詞。就,因也。馬瑞辰説。

⑥ 猶,道也。判涣,即《大雅·卷阿》之“伴奂”,大也。馬瑞辰説。【《卷阿》之“伴奂”,解作閑適。】二語言因武王之緒,當繼其道而光大之也。

⑦ 按:紹,疑昭之假借。紹庭上下,謂神昭然上下於庭也。

⑧ 休,美也。其身,謂嗣王。保明其身,謂既保護其身,又使之明哲也。《大雅·烝民》云:“既明且哲,以保其身”,可爲此語作注脚。

敬　　之①

敬之②敬之,天維顯③思。命不易④哉。無曰:"高高在上。"陟降厥士⑤,日監在兹⑥。維予小子,不聰敬止⑦。日就月將⑧,學有緝熙于光明⑨。佛時仔肩⑩,示我顯德行⑪。

【注釋】

① 此王祭祀時自勵之詩。

② 敬,警也,戒慎也。

③ 言天甚昭顯,監臨於下也。

④ 易,容易也。

⑤ 士,事也。

⑥ 監,視也。二語言神往來視察其事業,日日監視於此也。

⑦ 不,讀爲丕,語詞。聰,聽也。敬,警也。並馬瑞辰説。言聽從神之意旨而戒慎之也。

⑧ 就,成就也。將,行也,進也【義如《鹿鳴》"承筐是將"之將】。言日有所成就,月有所進益也。或云:日就月將,猶言日久月長。亦通。

⑨ 緝熙,繼續也,前已兩見。言爲學當繼續不已以進於光明也。

⑩ 佛,輔也。仔肩,猶今語責任也。

⑪ 德行,進德之路也。二語乃祈神之辭。

小 毖[1]

予其懲，而毖後患[2]。莫予荓蜂，自求辛螫[3]。肇允彼桃蟲，拚飛維鳥[4]。未堪家多難，予又集于蓼[5]。

【注釋】

① 此亦前詩之意。

② 懲，戒也。毖，音祕，慎也。

③ 朱傳："荓，使也。"按：義見《大雅・桑柔》毛傳【應參嚴粲説】。辛螫，辛毒之刺螫也。言莫使蜂以自求辛螫也。

④ 肇，始也。允，信也。桃蟲，鷦鷯也，鳥之小者。俗謂鷦鷯生鵰，故《易林》云："桃蟲生鵰。"拚，飛貌。言始者信爲鷦鷯小鳥耳，然及其拚然而飛，乃爲大鳥(變爲鵰)。意謂終可由小而成大也。此自喻之辭。

⑤ 按：蓼，水葒也。言因未堪家難之故。不能成鵰拚飛，仍但爲桃蟲以集於蓼而已。鷦鷯不能高飛，故云。

載 芟[1]

載芟載柞[2]，其耕澤澤[3]。千耦其耘[4]，徂隰徂畛[5]。侯主侯伯，侯亞侯旅[6]，侯彊侯以[7]。有嗿其饁[8]，思媚其婦[9]，有依其士[10]。有略其耜[11]，俶載[12]南畝，播厥百穀，實函斯活[13]。驛驛其達[14]，有厭其傑[15]，厭厭[16]其苗，緜緜其麃[17]。載穫濟濟[18]，有實其積[19]，萬億及秭[20]。爲酒爲醴，烝畀祖妣，以洽百禮㉑。有飶㉒其香，邦家之光。有椒其馨㉓，胡考之寧㉔。匪且有且，匪今斯今㉕，振古㉖如兹。

【注釋】

①《詩序》：“《載芟》，春籍田而祈社稷也。”【高亨《周頌考釋》下：“此篇亦天子烝祭宗廟所奏之樂歌，與《豐年》同。”】

② 載，則也。除草曰芟，除木曰柞。

③ 澤澤，土鬆散貌。

④ 耦，見《噫嘻》。耘，鋤也。

⑤ 徂，往也。隰，低下之處。畛，田間陌也。【毛傳：“畛，埸也。”《説文》：“埸，一曰山田不耕者。”】

⑥ 侯，維也。毛傳：“主，家長也。伯，長子也。亞，仲叔也。旅，子弟也。”

⑦ 彊，民之有餘力而來助者。以，傭工也。

⑧ 噴，音莢，衆飲食聲；有噴，噴然也。饁，謂食其饁也。

⑨ 思，語詞。媚，美也。

⑩ 依，愛也。士，夫也。

⑪ 略，利也。【《爾雅・釋詁》：“䂮，利也。”《釋文》：“略，字書本作䂮。”】

⑫ 朱傳：“俶，始。載，事也。”【按：《老子》“載營魄”，王注：“載，處也。”按：處，猶在也。俶載南畝，言始在南畝也，《良耜》篇亦有此語，義同。】

⑬ 實，穀實也。按：函，謂土包函之也。活，生也。

⑭ 驛驛，出生貌。參馬瑞辰説。達，出地也。

⑮ 厭，魘之省，好貌；有厭，厭然也。傑，先長者也。

⑯ 厭厭,衆齊等貌。

⑰ 朱傳:"緜緜,詳密也。"麃,耘也。

⑱ 濟濟,衆多貌。

⑲ 按:實,大也;有實,實然也。參《小雅·節南山》。積,謂堆積之穗也。

⑳ 言穫穗之多也。

㉑ 三語見《豐年》。

㉒ 飶,音弼,香也。

㉓ 椒、馨,皆香也。椒,形容詞;馨,名詞。

㉔ 胡,大也。按:胡考,謂先考也。之,猶是也。【《詩經通論》:"案:《儀禮·士冠》曰'胡福',《少牢》曰'胡壽',皆與遐通。"《逸周書·謚法篇》:"彌年壽考曰胡。"胡考,猶言壽考也。之,猶是也。】

㉕ 且,音阻,如此也。言非料其如此而竟如此(謂年豐),非始於今,而又見於今也。略本陳奂説。【且,參《有客》"有萋有且"。】

㉖ 振古,自古也。如兹,謂上文匪且、匪今二語也。

良　　耜[①]

畟畟[②]良耜,俶載南畝,播厥百穀,實函斯活。或來瞻女,載[③]筐及筥,其饟伊黍[④]。其笠伊糾[⑤],其鎛斯趙[⑥],以薅[⑦]荼蓼。荼蓼朽止,黍稷茂止。穫之挃挃[⑧],積之栗栗[⑨]。其崇如墉[⑩],其比如櫛[⑪]。以開百室[⑫]。百室盈止,婦子寧止。殺時犉牡[⑬],有捄[⑭]其角。以似以續[⑮],續古之人[⑯]。

【注釋】

① 《詩序》:“《良耜》,秋報社稷也。”

② 畟,音測;畟畟,嚴利貌。

③ 載,謂携來也。

④ 饟,與餉同,以食食人也,此作名詞用,謂食人之食物也。伊,猶維也。

⑤ 糾,纏結之貌。【參《絲衣》。】

⑥ 鎛,見《臣工》。趙,刺也。

⑦ 薅,音蒿,拔草也。【《説文》:“薅,拔去田草也。”】

⑧ 挃,音室;挃挃,穫禾聲。

⑨ 栗栗,衆多貌。

⑩ 崇,高也。墉,城牆也。

⑪ 按:比,密也。櫛,梳也。

⑫ 言開百室以納穀也。

⑬ 黄牛黑脣曰犉。犉牡,犉之牡者。【犉,見《小雅・無羊》。牛七尺曰犉,見《爾雅》。】

⑭ 捄,曲也。有捄,捄然也。

⑮ 似,嗣也。按:似續,已見《小雅・斯干》。本爲繼承之意,引申之,則謂繼續不絶先人之祀也。此言以似以續,謂繼續奉祀先祖耳。

⑯ 古之人,謂先祖也。

絲　　衣①

絲衣其紑②,載弁俅俅③。自堂徂基④,自羊徂牛。鼐鼎及鼒[5]。兕觵其觩[6]，旨酒思柔[7]。不吴不敖[8]，胡考之休[9]。

【注釋】

① 《詩序》："《絲衣》，繹賓尸也。"陳奂云："案此繹祭賓尸之樂歌也。"繹，祭之明日又祭也。賓尸，以賓禮事尸也。

② 絲衣，祭服也。紑，音弗，鮮潔貌。

③ 載，語詞。俅，音求。按：俅俅，義當如糾糾，纏結之貌也。【俅俅，疑爲曲貌，參《良耜》"其笠伊糾"、《小雅・大東》"有捄棘匕"、《桑扈》"兕觵其觩"。又《魯頌・泮水》亦有"角弓其觩"語。】

④ 徂，往也。基，堂基也。陳奂説。

⑤ 鼐，音乃，又音乃去聲，大鼎也。鼒，音兹，又音才，小鼎也。鼎類所以烹牲也。

⑥ 兕觵，見《周南・卷耳》。按：觩，曲貌，兕觵之流曲也。

⑦ 思，語詞。柔，嘉也。馬瑞辰説。

⑧ 吴，喧嘩也。敖，慢也。

⑨ 胡考，見《載芟》。休，美也。

酌[1]

於鑠[2]王師，遵養時晦[3]。時純熙矣[4]，是用大介[5]。我龍受[6]之，蹻蹻王之造[7]，載用有嗣[8]，實維爾公[9]。允師[10]。

【注釋】

① 朱傳："此亦頌武王之詩。"酌，宣公十二年《左傳》引作

汋,亦即《儀禮》《禮記》"舞勺"之勺。嚴粲疑亦《武》之一章,蓋是。

② 於,音烏。鑠,美也。

③ 遵,循也,順也。俞樾引《周禮》鄭注云:"養,猶治也。"時,是也。晦,昧也,謂紂也。

④ 純,大也。熙,光明也。

⑤《爾雅》:"介,善也。"

⑥ 龍受,膺受也。馬瑞辰説。

⑦ 蹻蹻,武貌。造,作爲也。

⑧ 載,猶乃也。陳奂説。有嗣,謂繼先人之業也。

⑨ 按:公,功也。爾,謂武王也。

⑩ 言信可師法也。

桓①

綏萬邦,婁②豐年,天命匪③解。桓桓④武王,保有厥士,于以四方⑤,克定厥家。於昭于天,皇以間之⑥。

【注釋】

① 朱傳:"此亦頌武王之功。"宣公十二年《左傳》,以此爲《武》之六章。

② 婁,屢也,《左傳》引作屢。

③ 解,同懈。

④ 桓桓,武貌。

⑤ 士,即卿士之士。言保有此卿士,以用於四方也。參朱傳。

⑥ 按：皇，謂天也。《離騷》"陟升皇之赫戲兮"可證。閒，代也，謂代殷也。言皇天以武王代殷也。【周初尚無以皇字作名詞用者。此處皇字，當是堂皇顯赫之義。】

賚[①]

文王既勤止[②]，我應受[③]之，敷時繹思[④]。我徂維求定，時周之命[⑤]。於繹思[⑥]。

【注釋】

① 朱傳："此頌文王之功。"宣公十二年《左傳》，以此爲《武》之三章。

② 勤，勞也。止，語詞。

③ 應受，膺受也。

④ 敷，布也。時，是也。繹，尋繹也。思，語詞。言布是文王之德澤而尋繹之也。參馬瑞辰説。【按：敷，當讀如《周頌·般》"敷天之下"之敷，普也。】

⑤ 按：徂、且通，語詞。時周，當時（即逢時）之周也。言我維求安定此正在逢時之周之命（國運）也。

⑥ 於，音烏，歎詞。繹思，見注④。

般[①]

於皇時周[②]，陟其高山。嶞山喬嶽[③]，允猶翕河[④]。敷天之下，裒時之對[⑤]，時周之命[⑥]。

【注釋】

① 《詩序》:“《般》,巡守而祀四嶽河海也。”按:嶽,乃吳嶽,非四嶽也。詩中亦不及海。嚴粲疑亦《武》之一章,蓋是。

② 於,音烏。皇,大也。按:時周,見《賚》。

③ 隋,音橢,山形長狹也。喬,高也。按:嶽,吳嶽也。説詳《大雅・崧高》。

④ 按:允,順也。猶、猷通,亦順也。馬瑞辰有説。翕,合也。河,黃河也。言周之山東西順延而會合於黃河也。

⑤ 敷,普也。按:裒時之對,即《周易・无妄・象傳》之“茂對時”。裒,勉也。對,遂也。言勉遂天時也。

⑥ 言此乃當令之周所以受天命而王也。【按:之,是也。言天乃“時周是命”也。】【“命”下,漢石經尚有“於繹思”三字。】【“時周之命”下,三家有“於繹思”三字,見《釋文》。】

魯　頌

周成王封周公長子伯禽於魯，故城在今山東曲阜縣。鄭氏《詩譜》云："初，成王以周公有太平制典法之勳，命魯郊祭天三望，如天子之禮；故孔子録其詩之《頌》，同於王者之後。"按：《國風》無魯詩，而《魯頌》四篇，皆非廟堂祀神之辭。其體實兼《風》《雅》，而與《頌》殊。乃亦列之於《頌》者，蓋今本三百篇之編定出於魯，等魯於王，所以尊魯也。説詳《敍論》。今文家謂《魯頌》四篇皆奚斯所作。按：彼蓋誤讀《閟宫》之文，遂以作廟爲作《頌》也。【"同於王者之後"，閩本、明監本、毛本作"周爲王者之後"，山井鼎校文作"同於王者之後"。阮云："是也。"】【三望，《公羊傳》謂："祭泰山、河、海。"】

駉[1]

駉駉[2]牡馬，在坰[3]之野。薄言駉者，有驈有皇[4]，有驪有黄，以車彭彭。思無疆，思馬斯臧[5]。

駉駉牡馬，在坰之野。薄言駉者，有騅有駓，有騂有騏[6]，以車伾伾[7]。思無期，思馬斯才[8]。

駉駉牡馬，在坰之野。薄言駉者，有驒有駱，有駵有雒[9]，以車繹繹[10]。思無斁，思馬斯作[11]。

駉駉牡馬，在坰之野，薄言駉者，有駰有騢，有驔有魚[12]，以車祛祛[13]。思無邪，思馬斯徂[14]。

【注釋】

①《詩序》:"《駉》，頌僖公也。"以爲史克所作。未詳所據。朱傳謂美僖公牧馬之盛也。

② 駉，音迴。駉駉，肥大貌。

③ 坰，音迴，遠野也。

④ 驈，音聿，驪馬白跨者。黄馬雜白曰皇。

⑤ 陳奂云:"思，詞也。斯，猶其也。無疆、無期，頌禱之詞。"臧，善也。言馬之盛無盡無休，而其馬又必皆善也。

⑥ 騅，音錐，蒼白雜毛之馬也。駓，音丕，黄白雜毛之馬也。赤黄曰騂。騏，見《秦風·小戎》。

⑦ 伾，音丕。伾伾，與《招魂》之"駓駓"同。王逸注云:"走貌也。"

⑧ 無期，無盡期也。朱傳:"才，材力也。"

⑨ 驒,音駝,馬之青驪驎者。朱傳:“色有深淺,斑駁如魚鱗,今之連錢驄也。”駱,見《小雅・四牡》。騂,見《秦風・小戎》。雒,音洛,黑身白鬣之馬也。

⑩ 繹繹,善走也。

⑪ 陳奐謂無斁、無邪,有勸戒之意。無斁,謂養馬無厭也。按:作,興也,猶盛也。

⑫ 駰,見《小雅・皇皇者華》。騢,音遐,馬之彤白雜毛者。驔,音譚,骭(膝以下,脛以上)毛長而白之馬也。參陳奐説。魚,馬之二目白者。

⑬ 祛祛,强健貌。

⑭ 思無邪,言專心養馬,不胡思亂想也。按:徂、且古通,此當讀爲且,多也。

有　駜[①]

有駜[②]有駜,駜彼乘黄[③]。夙夜在公,在公明明[④]。振振鷺,鷺于下[⑤]。鼓咽咽,醉言舞[⑥]。于胥[⑦]樂兮。

有駜有駜,駜彼乘牡。夙夜在公,在公飲酒。振振鷺,鷺于飛。鼓咽咽,醉言歸。于胥樂兮。

有駜有駜,駜彼乘駽[⑧]。夙夜在公,在公載燕[⑨]。自今以始,歲其有[⑩]。君子有穀[⑪],詒[⑫]孫子。于胥樂兮。

【注釋】

① 朱傳:“此燕飲而頌禱之詞。”

② 駜,音弼,馬肥壯貌。有駜,駜然也。

③ 乘黄,四黄馬也。

④ 明明,勉勉也。《經義述聞》説。

⑤ 振振,羣飛貌。于,爰也。于下,爰落下也。

⑥ 咽咽,鼓聲。言,語詞。

⑦ 于,發聲詞。陳奂説。胥,皆也。

⑧ 駽,音涓,青黑色之馬也。

⑨ 載,則也。燕,燕飲也。

⑩ 有,謂有年,即豐年也。王質云:“自今以始,言昔多無年也。春秋自莊、閔至僖十餘年之間,莊二十五年大水,二十七年無麥禾,二十九年有蜚,僖二年三年冬春夏不雨,此詩當此年以後也。”據此,知此詩亦作於僖公時。

⑪ 穀,禄也。

⑫ 詒,貽也。

泮　水①

思樂泮水②,薄采其芹。魯侯戾止③,言觀其旂。其旂茷茷④,鸞聲噦噦⑤。無小無大⑥,從公于邁⑦。

思樂泮水,薄采其藻。魯侯戾止,其馬蹻蹻⑧。其馬蹻蹻,其音昭昭⑨。載色⑩載笑,匪怒伊教⑪。

思樂泮水,薄采其茆⑫。魯侯戾止,在泮飲酒。既飲旨酒,永錫難老⑬。順彼長道,屈此羣醜⑭。

穆穆魯侯,敬明其德。敬慎威儀,維民之則。允文允武,昭假烈祖⑮。靡有不孝,自求伊祜⑯。

明明魯侯,克明其德。既作泮宫,淮夷攸服⑰。矯矯[18]虎臣,在泮獻馘[19];淑問如皋陶,在泮獻囚[20]。

濟濟多士,克廣德心[21]。桓桓于征,狄彼東南[22]。烝烝皇皇[23],不吳不揚[24]。不告于訩[25],在泮獻功。

角弓其觩[26],束矢其搜[27]。戎車孔博[28],徒御無斁。既克淮夷,孔淑不逆[29]。式固爾猶,淮夷卒獲[30]。

翩彼飛鴞,集于泮林,食我桑黮[31],懷我好音[32]。憬[33]彼淮夷,來獻其琛[34]:元龜[35]象齒,大賂南金[36]。

【注釋】

① 惠周惕云:"此詩始終言魯侯在泮宫事,是克淮夷之後,釋菜而儐賓也。釋奠釋菜,祭之略者也。釋奠釋菜不舞,詩言不及樂,故知爲釋菜也。"《禮記·王制》云:"出征,執有罪反,釋奠于學,以訊馘告。"鄭注:"釋菜奠幣,禮先師也。"按:此亦僖公時詩。

② 思,語詞。泮,音畔。泮水,泮宫之水也。天子曰辟廱,諸侯曰泮宫。【《詩經通論》云:"泮宫,宋戴仲培、明楊用修皆以爲泮水之宫,非學宫。其説誠然。按:《通典》載'魯郡泗水縣,泮水出焉',泮爲水名可證。……自《王制》以爲諸侯之學宫,此漢儒之説,未可信也。……詩曰泮水,又曰泮宫。言泮水者,水名也;言泮宫者,泮水之宫也。文義自明。……詩又曰泮林,明是泮水之林。"】

③ 戾,至也。止,語詞。

④ 茷,音吠,又音伐。茷茷,猶旆旆,旂垂貌。馬瑞辰説。

⑤ 鸞,鈴也。噦,虎最切。噦噦,聲也。

⑥ 小大,謂老少也。

⑦ 邁,行也。

⑧ 蹻蹻,强健貌。

⑨ 音,聲音也。昭昭,高朗也。

⑩ 載,則也。色,謂顔色温和也。

⑪ 言但教人而不發怒也。

⑫ 茆,音卯,蓴菜也。

⑬ 錫,賜也,謂天賜予也。難老,難於衰老,謂長壽也。

⑭ 長道,猶大路也。屈,服也。羣醜,謂淮夷也。

⑮ 言魯侯之德,能感烈祖之神,使其昭然降臨也。

⑯ 祜,福也。言魯侯之福,由自己修德以求得者也。

⑰ 僖公十三年,嘗從齊桓公會於鹹,爲淮夷之病杞;十六年,又從齊桓會於淮,爲淮夷之病鄫。詩所言當指此二役之一。《春秋經傳》雖未言争戰,然以情勢度之,必有兵事。下文言獻馘、獻囚,雖不免鋪張,要非無中生有也。

⑱ 矯矯,武貌。

⑲ 馘,所割取敵人之左耳也。

⑳ 淑,善也。問,訊問也。臯陶,舜之士(獄官),善於聽訟者也。按:獻,當讀爲讞,議罪也。囚,謂俘虜也。言使善於聽訟如臯陶之人,訊此俘虜也。

㉑ 朱傳:"廣,推而大之也。德心,善意也。"

㉒ 桓桓,武貌。狄,讀爲剔,治也。東南,謂淮夷也。

㉓ 朱傳:"烝烝皇皇,盛也。"

㉔ 吴,喧嘩也。揚,謂揚聲也。

㉕ 告與鞫通。鞫,窮治罪人也。不告于訩,言不窮治凶惡,唯在柔服之而已。陳奂説。

㉖ 角弓,見《小雅・角弓》。觩,曲貌。

㉗ 束矢，一束之矢也。或云五十支，或云百支，或云四支，或云十二支。搜，聚貌。其搜，搜然也。

㉘ 陳奐云："博，猶衆也。"

㉙ 淑，善也。逆，違命也。

㉚ 式，語詞。固，定也。猶，謀也。二語言：由於爾謀之固定，故終於平定淮夷也。

㉛ 黮，同葚。

㉜ 懷，念也。按：好音，引申之猶言善意也。【懷我好音，漢石經作詒我德音。】

㉝《説文》："憬，覺悟也。"【憬，漢石經作獷。】

㉞ 琛，寶也。

㉟ 元龜，大龜也。古用龜卜吉凶，以爲龜愈大愈靈。

㊱ 按：大，猶多也。賂，遺也。南金，荆、揚等地所産之金也。大賂二字。貫上下文，言所賂遺者，有元龜、象齒及南金也。

閟　宫①

閟宫有侐②，實實枚枚③。赫赫姜嫄④，其德不回⑤。上帝是依⑥，無災無害；彌月⑦不遲，是生后稷。降之百福，黍稷重穋⑧，稙穉⑨菽麥。奄有下國，俾民稼穡。有稷有黍，有稻有秬。奄有下土，纘禹之緒⑩。

后稷之孫，實維大王，居岐之陽，實始翦⑪商。至于文武，纘大王之緒。致天之届⑫，于牧之野。"無貳無虞⑬，上帝臨女。"敦⑭商之旅，克咸⑮厥功。

王曰："叔父⑯，建爾元子⑰，俾侯于魯。大啓爾宇⑱，爲周室輔。”乃命魯公[19]，俾侯于東；錫之山川，土田附庸[20]。周公之孫，莊公之子[21]，龍旂承祀[22]，六轡耳耳[23]。春秋匪解，享祀不忒[24]。皇皇后帝，皇祖后稷，享以騂犧[25]。是饗是宜[26]。降福既多。周公皇祖，亦其福女。秋而載嘗，夏而楅衡[27]。白牡騂剛[28]，犧尊將將[29]。毛炰胾羹[30]，籩豆大房[31]。萬舞洋洋[32]，孝孫有慶[33]。俾爾熾而昌[34]，俾爾壽而臧。保彼東方，魯邦是常[35]。不虧不崩，不震不騰[36]。三壽作朋[37]，如岡如陵。

公車千乘，朱英緑縢[38]，二矛重弓[39]。公徒三萬[40]，貝冑朱綅[41]，烝徒增增[42]。戎狄是膺[43]，荆舒是懲[44]，則莫我敢承[45]。俾爾昌而熾，俾爾壽而富。黄髮台背[46]，壽胥與試[47]。俾爾昌而大，俾爾耆而艾[48]。萬有[49]千歲，眉壽無有害。

泰山巖巖，魯邦所詹[50]。奄有龜蒙[51]，遂荒大東[52]，至于海邦。淮夷來同[53]，莫不率從，魯侯之功。

保有鳧繹，遂荒徐宅[54]，至于海邦。淮夷蠻貊，及彼南夷，莫不率從。莫敢不諾[55]，魯侯是若[56]。

天錫公純嘏，眉壽保魯。居常與許[57]，復周公之宇[58]。魯侯燕喜[59]，令妻壽母，宜大夫庶士[60]，邦國是有[61]。既多受祉，黄髮兒齒[62]。

徂來[63]之松，新甫[64]之柏，是斷是度[65]，是尋是尺[66]。松桷有舄[67]，路寢孔碩[68]。新廟奕奕，奚斯所作[69]。孔曼[70]且碩，萬民是若[71]。

【注釋】

① 此頌僖公之詩。

② 閟,音祕,舊云:閉也。按:當是邃祕之義。宫,廟也。閟宫,蓋姜嫄廟之名也。侐,音洫,寂静貌。有侐,侐然也。

③ 朱傳:"實實,鞏固也。"正義云:"枚枚,細密之意。"實實,形容基址之固;枚枚,形容梁椽結構之密。

④ 姜嫄,見《大雅·生民》。

⑤ 回,邪也。

⑥ 依,憑也,謂附其身也。

⑦ 彌,滿也。彌月,滿十月也。

⑧ 句見《豳風·七月》。

⑨ 稙,音陟。禾之早種者曰稙,晚種者曰穉。

⑩ 纘,繼也。緒,業也。禹平水土,然後可以耕稼,故云。

⑪ 按:翦,猶割也,謂侵削之也。

⑫ 屆,殛也,誅殺也。

⑬ 貳,二心也。虞,慮也。無慮,言勿多所顧慮也。參《大雅·大明》。

⑭ 敦,見《大雅·常武》。

⑮ 咸,備也;備,猶成也。馬瑞辰説。

⑯ 王,成王也。叔父,謂周公也。

⑰ 建,立也。元子,長子也,指伯禽言。

⑱ 啓,開拓也。宇,居也,謂魯之疆域也。

⑲ 魯公,伯禽也。

⑳ 附庸,小國不能自達於天子而附於大國者也。

㉑ 莊公之子,謂僖公也。(僖公元年當周惠王十八年,前659年。)

㉒ 龍旂,見《周頌·載見》,上公之旂也。承,奉也。

㉓ 耳耳,衆貌。陳奐説。

㉔ 春秋,猶言四季也。解,通懈。忒,差錯也。

㉕【享,漢石經作亨。】犧,純色之牲也。騂犧,純赤色之牲也。【《詩經通論》云:“此祈穀之郊,非冬至之郊也。祈穀之郊,諸侯皆得行之。”】

㉖ 馬瑞辰云:“凡神歆其祀通謂之宜。”

㉗ 載,則也。秋祭曰嘗。楅,音福,又音逼。楅衡,以横木着牛角,防其觸人也。秋祭所用之牛,於夏即楅衡之,蓋早防其觸人,以免不吉也。

㉘ 白牡,白色牡牛也,毛傳謂祭周公所用之牲。剛,犅之假,牡牛也,毛傳謂祭魯公所用之牲。

㉙ 犧尊,器作獸形,空其中以爲尊者也。將將,嚴整貌。

㉚ 炰,正字應作炮。炰,爲煮;炮,爲燒。毛炮,連毛裹以泥燒之也。胾,音恣,已切之肉也。羹,肉湯也。

㉛ 大房,盛半體牲之俎也。

㉜ 萬舞,見《邶風·簡兮》。洋洋,衆多貌;謂舞數之衆多也。陳奐説。【按:洋洋,當爲盛大貌。】

㉝ 孝孫,謂僖公。慶,福也。

㉞ 熾,盛也。昌,大也。

㉟ 常、尚,古通,助也。俞樾説。

㊱ 二語謂魯國安定也。震、騰,皆驚動也。【震,漢石經作振。】

㊲ 三壽,謂上壽、中壽、下壽也。上壽百二十歲,中壽百歲,下壽八十歲。馬瑞辰説。按:“三壽”之語,金文中習見,馬氏説是也。朋,輩也。言僖公之壽,可與三壽之人相齊等也。【三壽

之義，王夫之《詩經稗疏》，已作上、中、下三壽，見卷四。】

㊳ 正義云："朱英，矛飾，蓋絲纏而朱染之，以爲矛之英飾也。"縢，繩也，所以纏弓。

㊴ 二矛重弓，謂一車之上，有二矛二弓也。以上二語，參《鄭風·清人》。

㊵【魯自襄公十一年始有三軍，箋以三萬爲三軍之成數，非是。且與千乘之數不合。】

㊶ 冑，盔也。貝冑，以貝飾冑也。綅，綫也，謂綴貝之綫也。

㊷ 烝，衆也。增增，衆多貌。

㊸ 戎，本謂西戎；狄，本謂北狄。此蓋指淮夷言。《孟子》趙注云："膺，擊也。"膺擊戎狄，當指鹹之會（僖公十三年）及淮之會（僖公十六年）而言，説見《泮水》。

㊹ 荆，楚之舊稱；《春秋》於僖公元年始稱荆曰楚。舒，楚之與國，故地在今安徽合肥一帶。懲，創也。僖公四年，公會齊桓公等侵蔡，蔡潰，遂伐楚。詩所言，當指此。

㊺ 承，當（擋）也。

㊻ 黄髮、台背，皆老壽之象也。黄髮，參《小雅·南山有臺》。台背，見《大雅·行葦》。【台，漢石經作鮐。】

㊼ 胥，相也。試，比也。馬瑞辰説。

㊽ 耆、艾，皆老壽也。

㊾ 有，古通又。

㊿ 巖巖，見《小雅·節南山》。詹，通瞻（《韓詩外傳》及《説苑》俱引作瞻），視也。

51 龜，山名，在今山東泗水縣。蒙，亦山名，在今山東蒙陰縣。

52 荒，奄有也。大東，見《小雅·大東》。

㊸ 同,會同也。

㊹ 保有,保而有之也。鳧,山名,在今山東魚臺縣。嶧,即嶧山,在今山東嶧縣。宅,居也。徐宅,徐人之居處,謂徐國也。

㊺ 諾,應也,言不違也。

㊻ 若,順也。

㊼ 居,住也,意謂復爲魯人所居住也。《國語·齊語》"反其侵地棠、潛",《管子·小匡篇》作"常、潛"。俞樾以爲常即棠,在今山東魚臺縣。《晏子春秋·雜上篇》:"景公伐魯,傅許,得東門無澤。"是魯有許邑。然未詳當今何地。二邑蓋皆爲齊所侵,至是復反於魯也。

㊽ 宇,居也,謂疆域也。

㊾ 燕,安也。喜,猶樂也。

㊿ 言使大夫衆士皆安適(宜)也。

(61) 有,保有也。

(62) 兒齒,兒童之齒,言其整固也。

(63) 徂來,山名,在今山東泰安縣東。

(64) 馬瑞辰疑新甫即梁甫山,在今山東新泰縣。

(65) 度,剫之省,判也(中分之)。馬瑞辰説。

(66) 八尺曰尋。言其長度或一尋或一尺也。

(67) 桷,音角,榱也(椽之方者)。舄,大貌;有舄,舄然也。

(68) 路寢,正寢也。碩,大也。

(69) 新廟,謂閟宫也。奕奕,大貌。奚斯,魯人,公子魚之字也。言此新廟爲奚斯所作。今文家據此文,遂謂《魯頌》爲奚斯所作,非是。【奚斯,見閔公二年《左傳》。】

(70) 曼,長也。

(71) 言國人順從魯侯也。

商　頌

《詩序》:"微子至于戴公,其間禮樂廢壞。有正考甫者,得《商頌》十二篇於周之大師,以《那》爲首。"按:此本《國語·魯語》爲説,而《魯語》作"校商之名《頌》十二篇",與《詩序》小異。《韓詩》《史記》則皆謂《商頌》爲正考父所作以美宋襄公者。馬瑞辰云:"正考父佐戴、武、宣,見於《左傳》;其子孔父嘉,在殤公時爲大司馬,亦見《左傳》;中隔莊公、湣公、新君、桓公,始至襄公,去戴、武、宣時甚遠,正考父安得作頌以美襄公?"今按:《殷武》之篇,爲美宋襄公無疑,然非正考父所作。餘篇疑亦宋襄公時所作。蓋襄公修行仁義,稱霸一時,自念爲王者之後,因制禮作樂,以仿有周,而作此頌,乃甚自然之事。其人其事,正與魯僖公相似也。要之,今存《商頌》五篇(其七篇不知亡於何時),其文辭多襲《周頌》及《大雅》;而《殷武》所詠史實,又非宋襄公莫屬。在在可以證知其非作於商代而作於宋國也。【《後漢書·曹褒傳》李注引《韓詩薛君章句》云:"正考父,孔子之先也,作《商頌》十二篇。"】

【自戴公元年至襄公元年,共一百卅年。日人白川静以爲正考父正當宋襄公之世,説見《詩經蠡説》。】

【按:宋在春秋時猶稱曰商,周距末稱宋戴公曰"王商戴公",是知《商頌》即宋頌也。(王静安《説商頌》可參)】

【宋稱商，參《古書真僞及其年代》頁九六。並可參《詩古微・商頌發微》。】

【僖廿二年《左傳》："楚人伐宋以救鄭，宋公將戰，大司馬固諫曰：'天之棄商久矣……'"】

【舊説正考父（孔子七世祖）爲宋湣公共曾孫，曾佐戴、武、宣三公，自戴公元年至襄公元年，凡百三十年，故謂正考父不及襄公之世。白川静謂：宋有二湣公，一爲湣公共，一爲湣公捷。正考父當爲湣公捷之曾孫。湣公捷元年，至襄公十三年（泓之戰之年）計四十四年。如是，則正考父可當襄公之世。】

那[1]

猗與那與[2]！置我鞉鼓[3]。奏鼓簡簡[4]，衎我烈祖[5]。湯孫奏假[6]，綏我思成[7]。鞉鼓淵淵，嘒嘒管聲。既和且平，依[8]我磬聲。於赫湯孫，穆穆厥聲[9]。庸鼓有斁，萬舞有奕[10]。我有嘉客，亦不夷懌[11]。自古在昔，先民有作[12]。温恭朝夕，執事有恪[13]。顧予烝嘗，湯孫之將[14]。

【注釋】

① 《詩序》："《那》，祀成湯也。"

② 猗那，即猗儺、阿難，美盛之貌。馬瑞辰説。《經傳釋詞》云："與，猶兮也。"

③ 置，植也，樹立也。鞉鼓，見《周頌·有瞽》。

④ 簡簡，大也，謂聲之大也。

⑤ 衎，音侃，樂也。烈祖，有功業之祖，謂成湯也。

⑥ 湯孫，主祀者，疑謂宋襄公也。按：奏，進也。奏假，言神來至也。神至曰奏假，祈神之來，亦曰奏假。此謂湯孫祭祀以祈先祖之神來格也。

⑦ 綏，安也。思，語詞。成，猶備也，謂福也。言安我以多福也。參馬瑞辰説。【按：成，平也；此義常見。又，定也，義見《國語·周語》韋注。此言先祖安我以平定（太平）也。《烈祖》"賚我思成"，言先祖賜我以安定也。】

⑧ 依，倚也。

⑨ 穆穆，美也。厥聲，謂樂聲也。

⑩ 庸,通鏞,大鐘也。有斁,斁然也,盛貌。有奕,亦盛貌也。

⑪ 嘉客,謂助祭者。不,通丕。夷、懌,皆悦也。

⑫ 有作,有所作爲也,意謂立有定規。指下文朝夕言。

⑬ 朝夕,即《小雅》"莫肯朝夕"之朝夕,謂朝夕朝見也。此語所以告助祭之人也。參馬瑞辰説。有恪,恪然敬也。

⑭ 顧,謂神來顧也。將,進奉也。言神其來顧我之烝嘗哉。此烝嘗乃湯孫所進奉也。

烈　　祖[①]

嗟嗟烈祖!有秩斯祜[②]。申錫[③]無疆,及爾斯所[④]。既載清酤[⑤],賚我思成[⑥]。亦有和羹[⑦],既戒既平[⑧]。鬷假無言,時靡有争[⑨]。綏我眉壽,黄耇無疆。約軝錯衡,八鸞鶬鶬[⑩],以假[⑪]以享。我受命溥將[⑫]。自天降康,豐年穰穰[⑬]。來假來饗,降福無疆。顧予烝嘗,湯孫之將。

【注釋】

① 朱傳:"此亦祀成湯之樂。"

②《經義述聞》云:"秩,大貌。"有秩,秩然也。《經傳釋詞》云:"斯猶其也。"祜,福也。

③ 申,重也。無疆,猶無盡也。

④ 斯所,此處也,謂時君也。

⑤ 載,設也,參《大雅·旱麓》。酤,酒也。

⑥ 賚,賜也。思成,見《那》。

⑦ 和羹,調和五味之羹,即鉶羹也。

⑧ 戒,備也。平,和也,謂味和也。參朱傳。

⑨ 鬷,音宗。鬷假,即奏假也(《中庸》引作奏假)。參《那》。此謂神降臨雖無所言,亦可使國中平安無戰争也。

⑩ 二語參《小雅·采芑》及《周頌·載見》。

⑪ 神來曰假,祈神之來亦曰假,此謂祭祀以祈神之來也。

⑫ 溥,大也。將,長也。《經義述聞》説。

⑬ 穰穰,衆貌,謂收穫之多也,參《周頌·執競》。

玄　鳥①

天命玄鳥,降而生商②。宅殷土芒芒③。古帝命武湯④,正域⑤彼四方。方命厥后⑥,奄有九有⑦。商之先后,受命不殆⑧,在武丁孫子⑨,武丁孫子,武王⑩靡不勝。龍旂十乘,大糦是承⑪。邦畿⑫千里,維民所止⑬,肇域彼四海⑭。四海來假,來假祁祁⑮。景員維河⑯,殷受命咸宜,百禄是何⑰。

【注釋】

①《詩序》:"《玄鳥》,祀高宗也。"高宗,武丁也。

② 玄鳥,燕也。相傳高辛氏妃簡狄,吞燕卵而生契。契爲商之始祖,故云。

③ 宅,居也。殷土,殷地也。芒芒,大貌。

④ 古帝,古時之上帝也。武湯,有武功之湯也。

⑤ 正域,正其疆土也。馬瑞辰説。

⑥ 方、旁,古通用。旁,溥也,徧也。馬瑞辰説。后,謂諸侯也。

⑦ 九有,九域也(《文選注》引《韓詩》作九域)。舊以爲即九州。

⑧ 殆,與怠通。

⑨ 在武丁孫子,即在孫子武丁,倒文以協韵也。言武丁受命不怠。

⑩ 武王,謂湯也。二語謂凡武王所爲,武丁無不能爲也。

⑪ 糦,饎之或體,酒食也。大糦,猶言盛饌,此謂祭祀所用之酒食也。承,進奉也。

⑫ 畿,王畿,近京師之地,直轄於王者也。

⑬ 止,居也。

⑭ 肇,開也。言開拓疆域至於四海也。

⑮ 鄭箋:"假,至也。"按:假(格),本謂神之降臨,施之於凡人,乃後起之用法,疑作《商頌》時,尚無此義。此蓋謂四海之君來助祭也(祈神降臨——即祭——亦謂之假)。祁祁,衆多貌。

⑯ 景,大也。按:員、隕通,幅隕也。言商家廣大之疆域距於河也。商境三面皆黄河,故云。

⑰ 何,荷也,《左傳》引作荷。言負荷百禄也。

長　發①

濬哲維商②,長發其祥③。洪水芒芒④,禹敷下土方⑤。外大國是疆⑥,幅隕既長⑦。有娀方將,帝立子生商⑧。

玄王桓撥⑨，受小國是達，受大國是達⑩。率履不越⑪，遂視既發⑫。相土烈烈⑬，海外有截⑭。

帝命不違，至於湯齊⑮。湯降不遲⑯，聖敬日躋⑰。昭假遲遲，上帝是祗⑱。帝命式于九圍⑲。

受小球大球，爲下國綴旒⑳，何天之休㉑。不競不絿㉒，不剛不柔，敷政優優㉓，百禄是遒㉔。

受小共大共，爲下國駿厖㉕，何天之龍㉖。敷奏其勇㉗。不震不動，不戁不竦㉘，百禄是總㉙。

武王載旆，有虔秉鉞㉚。如火烈烈，則莫我敢曷㉛。苞有三蘖㉜，莫遂莫達㉝，九有有截㉞。韋顧既伐，昆吾夏桀㉟。

昔在中葉，有震且業㊱。允也天子，降予卿士㊲：實維阿衡，實左右商王㊳。

【注釋】

① 此蓋亦祀成湯之詩。

② 馬瑞辰云："濬，睿之假。"濬哲，睿智明哲也。商，謂商之君也。

③ 長，久也。言其發祥已久也。

④ 芒芒，廣大貌。

⑤ 按：敷、鋪，音近義通，鋪猶平也。《孟子》"舉舜而敷治焉"，敷治，即平治也。下土方，猶言下國也。言此，以明自禹治水之後，商即有國也。

⑥ 外，謂王畿之外。外大國，謂王畿外之諸侯也。疆，疆界也。意謂諸大國皆在疆域之中也。

⑦ 幅隕,謂疆域也。長,長大也。

⑧ 有娀,國名,故地約在今山西永濟縣左近。契母簡狄,爲有娀氏之女。此言有娀,謂簡狄也。按:將,猶"百兩將之"之將,謂迎娶也。上帝命燕遺卵,使簡狄吞之而生契,爲商之始,故云帝立子生商也。

⑨ 玄王,契也。桓撥二字平列,皆剛勇之義。馬瑞辰説。【撥,《釋文》引《韓詩》作發,云:"發,明也。"】

⑩ 達,通也。二語言無論承受小國或大國,其政無不通達也。相傳堯始封契爲小國,舜末年,復益其土地爲大國。

⑪ 率,循也。履,禮也。越,踰也。言遵循禮法無所踰越也。

⑫ 遂,徧也。發、灋(法)古通用(于省吾説)。此言徧視其行皆合乎法度也。

⑬ 相土,契之孫也。烈烈,威盛貌。

⑭ 截,整齊之貌。有截,猶截然也。言四海之外率服,截然整齊,無或服或不服者也。

⑮ 違,違而去之也。不違,言帝命長在於商也。齊,讀爲濟,成也。俞樾説。言至湯而成功也。【按:齊,同也。言玄王、相土,以至於湯,同不違帝命也。參馬瑞辰説。】

⑯ 降,生也。不遲,言適逢時會也。

⑰ 躋,升也。言其聖明敬謹之德日有升進也。

⑱ 昭假,謂祈神之降臨。朱傳:"遲遲,久也。"祗,敬也。言其祈神之誠,久而不懈,惟上帝是敬也。

⑲ 式,法也。馬瑞辰云:"圍、域、有,皆一聲之轉,聲同則義同。"

⑳ 受,謂受之於天。《經義述聞》云:"球、共,皆法也。球,

讀爲捄;共,讀爲拱。《廣雅》曰:‘拱、捄,法也。’”下國,謂畿外諸侯之國也。綴,表也。旒,章也。言爲下國之表率也。

㉑ 何,荷也。休,讀爲庥,福祥也。

㉒ 競,争也。絿,音求,急也。

㉓ 敷,施也。優優,温和貌。

㉔ 遒,聚也。

㉕ 共,見注⑳。駿,大也。按:厖,《荀子·榮辱篇》及《大戴禮·將軍文子篇》俱引作蒙。蒙,覆被也。駿厖,言覆被之廣也,意謂下國皆受其庇護也。參馬瑞辰説。

㉖ 何,荷也。龍,寵也。

㉗ 敷,布也。按:奏,告也,義猶陳也。言布陳其勇武也。

㉘ 震、動,皆謂警動也。戁,音赧,恐也。竦,懼也。二語言國境平安也。

㉙ 總,聚合也。

㉚ 武王,湯也。載,設也。旆,旗也。言將用兵也。有虔,虔然,敬也。秉,持也。鉞,兵器也。

㉛ 曷,遏也,《荀子·議兵篇》《漢書·刑法志》俱引作遏。

㉜ 苞,根也,以喻夏。櫱,音孽,樹木斬伐後復生之芽也。三櫱,喻韋、顧、昆吾三國。

㉝ 遂、達,皆謂順利生長也。

㉞ 言諸敵不逞,故九域截然整齊俱歸附也。

㉟ 韋、顧、昆吾,皆夏桀之與國也。韋,在今河南滑縣;顧,在今山東范縣;昆吾,在今河北濮陽縣。既伐二字,貫上下文,言韋、顧、昆吾、夏桀,皆已伐也。

㊱ 中葉,中世也,謂湯未興時也。震,警動也。業,危也。言國勢曾不安也。

㊲ 允也天子，意謂名符其實之天子，謂湯也。降予，謂天賜予也。卿士，指阿衡言。

㊳ 阿衡，官名，謂伊尹也。左右，助也，謂輔相之也。

殷　武[1]

撻彼殷武[2]，奮伐荆楚[3]，罙入其阻[4]，裒荆之旅[5]。有截其所[6]，湯孫之緒[7]。

維女荆楚，居國南鄉[8]。昔有成湯，自彼氐羌[9]，莫敢不來享[10]，莫敢不來王[11]。曰商是常[12]。

天命多辟[13]，設都于禹之績[14]。歲事來辟，勿予禍適[15]。稼穡匪解[16]。

天命降監，下民有嚴[17]。不僭不濫[18]，不敢怠遑[19]。命于下國，封建厥福[20]。

商邑翼翼，四方之極[21]。赫赫厥聲，濯濯厥靈[22]。壽考且寧，以保我後生[23]。

陟彼景山[24]，松柏丸丸[25]。是斷是遷[26]，方斲是虔[27]。松桷有梴[28]，旅楹有閑[29]。寢成孔安[30]。

【注釋】

① 此美宋襄公之詩。

② 馬瑞辰云："撻，蓋勇武之貌。"按：殷武，殷之武力也。宋在春秋時，猶有殷商之稱。

③ 奮，奮起也。《春秋》於僖公元年始稱荆曰楚，可知楚之稱號，其起甚晚。即此已可證知此非商代之詩或西周時之詩也。

世人或謂此所言伐楚,指宋襄公隨齊桓公侵蔡伐楚事【襄公元年與齊桓公會楚丘】。按:其事在魯僖公四年,隨齊伐楚者乃宋桓公,非襄公也。惟魯僖公十五年,宋襄公欲爲盟主,曾會諸侯盟于牡丘,謀伐楚救徐。二十二年【宋襄公十三年,周襄王十四年,前 638 年】,與楚人戰於泓,宋師敗績【宋襄公爲楚所執】。《頌》詩自多溢美之辭,此言伐楚,蓋指牡丘之會及泓之戰而言。或竟並桓公隨齊伐楚之事言之也。【𤼈毁(郭氏以爲昭王時器):"𤼈馭從王南征伐楚荆……"知楚之名,西周時已有。】

④ 罙,音彌,深也。阻,險阻之處也。

⑤ 裒,與捊通,取也。《經義述聞》、馬瑞辰並有説。旅,衆也。

⑥ 言宋之疆域截然整齊未被侵削也。

⑦ 湯孫,謂宋襄公。緒,業也。

⑧ 鄉,向也。南向,南方也。楚在宋之南。

⑨ 氐、羌,皆夷狄之國,在西方者也。

⑩ 享,獻也,謂進貢也。

⑪ 遠方諸侯,一世一見天子,曰王。

⑫ 曰,語詞。常、尚,通用,輔助也。言維商是輔也。俞樾説。

⑬ 辟,君也。多辟,謂諸侯。

⑭ 都,城也。設都,猶言立國也。績,與蹟通。馬瑞辰有説。

⑮ 歲事,謂歲時朝見之事也。來辟,猶來王也。《經義述聞》云:"禍,讀爲過。《廣雅》曰:'謫過,責也。'謫與適通。勿予過謫,言不施譴責也。"

⑯ 解,通懈。言諸侯能勤於農事也。此章言商盛時,諸侯

率服。

⑰ 嚴,威嚴也。有嚴,嚴然也,爲金文中習見之語。王國維《與友人論詩書中成語書》云:"有嚴一語,古人多以之斥神祇祖考。……是天命降監,下民有嚴者,意謂天命有嚴,降監下民。句或倒者,以就韵耳。"

⑱ 僭,超過本分也。濫,過也。謂賞人既不過度,又不濫施刑罰也。【《左傳》(襄公二十六年)蔡聲子謂楚子木曰:"善爲國者,賞不僭而刑不濫。"】

⑲ 遑,暇也。以上二語,言商君能勤於政事。

⑳ 福、服,古通,封建厥福,即封建厥服。于省吾説。按:服,猶職也。以上二語,意謂上天命於下國,封建宋君,使有國也。

㉑ 朱傳:"翼翼,整敕貌。"極,中也。宋都商丘,故云。

㉒ 赫赫,顯盛貌。按:聲,謂宋君(襄公)之聲威也。濯濯,光明貌(本朱傳)。按:靈、令古通用,此謂宋君之命令也。

㉓ 二語頌襄公也。

㉔ 景山,在商丘附近。見王國維《説商頌下》。

㉕ 丸丸,平滑條直之貌。

㉖ 斷,截斷。遷,移也。

㉗ 方,猶是也。虔,伐刈也。並馬瑞辰説。

㉘ 桷,方椽也。梴,敕焉切,木長貌。

㉙ 朱傳:"旅,衆也。"楹,堂室前之立柱也。閑,大貌(本《韓詩薛君章句》)。有閑,閑然也。

㉚ 本章言營建寢宮之事。

跋

《詩經釋義》自一九五二年八月初版問世，迄今已届三十年，三十年來翼鵬忙於教學、研究及行政工作，並三度出國講學，不遑寧處；久有重寫修訂之心，未克如願。但歷年教授此一課程，參閱典籍，反覆考證，陸續獲得不少資料，並其教學心得，隨時以蠅頭小楷眉批旁注於其常用之課本中，全書殆滿，其中若干條意見及注釋，竟有推翻前説者。海瑾整理遺著，深覺此項資料定有裨益於學者，乃將所有眉批旁注編入書中。增加六百四十餘條，雖不敢更易一字，仍恐穿插位置未盡符合翼鵬之原意，故於加入之每條均以方括號——【　】標記之（文中有翼鵬親自更改者除外）並更易書名爲《詩經詮釋》，以示有别於原著也。此書整理完竣，並承裴溥言教授校訂一過，更蒙鄭因百教授惠予作序，謹此申謝。

一九八一年八月屈費海瑾跋於南港静侍齋

附　圖

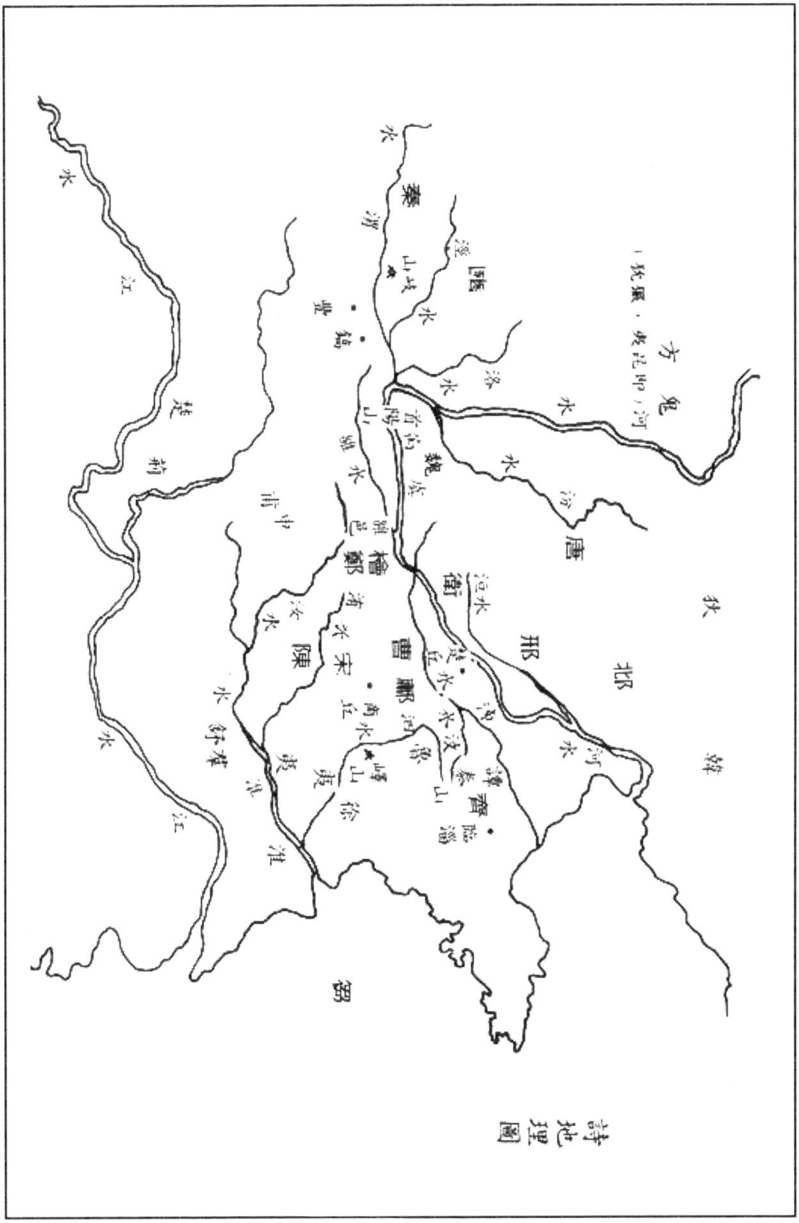
詩地理圖
秦
豳
魏
唐
衛
邢
檜
鄭
曹
陳
齊

圖一 季姜鐘
採自《貞松堂吉金圖》

圖二 癸丁罍
採自《海外吉金圖録》

圖三 象兔饕餮文兕觥
採自《海外吉金圖録》

圖四 父戊舟爵
採自《雙劍誃吉金圖録》

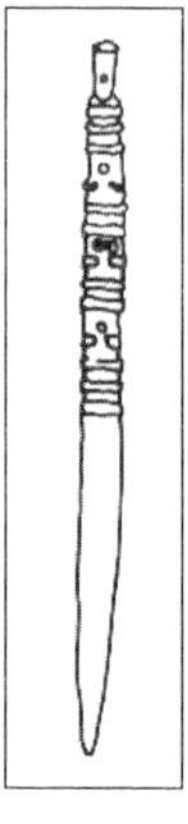

圖五 玉笄
採自《陶齋古玉圖》

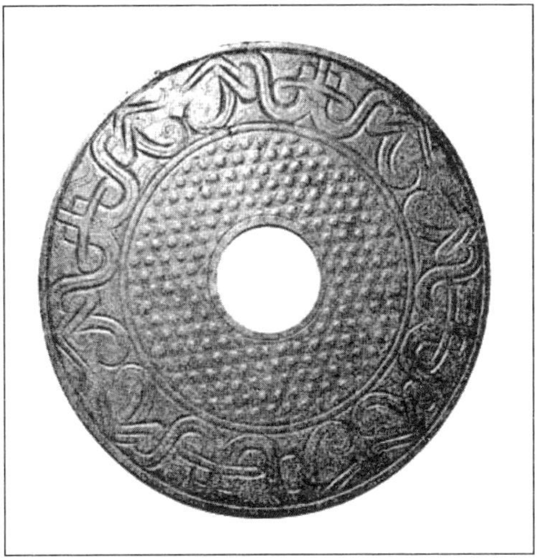

圖六　穀璧

採自《周漢遺寶》

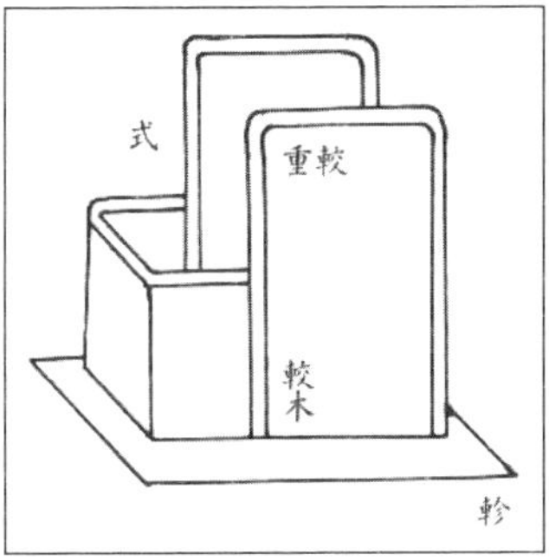

圖七　重較圖

採自《輪輿私箋》並參阮元《考工記車製圖解》

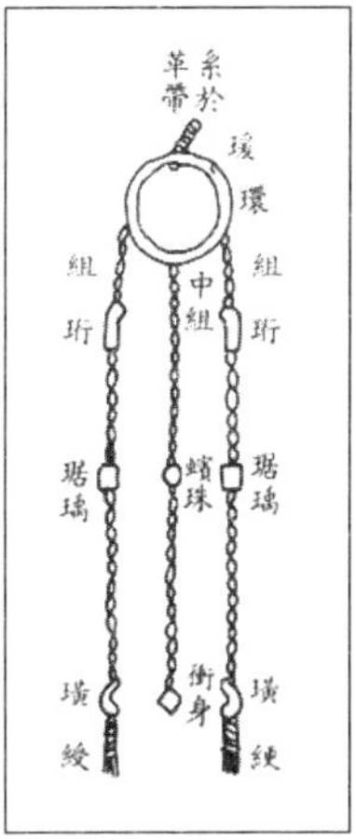

圖八　佩圖

採自《詩毛氏傳疏》據《金文叢考》轉摹本

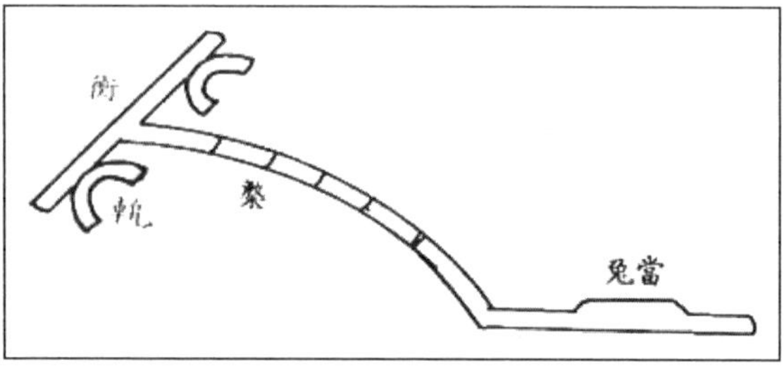

圖九　輈圖

採自《輪輿私箋》並參阮元《考工記車制圖解》

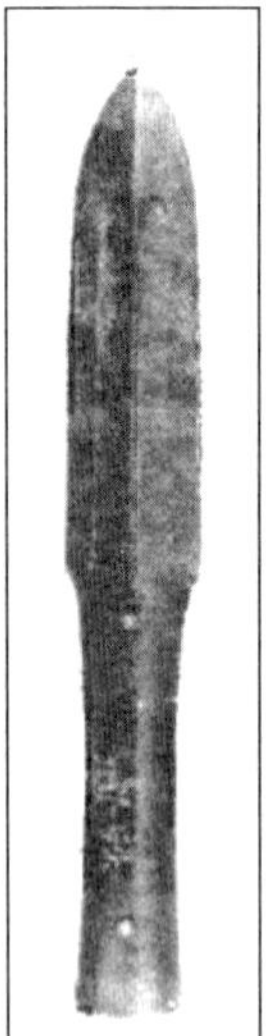

圖十　武都矛

採自《雙劍誃吉金圖録》

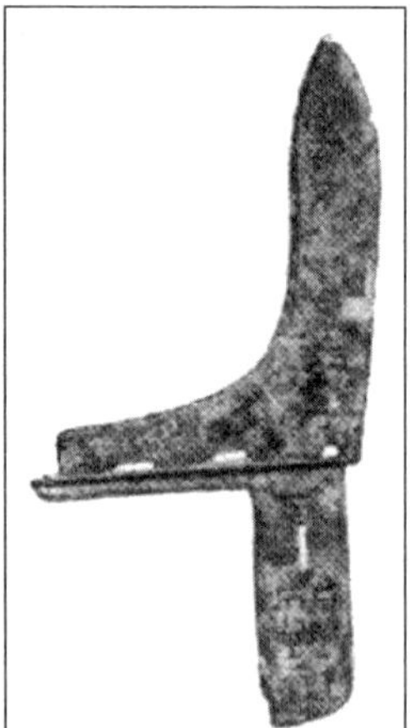

圖十一　成陽戈

採自《雙劍誃吉金圖録》

圖十二　侯戟

採自《雙劍誃吉金圖録》

圖十三　静毁(毁即簋)
採自《貞松堂吉金圖》

圖十四　環耳豆
採自《海外吉金圖録》

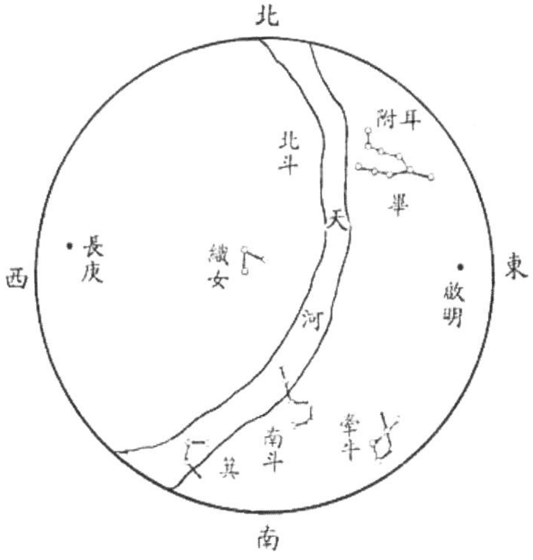

圖十五　大東星象圖
採自《詩經傳説彙纂》

圖十六　饕餮紋斝
採自《海外吉金圖録》

圖十七　中卣
採自《貞松堂吉金圖》